Veröffentlicht von
DREAMSPINNER PRESS

5032 Capital Circle SW, Suite 2, PMB# 279, Tallahassee, FL 32305-7886 USA
www.dreamspinnerpress.com

Unter die Haut
Urheberrecht der deutschen Ausgabe © 2019 Dreamspinner Press.
Originaltitel: Under the Skin
Urheberrecht © 2011 Nicki Bennett and Ariel Tachna
Original Erstausgabe. September 2011
Übersetzt von Heike Reifgens.

Umschlagillustration
© 2011 Anne Cain.
annecain.art@gmail.com
Umschlaggestaltung
© 2011 Mara McKennen.
Die Illustrationen auf dem Einband bzw. Titelseite werden nur für darstellerische Zwecke genutzt. Jede abgebildete Person ist ein Model.

Deutsche ISBN. 978-1-64405-481-9
Deutsche eBook Ausgabe. 978-1-64405-480-2
Deutsche Erstausgabe. März 2019
v 1.0

Gedruckt in den Vereinigten Staaten von Amerika.

UNTER DIE HAUT

NICKI BENNETT
UND ARIEL TACHNA

Für Jean, die aus Patrick einen glaubwürdigen Bullen gemacht hat; für Tati, die dafür gesorgt hat, dass Alexej auch wirklich russisch ist; und für Jamie für den Titel, als uns keiner einfallen wollte.

1

DETECTIVE PATRICK Flaherty von der Mordkommission der Polizei Chicago runzelte die Stirn, als er durch die Tür in das dunkle Fitnessstudio trat. Alexej Boczar, der Russe, den er manchmal dazu überreden konnte, sein Informant für die Machenschaften der Russenmafia zu sein, hatte gesagt, dass er ihn hier treffen würde. Die Tür war auch wie versprochen offen, aber die Einrichtung selbst hatte ganz eindeutig geschlossen. Patricks Anspannung wuchs, als er reflexartig die Räume nach Personen absuchte, die sich hier womöglich versteckt hielten. In der dunkler werdenden Abenddämmerung konnte er jedoch niemanden entdecken – einschließlich des Mannes, den er hier treffen sollte. Sein Stirnrunzeln wurde tiefer. Wo zum Henker war er? Patrick war ein ernsthaftes Risiko eingegangen, indem er hierhergekommen war. Das sollte der Russe besser honorieren.

Er ging tiefer in das Gebäude hinein und betrat den Kraftraum. In geraden Reihen aufgebaut ragten die Geräte wie Skelette aus der Dunkelheit und nach wie vor war keine Menschenseele in Sicht, sie zu klirrendem, klapperndem Leben zu erwecken. Die rote Notbeleuchtung warf ihre Schatten wie formlose Phantome an die Wände und färbte das weiße Metall blutrot. Patrick schauderte. Er war sich ziemlich sicher, dass sie bereits Zeugen von Blutvergießen geworden waren. Er machte sich keine Illusionen über Boczar oder seine Kumpane. Er hatte nur keine Beweise.

Am Ende des Raums entdeckte Patrick eine weitere Tür. Er drückte sie auf und trat hindurch in den Umkleideraum. Das unerwartete, grelle Licht ließ ihn blinzeln und er kniff die Augen zusammen, bis sie sich an die Helligkeit gewöhnt hatten. Dann sah er sich suchend nach seinem verschwundenen Kontaktmann um. Doch obwohl der Raum beleuchtet war, war er genauso menschenleer wie der Rest der Einrichtung. Immerhin schien das Licht zu bedeuten, dass Boczar hier irgendwo sein musste.

Alexej zog an seiner Zigarette. Das Brennen des starken Belomortabaks bildete einen nicht unerfreulichen Kontrast zu der schwülen Hitze der Sauna. Er hörte, wie Flaherty in der Umkleide umherging und korrigierte seine Meinung über den Detective nach oben. Alexej hatte nicht geglaubt, dass der andere Mann wirklich kommen würde. Er stieß scharf den Atem aus, beugte sich vor und stützte die Ellbogen auf die Knie. „Flaherty!", rief er, laut genug, um durch die schwere Tür des Dampfbades gehört zu werden. „Hier drin."

1

Bei dem Klang seines Namens in dem harten, russischen Akzent fuhr Patrick leicht zusammen. Rasch sah er sich nach der Quelle um und erspähte Bewegung hinter dem getönten Glas der Sauna. Mit einem lautlosen Seufzen ergab er sich seinem Schicksal, durchquerte den Umkleideraum und öffnete die Tür. Dampfschwaden wirbelten ihm entgegen und durch sie hindurch erhaschte er den ersten, halb verhüllten Blick auf den anderen Mann, sah hier sein Gesicht und dort seinen tätowierten, nur mit einem Handtuch bekleideten Körper.

Patrick betrat die Sauna und ließ die Tür hinter sich zufallen. Seine Augen glitten über die kräftigen, sehnigen Muskeln in Boczars nackter Brust und tiefer zu dem strategisch über seine Lenden gebreiteten Handtuch. Es war so ein markanter Kontrast zu dem Tag, an dem er den Russen das erste Mal gesehen hatte. Damals im Krankenhaus, in das der andere Mann gekommen war, um sich um einen erschossenen Kumpan zu kümmern, hatte er Mantel und Handschuhe getragen, die alles verhüllten außer dem vagen Umriss seiner Gestalt. Das Handtuch jetzt hingegen verbarg beinahe gar nichts, sodass Patrick ihn nach Herzenslust anstarren und bewundern konnte. Unwillkürlich suchten seine Augen nach der Waffe des Russen, aber wo auch immer Boczar sie versteckt hatte, er hatte sie gut versteckt.

Alexej neigte den Kopf zur Begrüßung und verbiss sich angesichts der unverhohlenen Blicke des jüngeren Mannes ein Lächeln. Die Tätowierungen faszinierten immer alle, die sie noch nie gesehen hatten und die ihre Bedeutung nicht kannten oder nicht wussten, unter welch höllischen Bedingungen sie erworben wurden. Alexej beobachtete eine Schweißperle, die sich an der Schläfe des Polizisten bildete und folgte ihr mit den Augen, als sie langsam über eine glatte Wange und den langen, schlanken Hals rann, bevor sie unter dem Hemdkragen des jüngeren Mannes verschwand.

„Ihnen muss heiß sein", sagte er beiläufig und zog ein letztes Mal an seiner Zigarette, bevor er sie auf die feuchten Fliesen fallen ließ. „Sauna ist ohne Kleider besser. Bequemer."

Patrick starrte Boczar ungläubig an. Erwartete der Gangster wirklich allen Ernstes von ihm, dass er sich auszog? Wobei es vermutlich keinen Unterschied machte, wenn er sich den Mantel auszog. Patrick schlüpfte aus dem schweren Stoff und legte das Kleidungsstück beiseite, dann begegnete er geradeheraus dem Blick des anderen Mannes. „Ich möchte Ihnen ein Angebot unterbreiten."

Die Augen des Russen wurden schmal, das einzige Anzeichen seiner Belustigung über das Unbehagen seines Gegenübers, das er sich erlauben würde. *Chortov Irlandets, stur bis zuletzt*, dachte er, was ihn allerdings nicht davon abhielt, Flahertys schlanken, jungen Körper mit abwägenden Blicken zu mustern. *Nackt sieht er bestimmt nicht schlecht aus*, sinnierte Alexej. Schade nur, dass er das wohl nicht mit eigenen Augen zu sehen bekommen würde.

2

Immerhin hatte der ungewöhnliche Treffpunkt seinen Gegenspieler – denn das war Flaherty, das durfte er nie vergessen – aus dem Konzept gebracht. Was Alexejs Absicht gewesen war.

„Ein Angebot?", wiederholte er, langsam und gedehnt. In seiner barschen Stimme mit dem starken Akzent wurden die Worte zu einer unzweideutigen Anspielung, als er sich diesmal nicht die Mühe machte, seine Blicke zu verbergen.

Patrick wusste, dass die Reaktionen seiner Zielperson in den nächsten Minuten entscheidend waren. Wenn Boczar erst gar nicht mit ihm reden wollte, dann hatte er nicht nur seine Zeit vertan, sondern vermutlich auch jede Aussicht auf den Erfolg seiner Ermittlungsarbeiten zerstört. „Ich suche immer noch nach dem Typen, der Ihren Partner erschossen hat", begann er in der Hoffnung, an Boczars Loyalität gegenüber der Familie zu appellieren. Er widerstand der Versuchung, seinen Hemdkragen zu lockern, der ihm in der Hitze in der Sauna bereits unangenehm eng geworden war. Das Hemd selbst würde bald komplett nass sein, so wie er schwitzte. „Ich hatte gehofft, Sie könnten mir helfen, ihn zu finden, ihn und die, die ihn geschickt haben … und sie alle für immer hinter Gitter zu bringen."

„Er wurde bereits gefunden", erwiderte Alexej leise. Er konnte förmlich sehen, wie sich die Rädchen in Flahertys Kopf zu drehen begannen, als er versuchte, sich an alle in letzter Zeit gemeldeten Morde zu erinnern. Einen Augenblick lang überlegte er, dem jüngeren Mann mitzuteilen, dass die Leiche niemals gefunden worden wäre, wenn nicht die Notwendigkeit bestanden hätte, eine Botschaft zu senden. Aber Flaherty war ein cleveres Kerlchen – er hatte das vermutlich bereits selbst erkannt. „Die anderen … werden bald bezahlen."

„Womit Sie einen Revierkampf lostreten, der Chicago in ein Blutbad verwandelt, mit Ihrer Familie als dem Mittelpunkt", gab Patrick zurück. „Was, wenn es einen anderen Weg gibt?"

„Anderen Weg?" Die Skepsis des Vollstreckers war deutlich in seinen barschen Worten zu hören. Es war reine Zeitverschwendung gewesen, herzukommen. Es sei denn … Unter Flahertys verschränkten Armen hatten sich bereits dunkle Ringe im Stoff seines Hemdes gebildet und der Anblick ließ eine gefährliche Idee aufkeimen. Eine Idee, der Alexej sich jedoch nicht widersetzen konnte.

„Lassen Sie unseren Handel abschließen", schlug er vor. „Ich höre mir ‚Angebot' an – wenn Sie Hemd ausziehen."

Patrick runzelte die Stirn. Das war nicht die Richtung, die er bei seiner Verhandlung einschlagen wollte. Andererseits hatte Boczar ihn aber auch nicht kurzerhand weggeschickt. Mit einem Gefühl tiefer Befangenheit, ausgelöst durch den unverwandt auf ihn gerichteten, blau-grauen Blick, löste Patrick seine Krawatte, fummelte die Knöpfe an seinem Hemd auf und ließ es sich von den Schultern gleiten, zusammen mit dem Schulterholster, in dem seine Glock 9 mm steckte. Er musste zugeben, dass es in nur seinem ärmellosen T-Shirt mit U-Ausschnitt gleich kühler war.

„Ich will sie haben", sagte Patrick unmissverständlich, „nicht nur den Mann, der Ihren Freund erschossen hat, sondern die gesamte Organisation. Und wenn Sie mir helfen, sorge ich dafür, dass man Ihre Familie in Ruhe lässt."

„Warum sollte ich Ihnen helfen?", entgegnete Alexej, während seine Blicke über die gut ausgeformten Muskeln in den Armen des jüngeren Mannes glitten. Flahertys Brust, was er von ihr sehen konnte, war glatt, haarlos und ebenfalls muskulös. Ein kleines, goldenes Kreuz, das ihm an einer Kette um den Hals hing, hob und senkte sich mit jedem Atemzug unter dem dünnen, weißen Stoff seines T-Shirts. „Das auch", sagte er mit einem Kopfnicken und lehnte sich zurück, Ellbogen auf die Holzbank gestützt.

Patrick schnaubte frustriert, aber der Unterhändler in ihm kannte Boczars Art gut genug, um zu wissen, dass die Verhandlung augenblicklich vorüber war, wenn er sich jetzt weigerte. In einer flüssigen Bewegung zog er sich den Stoff über den Kopf und sagte: „Wenn ich die Männer allein verfolge, ohne Ihre Hilfe, besteht immer die Gefahr, dass ich etwas Belastendes über Sie und Ihre Familie herausfinde. Wenn Sie mir helfen, habe ich einen Grund, gewisse Dinge zu ignorieren. Wenn nicht … nun, das muss ich Ihnen wohl kaum buchstabieren."

„Und wenn Familie herausfindet, dass ich Ihnen helfe, ist mein Leben vorbei", konterte Alexej. Flahertys Haut war glatt und makellos, keine Spur von Narben oder Tätowierungen, wie sie die Brust und Arme des Russen zierten. Eine dünne Spur dunkler Haare begann unter seinem flachen Bauchnabel und verschwand unter dem Bund der dunkelblauen Hose. Alexej fragte sich, wie weit der Detective wohl bereit war zu gehen, um sein Ziel zu erreichen und wies mit einer Geste auf den schmalen, schwarzen Gürtel an seiner Taille. „Rest auch."

Patricks Augen wurden schmal. Da der andere Mann unbekleidet war, hatte er nichts Schlimmes oder Anstößiges daran finden können, das Hemd auszuziehen und seinen Oberkörper zu entblößen. Aber die Verhandlung war bisher sehr einseitig verlaufen und er hatte nachgegeben und nachgegeben, ohne im Gegenzug dafür irgendein Zugeständnis zu bekommen.

„Wir sind absolut in der Lage, Sie zu beschützen, sollte das notwendig werden", betonte er. „Wenn Sie also wollen, dass ich meine Hose ausziehe … müssen Sie mir einen Grund dafür nennen."

„Angst?", spöttelte Alexej und breitete die Arme aus. „Sie sehen, ich trage keine verborgenen Waffen", er blickte hinunter auf das Handtuch, das seine Lenden bedeckte, „aber vielleicht möchten Sie – was ist Wort? Mich ‚filzen'?"

Die Vorstellung, diesen harten, narbigen Körper in die Finger zu bekommen, war unglaublich verlockend. Patrick versuchte sich daran zu erinnern, dass er ein staatlich geprüfter Polizist mit Berufsethos war, aber keine mentale Standpauke der Welt konnte das Verlangen unterdrücken, das bei dem Gedanken von Haut an Haut in ihm aufflammte. Er war aufgestanden und hatte die Sauna durchquert, bevor er darüber nachdenken konnte.

„Wenn Sie darauf bestehen", presste er heraus und stützte sich zu beiden Seiten von Boczars Kopf mit den Händen an der gekachelten Wand ab. Ihre Gesichter waren nur wenige Zentimeter voneinander entfernt. „Aufstehen und die Hände an die Wand."

Schneller, als der junge Polizist reagieren konnte, stand Alexej auf, packte ihn mit der einen Hand an der Kehle und ergriff mit der anderen Hand seinen rechten Arm. Das Handtuch fiel zu Boden, als er Flahertys Gesicht gegen die dampffeuchten Fliesen drückte, ihm den Arm auf den Rücken drehte und warnend über seinen Kehlkopf strich. Nachdem er den jungen Mann so bewegungsunfähig gemacht hatte, lehnte Alexej sich an ihn, drückte seine Brust an die feste Wärme seines nackten Rückens und ließ ihn die harte Schwellung seines Verlangens spüren, während er ihm mit rauer Stimme ins Ohr murmelte: „Ist Grund genug?"

Patrick wehrte sich, so gut er konnte, gegen den festen Griff. Er hatte nicht vor, dem Russen einfach so seinen Körper zu überlassen, auch wenn ihn bei dem Gefühl des harten Schwanzes an seinem Gesäß und der ebenso harten Brust, die an seinem Rücken lag, heißes Verlangen durchströmte. Wäre er nicht in polizeilicher Sache hier und wären ihm nicht all die Dinge bekannt, die er über den Mann hinter sich wusste, dann hätte er vermutlich darum gekämpft, seine Hüllen fallenlassen zu dürfen, statt sich zur Wehr zu setzen. Aber er *war* beruflich hier und er *wusste*, mit was für einer Art Mann er es zu tun hatte und das änderte die Art der Situation, in der er sich befand. Er trat wild nach hinten, gegen Boczars Schienbein und fauchte: „Ich kann mich nicht erinnern, im Zuge der Verhandlung meinen Körper angeboten zu haben!"

Mit einem leisen Lachen ließ Alexej Flaherty los und trat zurück, die Hände versöhnlich erhoben. „Sie verlangen, dass ich Vertrauen meiner Familie riskiere", gab er zurück, ohne seiner Nacktheit oder der Erektion Beachtung zu schenken, die sich unter der harten Fläche seines Bauches nach oben reckte. „Wenn sie Treffen mit Ihnen als Verrat ansehen, können Sie mich bald in Krankenhaus besuchen – oder in Leichenhalle." Sein unbeugsamer Blick glitt über den Körper des jungen Mannes hinunter zu der deutlich sichtbaren Schwellung in seiner Hose und von dort wieder hoch zu seinen schwelenden, braunen Augen. „Was bieten Sie im Gegenzug?"

Scheiße, Boczar ist so ein sexy Mistkerl, dachte Patrick, als er sich schwer atmend zu dem anderen Mann umwandte. Er besaß überhaupt kein Schamgefühl, hielt sich splitterfasernackt mit demselben, kühl-dreisten

Selbstbewusstsein wie damals im Krankenhaus, als er unter den äußeren Anzeichen seiner Position fast völlig verborgen gewesen war. Trotz seines Mangels an Bekleidung ließ ihn die Hitze jedoch nicht unberührt: ein dünner Schweißfilm überzog seinen glorreichen Körper und die Tätowierungen auf Armen und Brust verdeutlichten nur einmal mehr, was für eine Art Mann er war. Gleichzeitig zogen sie Patricks Aufmerksamkeit zu jedem einzelnen dieser festen, schwellenden Muskeln.

„Die Polizeibehörde kann für Ihren Schutz sorgen", begann er, unterbrach sich aber, als er den offenen Spott in den Augen des anderen Mannes sah. „Aber Sie glauben nicht, dass Sie unseren Schutz brauchen, oder?" Er holte tief Luft und überdachte seine weitere Strategie. Der Russe machte sich Gedanken über mögliche Konsequenzen seines scheinbaren Verrats, aber wenn jemals herauskam, was Patrick im Begriff stand zu tun, dann würde auch er von Konsequenzen nicht verschont bleiben. Auch wenn es dabei vermutlich nicht um Leben und Tod ging, wie es der Russe riskierte. „Heißt das also, dass Sie mir helfen, wenn ich mich umdrehe und mich von Ihnen durch die Wand ficken lasse?"

In Nachahmung des Polizisten stützte Alexej sich mit einer Hand an den glatten Kacheln neben Flahertys Kopf ab und lehnte sich vor, bis er so nahe war, dass er den heißen Atem des jüngeren Mannes auf seinem Gesicht spüren konnte. Er war versucht, seine freie Hand über die verlockende Kurve nackter Haut unter den Rippen des anderen Mannes gleiten zu lassen. Aber während er sich mit Gewalt nehmen konnte, was er wollte, waren geraubte Früchte doch niemals ganz so süß.

„Wir wissen beide, warum Sie um Treffen heute gebeten haben", sagte er schroff und hielt Flahertys Blick gefangen, als er die Augen abwenden wollte. „Ich habe nichts dagegen, Geschäft zu mischen mit … Vergnügen." Die drückende, feuchte Hitze der Sauna schloss sich eng um ihre Körper; Schweiß perlte von Alexejs Rücken und Flahertys Brust. Flahertys Zunge schnellte hervor, leckte über seine Unterlippe und Alexejs Stimme wurde weicher. „Ziehen Sie auch Rest aus."

Patricks Augen fielen zu. Der innere Kampf war viel kürzer, als er es hätte sein sollen, aber die Wahrheit in Boczars Worten war nicht von der Hand zu weisen. Patricks Hände legten sich an seinen Hosenbund, öffneten Gürtel, Hosenknopf und Reißverschluss und ließen den Stoff zu Boden fallen. Mit Hilfe der Zehen zog Patrick sich die Schuhe aus und trat sie beiseite; die Nähe des Russen verhinderte, dass er sich bücken und die Socken ebenfalls ausziehen konnte. „Wenn ich wirklich den *ganzen* Rest ausziehen soll", sagte er mit einer gewissen Schärfe in der Stimme, „dann brauche ich ein wenig Platz dazu."

Beiläufig trat der Russe zurück und lehnte sich gegen die gegenüberliegende Holzbank. Sein schwerlidriger Blick glitt über jeden Zentimeter makelloser Haut, der sichtbar geworden worden war. Flaherty sah nackt genauso fantastisch aus, wie Alexej es gemutmaßt hatte. Sein Einwand gegen das Angebot des Polizisten war nach wie vor stichhaltig: sollte einer der *Vory* sehen, dass er einen Bullen vögelte, dann brachten sie ihn um. Aber wenn dies seine Belohnung war, dann war sie das Risiko wert.

Verlegen bückte Patrick sich – es gab einfach keine sexy Methode, sich seiner Socken zu entledigen –, zog sie eilig aus und richtete sich dann wieder auf. Herausfordernd begegnete er einen Moment lang Boczars Blick, dann drehte er sich um und stützte sich mit den Händen gegen die Wand, wobei er seinen Hintern einladend nach hinten schob. Er machte sich keine Illusionen über das, was nun geschah. Der Russe war nicht auf der Suche nach einem Geliebten, einem Partner – er wollte einen schnellen, verbotenen Fick und Patrick war eben zur Hand.

Flaherty war von hinten sogar fast noch verführerischer als von vorn. Alexej gönnte sich einen Moment, die perfekte Kurve straffer Gesäßbacken zu bewundern, dann drückte er sich von der Bank ab. Flaherty durch die Wand zu ficken, war ein verlockender Gedanke, aber die Bank würde es für sie beide leichter machen. „Kommen Sie", befal er und warf ein Handtuch über die Kante des feuchten Holzes. „Hier, nach vorn beugen."

Mit errötenden Wangen tat Patrick wie ihm geheißen. Selbst mit dem Handtuch drückte sich das Holz hart in seine Taille. Er würde von Glück sagen können, wenn er hinterher nicht überall am Bauch blaue Flecken hatte. Er packte die hintere Kante der Bank, wo sie gegen die Wand stieß und versuchte, seinen Atem zu beruhigen und seine Muskeln zu entspannen. Ihn durchzuckte ein Gedanke und er drehte den Kopf, um über die Schulter zu blicken. „Egal, was Sie glauben, das ist *nicht* der Grund, warum ich heute hergekommen bin. Ich habe nichts dabei."

„Ich dachte, Polizei ist trainiert, vorbereitet zu sein für jede Eventualität", schnurrte Alexej. „Links von Ihnen, auf Regal."

„Mich im Austausch für Informationen ficken zu lassen, gehört nicht zu meiner Stellenbeschreibung", fuhr Patrick ihn an, während er gleichzeitig nach dem Regal und den Dingen griff, die darauf lagen. Er hätte erleichtert sein sollen, dass der Russe Kondom und Gleitmittel mitgebracht hatte, denn sonst wäre es ein gefährliches und sehr schmerzhaftes Angebot geworden. Aber es ging ihm trotzdem gegen den Strich. „Aber ich hätte wissen müssen, dass es Teil Ihrer ist."

Alexej hielt einen Moment lang inne und unterdrückte die Erinnerungen, die Flahertys verächtliche Bemerkung wachrief, dann nahm er ihm Flasche und Päckchen ab. „Sie ziehen Schmerz vor?" Er zuckte die Schultern. „Ich habe Geschmack dafür verloren." Er drückte sich einen großzügigen Klecks Gel auf die Finger und ließ sie durch die Gesäßfalte des jungen Mannes gleiten. Die andere Hand legte er auf Flahertys unteren Rücken, um ihn stillzuhalten. Er spürte ein leises Beben unter seinen Händen, als er einen langen Finger in die enge Öffnung schob. „Und wenn Sie nicht eingewilligt hätten … gibt immer andere Optionen."

Patricks Züge verzerrten sich in einer Kombination aus Verlangen und Frustration, als er den Finger in sich eindringen spürte und gleichzeitig die abwertenden Worte hörte. „Ich kann auch wieder gehen", schoss er zurück, obwohl er wusste, dass es dafür bereits zu spät war. Sein Körper war ebenso erregt wie Boczars und verlangte nach der Erlösung, die er, wie er wusste, in den Händen des Russen finden konnte. Aber er konnte die Bemerkung auch nicht einfach durchgehen lassen, ohne die arrogante Überlegenheit des anderen Mannes infrage zu stellen. Das lag schlicht nicht in seiner Natur, egal, wie unterwürfig die Position war, in der er sich befand.

„Aber Sie werden nicht", behauptete Alexej, während er einen zweiten Finger in den engen Kanal drückte. Er bewegte sie hin und her, bis er das Nervenbündel gefunden hatte, das er suchte. Flaherty konnte protestieren, so viel er wollte – keiner von ihnen wollte einen sanftmütigen, unterwürfigen Liebhaber. Hier ging es um Macht und Lust und um das Stillen eines Hungers, den sie beide vom ersten Augenblick an gespürt hatten, als sich ihre Blicke über Grischas Leiche im Cook County Hospital hinweg begegnet waren. Alexejs Schwanz zuckte, als ein besonders tiefer Vorstoß Flaherty ein Stöhnen entlockte und er entschied, dass der jüngere Mann ausreichend vorbereitet war. Er zog die Finger aus ihm heraus, riss das Päckchen mit dem Kondom auf und atmete scharf ein, als er den Gummi über seine drängende Erektion rollte. Allein Flaherty vorzubereiten, hatte ihn so steif werden lassen, dass es schmerzte.

Patricks gleichgültige Fassade bekam Risse, als Boczars Finger ihn verließen und er hob seine Hüften an. „Jetzt", flehte er. Sein Kopf fiel nach vorn; feuchte Haarsträhnen klebten an seiner Stirn. „Fick mich jetzt."

Alexej packte Flahertys Hintern mit beiden Händen, spreizte seine Gesäßbacken weit auseinander und drang mit einem einzigen, festen Stoß tief in ihn ein. So tief in ihm vergraben, wie er nur konnte, hielt er einen Augenblick lang inne. Flahertys Rücken wölbte sich und die Muskeln in seinem Innern schlossen sich so fest um Alexej, dass er um Selbstbeherrschung kämpfen musste, nicht wie ein grüner Junge augenblicklich zu kommen. Mit der einen Hand packte er Flahertys Schulter, während er mit der anderen um ihn herum griff und an einer harten Brustwarze zupfte. Ein tiefes Einatmen trug ihm den intensiven Geruch des Schweißes des jüngeren Mannes zu. Als Alexej sich und seinen Atem wieder unter Kontrolle hatte, begann er sich zu bewegen. Er zog sich zurück, bis er fast aus dem engen Kanal hinausglitt und stieß dann wieder tief zu. Seine Oberschenkel schlugen mit einem klatschenden Geräusch gegen Flahertys. Hitze und Widerstand waren so intensiv, dass sich ihm bei jedem Stoß seiner Hüften ein raues Knurren entrang.

Patrick spürte, wie Boczar um Beherrschung rang und tat alles, was er konnte, um sie zunichte zu machen: Er spannte die Muskeln in seinem Innern an, wenn der Russe sich zurückzog und drängte sich jedem seiner Stöße entgegen, wölbte den Rücken und schob seine Hüften nach hinten, um den anderen Mann noch tiefer in sich aufzunehmen. Er verlagerte sein Gewicht, sodass er eine Hand freimachen konnte und streichelte seinen vernachlässigten Schwanz. Ein tiefes Stöhnen entfuhr ihm, da sich selbst seine eigene Berührung auf seinem pulsierenden Schaft so gut anfühlte.

Alexej schob Flahertys Hand zur Seite und schloss seine eigene um den harten Schwanz des anderen Mannes. Die Muskeln in seinen Armen arbeiteten unter den verblichenen Tätowierungen, als er ihn grob streichelte. Er würde nicht mehr lange an sich halten können und Flaherty musste vor ihm kommen. Alexej nahm die andere Hand von Flahertys Schulter und packte stattdessen das warme Holz der Bank, dann beugte er sich vor, drängte seine Brust an Flahertys Rücken. Die dünne Schweißschicht auf ihren Körpern verschmolz sie miteinander, als Alexej begann, härter und schneller in den jüngeren Mann hineinzustoßen.

„Jetzt", keuchte er. Seine Zähne gruben sich in Flahertys Schulter, als er das unverkennbare Beben um sich herum spürte und die enge Hitze ihn noch fester umschloss.

Der raue Befehl entsprach so ganz genau dem, was Patrick wollte, dass er keine Chance hatte, sich zu widersetzen und sei es nur aus Prinzip. Sein Körper spannte sich an, als der Höhepunkt ihn wie ein Blitzschlag traf und jeder Muskel zitterte und bebte, während er kam. Alexej stieß weiter in ihn, dehnte den Augenblick länger und länger; der plötzliche, scharfe Schmerz in seiner Schulter war lediglich eine weitere intensive Empfindung. Trotz seiner Bemühungen, den Laut zurückzuhalten, entrang sich Patrick ein tiefes, langgezogenes Stöhnen, als er unter dem Gewicht des Körpers seines Geliebten zusammenbrach. „Ljoscha!"

Die Koseform seines Namens war Alexejs Verderben. Mit einem Keuchen warf er den Kopf zurück, sodass Schweißtropfen aus seinen feuchten Haaren flogen, als sein Orgasmus über ihn hereinbrach. Seine Hände schlossen sich brutal um Patricks Hüften, während sein Samen sich heiß und stoßartig aus ihm ergoss, das Kondom füllte, statt die enge Passage seines Geliebten und von dort auf seine Oberschenkel tropfte.

„*Lyubimyy*", stöhnte er halb erstickt und sackte auf Patricks Rücken zusammen. Eine Hand fuhr in die feuchten, dunklen Locken und er drehte Patricks Kopf für einen langen, innigen Kuss.

Patrick erwiderte den Kuss, sog gierig die Zärtlichkeit in sich auf und versuchte, sich umzudrehen und in Alexejs Arme zu schmiegen. So wenig er das Gefühl des anderen Mannes in sich verlieren wollte, so sehr brauchte er diesen Moment des Friedens, brauchte Alexejs Arme, die sich um ihn schlossen und hielten und sei es auch nur für einen winzigen Augenblick. Sie konnten die Realität nicht auf Dauer aussperren; umso mehr genoss er diese kurzen Augenblicke, in denen sie alle Masken fallen lassen konnten.

Als Patrick sich bewegte, griff Alexej nach dem Kondom, hielt es fest und glitt langsam aus dem warmen Körper unter ihm. Achtlos ließ er das Kondom auf den Boden fallen, bevor er seinen Geliebten in die Arme nahm.

Schweigen senkte sich auf sie herab, nur unterbrochen von ihrem sich langsam beruhigenden Atem. Patricks wilde Haare kitzelten sein Kinn, als Worte Alexejs Geist erfüllten, Worte, von denen er wusste, dass er sie niemals laut aussprechen konnte. Nicht, wenn es bereits eine Gefahr darstellte, auch nur den Namen seines Geliebten außerhalb seiner Gedanken zu verwenden. „Ist guter Eigentümer, der mir Gefallen schuldet und uns erlaubt, nach Ende von Öffnungszeiten hierherzukommen", bemerkte er schließlich und strich dem jüngeren Mann die Haare aus dem Gesicht. „Du bist zu laut, es zu tun, wenn andere in Nähe sind."

„Wird er dir nächstes Mal auch noch einen Gefallen schulden?", fragte Patrick leise. Eine Mischung aus freudiger Erregung und Bitterkeit schwang in seiner befriedigten Stimme mit. Er wusste, dass er nicht mehr verlangen konnte, als Alexej zu geben bereit war, doch ein Teil von ihm blieb leer, egal, wie vollkommen sein Geliebter ihn erfüllte, wenn sie zusammen waren.

„Du weißt, dass Pläne machen sinnlos ist", antwortete Alexej, ohne sich sein Bedauern in der Stimme anhören zu lassen, und löste sich von Patrick. Er zog seine Pistole aus dem Handtuchstapel, in dem er sie versteckt hatte und trat hinaus in den verlassenen Umkleideraum. Dort ging er zu dem ebenfalls verborgenen Stapel seiner abgelegten Kleidungstücke und begann schweigend, sich anzuziehen. So sehr sie sich auch beide wünschten, dass die Dinge anders waren: Die Gefahr, die sie immer wieder voneinander trennte, konnte weder ignoriert noch weggewünscht werden. Alexej hatte nicht so lange überlebt, weil er an unmögliche Träume glaubte.

Leise fluchend zerrte Patrick sein T-Shirt aus dem feuchten Kleiderhaufen auf dem Boden und zog es sich über den Kopf. Er hasste die Lüge, in der sie lebten, hasste die Masken, die sie trugen, aber er konnte nichts dagegen tun, wenn Alexej nicht bereit war, mitzuhelfen. Er trat in den Umkleideraum, wo er schweigend zusah, wie sein Liebhaber sich anzog. Vorwurfsvolle oder flehende Worte drängten sich auf seine Lippen, aber er hielt sie zurück. Sie würden Alexej nur noch weiter verstimmen und das brachte keinem von ihnen etwas.

Als sie beide angezogen waren, löschte Alexej das Licht und folgte Patrick in den dunklen Fitnessraum. Dort blieb er stehen und hob mit einem narbigen Finger das Kinn seines Geliebten an. Ihre Blicke begegneten sich in einem Moment wortlosen Verstehens. „Du weißt, wie du mich erreichen kannst", sagte Alexej leise, zog seine Handschuhe an und wandte sich zur Hintertür.

Patrick wusste, wie er den Russen erreichen konnte. Er wusste auch, dass Alexej ihn ebenso leicht erreichen konnte. Was er aber nicht tun würde. Der andere Mann hatte sich bereits abgewandt, sodass sie wieder getrennter Wege gehen konnten, als das Schweigen mit einem Mal für Patrick zu viel wurde. „Es wird nicht für immer genug sein", sagte er leise, aber er war sicher, dass Alexej ihn gehört hatte. Er stellte den Kragen seines Mantels auf gegen den stechenden Schneeregen, der angefangen hatte zu fallen, während sie im Inneren des Gebäudes gewesen waren, senkte den Kopf und verließ das Fitnessstudio, um nach Hause zu gehen.

2

ALLEIN IN seiner Wohnung in Bucktown goss Patrick sich eine Tasse Kaffee ein. Er verzog das Gesicht, als er sich nach dem Zucker auf dem obersten Regalbrett streckte und seine malträtierten Muskeln gegen die Bewegung protestierten. Patrick hatte recht behalten mit den blauen Flecken auf dem Bauch. Es war erst eine Stunde her, tat aber bereits höllisch weh. Verdammter Alexej, warum musste er nur so ein sexy Mistkerl sein.

Patrick nippte an seinem Kaffee und unterdrückte einen Fluch, als er sich die Zunge verbrannte. Das war einfach sein Glück in letzter Zeit. Und er hatte es nicht einmal geschafft, bei ihrem Intermezzo etwas Nützliches aus Alexej herauszubekommen. Nicht, dass er sich nur der Informationen willen mit ihm traf, auch wenn es seinerzeit genauso angefangen hatte. Inzwischen war es jedoch weitaus persönlicher geworden – wie er bewiesen hatte, indem er gegangen war, ohne auch nur zu versuchen, an die Informationen zu kommen, die er haben wollte.

Er trank einen weiteren, vorsichtigen Schluck und versuchte, sich daran zu erinnern, wie er und Alexej eigentlich überhaupt an diesen Punkt gekommen waren. Angefangen hatte es vor fünf Monaten. Er hatte einen Anruf bekommen, in dem sein Vorgesetzter ihn anwies, einen Vorfall zu untersuchen, der wie ein Wiederaufflammen von Bandenkriminalität aussah und das in einem Gebiet, das sie für nicht mehr umkämpft gehalten hatten. Er war zu dem Krankenhaus gefahren, in das sie die Opfer gebracht hatten in der Erwartung, dort die üblichen schwarzen oder lateinamerikanischen Jugendlichen zu finden. Stattdessen hatte er Alexej Boczar gefunden, der neben der Leiche eines tätowierten Russen stand.

Trotz der fast spätsommerlichen Wärme an jenem Oktobernachmittag, die Patrick dazu verleitet hatte, sich den Pullover auszuziehen und um die Hüften zu binden, trug der Russe einen langen, dunklen Mantel über seiner exakt gebügelten Buntfaltenhose und weiche, schwarze Lederhandschuhe an den Händen. Die dunklen Haare waren über der hohen Stirn mit Gel zurückgekämmt; die harten, markanten Züge hätten auch aus Granit gemeißelt sein können, so viel Emotion zeigten sie. Er hätte ein Geschäftsmann einer der polnischen Firmen entlang der Milwaukee Avenue sein können – wenn man davon absah, dass echte Geschäftsleute wohl kaum in Bandenschießereien verwickelt wurden.

„Detective Patrick Flaherty", stellte Patrick sich vor und zeigte ihm seinen CPD Stern. Er hatte zwar die Dreißig bereits hinter sich gelassen, sah aber immer noch jung genug aus, um gelegentlich verdeckt in einer der Straßenbanden zu ermitteln. Das machte eine offizielle Vorstellung jetzt notwendig, zumal er auch nicht wie ein Detective der Hauptwache der Area 3 gekleidet war. „Haben Sie gesehen, was passiert ist?"

Die stahlharten, grauen Augen des Mannes musterten Patrick von Kopf bis Fuß und kehrten dann zu seinem Gesicht zurück. Sein fast leerer Gesichtsausdruck änderte sich nicht, aber Patrick spürte seinen Blick wie eine körperliche Berührung. Ein Funke Anziehungskraft kribbelte durch seinen Körper. Entschlossen unterdrückte er das Gefühl. Er war im Dienst und hatte in einem Mordfall mit Verbindung zur Bandenkriminalität zu ermitteln. Das hinderte seinen Magen allerdings nicht daran, einen aufgeregten Purzelbaum zu schlagen.

Ohne sich eine dieser Reaktionen anmerken zu lassen, begegnete Patrick dem Blick des anderen Mannes offen und direkt, forderte ihn förmlich dazu heraus, eine Bemerkung über sein Alter oder sein lässiges Erscheinungsbild zu machen. Patrick war nicht im Dienst gewesen, als man ihn angerufen hatte, sonst hätte er wenigstens Hemd und Krawatte getragen. Sein Vorgesetzter hatte ihn aber dennoch einberufen, da er über viel Erfahrung mit den örtlichen Banden verfügte. Das Gesicht des Mannes, der ihm jetzt gegenüberstand, war neu und Patrick prägte es sich gut ein, um später alles über diesen mysteriösen Fremden herauszufinden, was er konnte.

Der Mann zuckte die Schultern. Er sprach langsam und mit starkem Akzent. „Er wurde erschossen."

Rückblickend war das eine ganz typische Reaktion für Alexej. Damals hatte sie Patrick auf die Palme getrieben. „Was Sie nicht sagen", schnappte er. „Möchten Sie mir vielleicht sagen, wer das getan hat?"

„Sie sind Polizei, ja?", fragte Alexej. „Sie sollen mir sagen."

„Das würde ich gerne", erwiderte Patrick, „wenn Sie mir helfen, das herauszufinden. Waren Sie bei ihm, als er erschossen wurde?"

„*Da*", stimmte Alexej mit einem Kopfnicken zu. Seine Blicke wanderten erneut über Patrick, langsamer diesmal und ein Mundwinkel zuckte nach oben.

Nur die Leiche auf der Bahre zwischen ihnen hielt Patrick davon ab, gegenüber diesem aufreizenden Russen handgreiflich zu werden. Der Respekt vor den Toten war eine der wenigen Lektionen seiner Mutter, die er im Lauf der Zeit noch nicht abgeschüttelt hatte. „Okay, dann sagen Sie mir, was Sie von dem Schützen gesehen haben." Er hoffte, dass eine offene Frage eher zu einer Antwort führte. Er hätte es besser wissen müssen.

Wieder zuckte der Russe die Schultern. „Da war Auto. Dunkle Fenster. Ich konnte Inneres nicht sehen." Seine Lippen zuckten erneut und diesmal war Patrick sicher, dass der Mann ihn auslachte. „Ist alles so schnell passiert."

Patrick verdrehte die Augen. „Ihren Namen und Kontaktdaten, bitte, damit ich Ihnen Bescheid geben kann, wenn ich seinen Mörder gefunden habe, da Sie ja scheinbar kein Interesse daran haben, uns zu helfen, ihn zu finden."

„Alexej Boczar." Er streckte Patrick über die Bahre hinweg eine Hand hin, die immer noch in einem schwarzen Lederhandschuh steckte. „Grischa wäre erfreut über Ihre Gewissenhaftigkeit."

„Und wenn ich Sie kontaktieren muss, Mr Boczar?" Patrick war erleichtert, dass er beim Aussprechen des fremdartigen Namens nicht gestottert hatte. Er sprach Spanisch so gut wie der durchschnittliche, in Chicago lebende Lateinamerikaner, aber er hatte nie einen Grund dazu gehabt, Russisch zu lernen. Mit seiner dunklen Haut und den dunklen Haaren konnte er als hispanisch durchgehen, als slawisch hingegen kaum.

Boczar fasste in seine Jacke und zog nicht die Pistole heraus, von der Patrick sicher war, dass sie irgendwo unter dem dunklen Mantel verborgen war, sondern ein schmales, silbernes Visitenkartenetui und einen Stift. Er schrieb schnell eine Nummer auf die Rückseite einer Karte und gab sie Patrick. „Sie können mich hier erreichen." Sein Blick begegnete erneut Patricks, die stahlblaue Iris glitzerte geheimnisvoll. „Wann immer Sie mich brauchen."

Patrick war sich sicher gewesen, dass die Nummer nicht echt war, aber er hatte die Karte trotzdem behalten und sich darangemacht, die anderen Augenzeugen zu befragen. Sie waren allesamt genauso hilfreich gewesen wie Boczar. Da es aber bekannte Gesichter und Namen gewesen waren, hatte er auch nicht sehr viel mehr erwartet. Er würde den Mörder vermutlich nicht fassen – es war frustrierend, wie selten es ihnen gelang, wenn es um Bandenrivalitäten ging – aber er hätte doch zumindest gerne gewusst, welche der Banden für die Schüsse verantwortlich war.

In den darauf folgenden Wochen hatte Patrick sein Bestes getan, so viel wie möglich über Boczar herauszufinden. Er hatte einen Freund in der zentralen Gefängnisverwaltung angerufen, der ihm einen Gefallen schuldete, hatte bei der Einwanderungsbehörde nachgefragt, sich bei der Abteilung für Organisiertes Verbrechen erkundigt sowie bei allen anderen sonstigen Stellen und Behörden, die ihm eingefallen waren. Er hatte unterm Strich genau absolut gar nichts herausgefunden, mit Ausnahme des Nachweises über seine Einwanderung aus Russland vor sieben Jahren. Keine Verhaftungen, auch die Homeland Security kannte ihn nicht. Der Mann hatte mit einem bekannten, russischen Mafioso in einem Auto gesessen. Patrick konnte nicht glauben, dass noch nie jemand gegen ihn ermittelt hatte.

Schließlich rief er aus Verzweiflung die Nummer auf der Karte an, die Boczar ihm gegeben hatte. Zu seiner Überraschung hatte sich die Nummer als echt erwiesen und Alexej den Anruf angenommen. Es wurmte Patrick, dass er die Stimme nach nur einem kurzen Gespräch, das mehrere Wochen zurücklag, gleich wiedererkannte, aber irgendetwas an diesem rauen, kehligen Timbre war ihm im Gedächtnis geblieben.

Er weigerte sich, es sich einzugestehen, dass der Grund dafür die erotischen Dinge waren, die diese Stimme mit ihm angestellt hatte.

„Mr Boczar, hier spricht Detective Flaherty", hatte Patrick begonnen. „Ich hatte gehofft, dass Sie mir vielleicht weitere Details über den Wagen des Schützen nennen könnten. Die Marke, das Modell, die Farbe, vielleicht einen Teil des Nummernschilds. Irgendetwas."

„Ich denke, Sie müssen nicht länger nach Wagen suchen", antwortete Alexej. „Man hat sich sicher inzwischen darum gekümmert."

Daran hegte Patrick keinen Zweifel, aber er hatte keine andere Ausrede für den Anruf gehabt. „Und der Schütze? Hat man sich um den auch gekümmert?" Die Frage war ihm über die Lippen gekommen, bevor er sie aufhalten konnte; ebenso wenig gelang es ihm, die Bitterkeit aus seiner Stimme herauszuhalten.

Er konnte Alexejs Gesichtsausdruck zwar nicht sehen, aber er war sich sicher, dass der Russe ihn auslachte. „Würde das Ihre Arbeit nicht leichter machen?"

Patrick schnaubte. „Schön wär's. Nein, das würde meine Arbeit nicht leichter machen, weil ich dann zwei Leichen hätte statt nur einer und dazu noch einen Vergeltungsschlag statt eines einfachen Mordes. Hören Sie, wenn Sie irgendetwas herausfinden, dann rufen Sie mich unter dieser Nummer an, anstatt sich selbst darum zu kümmern, okay? Ich möchte Sie nicht zu einer Befragung aufs Revier vorladen müssen, weil Sie ein Verdächtiger sind statt eines Zeugen."

„Ich habe Ihre Nummer", sagte Alexej, dann legte er auf.

Was nichts darüber sagte, ob er sie auch benutzen würde.

Patrick hatte die Sache nach dem Telefonat nicht auf sich beruhen lassen können und die Akten der Leichenhalle durchforstet in dem Versuch, ein Opfer zu finden, das im ersten Mord der Täter hätte sein können. Ohne Erfolg. Immerhin war es ihm gelungen, Boczar bis zu der Familie zurückzuverfolgen, für die er arbeitete.

Die Wolkows waren der Abteilung für Organisiertes Verbrechen, die die wachsende Präsenz osteuropäischer Krimineller in Chicago beobachtete und überwachte, gut bekannt. Sie waren vor zehn Jahren auf der Bildfläche erschienen und schnell einflussreich und mächtig geworden. Da es keine Haftbefehle gegen Boczar gab, weder alte noch gegenwärtig ausstehende, schien seine Mitgliedschaft in der Sippe jüngeren Datums zu sein. Allerdings wurde er häufig in Gesellschaft des Wolkow Sohns Konstantin gesehen, der genug Auseinandersetzungen mit dem Gesetz für sie beide hatte.

Patrick gewöhnte es sich an, dem anderen Mann in seiner Freizeit zu folgen. Keiner seiner aktuellen Fälle beinhaltete verdeckte Ermittlung im

Bandenmilieu und er hoffte sehr, dass er auch nie wieder einen solchen Fall bekam – er hatte im Zuge dieser Ermittlungen Dinge tun müssen, um seine Identität zu wahren, von denen er sich wünschte, dass es einen Weg gegeben hätte, sie nicht zu tun. Doch ein alter Kumpel von ihm, der in den Bereich Bandenkriminalität in der Abteilung für Organisiertes Verbrechen befördert worden war, war mehr als bereit gewesen, ein wenig aus dem Nähkästchen zu plaudern und er hatte Patrick alle Informationen über die russische Mafia, oder die *Vory v Zakone*, wie sie sich nannten, gegeben, die er haben wollte.

Alles was Patrick seitdem im Zuge seiner außerdienstlichen Observation gesehen hatte, bestätigte einerseits seinen Verdacht, dass Boczar bis über beide Ohren in der *Vory* steckte und stellte andererseits diese Überzeugung in Frage. Der Mann machte seine Runden durch die örtlichen Geschäfte, wo er mit ziemlicher Sicherheit Schutzgeld erpresste, allerdings kaufte er auch in jedem Geschäft etwas ein. In der Regel nichts Großes oder Teures, sondern Teilchen in der Bäckerei und Werkzeuge im Baumarkt. Und er kam nie an einer Kirche vorbei, ohne hineinzugehen und am Schrein des Heiligen Michaels eine Kerze anzuzünden. Mehr als alles andere war es das, was Patrick nicht verstand: ein Mafioso, der Religiosität nicht nur zur Schau trug, sondern aufrichtig zu sein schien in seiner Andacht.

Wenn es eine Sache gab, die Patrick mit jeder Unze seiner sturen, South Side-irischen Seele hasste, dann war es ein Rätsel, das er nicht lösen konnte und genau das war Alexej Boczar geworden.

Vier Wochen später war er der Lösung des Rätsels noch immer keinen Schritt nähergekommen. Nach einem langen Tag, den er damit verbracht hatte, ein Treffen zwischen den Imperial Gangstas und den Latin Cobras auszuhandeln, um einen Revierkampf zu schlichten, bevor der zu einem Blutbad eskalieren konnte, wusste Patrick, dass er nach Hause oder in einer der Bars ein Bierchen trinken gehen sollte. Was er dagegen nicht tun sollte, war Alexej Boczar zu folgen, während der seine Runde durch die Geschäfte entlang der Division Street machte.

Als die Nachmittagssonne schließlich hinter eine Wolkenbank sank, die von Westen her hereinzog und die herbstliche Kühle zunahm, bog Boczar von der Hauptstraße in eines der Wohngebiete ab. Patrick zögerte, ihm zu folgen; die Gefahr entdeckt zu werden, war ohne die Menschenmassen auf den Bürgersteigen, in denen er sich verstecken konnte, sehr viel größer. So ließ er Boczar erst einen Häuserblock Vorsprung gewinnen, bevor er ihm folgte.

Die bunten Blätter der Ahornbäume, die die Straße säumten, raschelten unter seinen Füßen. Patrick war nicht überrascht, das Ziel des Russen vor sich auftauchen zu sehen – eine weiße, reich verzierte Steinkirche, deren Hauptturm von einer goldenen Kuppel überspannt war. Boczar schlüpfte durch die Tür und Patrick wartete mehrere Minuten lang auf der gegenüberliegenden Straßenseite,

16

halb hinter einem Baum verborgen, den Kragen seiner Jeansjacke gegen die Kälte hochgestellt.

Als Boczar aus der Kirche herauskam, wandte er sich nicht wieder zurück in Richtung der Division, sondern schlenderte die Straße weiter hinunter und bog dann in eine schmale Gasse ein. Als Patrick ihm einen Moment später folgte, konnte er keine Spur seiner Beute entdecken. Einen Moment lang fragte er sich, ob der andere Mann durch eine der Hintertüren in eines der Häuser getreten war und wollte seine Mission für den Abend schon aufgeben, als sich ihm plötzlich ein Arm gegen die Kehle drückte und ihm die Luft abschnitt. Patrick wurde grob rückwärts gegen eine Garagenwand gedrängt und dort festgehalten; die raue Holzverkleidung schürfte seine Wange auf.

„Sie denken, ich merke nicht, dass Sie mir folgen?", knurrte ihm eine tiefe Stimme ins Ohr.

„Es hat lange genug gedauert, bis Sie es gemerkt haben", sagte Patrick, ohne sich gegen den festen Griff zur Wehr zu setzen. Er konnte später immer noch gegen Boczar ankämpfen, wenn der ihn tatsächlich bedrohte.

„War unnötig, Sie zur Rede zu stellen." Der Arm über seiner Kehle lockerte sich nicht, aber irgendwie fühlte sich der Griff mit einem Mal doch anders an. Weniger so, als würde er festgehalten und mehr intimer. „Aber ich frage mich, warum Sie mir weiter folgen. Sie sehen, ich breche keine Gesetze."

„Vielleicht mag ich Sie ja einfach", schoss Patrick zurück, da er nicht zugeben wollte, dass es tatsächlich nichts gab, was er Boczar zur Last legen konnte. „Oder vielleicht habe ich Dinge gesehen, von denen Sie nicht wissen, dass ich sie gesehen habe. Sagen Sie mir, wer Ihren Freund erschossen hat und ich vergesse das alles."

„Was alles?" Da war er wieder, dieser Ton in Boczars Stimme, der wie ein verborgenes Lachen klang. „Sie sind so gewissenhafter Polizist, Sie hätten mich bestimmt schon lange verhaftet, wenn ich Verbrechen begangen hätte."

„Vielleicht bin ich ja der Meinung, dass Sie als meine Augen auf der Straße wertvoller sind als hinter Gittern", erwiderte Patrick. Er bemühte sich sehr, nicht so gereizt zu klingen, wie er sich fühlte. Er musste den Unbeteiligten spielen, sonst verlor er den Mann mit ziemlicher Sicherheit.

„Ich ziehe meine Augen auf dem vor, was sie jetzt gerade sehen", schnurrte Boczar, senkte den Arm und trat zurück, erlaubte es Patrick so, sich umzudrehen. Kühler Wind ersetzte die Wärme des russischen Körpers.

„Was Sie jetzt gerade sehen, ist nicht zu haben", fuhr Patrick ihn an. Ihm stellten sich die Nackenhaare auf bei der Vorstellung, seinen Körper im Austausch für Informationen einzusetzen. Sicher, er hatte das vorher bereits getan und öfter, als er zählen wollte. Aber an diesem Tag, in diesem Augenblick, war er bei dem Gedanken erfüllt von rechtschaffener Empörung.

„Alles hat Preis", gab Boczar glatt zurück.

„Und Sie glauben, dass Sie etwas wissen, das wertvoll genug ist?",
entgegnete Patrick. Er hatte seit jenem Tag oft und oft bewiesen, dass es nicht
mehr bedurfte als Alexejs Berührung, aber damals hatte das keiner von ihnen
gewusst. Damals war es eine echte Verhandlung gewesen.

Boczar zuckte die Schultern. „Sie machen mir Angebot."

Patrick zögerte. Sein Ehrgeiz, seine Motivation und ja, auch sein Schwanz
hinderten ihn daran, bei dieser Unverschämtheit einfach davonzumarschieren.
Er hatte im Zuge seiner verdeckten Ermittlungen einige fragwürdige Dinge
getan, um seine Zielperson festzunageln – das hier würde nicht anders sein.
Außerdem musste er herausfinden, wie sich diese Hände auf seinem Körper
anfühlten.

Offenbar benötigte er zu lange für eine Reaktion, denn Boczar murmelte
etwas von Zeitverschwendung und trat einen weiteren Schritt zurück. Bevor
er sich abwenden konnte, ergriff Patrick seinen Arm. Sein Ziel war nicht, den
Russen zu überwältigen oder seinerseits gegen die Wand zu drücken, sondern
nur ihn an Ort und Stelle festzuhalten, damit sie reden konnten. Aber Boczar
verstand seine Geste falsch und diesmal fand Patrick sich wirklich festgenagelt,
unfähig, sich auch nur den kleinsten Zentimeter zu rühren.

Er wehrte sich dennoch, kämpfte so gut er konnte gegen den
unbarmherzigen Griff an. Sein sich hin und her winden bewirkte, dass sich ihm
seine Pistole in die Rippen drückte, aber er unternahm keinen Versuch, danach
zu greifen, um sich zu verteidigen. Selbst damals hatten sie beide gewusst, dass
er das nicht tun würde. Seine Anstrengungen bewirkten lediglich, dass sich sein
Körper an Alexejs rieb, was Patrick nur noch mehr erregte.

Boczar stützte sich mit einer Hand neben Patricks Kopf ab und drückte
ihn mit den Schultern gegen die Garagenwand; seine freie Hand glitt zwischen
ihre Körper, tiefer, legte sich schließlich um die Wölbung in Patricks Jeans.
„Ich wiederhole Frage. Was bieten Sie an?"

„Sie nehmen es sich bereits", sagte Patrick mit einem unwillkürlichen
Stöhnen und sein Kopf fiel nach vorn. Er wusste nicht, was als Nächstes
geschah, aber er würde die Dinge nehmen, wie sie kamen. Und vielleicht, mit
etwas Glück, hatte er hinterher mehr, als er gehabt hatte, bevor er in die Gasse
getreten war.

„Hm, vielleicht gebe ich Ihnen stattdessen etwas." Boczars Finger
spreizten sich auf dem verschlissenen Jeansstoff. Seine Handfläche drückte
fester, lockte, forderte.

Durch das dickere Material entlang des Reißverschlusses war das
Gefühl von Alexejs Hand nicht ganz so intensiv zu spüren. Es war aber doch
genug, dass Patricks Hüften reflexartig in diese unerwartete Liebkosung
vorstießen. Das Gewicht von Alexejs Körper auf seinen Schultern ließ ein
wenig nach, was Patrick einen gewissen Bewegungsfreiraum gab. Jedem

Kind wäre klar gewesen, dass Patrick nicht versuchte, zu entkommen und Alexej war kein Kind.

Es war peinlich, wie wenig Zeit verging, bevor Patrick in seiner Jeans kam. „Ich habe Ihnen gegeben, was Sie wollten", sagte er mit heiserer Stimme. „Jetzt sind Sie dran."

„Ich denke, ich habe Ihnen gegeben, was Sie wollten", entgegnete Alexej, trat einen Schritt zurück und studierte Patrick mit selbstzufriedenem Gesichtsausdruck. „Ist Grund, warum Sie mir folgen, nein?"

„Das haben Sie völlig falsch verstanden", beharrte Patrick. Er zwang sich, mental bei der Sache zu bleiben, auch wenn sein Körper eigentlich nur satt und zufrieden gegen die Garagenwand sinken wollte. „Ich bin Ihnen gefolgt, weil ich versuche, den Mörder Ihres Freundes zu finden und zu verhaften. Im Austausch für Informationen, die mir helfen, genau das zu tun, habe ich Ihnen gerade das gegeben, was Sie, wie Sie mir angedeutet haben, wollten. Jetzt sind Sie an der Reihe. Sonst verhafte ich Sie wegen tätlichem Angriff und Belästigung."

„Tätlicher Angriff?" Alexejs Brauen hoben sich und seine Lippen wurden schmal. „Ich habe nicht gesehen, dass Sie versucht haben, sich loszumachen."

„Und wem, meinen Sie, wird man auf dem Revier glauben?", forderte Patrick ihn heraus. „Dem eigenen Kollegen oder dem russischen Gangster?"

„Ich bin Geschäftsmann", teilte Boczar ihm höflich mit. „Aber weil Sie so freundlich fragen, ich erinnere mich, als Grischa erschossen wurde, Mann in Auto trug gold-schwarze Jacke."

Patrick erkannte diese Information als das, was sie war. Einem anderen Informanten hätte er vermutlich die Hand gereicht, aber angesichts der Sauerei in seiner Hose schien das ein wenig unpassend. „Schön, mit Ihnen Geschäfte zu machen", sagte er stattdessen. „Sie wissen, wie Sie mich erreichen können, wenn Ihnen noch etwas einfällt, das ich wissen muss."

Boczar neigte den Kopf. „Und Sie wissen, wie Sie mich erreichen." Er drehte sich um und schob beim Weggehen eine Hand in die Hosentasche.

Patrick blieb lange Zeit in der Gasse stehen, bevor er nach Hause ging. Am nächsten Morgen war er wieder zur Leichenhalle gefahren und hatte dort nach einer Leiche gesucht, die die gold-schwarzen Gangfarben trug. Er hatte eine gefunden. Erwürgt. Der Fall war nicht bis in seine Abteilung vorgedrungen, da er trotz der Farben, die der Mann trug, nicht nach einem Bandenverbrechen aussah. Patrick hatte den Detective in dem Fall angerufen und einen Einblick in die Akte des Mannes erhalten. Er war mit der Hand erwürgt worden. Was einiges an Kraft und einen starken Griff erforderte.

In Patrick stieg die Erinnerung an Boczars Hand auf seinem Körper auf, wie er ihn durch die Schichten seiner Kleidung hindurch berührt hatte. Der Russe war nicht grob mit ihm gewesen. Fordernd, das ja, aber nicht so sehr, als dass er Patrick wehgetan hätte. Nein, der Gedanke war eindeutig gewesen, Patrick Vergnügen zu verschaffen.

Von der Mordmethode abgesehen, hatte der andere Detective fast nichts gehabt und Patrick hatte nicht gewusst, wie er erklären konnte, dass die beiden Fälle zusammenhingen. Also hatte er sich damit begnügt, den Mann um ein Foto von dem Gesicht des toten Mannes zu bitten. Er hatte schon einmal Informationen aus Boczar herausgeholt. Vielleicht klappte das auch ein zweites Mal.

Trotzdem war fast eine ganze Woche vergangen, bevor er das Handy in die Hand genommen und ein weiteres Treffen mit den Russen vereinbart hatte, denn jetzt kannte er den Preis für ihre Zusammenarbeit.

Sie hatten sich nach Einbruch der Dunkelheit im Pulaski Park getroffen. Boczar war misstrauisch gewesen, als Patrick ihn angerufen hatte, aber konnte er dem anderen Mann kaum einen Vorwurf daraus machen. Patrick hatte ihm versichert, dass er ihm nur das Foto eines möglichen Verdächtigen zeigen wollte, um zu sehen, ob er ihn wiedererkannte, mehr nicht. Er hatte sogar den Park als Treffpunkt vorgeschlagen als eine Art neutraler Boden, statt Boczar zu zwingen, aufs Revier zu kommen. Daraufhin hatte der Russe eingewilligt und Patrick hatte gewusst, warum. Der Park oder vielmehr die Toiletten im Parkgebäude, boten einen vergleichsweise abgeschiedenen Ort für ihren Austausch. Patrick hatte zwar versuchen wollen, eine andere Form des Ausgleichs zu finden, aber sie hatten beide gewusst, wie der Abend enden würde, selbst damals schon.

Boczar trug zu ihrem zweiten Treffen denselben dunklen Mantel und dieselben Handschuhe wie immer. Patrick fragte sich, ob der Mann überhaupt Freizeitbekleidung besaß, aber er hatte nicht vor, sich danach zu erkundigen. Stattdessen begrüßte er den Russen kurz angebunden und zog dann gleich das Foto aus der Tasche. „Ist dies der Mann, der Ihren Freund erschossen hat?"

Der Russe warf einen flüchtigen Blick auf das Foto. „Ich habe ihn noch nie gesehen."

„Woher wissen Sie das?", forderte Patrick ihn heraus. „Sie haben sich das Bild ja kaum angesehen. Oder brauchen Sie etwas, um Ihrem Gedächtnis auf die Sprünge zu helfen?" Er hatte nicht vorgehabt, die Art der Bezahlung schon so früh anzusprechen, aber sein Mund hatte sich scheinbar verselbstständigt. Und einmal ausgesprochen konnten die Worte nicht mehr zurückgenommen werden.

„Ich denke, diesmal nehme ich Angebot an." Boczar neigte den Kopf in Richtung des Parkgebäudes und ging los, ohne zu sehen, ob Patrick ihm folgte. Er betrat die Toiletten und ging zu der Kabine am hinteren Ende der Reihe, schloss die Tür hinter Patrick ab und knöpfte seinen Mantel auf. „Öffnen Sie Reißverschluss."

„Was, ich bekomme nicht erst einen Kuss?", witzelte Patrick, während er den Reißverschluss an der Hose des Russen öffnete und eine Hand hindurchschob. Boczar war bereits halbsteif. Patrick schloss seine Hand um ihn, drückte und massierte ihn und es dauerte nicht lange, bis er komplett erigiert war. Allerdings war der Winkel für mehr zu unpraktisch und so machte Patrick sich daran, den anderen Mann aus seiner engen Unterhose – schwarz wie alles, was er trug – zu pellen, bis seine Erektion nackt aus dem Nest dunklen Stoffs herausragte. Patrick wollte sich nicht auf den schmutzigen Fußboden knien; zum Glück bot die Toilette hinter ihm einen ausgezeichneten Sitzplatz, der ihn auch genau auf die richtige Höhe brachte.

„*Da*, genau so", befahl Boczar und lehnte den Kopf zurück an die mit Graffiti beschmierte Wand der Kabine. Seine halb geschlossenen Augen blieben fest auf Patricks Gesicht geheftet.

Es war dieser Blick, der Patricks Blut in Wallung brachte, mehr noch als das Gefühl des harten Schwanzes, der in seiner Hand pulsierte. Es dauerte nicht lange, bis Boczar sich über seine Hand ergoss und unter diesen unwiderstehlichen Augen, die ihn so unverwandt beobachteten, gab Patrick seinem Verlangen nach, hob die Hand an die Lippen und leckte sie sauber.

Ein Laut, der verdächtig nach einem Stöhnen klang, hallte von den Betonziegelwänden der Toilette wider und Boczar zog Patrick grob auf die Füße. „Ich nehme Kuss jetzt", murmelte er und presste seinen Mund auf Patricks. Seine Zunge erzwang sich den Weg zwischen Patricks Lippen, plünderte die warme Süße seines Mundes.

Patrick konnte unter diesem Ansturm nichts anderes tun, als hilflos dazustehen und sich Boczar zu ergeben, wie er sich noch nie zuvor einem anderen ergeben hatte. Ihm wurde schwindelig, während sie so dort standen, ineinander verschlungen in einer schmuddeligen Toilette in einer kalten Nacht Mitte November, doch ihre Umgebung war ohne Belang. Als Boczar sich schließlich von ihm löste, war Patrick so heiß und erregt, wie je ein Liebhaber in einem Bett ihn gemacht hatte. „Und das Bild?", zwang er sich zu fragen, statt Alexej für einen weiteren Kuss an sich zu ziehen.

„Nicht Schütze." Boczar richtete seine Kleidung, knöpfte sich den Mantel zu und zog seine Lederhandschuhe aus der Manteltasche. „Fahrer."

Patrick ließ ihn gehen, während er diese Information verdaute. Es gab dort draußen irgendwo noch eine Leiche, die entweder noch nicht gefunden oder noch nicht identifiziert worden war. Aber das war ein Problem für später. Das weitaus drängendere Problem jetzt war seine schmerzende Erektion. Patrick ging nach Hause und holte sich einen runter; die Fantasie, in der er dabei schwelgte, war allerdings nicht die Erinnerung von Alexejs Schwanz in seiner Hand, sondern die Erinnerung von Alexejs Lippen auf seinen.

Selbst rückblickend konnte Patrick nicht sagen, wann genau aus Alexej ein Liebhaber statt eines Informanten geworden war, aber es war lange bevor CPD endlich die Leiche von Grischas Mörder gefunden hatte gewesen. Er wünschte sich nur, dass die Schwierigkeiten ihrer Beziehung genauso leicht zu lösen wären, wie es der Fall letzten Endes gewesen war.

3

ALEXEJ FUHR auf den verlassenen Parkplatz, stellte den Motor aus und saß einen Moment lang regungslos in dem dunklen Auto. Der Wodka, den er getrunken hatte, pulsierte immer noch warm in seinem Blut, aber das konnte er ignorieren. Die Erinnerung an das, was man ihm befohlen hatte zu tun, war schwerer abzuschütteln. Er wünschte sich ein weiteres Mal, dass er Zeit gehabt hätte, zu duschen und sich umzuziehen, aber sie hatten dieses Treffen, lange bevor Konstantin entschieden hatte, dass es etwas zu feiern gab, ausgemacht. Alexej warf einen Blick in den Rückspiegel und schnitt eine Grimasse. Er fuhr sich einmal mit der Hand über die Haare, stieg aus dem Auto und ging über den rissigen Asphalt hinüber zu dem leerstehenden Lagerhaus.

Im Innern des Gebäudes, versteckt hinter den durch Alter und Vernachlässigung blinden Fenstern, beobachtete Patrick, wie der ältere Mann den verlassenen Parkplatz überquerte. Sein Atem legte sich in der Kälte um seinen Kopf wie der Rauch seiner geliebten Zigaretten. Patricks Lenden wurden heiß und schwer, als er daran dachte, wie der Abend verlaufen würde. Gleichzeitig erfüllte ihn ein leises Unbehagen bei dem Gefühl von Gleitgeltube und Kondompäckchen in seiner Hosentasche. In der Vergangenheit hatte er sich immer darauf verlassen, dass sein Kontaktmann vorbereitet war, aber heute Abend ... Er wandte den Blick von der verlockenden Gestalt ab. Heute Abend würde er mitschuldig sein an seinem eigenen Ruin.

Alexej fand die Tür unverschlossen vor, wie Flaherty versprochen hatte. Die schwere Kette rasselte gegen verrostetes Metall, als er sie öffnete und eintrat. Er blieb einen Moment lang stehen, während seine Augen gewohnheitsmäßig einmal rasch durch die offene Halle glitten, aber er sah nichts und niemanden außer dem Mann, der auf der anderen Seite neben den Fenstern stand. In dem Bewusstsein, dass er lediglich Zeit schindete, zündete Alexej sich eine Zigarette an und sog den scharfen Rauch in seine Lungen, bevor er die Halle betrat und die Tür hinter sich zufallen ließ. Sie sperrte alles Licht aus und tauchte den Raum in Dunkelheit, die nur durch den schwachen Schein von draußen, der durch ein paar zerbrochene Fensterscheiben hereindrang, gebrochen wurde. Alexejs Schritte hallten laut von den Betonwänden, als er auf Flaherty zuging.

„Sie sind spät dran", sagte Patrick, aber in seiner Stimme lag weder Schärfe noch Vorwurf. So sehr er es auch hasste, er wusste, dass Boczars Zeit nicht ihm selbst gehörte. „Ein paar Minuten später und ich wäre vielleicht nicht mehr hier gewesen."

Eine Lüge, das war ihm bewusst, aber eine, die er aussprechen musste. Er hätte auch sehr viel länger gewartet, als er es getan hatte, hätte sich an der schwindenden Hoffnung festgeklammert, dass sein Liebhaber doch noch kommen würde. Da sie beide jederzeit von etwas aufgehalten werden konnten, das jenseits ihrer Kontrolle lag, hatten sie vereinbart, nicht länger als eine halbe Stunde auf den anderen zu warten, wenn er nicht zur vereinbarten Zeit kam. Ihre Treffen waren bereits gefährlich genug; sie mussten das Risiko, ertappt zu werden, nicht noch durch Unachtsamkeit erhöhen. Aber Patricks Verlangen, den anderen Mann zu sehen, seinen starken Körper zu spüren, war so groß geworden, dass er bereit war, dieses Risiko einzugehen.

„War … nicht zu vermeiden", antwortete Alexej und blieb ein paar Schritte von Flaherty entfernt stehen. Er hätte anrufen und das Treffen absagen oder auch einfach nicht herkommen können, aber ein Teil von ihm brauchte diese gemeinsame Zeit, musste Abstand legen zwischen sein Leben und den Erinnerungen, wenn auch nur für ein paar kurze Augenblicke. Er zog erneut an seiner Zigarette, dann ließ er sie auf den Boden fallen und trat sie mit dem Absatz aus. Das Knirschen und ihr Atem waren die einzigen Geräusche. „Und Sie schimpfen über meine Wahl von Treffpunkt", sagte er und ein Mundwinkel hob sich.

„Es ist verlassen", entgegnete Patrick, während seine Augen hungrig über den drahtigen Körper vor ihm glitten, verborgen unter dem schweren Mantel. Aber er musste ihn nicht sehen, um zu wissen, was unter all dem Stoff lag. Jede Linie dieses Körpers hatte sich in sein Gedächtnis eingebrannt, in seinen Körper, in sein Herz. In seine Seele. Patrick schob diese hoffnungslosen Gedanken beiseite und fuhr fort: „Die Razzia hier vor ein paar Tagen garantiert, dass weder die Polizei noch die Eigentümer herkommen werden, um uns zu stören. Es gibt ein Hinterzimmer mit einer Couch und einem Feldbett. Irgendwie habe ich geahnt, dass Sie nicht kommen werden, wenn ich meine Wohnung als Treffpunkt vorschlage."

„Sie haben recht", gab Alexej zu und ignorierte den Witz, den die Wortwahl des Detectives förmlich einlud. Dank der Vorkommnisse des früheren Abends bestand die reale Möglichkeit, dass er nicht noch einmal kommen konnte. Andererseits, wenn man die Art in Betracht zog, wie sein Körper reagierte – genauso, wie er immer reagierte – und das nur, weil er dem jüngeren Mann nahe war, dann musste er sich da keine Gedanken machen. Er hätte sich umdrehen und gehen sollen, aber stattdessen neigte er den Kopf und begegnete Flahertys Blick. „Warten wir noch auf jemanden oder können wir tun, weshalb wir hier sind?"

Seine direkten Worte schockierten Patrick im ersten Moment, aber dann realisierte er, dass sie allein waren, vollkommen allein. Keine Möglichkeit, gehört oder gesehen zu werden und ohne potentielle Zeugen mussten sie nicht so tun, als wäre ihre Begegnung nichts weiter als ein Treffen zwischen einem Bullen und einem möglichen Informanten. Er streckte seine Hand aus, um die des anderen Mannes zu ergreifen und ihn ins Hinterzimmer zu führen, aber etwas in Alexejs kaltem Blick ließ ihn seine Hand wieder senken. „Hier entlang", sagte er stattdessen schlicht, drehte sich um und durchquerte die leere Halle zum Büro mit seinem minimalen Luxus.

Der Raum war genauso spartanisch, wie Flaherty gesagt hatte, wenn auch ein wenig sauberer als der Rest des Lagerhauses. Die Neonröhren über ihren Köpfen brummten und flackerten und Alexej schaltete sie aus, wobei er bewusst nicht darüber nachdachte, warum er die Dunkelheit bevorzugte. Mit einem Schulterzucken entledigte er sich seines Mantels und hängte ihn an einen Haken an der Tür. Durch das schmierige Fenster drang gerade genug Licht herein, dass er sehen konnte, wie Flaherty seine Jeansjacke aufknöpfte und sie zusammen mit seinem Schulterholster auszog. Für einen Moment war sein schlanker Körper eine Silhouette im dämmrigen Licht und Alexej spürte, wie sein Schwanz hart und steif wurde. Er wusste, was unter dem Rest der Kleidung verborgen war, kannte all die Dinge, die im Halbdunkel des Raumes nicht sichtbar waren und allein die Erinnerung war so viel erregender als alles, was er im Lauf des Abends gesehen hatte.

Patrick trat ein paar Schritte vor, näher an den Russen heran, um seine Jacke und das Schulterholster ebenfalls aufzuhängen. Als er sich vorbeugte, stieg ihm ein vertrauter Geruch in die Nase. Alexej roch nach Sex … bevor sie mehr getan hatten, als sich zu begrüßen. Die plötzliche Erkenntnis ließ ihn einen Schritt zurücktaumeln, dann noch einen.

„Was glaubst du, was ich bin?", zischte er. Der Betrug wirkte wie eine kalte Dusche auf sein Verlangen. „Hast du geglaubt, ich merke es nicht? Oder dachtest du, ich bin so verzweifelt, dass es mir egal ist? Bist du deshalb so spät? Weil du noch einen anderen gefickt hast?"

Alexej unterdrückte einen Fluch und schüttelte den Kopf. Er wusste, dass es ein Fehler gewesen war, herzukommen. Hatte gewusst, dass Flaherty realisieren würde, was er getan hatte. Wozu Konstantin ihn gezwungen hatte. Aber nein, das war eine Ausrede, selbst in seinen eigenen Ohren.

„Du weißt, was ich bin", erwiderte er schroff. „Ich befolge Befehle. Manchmal sind Befehle für … nicht schöne Dinge." Und vielleicht hatte er gehofft, genau diese Auseinandersetzung zu provozieren. Denn natürlich würde es Flaherty anwidern, wenn er erkannte, was Alexej wirklich war. Alexej hatte kein Recht darauf, etwas anderes zu erwarten. Er griff nach seinem Mantel und zuckte die Schultern. „Wir beide wissen von Anfang an, dass es unklug ist."

Wutentbrannt warf Patrick sich auf ihn, ohne darüber nachzudenken, wie Boczar vielleicht reagieren mochte. Er stieß den älteren Mann zurück, drängte ihn gegen die Tür. „Zum Teufel, nein", fauchte er wütend. Er wusste, was Alexej war – er hasste, was Alexej war –, aber er hatte es akzeptiert. Er hatte nur nicht erwartet, dass der Russe es ihm so offen und brutal unter die Nase reiben würde. Jedenfalls nicht so. Und doch: Er weigerte sich, dieses ... dieses verfluchte was-auch-immer-es-zwischen-ihnen-war auf diese Art enden zu lassen. „Du kannst mir nicht einfach eine lahme Ausrede hinwerfen und weggehen. Du bist hergekommen. Du hättest auch einfach wegbleiben können. Aber du bist gekommen. Warum, Alexej? Warum uns beiden das antun?"

Gute Frage. Die Woge der Lust, die Flahertys reine körperliche Nähe in Alexej aufbranden ließ, so viel berauschender als der Wodka, den er getrunken hatte, war eine Antwort. Alexej drängte sich an den anderen Mann, ließ ihn seine Erregung spüren. „Darum", antwortete er, umfasste Flahertys Gesäß und zog ihn hart an sich, presste ihre Körper noch fester aneinander. Ein leises Gefühl der Macht durchrieselte ihn, als er die Antwort spürte. „Braucht es anderen Grund?"

Patrick konnte nicht verhindern, dass sein Körper reagierte, dass seine Hüften sich dem anderen Mann entgegenhoben und dass sein Schwanz gierig zuckte bei dem Gedanken, die störenden Kleidungsstücke zu entfernen. „Du hast ,es' heute schon gehabt", fauchte er. „Wobei du mich eindeutig nicht gebraucht hast, um zum Orgasmus zu kommen. Also warum brauchst du mich jetzt?"

„,Es' war nicht, was ich wollte", sagte Alexej rau. Er schloss die Augen und spreizte die Beine, zog Patrick dazwischen und rieb ihre Erektionen aneinander. Seine Lippen glitten über die warme Haut am Hals seines Geliebten und er schmeckte seinen Schweiß, seine Wut. Er vergrub eine Hand in Patricks Haaren und hielt ihn fest, als der jüngere Mann versuchte, sich loszumachen, fuhr mit den Zähnen über die vor Spannung harten Sehnen in seinem Hals. „Es war nicht *das*", gestand er, bevor er seine Lippen mit einem leisen Laut auf Patricks legte. „Warst nicht du."

Patrick wollte sich gegen ihn wehren, wollte an seiner Wut festhalten, aber die Worte waren mehr, als Alexej ihm je gegeben hatte und sie stahlen seinen Zorn und ließen sein Herz schmelzen. Es waren vielleicht nicht die Worte der Liebe, die zu hören er nicht zu hoffen wagte, aber sie waren doch die Bestätigung, dass zwischen ihnen mehr war als nur die anonymen Ficks, die zu wollen sie vorgaben, so verdreht es auch sein mochte.

Patricks leises Stöhnen antwortete dem seines Geliebten und er erwiderte den Kuss inbrünstig. Lippen und Zähne kollidierten hart, als er versuchte, seine aufgewühlten Emotionen in ihrer gemeinsamen Leidenschaft zu ertränken. Sie küssten sich nur selten, während sie Sex hatten, die Berührung ihrer Lippen etwas zu Intimes für die Gefühllosigkeit des körperlichen Aktes. Doch heute Abend fühlte es sich richtig an.

Alexej spürte den Moment, in dem Patrick aufhörte zu kämpfen. Die stillschweigende Einwilligung des jungen Detectives mochte lediglich Anzeichen dafür sein, wie lange ihr letzter Fick bereits her war, aber sie stieg Alexej schneller zu Kopf als all der Wodka, den er mit Konstantin getrunken hatte. Er lehnte sich zurück gegen die Tür, hielt mit einer Hand Patricks Kopf still und schwelgte in dem sauberen Geschmack seines Mundes, während er mit der anderen die Knöpfe an Patricks Hemd öffnete. Er musste die glatten, festen Muskeln unter seiner Hand spüren, musste die Stärke des anderen Mannes – Patricks Stärke – fühlen, während sie versuchten, einander noch näher zu kommen.

Patrick erwiderte eifrig und willig jede Berührung, jeden Kuss seines Geliebten. Sein Herz raste wie wild, als Alexej sich mehr nahm – mehr annahm – als jemals zuvor. Er griff nach dem Gürtel des Russen und machte sich daran zu schaffen, erpicht darauf, seine Beute so schnell wie möglich in die Hände zu bekommen. Es war schon zu lange her und die letzten Augenblicke waren zu angespannt und schmerzhaft gewesen, als dass er sich auch nur ansatzweise gedulden konnte. Er schob eine Hand unter den Hosenbund des Gangsters, während er mit der anderen den Reißverschluss seiner Hose öffnete. „Brauche dich …" Er hob den Kopf, um nach Luft zu schnappen.

Alexej widerstand dem Drang, Patricks Mund zu folgen und ließ stattdessen seine Lippen an der langen Kehle hinunterwandern. Einen Moment lang hielt er inne, als er die Glieder der Goldkette spürte, die dem Detective immer um den Hals lag, dann bewegte er sich tiefer. Gleichzeitig streifte er seinem Geliebten das Hemd von den Schultern, sodass er seine Lippen auf die glatten, festen Muskeln seiner Brust drücken konnte. Er zog den Ausschnitt des T-Shirts, das Patrick unter dem Hemd trug, tiefer und rieb mit dem Daumen sanft über eine der braunen Brustwarzen, bis sie hart und fest wurde, dann schloss er mit einem erstickten Stöhnen die Zähne darum. Die andere Hand, die er in Patricks Haaren vergraben hatte, glitt den Rücken des jüngeren Mannes hinunter und schloss sich um sein Gesäß, zog ihn näher an sich. Patricks Hand wurde zwischen ihren Körpern eingeklemmt, als Alexej seine Hüften vorstieß, sie an die des jüngeren Mannes drängte.

Der plötzliche Druck gegen seinen schmerzenden Schwanz entlockte Patrick ein heiseres Stöhnen. Wenn Alexej sich an den üblichen Ablauf ihrer Treffen hielt, dann würde es nur noch wenige Sekunden dauern, bis er gegen eine Wand gedrängt wurde und der harte Schaft seines Geliebten ihn unerbittlich füllte. Um das zu beschleunigen, machte Patrick seine eingeklemmte Hand los und zog an Alexejs Hose, bis er sie ihm auf die Oberschenkel hinuntergeschoben hatte. Lockend streichelte er diese harten Muskeln. In ihm brannte die Sehnsucht danach, erfüllt zu werden, so wie es nur dieser Mann konnte. Es kam ihm nicht in den Sinn, sich darüber zu wundern, wie ungewöhnlich es war, dass Alexej dem Rest seines Körpers solche Aufmerksamkeit widmete. Das Verlangen, Alexej in sich zu spüren, war zu groß geworden.

In dem wachsenden Bedürfnis, mehr dieses festen, muskulösen Körpers mit Mund und Lippen zu erkunden, zog Alexej Patrick das T-Shirt über den Kopf, entblößte seinen glatten Oberkörper. Während er jeden Zentimeter nackter Haut mit Mund und Lippen und Zähnen erforschte, machten sich seine Hände an Patricks Gürtel und Jeans zu schaffen und ließen sie zu Boden fallen. Die Spur dunkler Haare lockte ihn, ihr zu folgen und den bitteren Geschmack in seinem Mund mit dem Salz von Patricks Fleisch auszulöschen. Aber er kniete für keinen Mann, nicht einmal für diesen. Also richtete er sich stattdessen wieder auf und fiel hungrig über Patricks Mund her, zerdrückte förmlich seine Lippen, während er ein Bein zwischen Patricks schob und ihre Körper aneinanderdrückte. Sowohl sein Schwanz als auch der seines Geliebten zuckte, als Haut auf Haut traf.

Patricks Hände glitten zu Alexejs Hintern und umfassten seine Pobacken. Seine Hüften stießen vor, rieben sich an Alexejs. „Worauf wartest du noch?", stichelte er. Seine Selbstbeherrschung hing bereits am seidenen Faden und er wollte nicht so kommen. „Fick mich endlich."

„Chert", knurrte Alexej wild, verfluchte innerlich die Umstände, die ihn unvorbereitet hergeführt hatten. Kondome hätten Konstantin vermutlich nicht misstrauisch gemacht, aber eine Tube Gleitgel hätte Fragen aufgeworfen, die er nicht riskieren konnte. „Ich habe nichts dabei", sagte er mit rauer Stimme. Seine Hüften stießen wie von allein vor, gegen Patricks, rieben ihre Erektionen aneinander.

„In … in meiner Hosentasche", murmelte Patrick heiser. Er versuchte, sich lange genug von Alexej zu lösen, um in besagte Tasche zu greifen, aber ohne Erfolg. Als der andere Mann ihn nicht losließ, kniff er ihm spielerisch in eine der festen Pobacken. „Lass mich los, damit ich sie holen kann. Ich will dich in mir haben."

Alexejs Augen wurden schmal bei dieser Vertraulichkeit, aber er ließ Patrick los. Schnell streifte er sich den Rest seiner Kleider ab, sowie das Messer, das er um den Knöchel trug, während der jüngere Mann sich vorbeugte und durch seine Jeans wühlte. Alexejs Blicke ruhten heiß auf der schlanken Gestalt und als Patrick sich halb gebückt reckte und in seine Hosentasche griff, kniff Alexej ihm seinerseits in eine der blassen, so einladend in die Höhe gehaltenen Backen. Dann lehnte er sich wieder zurück an die Tür und beobachtete selbstzufrieden die schockierte Reaktion seines Geliebten.

Patrick zog Tube und Kondom aus seiner Jeans, wobei er Alexejs spielerische Geste mit einem aufgesetzt finsteren Blick quittierte. Dann drückte er ihm die beiden Dinge in die Hand, drehte sich um, kniete sich auf die Pritsche und warf ihm über die Schulter hinweg einen provozierenden Blick zu. Er verstand nicht, was sich plötzlich geändert hatte, aber er hatte auch nicht vor, irgendetwas zu tun, das dem vielleicht ein Ende gesetzt hätte.

Einer solchen Einladung von Patrick hatte Alexej noch nie widerstehen können, aber heute Abend ließ diese Position einen bitteren Knoten aus Schuldgefühlen in seinem Bauch entstehen. „Nicht so", murmelte er heiser, legte eine Hand auf die Schulter des jüngeren Mannes, drehte ihn herum und drückte ihn auf die dünne Matratze hinunter. Er sank zwischen Patricks Beine, stützte sich mit den Händen zu beiden Seiten seines Kopfes ab und blickte hinunter in die ausdrucksstarken Züge seines Geliebten, auf seine dunklen Haare, die sich über das muffig riechende Laken ausbreiteten.

Patrick sah hinauf in die blau-grauen Augen, die ihn bis in seine Träume verfolgten, überwältigt von der Neuartigkeit der Position und ihrer Intimität. Das Gefühl von Alexejs Gewicht auf seinem Körper war ihm vertraut, aber nicht so, nicht auf diese Art. Nicht von Angesicht zu Angesicht. Bei allen früheren Treffen hatte Alexej immer auf dem Vorwand des anonymen Ficks bestanden, egal, wie die Realität zwischen ihnen aussah. Aber diesmal lag keine Verstellung in seinem Blick.

„Nicht, dass ich mich beschwere", sagte Patrick und strich mit einer Hand über eine harte, wie gemeißelte Wange, „aber warum?"

„*Prosti*", murmelte Alexej, ließ seinen Kopf nach vorne fallen auf Patricks Brust und küsste seine Halsmulde, genau an der Stelle, wo sich das Kreuz an seine Haut schmiegte. „*Prosti*", wiederholte er an der warmen Haut, entschuldigte sich bei beiden Menschen, denen er Unrecht getan hatte, auch wenn nur einer von ihnen seine Worte hören konnte.

Patrick konnte nicht genug Russisch, um das Wort zu verstehen, das Alexej flüsterte, aber er hörte das Bedauern in der Stimme seines Geliebten. Er akzeptierte es als Friedensangebot, schlang seine Arme um die Schultern des anderen Mannes und hob ihm seine Hüften entgegen, in der Hoffnung, dass ihn das genügend motivieren würde, Angefangenes zu beenden. Für einen kurzen Moment überlegte er, ob er etwas sagen sollte, die Entschuldigung verbal akzeptieren sollte, aber am Ende sagte er nichts. Die Lage war noch zu ungewiss für ihn, um vorhersagen zu können, wie Alexej reagieren würde und das letzte, was er wollte, war seinen Geliebten in die Flucht zu schlagen.

Alexej schloss einen Moment lang die Augen, als Patricks Arme sich um ihn legten, ihm auf diese Weise zeigten, dass ihm hier zumindest vergeben worden war. Mit einer sanften Hand fuhr er durch die zerzausten Haare seines Partners, dann setzte er sich auf die Fersen auf, griff nach der Gleitgeltube und drückte sich einen großzügigen Klecks auf die Finger. Normalerweise erfolgte die Vorbereitung bestenfalls flüchtig, aber diesmal ließ Alexej sich Zeit, bewegte seine Finger langsam, dehnte und erforschte und drang tiefer und tiefer. Die Augen fest auf Patricks Gesicht gerichtet, sog er jedes Keuchen, jedes Stöhnen in sich auf, mehr darauf bedacht, Empfindungen zu steigern und Vergnügen zu bereiten, als darauf, schnell ans Ziel zu gelangen.

Patrick wand sich unter der langsamen, gründlichen Vorbereitung, die so anders war als Alexejs sonstiges Vorgehen. Kein flüchtiges reindrücken-und-spreizen seiner Finger, das, oftmals viel zu schnell, gefolgt wurde vom unaufhaltsamen Eindringen von Alexejs Schwanz. Heute Abend bestand kein Grund zur Eile. Er wusste, dass Alexej ihn so sehr wollte wie eh und je – der dicke Schaft, der sich heiß und hart an ihn drückte, war da Beweis genug. Doch sein Geliebter ließ sich Zeit, machte aus der notwendigen Vorbereitung eine Liebkosung, die einen Kokon aus Wärme und Leidenschaft um Patrick spann; eine Empfindung, die alles übertraf, was er jemals mit diesem Mann gespürt und erfahren hatte. Dieses eine Mal – denn Patrick machte sich keine Illusionen darüber, dass er auch beim nächsten Treffen dieser Zärtlichkeit begegnen würde – fühlte er sich wahrhaftig wie ein Geliebter, nicht wie Alexejs Spielzeug. Er schmiegte sich in die Liebkosung der schwieligen Hand in seinen Haaren, wandte den Kopf und küsste ein tätowiertes Handgelenk. „Ljoscha", murmelte er; der Kosename schlüpfte ihm viel früher als sonst über die Lippen.

Ein tätowierter Finger strich zart über Patricks Wange, dann beugte Alexej sich vor, hob die Hüften seines Geliebten an und positionierte sich vor der einladenden Öffnung. „*Malysch*", sagte er leise. Patricks Beine schlangen sich um seine Hüften, als er langsam in ihn hineinglitt und er beobachtete, wie die braunen Augen groß wurden, als Patricks Körper sich dehnte, um ihn aufzunehmen. Wärme umhüllte ihn und behutsam sank er tiefer, hob Patricks Hüften noch ein Stück weiter an, um noch weiter einzudringen, bis er so tief in ihm vergraben war, wie er es sich noch nie zuvor erlaubt hatte.

Die Zärtlichkeit in Alexejs Geste berührte Patrick tief. Gleichzeitig versetzte sie ihm einen leisen Schock und er rang darum, diesen neuen Liebhaber mit dem Mann zu vereinbaren, den er kannte. Dann spürte er, wie sich die Erektion des Russen an seine Öffnung drückte und jeder Gedanke verblasste, als Patrick bewusst seine Muskeln entspannte und sich nehmen ließ.

Trotz der sorgfältigen Vorbereitung brannte dieses erste Eindringen ein wenig. Patrick keuchte, als er spürte, wie sein Körper sich dehnte. Anders als sonst, weiter und tiefer und Alexej drang so tief in ihn ein, wie er nie zuvor gewesen war. Ihre Körper verschmolzen miteinander auf eine Art, die ihre Täuschung und die Masken, die sie für gewöhnlich trugen, nicht zugelassen hatten. Patrick schloss seine Beine fester um die Hüften des anderen Mannes, zog ihn noch näher, noch tiefer, hielt ihn in sich fest, als er begann, sich jedem Stoß entgegenzuheben.

Alexej spannte seinen ganzen Körper an und biss sich auf die Lippe, als eine Woge intensiver Empfindungen ihn durchströmte und der Drang, vorzustoßen, hart und schnell, bis sie beide den Höhepunkt fanden, fast unwiderstehlich wurde. *Nicht dieses Mal. Nicht noch einmal.* Dieses eine Mal würde er sich erlauben, langsam vorzugehen und die Emotionen im Gesicht seines Geliebten zu beobachten, während er sich in ihm bewegte. Würde es den Gefühlen, die in ihm aufstiegen, die ihn erfüllten, denen er keinen Namen geben konnte, nicht einmal vor sich selbst, erlauben, ihn von Schuld und Bedauern reinzuwaschen.

Eine bekannte lustvolle Spannung baute sich in Patricks Körper auf, doch gleichzeitig spürte er, wie er tiefer in die dünne Matratze des Feldbetts sank, wie sein Körper sich entspannte und er sich Alexej hingab, dem Gefühl von ihm in sich, über sich, um sich herum. Als der andere Mann den Kopf senkte und ihre Lippen miteinander verschmolz, erhöhte dieser neue Winkel den Druck auf Patricks Schwanz, der zwischen ihren Körpern eingeklemmt war. Alexejs Bauch rieb mit jeder Bewegung über seine Erektion, während in seinem Innern Alexejs Schwanz über seine Prostata rieb, die Lust weiter entfachte, die Spannung in seinem Körper höher und höher trieb. Gleichzeitig aber blieben sie seltsam gedämpft, das Feuer in Schach gehalten von der Fülle der Emotionen in Alexejs Augen, der Sanftheit, mit der er Patricks Mund in Besitz nahm.

Das Gefühl baute sich so langsam, so sanft in ihm auf, dass die plötzliche Anspannung in seinen Lenden, die Alexej sagte, dass er kurz vor dem Höhepunkt war, ihn beinahe überrumpelte. Er schob eine Hand zwischen ihre Körper und legte sie um Patricks Schaft, streichelte ihn im selben trägen, sinnlichen Rhythmus, mit dem sich seine Hüften bewegten. Seine Zunge nahm den Takt auf, als sie in Patricks Mund drang und Alexej jeden Teil ihrer Körper in sinnlichem Tanz verband. Erst als sich der Samen seines Geliebten heiß zwischen ihnen ergoss, ließ Alexej sich gehen und Patricks Mund schluckte sein tiefes, langgezogenes Stöhnen.

Patricks Aufschrei wurde von Alexejs Lippen erstickt und sein Körper bebte, als Welle um Welle des Orgasmus ihn durchlief. Sein Samen bedeckte heiß und klebrig Alexejs Hand und ihre Bäuche, während sein Geliebter fortfuhr, sich in ihm zu bewegen. Patrick klammerte sich an Alexejs Schultern, drängte sich ihm entgegen, Ansporn und Aufforderung zugleich, sich dem Genuss hinzugeben. Zu seiner Erleichterung und Freude sank Alexejs Gewicht ganz auf ihn herab und drückte ihn tief in die klumpige Matratze. Patrick nahm es kaum wahr. Sein ganzer Fokus war darauf gerichtet, den Blick des anderen Mannes zu suchen und in seinen Augen die Bestätigung zu sehen, dass auch er die Bedeutung des Augenblicks gespürt hatte.

Erschöpft nach seinem zweiten Orgasmus in ebenso vielen Stunden, sackte Alexej kraftlos auf Patrick zusammen und erlaubte es sich, still zu liegen und zu warten, bis Atem und Herzschlag sich wieder beruhigt hatten. Als er das Gefühl hatte, sich wieder unter Kontrolle zu haben, glitt er aus

Patricks Körper heraus und rollte sich zur Seite, wobei er seinen Geliebten mit sich zog, sodass der jüngere Mann auf seiner Brust zu liegen kam. Für den Moment zufrieden damit, einfach ruhig dazuliegen, sah er blicklos über Patricks Kopf hinweg aus dem schmutzigen, zerbrochenen Fenster und ließ seine Gedanken in Richtungen wandern, denen er sich nicht erlauben konnte, zu folgen.

Diese noch nie zuvor dagewesene Nähe zwischen ihnen, während und vor allem jetzt nach dem explosiven Sex stimmten Patrick optimistisch. Zufrieden rieb er seine Nase über das in die Mitte von Alexejs glatter Brust tätowierte Kreuz. „Kannst du mir sagen, welche Befehle sie dir heute Abend gegeben haben?", fragte er leise und hoffte, dass seine Position und sein Tonfall es klar machten, dass der Geliebte sprach, nicht der Polizist. Er war sich nicht absolut sicher, dass er es wissen wollte. Aber wenn Alexej ihm sagte, was er getan hatte, dann konnte Patrick die Sache abschließen und hinter sich lassen, statt ständig darüber nachzudenken und sich Sorgen zu machen.

Alexej stützte sich auf einen Ellbogen und stieß kurz und scharf den Atem aus. Von einem anderen Mann kommend hätte es ein Lachen sein können. „Konstantin war in Stimmung, großzügig zu sein", sagte er. Seine Mundwinkel zuckten bei Patricks fragendem Blick. „Er wollte, dass ich … mit ihm teile", sagte er schließlich, unwillig seinem Geliebten gegenüber zuzugeben, was Konstantin wirklich wollte.

„Teilen … einen Geliebten?", wollte Patrick wissen. Eifersucht brannte in ihm. Er wusste alles über Konstantin Wolkow und die Macht, die er über Alexej hatte. Er wusste nicht, warum er sie hatte, aber er wusste, dass sie sehr real war. Der Gedanke, dass der andere Mann – *irgendein* anderer Mann – diesen Ausdruck auf Alexejs Gesicht sah, den er selbst gerade erst dort gesehen hatte, ließ ihn blass werden.

„Eine Frau", berichtigte Alexej, aber da Patrick wusste, womit die Wolkows Geschäfte trieben, war ihm vermutlich auch klar, dass er eine Prostituierte meinte. „Kaum eine Geliebte."

Patricks Unglauben musste ihm groß ins Gesicht geschrieben stehen, denn wieder kam ein ersticktes, eingerostet klingendes Schnauben aus Alexejs Mund. „Aber …", begann Patrick und blickte hinunter auf ihre ineinander verschlungenen Körper. Er verstummte, nicht sicher, was er sagen wollte. Er dachte kurz an die Frau, fragte sich, ob sie wohl eine Prostituierte gewesen war – sehr wahrscheinlich, angesichts Alexejs Wortwahl – und ob sie wohl willens gewesen war. So attraktiv wie er den anderen Mann fand, konnte Patrick sich gut vorstellen, dass eine Frau ebenso fühlte. Der sardonische Tonfall in Alexejs Stimme, noch bitterer als sonst, ließ Patrick sich fragen, ob Alexej willens gewesen war. „Hast du es genossen?"

„In *Vory,* Männer ficken nicht andere Männer", knurrte Alexej. Zumindest nicht außerhalb des Gefängnisses, dachte er grimmig. „Du bist gefährlich, nicht nur, weil du *Polizei* bist, sondern weil du *Mann* bist."

Und doch bist du heute Abend zu mir gekommen, staunte Patrick im Stillen. Die Worte waren zwar keine Antwort auf Patricks Frage gewesen, aber Patrick hegte den Verdacht, dass es bei Alexej nicht gut ankommen würde, wenn er diese Feststellung laut aussprach. Also nickte er lediglich und reckte den Kopf, um seinen Geliebten sanft zu küssen. Diese neue Enthüllung, zusammen mit allem, was an diesem Abend zwischen ihnen gewesen war, gab Patrick die Zuversicht, die es ihm erlaubte, sich nicht an Alexej zu klammern, wie er das sonst immer tun wollte. Mit einem weiteren, zarten Kuss entwirrte er ihre Glieder, setzte sich auf und griff nach seiner Jeans.

„Dann mache ich mich jetzt besser auf den Weg", sagte er sanft. „Ich will die Gefahr für dich nicht größer machen, als sie es ohnehin schon ist." Er schlüpfte in sein Hemd und knöpfte es zu, dann beugte er sich doch noch einmal hinunter und drückte einen letzten Kuss auf Alexejs Lippen. Er wollte es deutlich verstanden wissen, dass es nur ein Abschied für jetzt war, nicht für immer.

Alexej sah schweigend zu, wie der starke, schlanke Körper wieder unter abgetragenem Jeansstoff verschwand und die Verwandlung von Geliebtem in Gegenspieler abschloss. Als Patrick sich zu ihm beugte und ihn küsste, war er versucht, den jüngeren Mann wieder zu sich hinunter auf die schmale Pritsche zu ziehen. Aber er hatte heute Abend einen Punkt erreicht, an dem er es sich beinahe erlaubt hätte, es zu sehr zu wollen, es mehr bedeuten zu lassen, als es bedeuten konnte. Also setzte er sich stattdessen auf und grub seine Zigaretten aus der Manteltasche. Das Aufflammen des Streichholzes erlaubte ihm einen kurzen Blick auf das Gesicht seines Geliebten, bevor sie mit einem leisen Zischen wieder in Dunkelheit gehüllt wurden.

Ein Teil von Patrick konnte nicht umhin zu hoffen, dass Alexej etwas sagen würde, irgendetwas, um ihn am Gehen zu hindern oder ihn zumindest zu ermutigen, bald wieder anzurufen. Aber er wusste es besser, als das zu erwarten. Die Umstände hatten seinen scheuen, unberechenbaren Geliebten heute Abend weiter getrieben, als sie in all der Zeit, die sie einander kannten, gekommen waren. Damit musste er zufrieden sein.

An der Tür hielt er noch einmal inne und warf einen Blick zurück. Alexej saß nackt auf dem Bett, schwach erhellt durch den blassen Lichtschein von draußen und seiner glimmenden Zigarette und Patrick sog den Anblick in sich auf, brannte ihn in sein Gedächtnis ein, um ihm Kraft zu geben, bis er es nicht länger aushielt und ihn wieder für einen verstohlenen Fick im Dunkeln anrief. Patrick stählte sich, so lange durchzuhalten, wie er konnte, fand ein Lächeln für seinen Geliebten und verschwand in die dunkle Lagerhalle und von dort hinaus in die Nacht.

Die Tür schlug zu. Alexej rauchte seine Zigarette und fragte sich, wie lange er wohl warten musste, bis Patrick wieder anrief.

4

ALEXEJ LAG in seiner Wohnung im Bett und sah dem zur Decke aufsteigenden Rauch seiner Zigarette hinterher. Er wusste nicht mehr, wie viele er geraucht hatte, aber der Schlaf wollte sich einfach nicht einstellen. Jedes Mal, wenn er die Augen schloss, sah er Patricks Gesicht vor sich in dem Augenblick, als er kam. Die Erinnerung allein reichte aus, ihn unter seinen kühlen Laken warm und halbsteif zu halten.

Ungebeten schob sich ihm das Bild der Prostituierten vor Augen, die Konstantin gevögelt hatte. Beziehungsweise versucht hatte zu vögeln. Es war Alexej vom ersten Tag an, als Konstantin seinen Vater Fjodor Wolkow dazu überredet hatte, Alexej als Konstantins Leibwächter einzustellen, aufgefallen, wie Konstantin ihn ansah. Er war sich nicht zu schade, dieses uneingestandene, aufkommende Verlangen zu benutzen, um Einfluss auf Konstantin zu nehmen – soweit denn irgendjemand die gedankenlose Impulsivität des jüngeren *Vors* kontrollieren konnte.

Heute Abend war Alexej darin nicht sehr erfolgreich gewesen. Konstantin hatte darauf bestanden, ihre Rache an den Bandenmitgliedern, die Grischa getötet hatten, damit zu „feiern", dass sie eines der von der Familie geführten Bordelle besuchten. Dort hatte er erst eine Flasche Wodka geleert und dann eines der Mädchen in ein Hinterzimmer gezerrt. Alexej hatte sich noch ein Glas Wodka eingegossen und sich darauf eingestellt, zu warten. Fünfzehn Minuten später hatte Konstantin nach ihm gerufen.

„Ljoha! Komm her!"

Alexej öffnete die Tür und verharrte auf der Schwelle. Konstantin kniete halb ausgezogen auf dem Bett, das Mädchen auf allen Vieren vor ihm. Keiner der beiden sah aus, als würden sie sich besonders gut amüsieren.

„*Da?*", sagte er, während er sich innerlich fragte, ob Konstantin bewusst war, warum er diese Stellung gewählt hatte.

Konstantin hob den Kopf und etwas Wildes glomm in seinen Augen auf, als sein Blick Alexejs begegnete. „Du solltest dir auch was hiervon nehmen", lallte er und klatschte dem Mädchen auf die Flanke. „Sie ist sehr gut."

Alexej hoffte, dass es ihm gelang, seine Abscheu zu verbergen. „Vielleicht, wenn du fertig bist", wandte er ein.

„Warum warten?", forderte Konstantin. „Sie hat Mund. Sie kann blasen, während ich sie ficke. Jetzt, Ljoha."

Alexej begriff, dass Konstantins Worte kein Vorschlag gewesen waren, sondern ein Befehl. „*Da, da*, Kostja", antwortete er ruhig und zog seinen Reißverschluss auf, während er auf das Bett zuging. Sein Schwanz war schlaff, als er ihn herauszog. Er berührte das Kinn des Mädchens und sie hob ihren Blick vom Bett, sah ihn mit leeren Augen an. Alexej fragte sich, ob sie unter Drogen stand, aber sie öffnete den Mund bereitwillig genug, um ihn aufzunehmen. Die Hitze ihres Mundes ließ ihn ein wenig steifer werden und er sank ein Stück zurück, bevor Konstantins Stoß sie vorwärts schob und er wieder tiefer glitt.

Konstantins Blicke wanderten über Alexejs Körper, ihr Ausdruck viel zu intensiv, um etwas anderes zu sein als Gier. „Das kann so nicht bequem sein. Zieh dein Hemd aus."

Es war ein weiterer Befehl, also knöpfte Alexej sein Hemd auf und ließ es sich von den Schultern gleiten. Dann legte er einen Arm auf die Schulter des Mädchens, um sich abzustützen. In der Kühle des Raumes zogen sich seine Brustwarzen fest zusammen und er hörte, wie Konstantin scharf einatmete. Ohne seinen Willen begann Alexej auf den Mund des Mädchens zu reagieren; sein Schwanz wurde steifer und ein Funke Wärme glomm in seinen Lenden auf.

Danach wurden Konstantins Stöße schneller, was das Mädchen fester und auch weiter nach vorn drängte und sie so zwang, Alexej tiefer aufzunehmen. Der Blick des *Vors* blieb jedoch fest auf Alexej gerichtet. „Sie ist gut, *da*?", sagte Konstantin, die Augen glasig vor Lust. „Zeig mir, wie gut sie Sache gemacht hat. Komm auf ihrem Gesicht."

Einen Moment lang war Alexej sich nicht sicher, ob er diesem Befehl folgen konnte. Aber dann schloss er die Augen und zwang sich, sein Umfeld zu ignorieren und sich rein auf die feuchte Hitze zu konzentrieren, die seinen Schwanz umschloss. Als er spürte, wie sich seine Hoden zusammenzogen, glitt er aus ihrem Mund und spritzte über ihre Lippen ab.

Konstantin stöhnte bei dem Anblick und sein Körper schauderte, als er kam. „Ljoscha", winselte er nahezu, den Blick nach wie vor unverwandt auf Alexejs Gesicht geheftet.

Diesen intimen Kosenamen, wie ein Geliebter ihn verwenden würde, von Konstantin zu hören, ließ Alexej sich schmutzig fühlen. So schmutzig, wie sich vermutlich auch die Hure fühlte, nachdem sie ihnen beiden zu Diensten gewesen war. Konstantin schlang einen Arm um Alexejs Schultern und schleppte ihn aus dem Raum, noch bevor er den Reißverschluss an seiner Hose wieder hatte zumachen können. Er hatte es gerade geschafft, den Namen des Mädchens von einer anderen Prostituierten an der Bar zu erfahren, bevor Konstantin verkündet hatte, dass sie gehen würden.

Zum Glück für Alexej war der *Vor* betrunken genug gewesen, dass er im Auto auf dem Weg zu sich nach Hause eingeschlafen war. Alexej hatte ihn ins

Haus befördert und sich dann schnell aus dem Staub gemacht, bevor Konstantin ihn erneut bedrängen konnte. Er hatte gezögert, zu seiner Verabredung mit Patrick zu gehen, da er wusste, dass er keine Zeit zum Duschen hatte, wenn er früh genug ankommen wollte. Aber am Ende war es ihm nicht gelungen, wegzubleiben.

Und so war es von Anfang an gewesen, von jenem ersten Augenblick an, als er von Grischas Leiche aufgeblickt und Patrick gesehen hatte, der ihn prüfend musterte. Als der andere Mann sich als *politsija*, Polizei, identifiziert hatte, hatte Alexej den Funken der Erregung erstickt, den diese forschenden, braunen Augen in ihm entzündet hatten. Aber Flaherty hatte die Sache nicht auf sich beruhen lassen und Alexej war bei weitem kein Heiliger. Er hatte dagegen gekämpft, aber am Ende hatte er nicht widerstehen können, sich das zu nehmen, was der Detective ihm anbot.

Alexej drückte seine Zigarette aus und zündete eine neue an. Der Duft von Patricks Haut haftete noch immer an seinen Händen. Es hätte heute Abend nicht anders sein sollen als all die Male vorher, aber nach der Farce mit Konstantin und der Prostituierten hatte er Patrick nicht auf dieselbe Art benutzen können. Nicht, wie er es vorher immer getan hatte, besonders das erste Mal, als alles noch ein Spiel gewesen war.

Flaherty hatte ein Treffen im Busbahnhof auf der Cumberland arrangiert unter dem Vorwand, dass er noch mehr Fotos hatte, die Alexej sich ansehen sollte, um zu sehen, ob er Grischas Mörder identifizieren konnte. Wobei Alexej selbst dann nichts gesagt hätte, wenn der Mann darunter gewesen wäre. Er bewegte sich auf noch dünnerem Eis als sonst, denn es war Gesetz der *Vory*, niemals und unter keinen Umständen mit den Behörden zu kooperieren. Aber er hatte vermutet, dass Patrick sich bewusst war, dass er keine wirklich weiterführenden Informationen bekommen würde. Die Fotos waren eine Ausrede, damit sich die beiden treffen konnten, mehr nicht.

Zu Alexejs Überraschung zog Flaherty allerdings tatsächlich Fotos aus der Tasche, zeigte sie ihm und fragte, ob ihm einer der Männer bekannt vorkam. Alexej warf einen Blick auf die Menschenmenge, die sich in die Busstation hinein und hinaus drängte und zog Patrick zu den Toiletten. „Zu viele Menschen", murmelte er, aber das Aufglimmen in Patricks Augen strafte die Ausrede Lügen.

Sicher, die Toiletten des Bahnhofs waren auch nicht gerade ein abgeschiedener Ort, mit den draußen vorbeieilenden Pendlern aus den Zügen, Passagieren des angrenzenden Greyhound Busbahnhofs und den Obdachlosen, die einen Ort suchten, an dem sie ein paar Stunden lang nicht dem kälter werdenden Wind ausgesetzt waren. Alexej kümmerte das nicht. Er zog Patrick in die erste offene Kabine – zufälligerweise die Behindertentoilette –, drängte ihn gegen die Tür und drückte seine Lippen auf Patricks. Patrick erwiderte den Kuss mit gleichem Hunger und seine

Hände schoben sich wie selbstverständlich unter Alexejs Mantel. Alexej erlaubte diese Invasion, aber nach einem berauschenden Augenblick hob er den Kopf und beendete so den Kuss.

Patrick schien von dieser Wende der Ereignisse wenig angetan. Die Fotos in seiner Hand fielen unbeachtet zu Boden, als er Alexejs Mantel aufknöpfte und dann, in der offenkundigen Absicht, dort weiterzumachen, wo ihr letztes Treffen aufgehört hatte, nach seinem Gürtel griff.

„Und was soll diesmal der Preis sein?", sagte Patrick aufreizend und provokant. „Was wollen Sie diesmal von mir im Austausch für Antworten auf meine Fragen? Meine Hand oder meinen Mund?"

„Sie setzen voraus, dass ich Ihre Fragen beantworte", erwiderte Alexej scharf. Aber er erinnerte sich daran, wie Patrick nach ihrem letzten Treffen Sperma von seinen Fingern geleckt hatte und wusste, dass dieses Mal weder Hand noch Mund genug sein würden. Er packte die Schulter des Detectives, drehte ihn grob um und drängte ihn gegen das kleine Waschbecken in der Ecke der Kabine. Dann lehnte er sich schwer auf ihn, wie er es schon einmal getan hatte in jener Gasse und drückte seine Erektion gegen das Gesäß des jüngeren Mannes. Seine Hände machten sich an Patricks Gürtel zu schaffen.

Patrick wand sich in seinem Griff; kein ernst gemeinter Versuch, sich loszumachen, aber auch keine passive Hingabe. „Das ist die Abmachung", presste er hervor. „Sie berühren mich, Sie sagen mir, was ich wissen will. Tun Sie das oder lassen Sie es bleiben."

„Oh, ich werde es tun." Nachdem er Patricks Gürtel besiegt hatte, schob Alexej eine Hand in seine Jeans und schloss seine Faust um den Schaft des Polizisten. Er war nicht überrascht, dass Patrick bereits halbsteif und feucht vor Lusttropfen war. Er rieb grob mit dem Daumen über die geschwollene Eichel und lächelte über den scharf ausgestoßenen Atem, den diese raue Liebkosung seinem Geliebten entlockte. Mit seiner freien Hand drückte Alexej den Hosenknopf auf und zog die Jeans über die schlanken Hüften. „Und nehme alles, was Sie geben."

„Nicht ohne Kondom", verlangte Patrick, die Forderung stillschweigendes Einverständnis und Erlaubnis für Alexej, sich zu nehmen, was er wollte. Was sie beide wollten, sagte er sich, als er Patrick mit den Fingern öffnete, das wenig zartfühlende Eindringen erleichtert durch den Inhalt eines Päckchens Gleitgel, das er sich in die Hosentasche gesteckt hatte. Als Patrick begann, sich ihm entgegenzudrängen, streifte er sich schnell das Kondom über und drang mit einem kraftvollen Stoß tief in ihn ein.

Patrick hielt seinen Aufschrei zurück. Der Ort, an dem sie sich aufhielten, bot schwerlich ausreichend Privatsphäre für hemmungslose Äußerungen der Leidenschaft. Doch Alexej hörte ihn trotzdem. Spürte ihn, in der Art, wie Patrick ihm die Hüften entgegenhob, sein Rücken sich wölbte – stummes

Zeugnis seines Verlangens, das auf seine Art so beredt war, als hätte Patrick es herausgeschrien.

Alexej umfasste Patricks Hüfte mit der einen Hand, während er mit der anderen Patricks Schwanz bearbeitete; seine Stöße waren hart genug, um blaue Flecken im Fleisch des Polizisten zu hinterlassen. Patrick begegnete jedem dieser kraftvollen Stöße mit gleicher Münze, spannte bei jedem Zurückziehen die Muskeln in seinem Innern so fest an, dass Alexej sich auf die Lippen beißen musste, um einen viel zu schnellen Orgasmus zurückzuhalten. Mit dem Daumen rieb er über die Öffnung in Patricks Schwanz, bis er sich mit einem weiteren unterdrückten Laut ergoss. Die sich rhythmisch um ihn zusammenziehenden Muskeln, ließen Alexej ihm beinahe augenblicklich folgen. „Patja", stöhnte er, als sein ganzer Körper unter der Wucht seines Orgasmus bebte und sich jede Selbsttäuschung, dass er nur hier war, um sich zu nehmen, was Patrick anbot, auflöste. Er konnte sich nicht länger selbst etwas vormachen.

Patrick erstarrte in seinen Armen, genauso überrascht, diese Koseform seines Namens zu hören, wie Alexej es gewesen war. „Alex … Ljoha."

„Wo hast du das gehört?" Das war das letzte, was er nach seinem Ausrutscher von Patrick zu hören erwartet hatte.

„Am Telefon", erwiderte Patrick und machte sich los, so wie Alexej es erwartet hatte. „Ich habe gehört, wie jemand im Hintergrund dich mit diesem Namen angesprochen hat. Ich dachte … ach, vergiss, was ich gedacht habe. Vergiss, dass ich überhaupt etwas gesagt habe."

Für einen winzigen Augenblick erlaubte Alexej es sich, sich an Patrick zu lehnen. „Ljoscha", berichtigte er leise, bot ihm die intimere Koseform seines Namens an, da er wusste, dass Patrick den Unterschied nicht kannte.

„Ljoscha", wiederholte Patrick und Alexej schloss die Augen, bis die Schauer, die sie immer noch beide durchliefen, abgeflaut waren. Dann zog er sich zurück und warf das Kondom in den überquellenden Mülleimer.

Patrick zog seine Hose hoch, machte sie zu und ordnete seine Jacke, bevor er sich zu Alexej umwandte, verwehrte ihm so jeden weiteren Blick auf seinen Körper, mit dem er gerade erst so freizügig umgegangen war. „Hast du den Mörder identifiziert?", fragte Patrick, aber seine Stimme war weicher, als Alexej sie je gehört hatte. Er bückte sich, um den Umschlag mit den Fotos aufzuheben, die er fallengelassen hatte, als Alexej ihn gepackt hatte. Er machte sich nicht die Mühe, sie Alexej noch einmal zu zeigen.

„Du stellst Fragen, die ich nicht beantworten kann", erwiderte Alexej. Er konnte die Täuschung nicht weiter aufrechterhalten, selbst wenn er damit den fadenscheinigen Vorwand für ihre Treffen zerstörte.

„Sie halten unsere Abmachung nicht ein, Boczar?", wollte Patrick wissen und jede Spur satter Entspannung wich aus seinem Körper.

Wie schnell ist aus „Ljoscha" wieder „Boczar" geworden, dachte Alexej, während er sich den Mantel zuknöpfte. Er würde gut daran tun, nicht zu vergessen, was sein wahrer Wert für den Polizisten war. „Mörder wird Ihnen keine Probleme mehr machen", antwortete er knapp, dieses Eingeständnis alles, was er sagen konnte. Er zwang sich dazu, Patrick nicht anzusehen, als er um ihn herumging, um die Tür aufzuschließen.

„Alexej", sagte Patrick, aber Alexej drehte sich nicht um. „Ljoscha." Das brachte ihn dazu, Patrick anzusehen, wie er das zweifellos beabsichtigt hatte. „Sei vorsichtig."

„Du auch", erwiderte Alexej und sah Patrick in die Augen, hielt seinen Blick einen Moment lang fest, dann nickte er und trat aus der Kabine zurück in die überfüllte Bahnhofshalle. Er wusste, als er ging, dass er die Sache hier beenden sollte. Aber er wusste auch, dass er, wenn Patrick das nächste Mal anrief, wieder einwilligen würde, ihn zu treffen.

Jetzt, während er im Bett lag und den Rauchschwaden hinterher blickte, wusste Alexej, dass sich seitdem nichts geändert hatte. Der Polizist war ihm unter die Haut gegangen, so sicher wie die Tätowierungen, die seinen Körper bedeckten und, wie Alexej vermutete, ebenso dauerhaft.

5

DIE DOCKS im Industriegebiet südlich von Chicago waren selbst an einem Hochsommertag kein sehr einladender Ort. An einem kalten Frühlingsabend Anfang April waren sie abweisend und unfreundlich. Patricks Lippen verzogen sich ironisch. Der perfekte Ort, um seinen ihm verbotenen Geliebten zu treffen. Zumindest würden sie es dieses Mal, sobald sie beisammen waren, ein wenig komfortabler haben als sonst. Die kleine Motorjacht seiner Nachbarin Daphne verfügte über eine Kabine, die groß genug für sie beide war und wenn es heute Abend nach seinem Willen ging, hatten sie genug Zeit, sie auch zu benutzen. Er hatte Daphne beschwatzt, ihm das Boot für ein paar Stunden zu leihen, ohne ihr zu sagen, wofür er es brauchte. Aber sie hatte auch nicht nach Einzelheiten gefragt, sondern ihm lediglich den Schlüssel gegeben und ihm aufgetragen, die Bettlaken der Schlafkoje hinterher zu waschen.

Patrick rutschte unruhig auf seinem kleinen Sitz im Cockpit hin und her, während er darauf wartete, dass Alexej auftauchte. Er hatte eingewilligt, das Boot vom Jachthafen, in dem Daphne es für gewöhnlich liegen hatte, zu den Industriedocks zu bringen, da er gewusst hatte, dass Alexej es vorzog, ihn an einem weniger öffentlichen Ort zu treffen. Patrick konnte ein leichtes Grinsen nicht unterdrücken, als er darüber nachdachte, dass das Boot hier sehr viel auffälliger war als im Jachthafen – nicht nur wegen seiner Größe, sondern auch wegen seiner Sauberkeit.

Er warf einen ungeduldigen Blick auf seine Armbanduhr, während er wartend in der sanft schaukelnden Dunkelheit saß. Er hatte, sobald er angekommen war, alle Lichter am und im Boot gelöscht, um keine unnötige Aufmerksamkeit auf sich zu lenken. Sobald sie draußen auf dem See waren, weit genug von neugierigen Augen entfernt, würde er die Lichter am Steuerelement wieder anmachen, damit er besser sehen konnte, aber für den Moment war Diskretion das Gebot der Stunde.

Alexej trat seine dritte Zigarette mit dem Absatz aus und beobachtete das auf den trägen Wellen dahindümpelnde Boot. Dieser Abschnitt der Docks war so heruntergekommen, dass er selbst tagsüber selten genutzt wurde. Nach Einbruch der Dunkelheit wagten sich nur noch Ratten und die streunenden Katzen, die sie jagten, in die schmutzigen, nasskalten Gassen, die nach Schimmel und Verfall stanken. Es hatte seine Gründe, warum Alexej diesen

Abschnitt der Docks so gut kannte. Als Flaherty ihn also angerufen hatte mit dem Angebot, einige Stunden in absoluter Ungestörtheit zu verbringen, hatte er ihn als Treffpunkt vorgeschlagen. Er wusste, dass es hier niemanden gab, der sehen konnte, wie sie zusammenkamen.

Aber es hatten sich einige Dinge geändert, seitdem sie das Treffen ausgemacht hatten. Und sie hatten sich in einem solchen Ausmaß verändert, dass Alexej zögerte. Er wusste, dass er besser einfach kehrtmachen und gehen sollte. Er hatte im Vorfeld zweimal begonnen, die Telefonnummer des Detectives zu wählen, um die Verabredung abzusagen. Um die ganze Sache zwischen ihnen zu beenden, wenn er klug war. Er war so nahe dran, das Risiko war zu groß – und doch war er hier. Keines der Argumente, das er sich gegenüber geltend machen konnte, und mochte es noch so logisch sein, war in der Lage gewesen, ihn heute Abend fernzuhalten.

„K chertu", knurrte Alexej in sich hinein, zerdrückte die leere Zigarettenschachtel und warf sie weg. Dann trat er aus dem Schatten des dunklen Gebäudes und näherte sich mit steifen Schritten dem Bootssteg.

Patrick hatte gerade begonnen, sich Sorgen zu machen und zu fürchten, dass etwas Alexej am Kommen gehindert hatte, als er eine Bewegung am Dock wahrnahm. Sein Herzschlag beschleunigte sich, als er den älteren Mann mit entschlossenen Schritten den schmalen Pier hinunterkommen sah, aber er blieb mit Absicht in der Dunkelheit des Cockpits sitzen. Obwohl ein Teil von ihm an Deck treten und den Russen begrüßen wollte, wusste er es besser, als etwas zu tun, das sie beide einem Risiko aussetzen konnte. Es würde später noch Zeit für Begrüßungen geben, wenn sie sicher abgelegt hatten und auf dem Weg hinaus auf den See waren.

Das Boot schaukelte ein wenig, als Alexej an Bord trat. „Mach die Leinen los", rief Patrick leise und legte den Hebel um, damit sie der Realität ihres Lebens entkommen konnten.

Alexej löste die schweren Seile von der Ankerstelle, machte einen weiteren Schritt auf das kleine Boot und sah zu, wie der jüngere Mann es vom Pier weg und hinaus auf den kabbeligen Lake Michigan steuerte. Das Boot war dunkel und nur der schwache Schein des Halbmonds erhellte Patricks Gestalt. Das blasse Licht reichte jedoch aus, zu sehen, dass Patrick Jeans trug, einen schweren, aber weich aussehenden Pullover und überraschenderweise keine Pistole. Alexej bezweifelte, dass Flaherty komplett unbewaffnet war, aber für den Moment zumindest hatte er seine Waffe abgelegt. Der leise Fahrtwind wehte Patrick die dunklen Haare aus dem Gesicht, sodass sie von seinem Kopf abstanden wie die stilisierten Heiligenscheine auf Heiligenbildern. Was immer als Nächstes geschah, Alexej brauchte diese Zeit mit diesem Mann. „Wohin fahren wir?", fragte er, aus Gewohnheit leise, obwohl niemand in der Nähe war, der sie hören konnte.

„Die Freundin, von der ich mir das Boot geliehen habe, hat mir von einer einsamen Bucht ein paar Meilen außerhalb der Stadt erzählt. Sie sagte, dass sie und ihr Mann dort früher oft für einen stillen Abend zu zweit geankert haben", erwiderte Patrick und seine Stimme war nicht viel lauter als die seines Gefährten. „Er ist vor ein paar Jahren gestorben, aber es waren eindeutig glückliche Erinnerungen für sie. Ich dachte, vielleicht können sie das auch für uns sein." Er sah über die Schulter zu Alexej, der noch in der Tür des Cockpits stand und wies mit einer Geste auf den Sitz neben sich. „Es dauert etwa dreißig Minuten, bis wir dort sind. Setz dich und mach's dir bequem."

Alexej ließ sich in den zweiten Sitz sinken und studierte das lässige Selbstvertrauen, mit dem Patrick das Steuerrad bediente. Ein leises Gefühl von Unruhe erfüllte ihn und er versuchte, es abzuschütteln. „Ich bin es gewohnt, dass ich Steuer in Hand halte", gestand er und ein humorvolles Funkeln erwärmte seine Augen.

Da sie Patricks Ansicht nach inzwischen weit genug von den Docks entfernt waren, machte er die Beleuchtung der Steuerelemente an. Ihr Licht war hell genug, dass man sein Grinsen deutlich sehen konnte. „Sobald wir vor Anker gegangen sind, kannst du das Steuer wieder in die Hand nehmen", versprach er mit heiserer Stimme. Er freute sich schon auf das, was geschehen würde, wenn sie ihren Zielort erreicht hatten. „Ehrlich gesagt, ich genieße es, wenn du Kapitän bist."

Alexej stieß den Atem aus, sagte aber nichts. Es lag nicht in seiner Natur, zu prahlen oder clevere Wortgeplänkel zu führen, doch die Anspielung in den Worten seines Geliebten und seine tiefer gewordene Stimme, die seine Erregung verriet, weckten in Alexej einen ähnlichen Hunger. Um sich von seinem anschwellenden Schwanz abzulenken, sah er sich um und entdeckte dabei die flachen Stufen, die vermutlich zu der kleinen Kabine unter Deck führten. Allerdings half ihm das wenig, seine Erregung in den Griff zu bekommen, da er sich in Gedanken bereits dabei sah, wie er seinen Geliebten diese Stufen hinunterführte und ihn von seinem Pullover befreite, diese perfekte Brust seinen Blicken entblößte und dann beobachtete, wie die großen, dunklen Brustwarzen in der kühlen Luft und unter seinen heißen Berührungen hart wurden. Er stellte sie sich in der dunklen, vermutlich engen Kabine vor, Haut an Haut und die Wärme zwischen ihnen flammte zu leidenschaftlichem Feuer empor …

Der Gedanke kühlte seine Erregung wie ein Schwall kaltes Seewasser. Er rutschte in seinem vorgeformten Sitz hin und her und ein tieferes Unbehagen erfüllte ihn zusammen mit dem Wissen, dass er sich keinen Ausweg gelassen hatte.

Wenn Patrick die ausbleibende Reaktion auf seine Anspielung auffiel, dann sagte er nichts und konzentrierte sich stattdessen auf die Navigation der nächtlichen Strömungen. Er war es zufrieden, in Stille zu sitzen und die leise

Brise zu genießen, die durch das Cockpit wehte und über seine Haut strich, die allein durch die schlichte Gegenwart des Mannes an seiner Seite von einer kribbelnden Gänsehaut überzogen war. Patrick unterdrückte ein Schnauben, das mit Sicherheit missverstanden worden wäre. *Schlicht*. Es gab kein *Schlicht* in seiner Beziehung mit Alexej, hatte nie eines gegeben. Er war sich in keiner Weise sicher gewesen, dass sein Geliebter diesem Treffen und der damit einhergehenden Intimität zustimmen würde. Sie befanden sich immer noch auf neutralem Boden – weder in seinem Revier noch in Alexejs – aber es gab keinen Vorwand für dieses Treffen, keine Ausflucht, dass Detective Flaherty von der Mordkommission hoffte, durch Überredung, List oder auf sonstigem Wege Informationen aus dem russischen Gangster herauszuholen. Nicht seit das Boot vom Steg abgelegt hatte.

Patrick hoffte, dass er keinen Fehler gemacht hatte. Dass das Vertrauen, das nach ihrem letzten heimlichen Treffen zwischen ihnen aufgeblüht war, nicht im Begriff war, zerstört zu werden. Aber er konnte das Gefühl von Alexej über sich einfach nicht vergessen oder wie sanft er ihn auf die Matratze gedrückt hatte, statt ihn achtlos gegen eine Wand zu drängen und hart durchzunehmen. Er konnte die Aufrichtigkeit in Alexejs Stimme nicht vergessen, als er schließlich zugegeben hatte, dass er Patrick brauchte. *„ War nicht* das ... *warst nicht du. "* Der Widerhall dieser Worte hatte Patrick wochenlang zurückgehalten, erneut anzurufen. Das Wissen, dass es Alexej ebenso viel bedeutete wie ihm, hatte ihm geholfen, so geduldig zu sein wie noch nie zuvor. Und dann hatte es Patrick dazu getrieben, ein *richtiges* Rendezvous zu organisieren. Er wollte Alexej zeigen, dass er genauso empfand.

Sie passierten den Wellenbrecher, der die Stelle markierte, an der der flache Boden des Sees abfiel. Patrick ließ das Boot ein wenig schneller fahren und schaltete eines der Außenbordlichter an, damit er die Bucht fand, die Daphne erwähnt hatte. Er wollte seine Zeit nicht mit Suchen vertun, sondern seine Aufmerksamkeit ganz seinem Geliebten widmen.

Patrick blieb ungewöhnlich stumm, während er das Boot über die Stadtgrenze hinaus lenkte. Alexejs Unruhe und Unbehagen wuchsen. Andererseits, sie hätten schreien müssen, um sich über den Lärm des Motors und das Geräusch der gegen den Bootsrumpf schlagenden Wellen hinweg zu verständigen. Auf der vergeblichen Suche nach einer Schachtel Zigaretten schob Alexej die Hände in die Manteltaschen. In einer begegnete seine Hand dem Zellophan der Kondome und dem Päckchen mit Gleitgel, in der anderen dem harten Umriss seiner Stechkin APS. Da er keine Zigaretten hatte, um sich abzulenken, rieb er mit den Fingerspitzen über seine Pistole und beobachtete Patrick, der das Boot in eine kleine, von Felsen gesäumte Bucht lenkte, die von windgepeitschten Bäumen umstanden war.

Als Flaherty den Motor ausstellte und alle Lichter löschte, was sie in nahezu absoluter Finsternis zurückließ, schob Alexej bewusst alle Gedanken beiseite. Für die nächsten kurzen Stunden existierte nichts außer dem Mann neben ihm und den Gefühlen, denen er sich nur in diesen gestohlenen Augenblicken hingeben konnte.

Mit raschen Handgriffen stellte Patrick den Motor aus und setzte Anker, damit das Boot nicht davontrieb, während sie ihre gemeinsame Zeit genossen. Er drehte sich zu Alexej um und streckte ihm seine Hand hin. Dann trat er einen Schritt vor, in die Arme des älteren Mannes, reckte sich zu ihm hoch und küsste ihn sanft. Er hatte keine Ahnung, wie sein Geliebter auf diese Art Initiative reagieren würde, aber es fühlte sich richtig an. Die Intimität ihres letzten Treffens gab ihm den Mut, noch einen Schritt weiter zu gehen, was er sich nie zuvor getraut hatte. „Komm unter Deck", sagte er. „Da wartet ein Bett auf uns."

Der Kaschmirpullover war weich unter Alexejs Händen, als er sie auf der Suche nach noch weicherer Haut darunterschob. Er senkte den Kopf und seine Lippen begegneten Patricks. Ihr Kuss war leidenschaftlich, aber ohne das drängende Fordern, das ihre früheren Stelldicheins gekennzeichnet hatte. Sie hatten Zeit diesmal und ausnahmsweise auch komplette Privatsphäre; ein Privileg, das Alexej nicht verschwenden wollte, was immer auch geschah. „Nach Ihnen, Kapitän", murmelte er und bedeutete seinen Geliebten mit einem Kopfnicken, vorauszugehen.

Patrick lächelte bei dem Spitznamen und stahl einen weiteren Kuss, bevor er sich von Alexej löste und die flachen Stufen zu der Kabine unter Deck hinunterstieg. Der Raum war nicht groß und die Decke so niedrig, dass sie die Köpfe einziehen mussten, um sich nicht zu stoßen, aber er war warm und das Bett einladend aufgeschlagen. Patrick setzte sich und streckte die Hände nach Alexej aus, öffnete die Knöpfe an seinem Mantel und schob ihn beiseite. „Komm zu mir?", bat er, als sein Geliebter sich nicht sofort neben ihn setzte.

Alexej warf seinen Mantel auf die Sitzbank, die sich an der gesamten gegenüberliegenden Wand entlang zog und machte die Nachttischlampe aus, bevor er an die Schlafkoje trat. Seine Lippen fanden zielsicher die seines Geliebten und das Verlangen, das während der Fahrt still in ihm geglommen hatte, flammte hell auf, als er Patrick sanft auf die Matratze zurückdrängte und seinen Pullover hochschob. Er löste sich gerade lange genug von ihm, um Patrick das Kleidungsstück über den Kopf zu ziehen, dann sank er auf den schlanken Körper hinunter und schmiegte sich an ihn, verschmolz sie miteinander, als wäre der eine für den anderen gemacht worden, zwei Teile eines Puzzles, die zusammen ein Ganzes ergaben.

Patrick hob sich ihm entgegen, genoss das Gefühl von Alexejs Gewicht, seinem Körper; der Rohseide seines Anzugs, die über seine Brust rieb. Er fuhr mit den Händen über die starken Schultern und ließ sein Lächeln breiter werden. Gedehnt sagte er: „Ich liebe Männer, die Anzug tragen."

45

„Dann ist gut, dass ich einen trage", entgegnete Alexej trocken und strich mit den Händen über den Oberkörper seines Geliebten. Seine Daumen fanden die harten Brustwarzen und verweilten über ihnen. „Ziehst du vor, dass ich ihn anbehalte?"

„Vielleicht ein andermal", entschied Patrick, nachdem er einen Moment lang darüber nachgedacht hatte. Nackt unter Alexejs bekleidetem Körper zu liegen, hatte seinen Reiz, aber heute Abend wollte er mehr. Heute hatten sie ausnahmsweise einmal wirklich die Zeit, einander zu erkunden und er wollte das auskosten, so gut er konnte. „So sehr ich das Gefühl von Seide an meiner Haut auch genieße, ich würde dir den Anzug nur mit Spermaflecken ruinieren. Und außerdem könnte ich dich dann nicht berühren."

„Du setzt voraus, dass ich dir erlaube, zu kommen", konterte Alexej und fuhr mit dem Finger die Kette mit dem Kreuz nach, die Patrick immer um den Hals trug. Das Gold glitzerte in der fast völligen Dunkelheit. Mit der anderen Hand fasste Alexej nach unten und schloss sie besitzergreifend um Patricks jeansverhüllten Schwanz, dann milderte er seine Drohung damit ab, Küsse über den Hals und die Brust seines Geliebten zu verteilen. Als er seine Brustwarzen erreicht hatte, strich er mit den Zähnen darüber, erst über die eine, dann die andere. Als sie sich hart und feucht emporreckten, glitt er tiefer, ließ seine Lippen über die schmale Spur dunkler Haare gleiten, die zu seinem Ziel führte. Seine Hand drückte Patricks steifer werdenden Schaft, dann öffnete er seine Jeans. Der Hunger, den zu stillen er sich versagt hatte, als sie das letzte Mal zusammen gewesen waren, ließ sich nicht mehr ignorieren.

Patrick zuckte bei der unerwarteten Berührung von der Matratze hoch, vollkommen überrascht. Wäre dies irgendein anderer Mann in seinem Bett, würde er als nächstes einen Blowjob erwarten, der ihm den Verstand raubte, aber er kannte Alexej zu gut, um das zu tun. Der Russe war zu stolz, sich zu beugen, zu stolz, um … „Oh, verdammt!", stieß Patrick aus, als sein Geliebter ihn aus der Gefangenschaft seiner Jeans befreite und einmal langsam über seinen Schwanz leckte, von der Wurzel bis zur Eichel.

Der Geschmack des harten, heißen Schafts in Alexejs Mund war berauschend. Er machte ein leises, zustimmendes Geräusch und bewegte die Hände zur Seite, legte sie auf Patricks Lenden, zog den schweren Stoff seiner Hose weiter auseinander und drückte seine Hüften in die Matratze. Finger spreizten sich über weiches Fleisch, während seine Daumen unter den verwundbaren Hodensack glitten und dann hochdrückten, die härter werdenden Eier neckten. Alexejs eigener Schwanz wurde steifer, drückte gegen seine Hose, aber er ignorierte den Schmerz. Sein Mund glitt langsam und mit Bedacht über Patricks seidenweiche Eichel.

Patricks Finger fuhren rastlos über die Bettlaken und er kämpfte darum, Alexejs Verhalten mit dem Bild zu vereinbaren, das er von dem Mann hatte. Er warf den Kopf hin und her, als Alexej ihn auf eine Art liebkoste, die von diesem

46

Liebhaber zu bekommen er nicht mehr zu hoffen gewagt hatte. Die völlig neue Kulisse, der damit verbundene Mangel an Täuschungen und falschen Vorwänden sowie das Gefühl von Intimität, das die neuartigen Empfindungen von Alexejs Zunge auf seinem Schwanz auslöste, gaben Patrick den Mut, seine eigenen Wünsche deutlich zu machen. In der festen Absicht, den Gefallen zu erwidern, drückte er sich von der Schlafkoje hoch und versuchte, den Russen dazu zu bewegen, seine Hüften in Patricks Richtung zu drehen. „Komm, lass mich dich auch schmecken."

Statt zu antworten, schloss Alexej seine Lippen fester um die glänzende Eichel, ließ sie tiefer in seinen Mund gleiten und genoss den intensiven Geschmack der Flüssigkeit, die daraus hervorquoll. Seine Hände packten geschwungene Hüftknochen, als Patrick versuchte, sich unter ihm zu bewegen. Der Griff war nicht fest genug, um jede Bewegung zu unterbinden, aber doch fest genug, um die Botschaft zu vermitteln, dass er stillhalten solle. Dies war eine Schwäche, der nachzugeben zu gefährlich war für Alexej – er hatte vor, das eine Mal voll auszukosten, das er sich erlauben würde.

Patrick gab für den Augenblick nach. Instinktiv verstand er, dass dies ein großer Schritt für Alexej war und dass er jedem weiteren misstrauisch gegenüberstand. Er hatte absolut vor, seinen Geliebten umzustimmen, aber das konnte er auch tun, ohne ihn zu zwingen. „Hmm, fühlt sich so gut an", murmelte er heiser und fuhr mit den Fingern durch die dunklen Haare des älteren Mannes. „Dein Mund auf mir, so heiß und nass und hungrig. Bei dir habe ich das Gefühl, wieder ein dauergeiler Teenager zu sein, der bei der geringsten Berührung sofort kommt.

Kannst du dir vorstellen, wie es wäre, wenn wir es beide gleichzeitig tun?", fuhr er fort in der Hoffnung, die Zurückhaltung seines Geliebten zu durchbrechen. „Kannst du dir vorstellen wie es sich anfühlt, wenn ich deinen Schwanz in den Mund nehme, die Eichel sauge und meine Zunge in deinen Schlitz stecke?" Er hob den Kopf und sah an seinem Körper hinunter in glitzernde Augen. „Wenn du meinen Mund fickst?"

Alexej konnte bei Patricks sinnlich-lockenden Worten ein Stöhnen nicht unterdrücken. Er konnte es sich nur zu gut vorstellen und seine Erektion sprengte förmlich seinen Reißverschluss in Reaktion auf diese bewusste Provokation. Er rollte sich auf die Seite, schob seine Hände in Patricks Jeans und zog sie so weit hinunter, wie sein Arm reichte. Dann strich er mit den Handflächen über die entblößten, muskulösen Oberschenkel seines Geliebten, bis er seinen Hintern erreicht hatte, umfasste seine Gesäßbacken und zog Patrick näher an sich, rammte sich seine Erektion tief in den Mund. Er lutschte ihn hart, drückte seine Zunge gegen die pulsierende Vene auf der Unterseite des schweren Schafts und gab seinem Geliebten all das, was seine aufreizenden Worte ihm ausgemalt hatten.

Ob die Bewegung nun stillschweigende Erlaubnis war oder nicht, Patrick nahm sie als solche an, drückte sich erneut hoch und drehte sich, soweit der feste Druck seines Mundes es zuließ, bis er mit dem Gesicht zu Alexejs Füßen neben ihm lag und seinen Hosenbund erreichen konnte. Es wäre so einfach gewesen, sich zurückzulegen und verwöhnen zu lassen. Doch Patrick war entschlossen nicht nur zu nehmen, sondern auch zu geben.

Er öffnete den Ledergürtel, zog den Reißverschluss auf und drängte Alexej, seine Hüften anzuheben, sodass er ihm die Hose bis auf die Oberschenkel hinunter schieben konnte. Patrick war vertraut mit dem Gefühl des dicken Schafts in seinem Körper, aber dies war das erste Mal, dass er mehr tun konnte, als ihn zu berühren – er konnte ihn schmecken, wie er es sich oft gewünscht hatte. Und so ließ er sich Zeit und ignorierte das beharrlicher werdende Verlangen seines Körpers, wild in Alexejs Mund zu stoßen, bis er zu einem zweifellos glorreichen Orgasmus kam, nach besten Kräften. Stattdessen konzentrierte er all seine Aufmerksamkeit auf den Schwanz des anderen Mannes, streichelte ihn sanft, bevor er seine Zunge hervorschnellen ließ, um das Versprechen seiner verführerischen Worte einzulösen.

Patricks Lippen und seine Zunge lösten jedes seiner erotischen Versprechen ein und Alexej kämpfte gegen den Drang an, seine Hüften vorzustoßen und Patricks Mund zu ficken, wie sein Geliebter es ihm ausgemalt hatte. Um der Versuchung nicht nachzukommen, richtete er seinen Fokus auf den harten Schwanz, der seine Lippen dehnte und schluckte um die samtige Eichel herum. Gleichzeitig schob er zwei Finger in seinen Mund. Während seine Kehle arbeitete, erforschte er mit den feuchten Fingern Patricks Gesäßfalte, der Druck seiner Fingerspitzen auf der empfindsamen Öffnung eine weitere Waffe in seinem Arsenal bei der Bestürmung der Verteidigung seines Geliebten.

Patricks Sinne explodierten förmlich und er konnte diesem doppelten Angriff nicht widerstehen. Mit wenig mehr als einem erstickten Aufschrei um Alexejs Schwanz als Warnung, kam er in der Kehle des anderen Mannes. Sein Körper zuckte und schauderte, als er den Beweis seines Verlangens ausstieß. Schauer durchliefen ihn, einer nach dem anderen, als Alexej fortfuhr, ihn mit Lippen und Fingern zu necken. Als Patrick wieder atmen konnte, leckte er ein letztes Mal langsam über das steife Glied in seinem Mund, dann ließ er es herausgleiten und sah zu seinem Geliebten hoch. „Wir können so weitermachen, wenn du willst", bot er an, „aber ich will dich wirklich in mir spüren."

Alexej schluckte den sämigen Beweis erfüllten Verlangens herunter und zog den jüngeren Mann wieder aufrecht neben sich. Rasch streifte er ihm seine restlichen Kleidungstücke aus, dann streckte er sich durch die Kabine zu der Bank, auf die er seinen Mantel gelegt hatte. Im selben Augenblick setzte Patrick sich auf und bückte sich nach seiner Jeans. In der engen Kabine stießen sie mit den Köpfen aneinander. Alexej setzte sich auf die Fersen zurück und stieß einen kurzen, belustigten Laut aus: Beide hielten sie kleine Cellophanpäckchen und Gleitgel in den Händen.

„Ausnahmsweise haben wir dasselbe gedacht", bemerkte er. Seine Hand schloss sich über Patricks, eine Geste die so intim war wie die Berührungen, die sie gerade geteilt hatten.

„Nicht nur dieses Mal", widersprach Patrick und drehte seine Hand, sodass er seine Finger mit Alexejs verschränken konnte. Er hob ihre Hände an seine Lippen und küsste sie, bevor er den Griff löste und nach dem Jackett seines Geliebten fasste. So sehr er das Gefühl von Seide auf seiner Haut genoss, jetzt gierte er nach nackter Haut. Er zog Alexej das Jackett über die Schultern und warf es beiseite, dann machte er sich über die Knöpfe an dem weißen Hemd her und strich mit seinen Händen über bloße Haut, wo immer sie zutage trat.

Da die einzige Lichtquelle das Mondlicht war, das schwach durch das Fenster hereindrang, verließ Patrick sich hauptsächlich auf das Gefühl unter seinen Händen, als er die Haut seines Geliebten entblößte. Seine Augen strengten sich an, das kunstvolle Kreuz in der Mitte von Alexejs Brust auszumachen, aber er sah kaum mehr als einen Schatten, als er Alexej das Hemd abstreifte. Er beugte sich vor, um seine Lippen auf das Motiv zu drücken, wobei ihm eine neue Tätowierung auffiel – was es war, das konnte er nicht erkennen – die sich knapp unter der Schulter des anderen Mannes befand.

Patrick schob den Gedanken für einen späteren Zeitpunkt beiseite und zog Alexej die Hose aus. Als er ihm die Socken abstreifte, blieb er an einem Messer hängen, das Alexej um den Knöchel trug. Vorsichtig schnallte er es ab und legte es kommentarlos beiseite. Sie wussten beide, was Alexej war. Darüber zu sprechen würde nichts ändern. Patrick legte sich zurück aufs Bett und öffnete die Arme. „Komm, liebe mich."

Das waren Worte, die zu hören Alexej nie gehofft hatte und eine Aufforderung, die er unmöglich ausschlagen konnte. Er öffnete die Augen, die er geschlossen hatte, als Patricks Lippen seine Brust berührt hatten, rutschte ein Stück zurück und ließ sich dann zwischen den einladend geöffneten Schenkeln seines Geliebten nieder. Mit dem Mund riss er ein Päckchen Gleitgel auf und schmierte sich den Inhalt über die Finger. Sein Mund kehrte zu den glatten Flächen von Patricks Oberkörper zurück, während er den jüngeren Mann vorbereitete, nicht ganz so langsam wie beim letzten Mal, aber nicht weniger gründlich. So begierig er war, alles zu nehmen, was Patrick ihm gab, so wollte er den Augenblick doch nicht durch Schmerzen zerstören.

Patrick spreizte die Beine weiter, Knie an die Brust gezogen, um Alexej ungehinderten Zugang zu der sensiblen Haut zu gewähren. Instinktiv wusste er, dass heute Nacht zumindest sein Geliebter nichts tun würde, das ihm auch nur leisen Schaden zufügen konnte. Er wand sich unter den Liebkosungen, die ihn sanft öffneten, seine Prostata stimulierten und ihn atemlos vor Verlangen machten. Und schließlich erlaubte er sich loszulassen und alle Verteidigung aufzugeben, alle Mauern, die er um sich erbaut hatte. Er ließ los und seinen Gefühlen freien Lauf, erlaubte ihnen zu sein, ihn zu erfüllen, auch wenn er sie nicht in Worte fasste. Hier, auf Daphnes Boot, waren sie nicht Bulle und Gangster, nicht Amerikaner und Russe, nicht zwei Männer, die durch ihre Lebensumstände voneinander getrennt waren. In diesen kurzen, gestohlenen Stunden erlaubte Patrick es sich zu glauben, dass sie nur zwei Männer waren, die einander liebten. Außerstande, diese Worte laut auszusprechen, sagte er das eine, das er sagen konnte.

Den Namen seines Geliebten.

„Ljoscha", murmelte er und das Wort wurde zu einem Mantra, als Alexej fortfuhr, ihn zu reizen und zu quälen.

Alexej streichelte, reizte und dehnte, bis er ein Beben unter seinen Fingern und seinen Lippen spürte. Jede Wiederholung dieses Namens, dieser Intimität, die er niemandem sonst gestattete, pulsierte durch seinen Körper wie das Blut, das durch seine Adern pochte. Er rollte sich ein Kondom über den vor hervorquellenden Lusttropfen feuchten Schwanz und schmierte es mit Gleitgel ein. Dann hob er Patricks Körper nahezu ehrfürchtig an und glitt in die heiße Vereinigung ihrer Körper. Der Name seines Geliebten kam ihm als tiefes, langgezogenes Stöhnen über die Lippen.

„Patja", murmelte er und beugte sich vor, als sich lange Beine um seine Hüften schlangen und ihn noch tiefer zogen. Sein Mund legte sich hungrig auf Patricks, erstickte so die Worte, die versuchten, dem Namen zu folgen. Es wäre mehr als leichtsinnig gewesen, sie auszusprechen, selbst wenn sie nicht verstanden worden wären.

Wie jedes Mal, wenn er ihn hörte, sandte der Kosename einen Schauer durch Patricks Körper. Es war, als erhielte er einen weiteren, kurzen Blick unter die abgebrühte Maske, die Alexej der Welt zeigte, auf den Liebhaber, der sich darunter verbarg. Der Tonfall, in dem er den Namen aussprach, ließ einen zweiten Schauer durch ihn rieseln und als Alexej seinen Mund in Besitz nahm, überließ er ihn ihm so willig, wie er ihm auch seinen Körper überlassen hatte. Patrick wollte alles, was sein Geliebter ihm geben konnte, alles und mehr. Sein Rücken wölbte sich von der Schlafkoje hoch, als die Stimulation seiner Prostata mit jedem Stoß stärker wurde, jedes tiefe Eindringen Alexejs ihn dem Höhepunkt ein wenig näher brachte. Einen Augenblick lang verharrte er bebend auf der Schwelle, so kurz davor, wollte den Moment in die Länge ziehen und hungerte doch gleichzeitig nach dem Augenblick der Erlösung. Als er spürte, wie sein Körper sich unwiderstehlich anspannte, drehte er den Kopf zur Seite und schnappte nach Luft. „Mit mir", brachte er heiser flehend heraus. „Komm mit mir."

„*Da*", keuchte Alexej und ließ den Kopf auf Patricks Schulter fallen, als sein Orgasmus über ihn hereinbrach, ihn überwältigte, so als hätte es nur der Stimme seines Geliebten bedurft, um den Höhepunkt zu erreichen. Seine Finger gruben sich in die zitternden Muskeln von Patricks Gesäßbacken und er presste ihre Körper noch enger aneinander, als der Samen des jüngeren Mannes sich warm zwischen ihren Körpern ergoss. Mit jedem Zucken seines Schwanzes schlossen sich seine inneren Muskeln enger um Alexejs pulsierenden Schaft, schmiedeten ein weiteres Glied in der Kette, die sein Herz in Banden legte.

Patrick sackte auf die Matratze der Schlafkoje zurück, satter und zufriedener, als er sich erinnern konnte, je gewesen zu sein. Ein unbekanntes, starkes Gefühl von Zusammengehörigkeit erfüllte ihn und er zog Alexej neben sich aufs Bett und in seine Arme, hielt ihn in einer Umarmung fest, in der es ausnahmsweise nicht um das Verlangen ihrer Körper ging, sondern um das in seinem Herzen. Eng an Alexej geschmiegt wartete er darauf, dass die unausweichliche Spannung in den Körper seines Geliebten zurückkehrte, aber Alexej blieb entspannt und ruhig in seinen Armen liegen. Das gab Patrick den Mut, seine Aufmerksamkeit der Brust seines Geliebten zuzuwenden und sich die Tätowierungen dort genauer anzusehen. Müßig fuhr er mit den Fingerspitzen über eines der Motive, das er immer noch nur schwach erkennen konnte und bemerkte leise: „Ich glaube nicht, dass ich dir jemals gesagt habe, wie erotisch deine Tätowierungen sind. Vielleicht sollte ich mir auch eine zulegen."

Alexej konnte den Schauder nicht unterdrücken, der ihn bei dem Gedanken durchlief, dass Patricks perfekte Haut von den Zeichen, wie er sie trug, verunstaltet wurde. Er umfasste Patricks Hand mit seiner, beendete so seine Erkundung und legte sie auf die Mitte seiner Brust. „Ich ziehe dich vor, wie du bist", entgegnete er, obwohl er wusste, dass er kein Recht hatte, dem jüngeren Mann etwas vorzuschreiben. „Du brauchst nicht solche Zeichen, um für mich erotisch zu sein."

„Und doch müssen sie dir irgendetwas geben, sonst hättest du sie nicht", wandte Patrick neugierig ein. Er versuchte nicht, seine Hand loszumachen, um die Tätowierungen erneut zu berühren, da Alexej das offensichtlich nicht wollte. „Denn seit ich dich das letzte Mal gesehen habe, hast du zwei neue machen lassen. Sie sind sogar noch ein bisschen entzündet."

Alexej hatte gewusst, dass er diesen Moment nicht würde vermeiden können, spätestens seitdem Patrick ihm das Hemd ausgezogen hatte. Er atmete tief ein und zog den jüngeren Mann auf sich herunter; seine dunklen Haare verbargen das kunstvolle Kreuz. „In Russland, Tätowierungen definieren dich", begann Alexej. Er vermutete, dass sein Geliebter nichts über die wahre Bedeutung des Gefängniscodes wusste. „Jede muss verdient werden und jede hat eine Bedeutung, eine Botschaft für jene, die sie lesen können." Er wusste, was als Nächstes kommen würde und versuchte, den unausweichlichen Fragen vorzugreifen; er war sich sicher, was die Reaktion des Polizisten sein würde, wenn er die Wahrheit hinter den aufwendigen Motiven erfuhr. „Es gibt Sprichwort im Russischen – *‚Slovo serebro, a molchanije zoloto'*. Heißt übersetzt so viel wie ‚Wort ist Silber und Schweigen ist Gold'. Stelle keine Fragen, deren Antwort du nicht hören willst."

Wider besseres Wissen fasziniert, nickte Patrick. Er wusste, was Alexej war, wusste, dass keine seiner Geschichten schön sein würde, aber ein Teil von ihm musste trotzdem hören, was Alexej zu sagen hatte. „Erzähl mir mehr über eine von ihnen." Seine Hand legte sich wieder auf das Kreuz, das Alexejs Brust zierte. „Was ist mit der hier?"

Alexej hatte von Anfang an vermutet, dass Patricks Beharrlichkeit einer der Gründe gewesen sein musste, warum er so schnell zum Detective befördert worden war und so hatte er nicht wirklich damit gerechnet, dass der Polizist die Sache auf sich beruhen lassen würde. Er stieß langsam den Atem aus, schob eine Hand unter den Kopf und sah zur Decke hoch. „Es bedeutet Dieb", lenkte er ein. Die andere, dunklere Bedeutung behielt er für sich. „Meisterdieb."

„Also ist sie ein Ehrenabzeichen", sagte Patrick langsam mit neutraler Stimme, und rief sich ins Gedächtnis, dass Alexej aus einer sehr anderen Welt kam. „Und die anderen? Sind das auch Ehrenabzeichen?"

Alexej zuckte mit einer Schulter und runzelte die Stirn. „Nicht für etwas, das du Ehre nennst", antwortete er.

Die Antwort war ziemlich genau das, was Patrick befürchtet hatte. „Ich weiß, dass du eine ziemlich wechselvolle Vergangenheit hast", sagte er nach einer kurzen Pause. „Ich wusste das, als wir uns das erste Mal begegnet sind. Ich habe es akzeptiert, bevor ich es dir das erste Mal erlaubt habe, mich zu berühren." Er schloss die Augen und versuchte, sich an die anderen Tätowierungen zu erinnern, die er gesehen hatte. „Die Madonna", schlug er vor. Ein solches Symbol der Reinheit war doch bestimmt harmlos, vielleicht sogar etwas, das anderes ausglich und wieder wettmachte. „Was bedeutet sie?"

„Sie bedeutet, dass ich Dieb – Krimineller – gewesen bin, seit ich Kind war", antwortete Alexej knapp. Er hoffte sehr, dass Flaherty nicht vorhatte, ihn nach der Bedeutung jeder einzelnen seiner Tätowierungen zu fragen. Aber wenn er fragte, dann würde Alexej antworten – Patrick verdiente es, die Wahrheit über den Mann zu wissen, für den er seine Karriere riskierte, wenn nicht sogar sein Leben.

Patrick zuckte bei der Antwort zusammen und versuchte sich eine Welt vorzustellen, die einen solchen Wahnsinn hochleben ließ. „Die Kirche?", fragte er sich laut. Er hatte das kuppelgedeckte Gebäude auf Alexejs Rücken bei mehr als einer Gelegenheit gesehen, wenn sein Geliebter sich umdrehte und anzog, bevor er ging.

„Bedeutet Gefängnis", krächzte Alexej. „Drei Kuppeln sagen, ich war drei Mal im Gefängnis." Die meiste Zeit davon in Einzelhaft, aber das sagte er dem jüngeren Mann nicht. Das waren Erinnerungen, denen er selber nicht nachhing – es war nichts, das Patrick hören musste.

„Und die Worte darüber?", zwang Patrick sich, zu fragen. Er wollte die Antwort abwarten, nach der Bedeutung der beiden neuen Tätowierungen fragen und sie dann nicht beide weiter foltern. Er musste nicht jede Einzelheit wissen. Was er bisher erfahren hatte, war schon mehr, als er wirklich wissen wollte.

Alexej zögerte, überrascht, dass Patrick so aufmerksam gewesen war, die Worte bemerkt zu haben. Er dachte kurz darüber nach zu lügen – der andere Mann konnte schließlich nicht wissen, ob er die Wahrheit sagte oder nicht –, aber was spielte es am Ende für eine Rolle? Zumindest in diesem Fall konnte er die Wahrheit sagen. „Es ist ein altes Sprichwort", antwortete er. „*Chto posejeshj - to i pozhnjoshj* – was du säst, das wirst du ernten."

Die Worte standen so sehr im Widerspruch zu dem Bild, das Alexej nach außen zeigte, so sehr im Widerspruch zu allem, was die Männer vertraten, für die er arbeitete, dass Patrick realisierte, dass sie sarkastisch gemeint sein mussten. Nichts anderes machte Sinn. Immerhin hatte er nicht hören müssen, dass Alexej ein Mörder war. Wobei er auch vermutete, dass er, wenn er weiter fragte, zuletzt zu einer Tätowierung kommen würde, die genau das sagte. Wie dem auch sei, er hatte die Vergangenheit akzeptiert, wie er es Alexej gesagt hatte. Es waren die Gegenwart und die Zukunft, die ihn jetzt beschäftigten.

„Und die neuen?", erkundigte er sich ein wenig zögerlich. Vor der Antwort auf diese Frage hatte er wirklich Angst, aber er wusste auch, dass er fragen musste. Alexejs Vergangenheit war die Vergangenheit, aber der Gedanke, dass sein Geliebter sich immer noch neue Tätowierungen verdiente, beunruhigte und verstörte ihn auf eine andere Art und Weise.

Da war sie – die Frage, von der Alexej gewusst hatte, dass sie kommen würde. Er hatte gewusst, dass es genau darauf hinauslief und sein Bauchgefühl warnte ihn, dass die Konsequenzen der Antwort ebenso unvermeidbar waren wie die Frage selbst.

Er wandte den Kopf für einen letzten Blick auf den Mann, der in seinen Armen lag, bevor er die Worte sprach, die über sein Schicksal entscheiden würden. „Sie bedeuten, dass ich akzeptiert wurde – als *Vor*", gab er zu.

„Als *Vor*", wiederholte Patrick langsam. Eisige Kälte erfüllte ihn. Er hatte gewusst, dass Alexej mit der russischen Mafia zusammenhing. Er hatte gewusst, dass sein Geliebter in ihrem Dienst Dinge tat, bei denen er sich angewidert hätte abwenden sollen. Aber er hatte all das akzeptiert, denn Alexej musste schließlich von irgendetwas leben und er befolgte immerhin nur ihre Befehle. Aber jetzt … „Als *Vor*." Seine Abscheu musste deutlich in seiner

Stimme mitgeschwungen haben, denn Alexej neben ihm wurde steif, noch bevor Patrick sich aufgesetzt und nach der Nachttischlampe gegriffen hatte, um das Gesicht seines Geliebten – seines Verräters – sehen zu können. „Wie konntest du das tun?", fragte er mit lauter werdender Stimme. „Wie konntest du uns das antun?"

„Uns?", gab Alexej zurück und verfluchte sich innerlich, sobald ihm das Wort über die Lippen gekommen war. „Du weißt, was ich bin", fuhr er fort, schwang die Beine über die Bettkante und stand auf. „Ich tue, was ich tun muss."

„Warum?", wollte Patrick wissen, den Blick auf den tätowierten Rücken gerichtet. „Haben sie dir befohlen, ein *Vor* zu werden? Ich hätte nicht gedacht, dass das so funktioniert. Solange du nur einer ihrer Handlanger warst, konnte ich das akzeptieren. Du hast nur Befehle befolgt. Ich habe diese Befehle vielleicht nicht gemocht, aber ich habe es verstanden. Aber jetzt … Jetzt bist du einer von ihnen, von denen, der Befehle gibt. Oder irre ich mich da?" *Sag mir, dass ich mich irre,* flehte er stumm. *Lieber Gott, bitte lass mich falsch liegen!*

„Ich gebe keine Befehle. Noch nicht", gab Alexej zu, seine Stimme ausdruckslos als Patricks Miene sich vor Abscheu verzog. Alexej hatte nichts anderes erwartet; wie konnte er Vertrauen verlangen, wenn er selbst keines schenkte? Die Gefahr war zu groß für sie beide, um so etwas Vages zu riskieren wie Hoffnung. Er hatte dennoch gehofft und dafür verfluchte er sich selbst als Narren. „Aber man muss *Vor* sein, um an andere *Vor* heranzukommen."

Heiße Wut erfüllte Patrick. Er wandte sich ab und schnappte sich seinen Pullover, riss ihn sich mit groben, abrupten Bewegungen über den Kopf und fauchte: „Was musstest du diesmal tun, um dich zu beweisen? Ein hilfloses Mädchen vergewaltigen? Oder werde ich morgen, wenn ich zur Arbeit komme, eine von dir professionell abgefertigte Leiche finden?"

„Du wirst keine Leiche finden", antwortete Alexej kühl, bückte sich und schlüpfte in seine schwarze Unterhose. Aus den Augenwinkeln erhaschte er einen Blick auf die Grimasse auf Flahertys Gesicht und realisierte, dass der Polizist ihn missverstanden hatte und nun dachte, dass Alexej die Leiche hatte verschwinden lassen. Er machte sich nicht die Mühe, diesen Eindruck zu korrigieren. Es gab vielleicht diesmal keine Leiche zu finden, aber es hatte in seiner Vergangenheit genug Leichen gegeben. Flaherty hatte sein Urteil gefällt. Es gab nichts weiter zu sagen.

Angewidert von sich selbst, weil er Boczar selbst jetzt noch wollte, senkte Patrick den Kopf und griff nach seiner Hose. „Ich hoffe, es macht dich glücklich", fauchte er. „Ich hoffe, es gibt dir all das, was du willst, denn ich werde es nicht mehr. Ich hätte dir alles gegeben, was du willst, jedenfalls alles, was in meiner Macht steht, aber ich kann nicht mehr. Nicht, wenn du

Vor bist." Er stand auf, ohne seinen ehemaligen Geliebten anzusehen und verließ die Kabine, stieg die Treppe zum Cockpit hoch und ließ den Motor des Bootes an.

Alexej zog sich schweigend an. Eiseskälte breitete sich in ihm aus, bis seine Seele gefror, bis Wärme nur noch eine ferne Erinnerung war wie eine Geschichte, die er als Kind gehört hatte. Er wusste es besser, als an Märchen zu glauben. Höhnisch verzog er die Lippen über seine eigene Dummheit, kämmte sich mit den Fingern durch die Haare und blickte den Gang hoch. Oben an Deck würde es kalt sein, aber er konnte nicht wie ein geprügelter Hund unter Deck hocken und grollen. Erfüllt vom vergeblichen Wunsch nach einer Zigarette stieg er die Treppe hoch und setzte sich auf den freien Sitz, den Blick geradeaus auf das schwarze Seewasser hinter der Windschutzscheibe gerichtet. Patricks Glock lag offen neben dem Steuerrad, mit dem der Detective das Boot lenkte.

Patrick sah sich nicht um, als er hörte, wie Boczar neben ihn in den Sitz sank und konzentrierte sich stattdessen darauf, das Boot, so schnell er konnte, zum Industriehafen zurückzusteuern. Er musste weg von der verlockenden Gegenwart des anderen Mannes. Er konnte immer noch die starken Hände auf seinem Körper spüren, die ihn mit zu viel Zärtlichkeit für einen niederträchtigen Gangster berührten; konnte immer noch die raue Stimme hören, die ihm leise Worte ins Ohr flüsterte, die zu sanft waren für einen kaltblütigen Mörder. Patrick stählte seine Entschlossenheit. Er würde dem Drängen seines Herzens nicht noch einmal nachgeben, egal, wie sehr es darauf beharrte, dass es es besser wusste als sein Verstand. Auf sein Herz zu hören, hatte ihn überhaupt erst in diesen Schlamassel hineingeritten, aber damit war jetzt Schluss. Er würde Boczar am Dock aussteigen lassen und ihn dann vergessen. Egal, als wie schwierig sich das, wie er fürchtete, herausstellen mochte.

Mit einem Seitenblick auf Flahertys unnachgiebige Miene, lehnte Alexej sich in seinem Sitz zurück. Die Hand in der Manteltasche schloss sich um seine Pistole. Das war es, worauf er sich konzentrieren musste – auf die Realität, der er sich gegenübersah. Und nicht auf Träume, von denen er von Anfang an gewusst hatte, dass sie unerfüllbar waren. Den Rest der Fahrt zurück zum Dock blickte er starr geradeaus.

Patrick steuerte das Boot zum Pier und hielt an, ohne den Motor abzustellen. „Ich rufe nicht mehr an. Du musst dir einen anderen suchen, wenn du ein Loch zum Ficken brauchst", sagte er, ohne seinen ehemaligen Geliebten anzusehen. Seine Stimme war dumpf vor Schmerz, den seine Entscheidung ausgelöst hatte.

Alexejs Kopf fuhr bei den abfälligen Worten herum. Entgegen seiner Absichten stand er auf und starrte auf den jungen Mann hinunter, der sich seinen Weg durch seine sorgfältig aufgebaute Verteidigung gebahnt hatte. „Du glaubst, das war alles?", stieß er heraus, packte mit unerbittlicher Hand

Flahertys Arm und riss ihn auf die Füße. „Loch zum Ficken, wenn ich Drang habe, mehr nicht? Ich kann *Loch zum Ficken* haben, wann immer ich will, ohne mein Leben damit zu riskieren, mit dir gesehen zu werden." Er drängte den Polizisten hart gegen die Reling, hielt ihn dort mit dem vollen Gewicht seines Körpers regungslos fest. Ein anzügliches Grinsen verzog seine Mundwinkel, als er die harte Kontur von Flahertys Schwanz an seinem Oberschenkel spürte. „Fühlt sich an, als hungert dein Körper immer noch nach Ficken, trotz deiner hochklingenden Worte."

Patrick zog bei Boczars Berührung scharf den Atem durch die Zähne ein. Er kannte diese Schwäche seines Körpers nur zu gut. Trotz seiner guten Vorsätze, trotz seines festen Entschlusses: Alexej sagen zu hören, dass es mehr war als nur eine bedeutungslose Affäre – *mehr gewesen war*, verbesserte Patrick sich – besänftigte Patricks gebeuteltes Gewissen und hinderte ihn daran, den anderen Mann wie geplant wegzustoßen. Stattdessen drängten sich seine Hüften vor, als sein Körper instinktiv in der Härte zwischen Alexejs Beinen nach seinem Gefährten suchte. Ein tiefes Stöhnen entrang sich ihm, ohne dass er sich dessen bewusst war. Er versuchte, an seinem Entschluss festzuhalten, aber es war sinnlos, wenn sein Körper sich Alexejs fordernder Berührung entgegenreckte.

Das Stöhnen, Patricks Hüften, die sich gegen seine drängten, waren genug, um Alexej die Kontrolle verlieren zu lassen. Wenn Flaherty glaubte, dass er nur einen schnellen Fick wollte, dann würde er ihm genau das geben. Mit einem Ruck drehte er den jüngeren Mann um, drängte ihn gegen die Reling und zerrte die Jeans des Polizisten grob bis zu seinen Oberschenkeln herunter. Mit der anderen Hand öffnete er seinen eigenen Reißverschluss gerade weit genug, dass er seinen geschwollenen Schaft herausziehen konnte. Dann schlang er einen Arm um Flahertys Schultern, um ihn still zu halten, schob seinen Schwanz in die Gesäßspalte des anderen Mannes und drückte gegen die noch immer gelockerte Öffnung. Flaherty wand sich unter ihm und Alexej griff nach unten, brachte sich in Position. „Sag mir, du willst es", knurrte er, drückte seine Eichel gegen die Öffnung, ohne weiter vorzudringen. „Sag mir du willst, dass ich dich ficke ..."

Patrick wollte es abstreiten, aber seine Lippen verweigerten die Kooperation. „Ja", stöhnte er, drängte sich rückwärts. „Fick mich." *Ein letztes Mal.*

Alexej rammte sich in ihn hinein, drang tief in den heißen, engen Kanal vor. Mit seiner freien Hand griff er nach Patricks Schwanz und massierte ihn grob, während er sich zurückzog und wieder zustieß, hart und schnell in den jüngeren Mann hineinhämmerte. Seine Stöße waren brutal und sein Gesicht verzerrte sich, als er darum kämpfte, sich zurückzuhalten, sich jedes Keuchen und jedes Stöhnen und das Gefühl von Patrick, der ihn umschloss, ins Gedächtnis einzubrennen, die letzte Erinnerung, die ihm bleiben würde.

„Komm", forderte er. Seine Faust drückte Patrick unbarmherzig, ihre Hoden schlugen mit einem Klatschen aneinander und Patrick explodierte heiß über seine Hand. Alexej erstarrte in ihm, erschauerte und sein zuckender Schwanz ergoss den verbleibenden Rest seiner Seele in den Körper seines Ex-Geliebten.

Das Gefühl des heißen Samens, der ihn plötzlich, unerwartet füllte, brachte Patrick zum Höhepunkt und er spritzte über Alexejs Hand und die Reling in das dunkle Wasser unter ihnen. Er kniff die Augen fest zusammen und unterdrückte einen Aufschrei; ein Teil von ihm verzweifelte über das, was sie gerade getan hatten, während ein anderer Teil frohlockte.

Das kleine Rinnsal warmer Flüssigkeit, das an seinem Oberschenkel hinunterrann, als der Russe sich aus ihm zurückzog, brachte ihn brutal und plötzlich in die Realität zurück. Er hatte sich nie erlaubt von einer Zeit zu träumen, in der kein Kondom zwischen ihnen sein würde, hatte sich nie erlaubt, sich ein Leben vorzustellen, in dem sie beide sicher genug waren, um ein solches Versprechen zu machen. Doch er hatte sich danach gesehnt. Dass es jetzt geschah, dass es auf diese Art geschah, war die blanke Verhöhnung all dessen, was er begonnen hatte zu hoffen und brachte das Fass zum Überlaufen. „Runter vom Boot", presste er heraus, machte sich ruckartig los und zog seine Jeans hoch.

„Jetzt erinnerst du dich, wie sich ficken anfühlt", sagte Alexej rau, wischte sich mit einem dunklen Taschentuch sauber und zog seinen Reißverschluss hoch. Er stieg über die Reling auf den Pier, knöpfte seinen Mantel zu und verschwand ohne einen letzten Blick zurück in einer der dunklen Gassen.

6

PATRICK SAß in seiner Wohnung in Bucktown am Esstisch und starrte blicklos auf die Aktenmappe vor sich. Sein neuer Captain hatte sie ihm nach seiner Versetzung aus der Mordkommission in den Bandenkriminaldienst der Abteilung für Organisiertes Verbrechen zu lesen gegeben. Er hatte ein früheres Angebot für den Wechsel im Dezember abgelehnt, da die neue Stelle bedeutete, dass er gegebenenfalls direkt gegen die Familie ermitteln musste, für die Alexej arbeitete. Aber das gehörte nun der Vergangenheit an. Alexej hatte in der Nacht auf dem Boot vor zwei Wochen seine Entscheidung getroffen und Patrick seine eigene zwei Tage später.

Es hatte eine Weile gedauert, bis die Versetzung bewilligt worden war und Patrick sich in der neuen Stelle zurechtgefunden hatte. Und natürlich war jetzt, nachdem er sich eingewöhnt hatte, der erste Fall, den man ihm zuteilte, die Wolkows.

Patrick fuhr sich mit der Hand durch die Haare, schlug die Akte auf und begann zu lesen.

Eine halbe Stunde später schob er sie von sich weg. Ihm war flau im Magen. Er hatte gewusst, dass die Wolkows in den Bereichen Prostitution, Waffenhandel und Schmuggel elektronischer Geräte eine Menge Dreck am Stecken hatten, aber bisher hatte er das ganz gut verdrängen können. Das ging jetzt nicht mehr. Nicht, wenn die Liste mit den Verdachtsfällen direkt vor ihm lag. Zu seiner Erleichterung wurde Alexej nur als Leibwächter von Konstantin Wolkow aufgeführt, des Sohnes und Erben von Fjodor Wolkow, dem Oberhaupt der Familie.

Alles andere hatte Patrick nach der Unterhaltung an Bord des Boots schon über Alexej gewusst.

Weitaus beunruhigender aber waren die Hinweise darauf, dass die Familie in den Bereich Drogenhandel expandierte. Die Kolumbianer hatten den Markt so gut wie ausschließlich in der Hand und mit ihnen würde nicht gut Kirschen essen sein, wenn die Russen versuchten, in ihr Revier einzudringen. Er mochte neu im Organisierten Verbrechen sein, aber er kannte sich aus mit Straßenbanden und ihren rachsüchtigen Gemütern.

„Scheiß drauf", knurrte Patrick, stand auf und holte sich ein Bier aus dem Kühlschrank. „Er hat sein Bett gemacht, als er sich mit den Wolkows eingelassen hat. Es ist nicht meine Schuld, wenn er sich umbringen lässt."

Er ertappte sich dabei, dass er sein Handy aus der Tasche gezogen und das Adressbuch aufgerufen hatte. Wütend und frustriert über sich selbst warf er es aufs Sofa. Er konnte Alexej nicht noch einmal anrufen, nicht nach allem, was passiert war. Patrick hatte sich geschworen, dass er sich und sein Herz nicht länger in Stücke reißen würde für einen Mann, der nie mehr sein würde als ein Gangster. Alexej mochte vielleicht nur ein bezahlter Schläger sein, auch wenn die Sterne auf seinen Schultern jetzt etwas anderes nahelegten; aber es waren die bezahlten Schläger, die die Drecksarbeit machten, nicht der verwöhnte Prinz und Thronerbe. Viele der in der Akte aufgeführten Vorfälle konnten vermutlich Alexej zur Last gelegt werden.

Und jetzt, da er *Vor* war und nicht mehr nur ein einfacher Leibwächter, war er in einer Position, Entscheidungen zu treffen und Befehle zu geben, was noch schlimmer war. Patrick hatte lange genug verdeckt ermittelt, um die Verzweiflung verstehen zu können, die Menschen dazu brachte, sich auf der Suche nach Akzeptanz und einem Einkommen einer Bande anzuschließen. Er wusste, dass die Handlanger taten, was man ihnen auftrug, aus Angst davor, ihren Platz in der Bande und damit ihren Schutz zu verlieren. Als Alexej nur ein Leibwächter gewesen war, hatte Patrick dieses Wissen dazu benutzt, sein Gewissen zu beruhigen, aber jetzt …

Patrick stellte das Bier auf die Anrichte in der Küche und beugte sich nach unten, bis seine Hände den Boden berührten und lockerte Muskeln, die vom langen Sitzen verspannt waren. Er wurde langsam zu alt für verdeckte Ermittlungen in den Straßenbanden, aber für einen reinen Schreibtischjob war er definitiv nicht geschaffen. Er hoffte, dass er bald einen richtigen eigenen Fall bekam, vorzugsweise einen, der nichts mit den Wolkows zu tun hatte, denn er konnte spüren, wie sein Körper durch die Untätigkeit steif wurde.

Er richtete sich wieder auf und reckte sich zur hohen Decke der Loft, dehnte die verkrampften Muskeln in seinem Rücken. Vielleicht stand er morgen früher auf und fuhr zum Joggen runter ans Seeufer, statt seine übliche Runde durch den Holstein Park zu drehen. Auf die Weise konnte er zumindest einen Teil des Stresses in seinem Körper abarbeiten, auch wenn das Joggen wenig dabei half, das Chaos in seinem Kopf und die Unruhe in seinem Herzen zu besänftigen.

Patrick griff wieder nach seiner Bierflasche, ließ sich aufs Sofa fallen und sah hinunter auf das Handy, das neben ihm auf dem ledernen Sitz lag. Die Versuchung, Alexejs Nummer zu wählen, nur allein um seine tiefe, raue Stimme zu hören, war beinahe unwiderstehlich. Er streckte die Hand nach dem Gerät aus, halb in der Absicht, es quer durch den Raum zu schmeißen, aber dann ertappte er sich dabei, wie er mit dem Daumen über die glatte Oberfläche des Gehäuses rieb, als könne er Alexej auf die Art irgendwie erreichen.

„Scheiß drauf", wiederholte er, rief die Nummer des Russen in seinem Adressbuch auf und öffnete das Menü, um sie zu löschen. „Ja, ich bin sicher", antwortete er bitter auf die auf dem Display erscheinende Frage und drückte erneut auf Löschen, bevor er das Handy auf den Sofatisch warf.

Wenn nur seine Erinnerungen an Alexej ebenso einfach zu löschen wären wie seine Handynummer. Patrick nahm einen tiefen Schluck seines Biers und stellte die Flasche neben sein Handy auf den Tisch. Das kleine Pflaster in seiner Ellbogenbeuge spannte sich bei der Bewegung. Er zupfte es und den kleinen Baumwolltupfer darunter ab und rieb abwesend mit dem Daumen über die Einstichstelle, wo die Krankenschwester ihm Blut abgenommen hatte. Das ließ seine Gedanken wieder zurück zu Alexej wandern und der Nacht auf dem Boot und dem Grund, warum Patrick sich jetzt vergewissern musste, dass er noch gesund war. *„Jetzt erinnerst du dich, wie sich ficken anfühlt ..."*

Als ob er, seitdem Alexej ihn das erste Mal in einer schmutzigen Bahnhofstoilette genommen hatte, vergessen hätte, wie sich Ficken anfühlte. Manchmal hatte er das Gefühl, dass es alles war, woran er denken konnte. Es war schon nicht leicht gewesen, als es wirklich nur ficken gewesen war. Aber dann hatte Alexej alles ruinieren müssen, indem er ihn nicht fickte, sondern Liebe mit ihm machte. Und das nicht einmal, sondern zwei Mal: im Lagerhaus und auf dem Boot. Das erste Mal auf dem Boot jedenfalls.

Patrick war sich der Gefahren seines Berufs immer bewusst gewesen und so hatte er bei früheren Liebhabern immer darauf bestanden, ein Kondom zu benutzen, weil er nur so ganz sicher sein konnte, dass er sich keiner Gefahr aussetzte. Aber er hatte auch immer von einer festen Beziehung geträumt, von einer Beziehung, in der er diese Vorsicht nicht mehr brauchte. Er hatte nur nicht damit gerechnet, dass er diesen Punkt im Zorn erreichen würde. Aber selbst jetzt noch konnte er es nicht leugnen, dass ein Teil von ihm diesen Augenblick der Freiheit genossen hatte oder das Gefühl von Alexejs Samen, der während seines Heimwegs auf seinen Oberschenkeln getrocknet war.

Erst nachdem er zu Hause angekommen war und geduscht hatte, war ihm aufgegangen, dass Daphnes Boot vermutlich auch eine Dusche hatte. Und dass er problemlos ein benutztes Handtuch zusammen mit den benutzten Laken hätte waschen können.

Die Erinnerung an diese Momente reichte aus, ihn steif werden zu lassen. Er hatte im Lauf der letzten zwei Wochen sein Bestes getan, sein Verlangen zu ignorieren. Nicht, dass es ihm gelungen war. Vielleicht würde ein ordentlicher Orgasmus dabei helfen, seinen Verstand zu klären und wieder auf die Spur zu bringen. Sicher, es würde sich nicht so gut anfühlen, wie wenn Alexej ...

„Verdammt noch mal. Vergiss ihn endlich!"

60

Aber er musste endlich den Kopf klarbekommen und er brauchte die Entspannung eines Orgasmus. Patrick gab auf, rutschte auf dem Sofa zurück und schob sich Jogginghose und Unterhose bis auf die Oberschenkel hinunter. Er stieß mit einem leisen Zischen den Atem aus, als kühle Luft seine Erektion berührte, aber seine Handfläche war heiß, als er sie um seinen erigierten Schaft schloss. Er wünschte sich, er hätte irgendeine Art Gleitmittel zur Hand, aber er hatte keine Lust darauf, aufzustehen, um ins Schlafzimmer zu gehen und welches zu holen. Ihm ging der Gedanke durch den Kopf, dass Alexej immer Gleitgel dabei hatte, wenn sie welches brauchten.

Patrick unterdrückte einen erneuten Fluch über seinen verräterischen Geist, aber er konnte jetzt auch nicht mehr aufhören. Er brauchte es, dieses Gefühl, die Erlösung, die der Höhepunkt brachte. Seine Hand bewegte sich schneller und verstrich die Flüssigkeit, die mit jeder Aufwärtsbewegung seiner Hand aus seiner Eichel hervorquoll.

Genauso hatte Alexej es ihm das erste Mal gemacht.

Der Gedanke brachte ihn abrupt zum Höhepunkt und er kam so heftig, dass ihm das Sperma bis zum Kinn spritzte.

Langsam öffnete Patrick die Augen und starrte auf das auf dem Sofatisch liegende Handy. Es schien ihn stumm zu verspotten. Er mochte die Nummer aus dem Gerätespeicher gelöscht haben, aber nicht aus seiner eigenen Erinnerung. Er ging jede Wette ein, dass, wenn er sie jetzt wählte, Alexej sich mit ihm treffen würde, wenn auch nur für einen Fick.

Selbst das wäre besser, als zu Hause zu hocken und zu wichsen wie ein Versager.

Oder etwa nicht?

„Ich werde es nicht tun", murmelte Patrick, zog sich das T-Shirt über den Kopf und wischte sich damit ab. „Ich werde es *nicht* tun. Es ist vorbei. Er hat seine Wahl getroffen und ich meine."

Er ging ins Schlafzimmer, um sich ein frisches T-Shirt zu holen und kehrte dann wieder an den Esstisch zurück, um die Akte zu Ende zu lesen. Er war nicht mal halb durch und der Captain erwartete morgen früh einen Bericht von ihm.

„UND, WAS haben Sie bei der Lektüre gelernt?"

Patrick hob den Kopf und sah Detective Reba Thames an, die am Nachbarschreibtisch saß. Groß, schlank und der Inbegriff von Eleganz war sie nicht nur tough, sondern konnte auch richtiggehend einschüchternd sein im Umgang mit Verdächtigen. Und mit allen anderen, die ihren Respekt verloren, wie Patrick zwei Tage nach seiner Versetzung in diese Abteilung miterlebt hatte. „Dass die Wolkows clever sind. Wir müssen cleverer sein."

„Hmm. Irgendetwas in der Familie ist dabei, sich zu verändern." Sie stand auf und kam zu Patricks Schreibtisch herüber; ihre dunkelblaue Hose und ihr Pullover umschmeichelten ihre Figur, ohne zu lässig oder unprofessionell zu sein. Sie schlug die Akte vor Patrick auf und tippte mit einem manikürten Fingernagel auf den jüngsten Eintrag. „Die Russen sind normalerweise konservativ, sogar berechenbar. Aber Wolkow fängt an in Bereiche vorzudringen, in denen sie noch nie mitgemischt haben. Das könnte am Sohn liegen – den Gerüchten nach zu urteilen, ist er ein wenig wild und unberechenbar. Oder aber es gibt frisches Blut in der Organisation. Wobei der Alte andererseits auch nicht der Typ ist, der bereitwillig seine Macht teilt."

Er war bereitwillig genug gewesen, seine Macht zu teilen, indem er Alexej von einem einfachen Leibwächter zum *Vor* befördert hatte. Aber das konnte Patrick ihr nicht sagen, ohne ihr zu erklären, woher er das wusste. Und selbst nach ihrem Ende jemandem von seiner Affäre mit Alexej zu erzählen, würde bedeuten, dass er in Verdacht geriet und gegen ihn ermittelt werden konnte, dass er seinen Job verlor und vielleicht sogar im Gefängnis landete, wenn sie zu dem Schluss kamen, dass er an den Verbrechen der Wolkows mitschuldig war. „Was wissen wir über den Sohn? Ich meine gelesen zu haben, dass er Konstantin heißt? Außer, dass er ein bisschen wild ist, meine ich. Wäre er in der Lage, so selbstständig vorzugehen?"

„Der Vater – Fjodor – wird älter, sicher, aber andererseits ist er noch weit vom Ruhestand entfernt oder wie auch immer sie das in der *Vory* nennen. Konstantin ist dreiunddreißig und hat die meiste Zeit im Schatten seines Vaters gestanden. Kann sein, dass er der Meinung ist, bereit zu sein, die Geschäfte selbst in die Hand zu nehmen." Reba lehnte sich mit der Hüfte an Patricks Schreibtisch und runzelte nachdenklich die Stirn. „Nach allem, was ich gehört habe, ist er ein starker Trinker und ein ziemlicher Partylöwe. Es hat ein paar Vorfälle wegen Trunkenheit und Ruhestörung gegeben. Aber nichts wirklich Großes und auch nicht in letzter Zeit. Vermutlich hat sich Papa jemanden geholt, der dafür sorgt, dass Kostja nicht aus der Reihe tanzt."

„Boczar vielleicht", sagte Patrick und hoffte, er klang unbeteiligt. Aber seine erste Begegnung mit dem Mann war polizeilich dokumentiert, da wäre es seltsam gewesen, sie nicht zu erwähnen. „Ich bin ihm letzten Herbst bei einer Ermittlung begegnet. Er war Zeuge einer Bandenschießerei, die wir versucht haben aufzuklären und ich habe ihn vernommen. Aber er war ein unbekanntes Gesicht, also habe ich ihn mir später genauer angesehen und versucht, mehr herauszufinden. Mit sehr eingeschränktem Erfolg. Nur die Einwanderungsbehörde kannte ihn und hat bestätigt, dass er vor sieben Jahren aus Russland eingewandert ist. Wir wissen, dass er für die Wolkows arbeitet, aber er ist blitzsauber. Keine Vorstrafen, nicht mal ein Knöllchen. Niemand ist so sauber, besonders nicht der Leibwächter eines russischen

Gangsters." Er hatte keine Ahnung, wie Alexej es geschafft hatte, eine so reine Weste zu behalten, zumal nach all der Zeit, die er in Russland im Gefängnis gesessen hatte. Aber keine von Patricks Nachforschungen hatte ein Ergebnis gebracht und es ging ihn auch nichts mehr an. „Wenn Konstantin ein Partylöwe ist und der Alte versucht, ihn unter Kontrolle zu halten, hat er ihm vielleicht den Geldhahn zugedreht. Wäre es möglich, dass Konstantin die Drogen benutzt, um seinen Lebensunterhalt selbst zu bestreiten?"

„Möglich wäre es", erwiderte Reba. „Gut zu sehen, dass Sie auch Köpfchen haben, nicht nur ein hübsches Gesicht." Ihr Lächeln nahm ihren Worten die Spitze. „Sie sollten mit Cragin oder Stachowitz reden, wenn Sie mehr über die Russen erfahren wollen. Sie ermitteln seit mindestens zehn Jahren gegen die *Vory*. Nein, sprechen Sie mit Cragin. Eddie habe ich seit Wochen nicht mehr gesehen. Aber wenn es um die Russen geht, dann weiß Cragin ohnehin am besten Bescheid."

„Mache ich", sagte Patrick. „Bei der Arbeit mit den Straßenbanden hat es immer geholfen, die internen Strukturen der Organisation zu verstehen, wenn man auf der Suche nach der Person war, die letztendlich die Befehle gibt. Wenn wir mehr erreichen wollen, als nur ein paar Lakaien zu verhaften, dann brauchen wir hier dieselbe Art Information."

Patrick vermutete, dass er bereits das meiste von dem wusste, was Cragin ihm erzählen konnte, aber es war trotzdem besser, mit dem Detective zu sprechen. Auf die Art erhielt er ein Alibi für sein Wissen, bis er mehr offizielle Erfahrung mit den Russen gewonnen hatte.

Doch den anderen Detective zu finden, stellte sich als eine ziemliche Herausforderung heraus und ihn zum Reden zu bewegen als eine noch viel größere. Bis zu einem gewissen Grad konnte Patrick das verstehen. Er war eine unbekannte Größe, ein blutiger Anfänger in der Abteilung für Organisiertes Verbrechen, auch wenn er fast zehn Jahre lang bei der Polizei gewesen war. Cragin hatte sich sein Wissen Stück für Stück im Lauf der Zeit erarbeitet. Er war der Ansicht, dass Patrick das ebenfalls tun sollte. Das einzige Problem daran war, dass Patrick keine zehn Jahre Zeit hatte, sich Wissen über die *Vory* zu erarbeiten. Er musste sie jetzt verstehen und wenn auch nur, um herauszufinden, ob er in Bezug auf Alexej recht hatte.

„Kommen Sie, Cragin, lassen Sie mich nicht hängen", schmeichelte Patrick. „Wie soll ich der Abteilung nutzen, wenn ich nicht weiß, was ich tue?"

„Ich verfolge die Russen jetzt seit zehn Jahren und ich verstehe sie immer noch nicht." Cragin war ein stämmiger, älterer Mann mit Geheimratsecken und einem zerfurchten Gesicht. Patrick fragte sich, wie viele der Falten auf Dinge zurückzuführen waren, die der andere Detective im Lauf dieser Zeit gesehen hatte. „Gerade wenn ich denke, jetzt habe ich sie durchschaut, tun sie etwas, das ich nicht vorhergesehen habe. Wie diese Sache mit den Drogen. Bis vor kurzem haben sie sich aus dem Schmuggel komplett rausgehalten, aber jetzt höre ich immer mehr Gerüchte über Heroingeschäfte mit den Tschetschenen. Die Kolumbianer werden das nicht lange ignorieren."

„Wie arbeiten die Familien?", fragte Patrick, den Gedanken an Alexejs Kommentar auf dem Boot im Hinterkopf. „Führt der Patriarch, oder wie auch immer sie ihn nennen, die Dinge alleine oder könnte ein anderes Familienmitglied nebenher sein eigenes Ding drehen? Thames sagte, Konstantin wäre unberechenbar. Könnte er dahinterstecken?"

Cragin zuckte die Schultern. „Konstantin ist *Vor*, aber wenn er seine eigenen Wege geht, ohne das Wissen oder die Billigung seines Vaters … Der Alte erscheint mir zu vorsichtig, um eine Fehde mit den großen Kartellen zu riskieren. Das ist ein Kampf, den er nicht gewinnen kann, besonders wenn er die anderen Familien und ihre Unterstützung nicht hinter sich hat." Der ältere Detective fuhr sich mit einer Hand durch die dünner werdenden Haare. „Ich wünschte wirklich, wir könnten mehr Informationen bekommen. Das ist eine Entwicklung, die sehr schnell sehr blutig werden kann."

„Ich würde mich ja freiwillig als V-Mann melden, aber ich gehe im Leben nicht als Russe durch", scherzte Patrick. „Haben wir jemanden im Innern der Organisation? Oder einer der anderen Familien? Sonst könnte ich mich auch als einer der Kolumbianer ausgeben und auf die Art und Weise versuchen, an Informationen zu kommen. Es wäre nicht das erste Mal, dass ich so etwas mache."

Cragins Augen wurden schmal und er sah Patrick an, als wollte er etwas sagen, aber dann schüttelte er den Kopf. „Ich habe gehört, dass Sie als V-Mann für die Polizei gute Arbeit geleistet haben. Aber dieser Sache sind Sie nicht gewachsen. Wir würden niemals jemanden, der so neu ist wie Sie, in eine solche Situation schicken. Teufel auch, ich würde mir selbst nicht trauen, wenn es um diese Typen geht, selbst wenn ich als Russe durchginge. Wir arbeiten daran, an Informationen zu kommen und das ist alles, was ich Ihnen sagen kann", fügte er hinzu, als er sah, wie Patrick den Mund öffnete. „Nichts gegen Sie persönlich, aber je weniger Leute etwas darüber wissen, desto sicherer ist es."

Patrick verstand das. Er war schließlich selbst schon in einer solchen Situation gewesen. Trotzdem ärgerte es ihn. Er hatte oft genug verdeckt ermittelt, um zu wissen, wie man den Mund hielt; er musste nicht von einem älteren Detective belehrt werden. Ihm schoss der Gedanke durch den Kopf, dass er bis vor zwei Wochen noch seine eigene, persönliche Informationsquelle gehabt hatte, aber das war jetzt vorbei. Es musste vorbei sein.

„Sie sagen mir Bescheid, wenn es etwas gibt, das ich wissen muss?", fragte Patrick, obwohl ihm bereits klar war, dass der andere Detective jetzt einwilligen und ihm dann später doch nichts sagen würde.

„Sicher", gab Cragin zurück und reichte Patrick eine Akte. „Und Sie lassen es mich wissen, wenn Sie etwas herausfinden. Vielleicht sprechen Sie noch mal mit den polnischen und ukrainischen Geschäftsleuten in Wolkows Revier. Es kann ja sein, dass jemand Neues an sie herangetreten ist."

Patrick schlug die Akte auf und überflog das erste Blatt. Was er sah, deckte sich so ziemlich mit dem, was er von seiner gestrigen Lektüre her bereits wusste. Immerhin, vielleicht entdeckte er bei genauerem Hinsehen mehr. „Ich höre mich um", stimmte er zu.

Er war bereits auf dem Rückweg zu seinem Schreibtisch, als er unvermittelt einen Teil der Unterhaltung zwischen zwei anderen Detectives überhörte.

„Boczar."

Der Name ließ Patrick wie angewurzelt stehenbleiben und er versuchte, mehr zu hören und herauszufinden, worüber sie sprachen. Er konnte schließlich kaum zu ihnen hingehen und sie fragen. Es gab keinen Grund, warum er wissen musste, worüber sie sich unterhielten. Jedenfalls keinen, den die anderen Detectives akzeptieren würden.

„Im Krankenhaus."

„Fast gestorben."

7

DIESE DREI aufgeschnappten Satzfetzen ließen Patrick die ganze nächste Woche lang keine Ruhe. Es drängte ihn, die anderen Detectives nach weiteren Einzelheiten zu fragen, aber er fand einfach keine Ausrede für diese Fragen, keine überzeugende Begründung dafür, warum er das wissen musste. Immer wieder befahl er sich, Alexej zu vergessen, so wie er es sich geschworen hatte, als er von der „Beförderung" des anderen Mannes erfahren hatte. Aber bisher hatte keine seiner Vorhaltungen gefruchtet und sie tat es auch jetzt nicht. Er kannte Alexejs Nummer so gut wie seine eigene und er hatte in den letzten drei Tagen mehrmals versucht, seinen Ex-Geliebten zu erreichen, um wenigstens seine Stimme zu hören. Um wenigstens zu hören, dass er noch am Leben war. Immer erfolglos.

Er hatte sich jedes Mal wieder für seine Schwäche verflucht, aber er konnte es nicht länger leugnen: Er *brauchte* Alexej und zum Teufel mit der *Vory*. Patrick bezweifelte, dass ein weiterer Versuch mehr bringen würde als alle bisherigen, aber er griff trotzdem nach seinem Handy und tippte wieder einmal die Nummer ein, die ihm Erlösung und Verdammnis zugleich war.

Das Summen seines Mobiltelefons riss Alexej aus der versunkenen Betrachtung des Buches, das er versuchte zu lesen. Er musste nicht auf das Display sehen, um zu wissen, wer ihn anrief. Konstantin hatte er überzeugt, dass es für sie beide am sichersten war, wenn Alexej in Folge des Angriffs von der Bildfläche verschwand, um weitere Vergeltungsschläge der Kolumbianer zu vermeiden. Fjodor hatte dank Konstantins Versuchen, sich selbstständig zu machen, im Moment andere Sorgen, zumal Alexej nicht da war, um den jüngeren *Vor* unter Kontrolle zu halten – wobei Fjodor Alexej ohnehin nicht selbst angerufen hätte. Und es gab nur eine einzige weitere Person, die anrufen würde.

Er versuchte, das beharrliche Summen zu ignorieren, so wie er es die letzten drei Tage auch getan hatte. Bis auf nachts, wenn er sich in der Stille seiner Wohnung, in der er sich verkrochen hatte, um zu heilen, damit selber folterte, die hinterlassenen Nachrichten abzuhören.

Der Detective war absolut hartnäckig, dachte Alexej trocken. Als er das erste Mal angerufen hatte, hatte Alexej sich nur gewundert, was Flaherty nach ihrem doch sehr finalen letzten Treffen wohl jetzt in den Sinn gekommen war. Aber die Nachrichten waren zunehmend dringlicher geworden und in der letzten hatte Patrick zugegeben, dass er von Alexejs Verletzung gehört hatte.

Ein Grund mehr, jeglichen Kontakt zwischen ihnen zu vermeiden, war doch mehr denn je alles, was auch nur die geringste Aufmerksamkeit auf Flaherty oder ihre Beziehung lenkte, ein Risiko, das keiner von ihnen eingehen konnte. Doch selbst während er sich die Gefahr vor Augen hielt, griff Alexejs Hand nach seinem Mobiltelefon und streichelte über die Oberfläche, als könnte es die Berührung irgendwie zu dem Mann am anderen Ende der Leitung übertragen. Flaherty zu ignorieren funktionierte offensichtlich nicht, sagte er sich, als er das Telefon mit einer schnellen Drehung seines Handgelenks aufklappen ließ. Er musste eine andere Methode finden, um seinen ehemaligen Geliebten zu überzeugen, dass es aus war zwischen ihnen.

„Boczar", meldete er sich heiser und hasste sich dafür, dem Verlangen, Patricks Stimme zu hören, nachgegeben zu haben.

„Ljoscha!", keuchte Patrick und sackte erleichtert gegen das Kopfteil seines Bettes zurück. Er hatte nicht gedacht, dass er den Kosenamen jemals wieder verwenden würde und jetzt kam er ihm über die Lippen, bevor er darüber nachdenken konnte, ob das eine gute Idee war. *Zur Hölle damit*, entschied er. Er hatte die ganze letzte Woche intensiv nachgedacht und er wollte die einmal gefällte Entscheidung jetzt nicht mehr zurücknehmen. „Sag mir, dass du in Ordnung bist."

„Wie du hörst", antwortete Alexej rau und schluckte schwer. Den Kosenamen zu hören, den niemand außer Patrick verwendete, bildete einen Kloß in seinem Hals. „Ist besser, du rufst diese Nummer nicht wieder an."

„Dann gib mir eine andere, die sicher ist", entgegnete Patrick. „Oder besser noch, sag mir, wo ich dich treffen kann. Ich muss mit eigenen Augen sehen, dass es dir gut geht."

„Wozu?" Alexej ignorierte das plötzliche Hämmern seines Pulses bei dem Gedanken daran, Patrick wiederzusehen und rief sich all die Gründe in Erinnerung, warum das eine sehr schlechte Idee war. „Ich bin noch *Vor*. Du bist noch Polizei. Vergiss alles andere."

„Ich kann nicht", gestand Patrick leise und seine Stimme wurde brüchig – hörbares Anzeichen für den Sturm der Emotionen, der in ihm tobte. Er hatte die ganze letzte Woche in Angst gelebt, war trotz der überhörten Unterhaltung überzeugt gewesen, dass Alexej tot war, dass er irgendwo tot in einer Gasse lag, ermordet von den Freunden der Männer, die ihn zuvor angegriffen hatten. Er wusste, dass es nicht einfach sein würde. Er wusste, dass es schiefgehen und schmerzhaft enden konnte, aber er musste es versuchen. „Ich kann an nichts anderes denken als daran, dass du beinahe gestorben wärst und ich … Sag mir, wo ich dich treffen kann. Ich will es nicht am Telefon machen. Bitte, Ljoscha."

Alexej verfluchte sich selbst als den größten aller Narren, aber er konnte der nackten Emotion in Patricks Stimme nicht widerstehen. „Ich kenne kleines ukrainisches Restaurant", sagte er langsam und nannte die Adresse. *Ein letztes Mal*, sagte er sich. Er würde Flaherty sehen lassen, dass es ihm gut ging und ihm dann klarmachen, dass sie es nicht mehr riskieren konnten, sich zu treffen. Irgendwie musste er einen Weg finden, den Detective zu überzeugen. Wenn er nur auch sich selbst überzeugen könnte. „Trage dunklen Anzug, wenn du hast", sagte er. Mit seiner üblichen, lässigen Kleidung würde Patrick nur auffallen. „Vielleicht halten sie dich ja für *Vor*."

„Ich habe einen", erwiderte Patrick. Er mochte diese neue Täuschung nicht, aber er wusste, dass er auf diese Weise Alexej noch eine Weile länger schützen konnte. Ein wenig amüsierte es ihn, dass Alexej es ihm eher zutraute nicht aufzufallen als Cragin, aber andererseits musste Patrick bei Alexej nur die optische Illusion aufrechterhalten und nicht noch die sprachliche und kulturelle. „Ich bin in weniger als einer Stunde da."

ALEXEJ HATTE sich an einen abgeschiedenen Tisch im hinteren Teil des Restaurants gesetzt, von dem aus er einen ungehinderten Blick auf die Tür und auf jeden hatte, der hereinkam. Er winkte das Angebot des Besitzers ab, ihm einen Teller zu bringen und zwang sich dann zu einem Lächeln, als der Mann ihm stattdessen eine Flasche Wodka auf den Tisch stellte. *Vory* lehnen niemals Wodka ab, sagte der Mann mit wissendem Lächeln. Aber wie sagten sie noch in Amerika? *Sich Mut antrinken*, dachte Alexej, während er das erste Glas leerte. Das vertraute Brennen in Kehle und Magen half ein wenig, seine Unruhe zu zügeln. Dennoch sah er jedes Mal auf, wenn jemand in sein Blickfeld trat.

Fünfundvierzig Minuten nachdem er aufgelegt hatte, erreichte Patrick das winzige Restaurant nahe Chicago und Western. Er zögerte einen Augenblick lang auf der obersten Stufe der Treppe, die zu dem Restaurant hinunterführte, und hoffte, dass er nicht dabei war, den größten Fehler seines Lebens zu begehen. Im Erdgeschoss über dem Restaurant befanden sich kleine Geschäfte, viele davon mit polnischen oder ukrainischen Schildern in ihren Schaufenstern. Die Etagen über der Ladenzeile waren Wohnungen. Patrick holte tief Luft, erinnerte sich daran, dass er nichts zu verlieren hatte – schließlich hatte er im Moment nichts, das er verlieren konnte – und stieg die Treppe hinunter. Seine Augen wanderten automatisch durch den Raum, als er das Restaurant betrat, auf der Suche nach potentiellen Gefahren. Alexej wollte, dass er wie ein *Vor* aussah; Patrick war sich ziemlich sicher, dass in diesem Fall die Wachsamkeit eines Polizisten für das Misstrauen eines *Vor* durchging.

Nachdem Patrick sein Zielobjekt im hinteren Teil des Restaurants erspäht hatte, durchquerte er mit selbstbewussten Schritten den Raum zwischen den Tischen, so als hätte er das unbestreitbare Recht, hier zu sein und diesen Mann zu treffen. Er wusste nicht, welche Erklärung Alexej für ihre Gegenwart gegeben hatte – wenn er sie überhaupt erklärt hatte –, aber er wollte nichts tun, das die Illusion zerstören konnte.

„Boczar", grüßte er und setzte sich ihm gegenüber hin, während er mit den Blicken die Gestalt seines Geliebten nach Anzeichen auf Verletzungen absuchte.

„Flaherty", erwiderte Alexej knapp, so als ob er nicht den Anblick seines Geliebten in sich aufgesogen hätte, seit der andere Mann über die Türschwelle getreten war.

Patrick verbiss sich einen leisen Aufschrei, als er die gezackte Schnittwunde an Alexejs Schläfe entdeckte, viel zu nah an seinem Auge. „Was haben sie dir angetan?", murmelte er, bevor er die Frage unterdrücken konnte. Er wollte die Hände über den Tisch strecken und Alexej berühren, wollte nach weiteren Spuren auf der bereits so gezeichneten Haut suchen und wusste, er konnte nicht. Um seine Hände anderweitig zu beschäftigen, griff er nach der Flasche, die auf dem Tisch stand und füllte das Schnapsglas vor Alexej. Seine Hände zitterten leicht, als er es zum Mund hob. Während er den eiskalten Schnaps hinunterkippte, stellte er sich vor, neben dem brennenden Alkohol auch seinen Geliebten am Rand des Glases zu schmecken.

Alexej widerstand der Versuchung, sich noch ein Glas Wodka einzugießen, nicht zuletzt, weil er seine fünf Sinne beisammen halten musste. Es war seine Gedankenabwesenheit gewesen, sein Grübeln über Flaherty, die es den Angreifern überhaupt erst ermöglicht hatten, ihn so zu überraschen. Einen zweiten Fehler dieser Art überlebte er vermutlich nicht. „Ich bin nicht so leicht zu töten", antwortete er schließlich. Um seine Hände daran zu hindern, über den Tisch zu fassen, zündete er sich eine weitere Zigarette an.

„Können wir hier sicher reden?", fragte Patrick. Sowohl sein Kopf als auch sein Herz waren voller Worte, die ihn drängten, sie auszusprechen. „Ich schulde dir allermindestens eine Entschuldigung."

„Du schuldest mir gar nichts", versicherte Alexej ihm. Die Erinnerung an ihr letztes Treffen nagte noch immer an seinem Gewissen. Wofür zum Teufel sollte *Patrick* sich entschuldigen müssen?

Er konnte es nicht, musste Alexej sich eingestehen. Er konnte nicht länger hier sitzen, mit nichts als einem Tisch zwischen ihnen und diese Lüge weiterspielen. „Du hast gesehen, es geht mir gut. Ist nicht sicher für dich, hier zu sein. Geh zurück in deine Welt, vergiss mich." Er stand auf, drückte seine Zigarette aus und schüttelte den Kopf, als Patrick die Hand nach ihm ausstreckte. „Essen hier ist gut. Du solltest es ausprobieren, bevor du gehst." Er wandte sich ab, blieb aber nach ein paar Schritten noch einmal stehen und drehte sich zu dem Mann am Tisch um, dem Mann, den er nie vergessen würde. „*Doswidanja*, Patja."

Zum ersten Mal, seit er das Restaurant betreten hatte, spürte Patrick einen Funken echter Hoffnung. Alexej würde ihn nicht immer noch Patja nennen, wenn er nichts mehr empfand. Nein, es war nicht sicher, aber das war es nie gewesen. Ja, vielleicht war es wirklich besser, wenn er vergaß, dass er Alexej je gekannt hatte. Aber so hatte es sich in der letzten Woche nicht angefühlt.

Er ließ den Russen gehen, ohne noch etwas zu sagen und wartete, bis er die oberste Treppenstufe erreicht hatte. Dann stand Patrick auf und schob ein paar Geldscheine unter die Wodkaflasche. Er würde Alexej nach Hause folgen, wo auch immer das war und dann konnten sie die Sache zwischen sich ein für alle Mal klären.

Als er selbst die oberste Treppenstufe erreichte, sah Patrick zu seiner Überraschung, wie sein Geliebter durch eine Tür in der Mitte des Gebäudeblocks trat und eilte hinter ihm her. Wie es sich herausstellte, führte diese Tür zur Eingangshalle eines Mietshauses. Es gab nur einen Aufzug, dessen Türen sich gerade schlossen, als er eintrat. Patrick sah sich um, entdeckte das Treppenhaus und rannte die Stufen hinauf. Auf jeder Etage hielt er kurz inne und spitzte die Ohren nach dem Aufzug, in der Hoffnung, dass er schnell genug war, um zu sehen, in welcher Wohnung Alexej verschwand.

Alexej sackte gegen die Wand des Aufzugs und strich sich eine Strähne aus der Stirn. *Es wird leichter werden*, sagte er sich. Die Schmerzen nach dem Angriff ließen bereits nach. Auch dieser Schmerz würde vergehen. Er musste ihm nur Zeit geben. Er hatte den Rest seines Lebens Zeit, um zu vergessen.

Der Aufzug signalisierte seine Ankunft und instinktiv richtete Alexej sich auf, Schultern zurück, das Gesicht eine ausdruckslose Maske, als die Türen sich öffneten und er durch den schmalen Flur zu seiner Wohnung ging.

Patrick trat gerade rechtzeitig aus dem Treppenhaus in den Flur, um zu sehen, wie Alexej in einer der Wohnungen verschwand. Er rannte los und erreichte die Tür just in dem Moment, bevor sie zufallen konnte. Er drängte sich hindurch und schlug sie hinter sich zu; er war fest entschlossen, sich diesmal nicht von Alexej aussperren zu lassen.

„Du kannst mich nicht Patja nennen und dann erwarten, dass ich dich einfach so weggehen lasse", sagte er, als Alexej sich zu ihm umdrehte.

„Ist kein Platz für mich in deinem Leben", beharrte Alexej. Er trat ein paar Schritte vor, was Patrick zwang, gegen die Tür zurückzuweichen und verhinderte so, dass der jüngere Mann weiter in seine Wohnung hereinkommen konnte. In seine Wohnung und in sein Herz. „Ist nur Loch zum Ficken, schon vergessen?", fügte er brutal hinzu. Er war sich sicher, dass Patrick die fast schon gewalttätigen Worte ins Gesicht zu werfen ausreichen würde, um ihn zu verjagen.

„Du weißt so gut wie ich, dass das eine Lüge ist", schoss Patrick zurück. Seine Arme kamen wie von alleine hoch und legten sich um Alexejs Hals; er hob das Kinn, Kopf zurückgeneigt und bat stumm um einen Kuss. „Das war eine Lüge, als ich es gesagt habe und ist es immer noch. Wie kann ich dich davon überzeugen?"

„Du kannst nicht." Alexejs ganzer Körper fühlte sich hölzern und unbeweglich an, als er sich losmachte und dem wortlosen Angebot widerstand, auch wenn er sich schmerzhaft danach sehnte, es anzunehmen. „Ich habe nichts, was ich dir geben kann, nichts, was du brauchst."

Du bist das Einzige, was ich brauche, wollte Patrick rufen, aber Worte reichten offensichtlich nicht, um seinen halsstarrigen Geliebten zu überzeugen. Er folgte Alexej, als er zurücktrat und sich losmachte, ließ den Kontakt zwischen ihren Körpern nicht abbrechen und erlaubte es sich dann, seinem Verlangen freien Lauf zu lassen. Patrick fuhr mit den Händen durch die dichten Haare seines Geliebten und zerzauste seine exakte Frisur, zog seinen Kopf zu sich herunter und küsste ihn, küsste ihn mit all der Leidenschaft und Angst, die er unterdrückt hatte.

Patricks Zunge forderte beharrlich Einlass in Alexejs Mund und für einen kurzen Moment gab er dieser seltenen Dominanz nach, dann machte er sich los. Patricks Hände fielen auf seine Schultern, um ihn daran zu hindern, sich erneut loszumachen und Alexej stieß ein Zischen aus, als sie seine immer noch heilende Wunde berührten.

„*Njet*", beharrte er mit heiserer Stimme und wand sich aus Patricks Griff. „Nicht mehr."

„Doch", entgegnete Patrick unbeirrt und fordernd. Er zog an Alexejs Jacke und öffnete seine Krawatte, erlaubte es seinem Geliebten nicht, sich loszumachen. Das Gewicht von Alexejs Waffe in seiner Manteltasche stieß gegen Patricks Oberschenkel, aber ausnahmsweise war er froh, dass Alexej sie hatte. Ihr war es zu verdanken, dass er noch lebte. „Wo bist du sonst noch verletzt? Zeig es mir, damit ich es nicht schlimmer mache."

„Ist keine Lösung", protestierte Alexej, aber die Stärke seiner Sehnsucht ließ den Einwand selbst in seinen eigenen Ohren schwach klingen.

„Vielleicht nicht", stimmte Patrick zu, als er Alexejs Hemd öffnete. Die vielen blauen Flecken, die die Schultern seines Geliebten bedeckten, ließen ihn zusammenzucken. Er knöpfte das Hemd weiter auf und stieß einen mitfühlenden Laut aus, als er den Verband um Alexejs linkes Schlüsselbein entdeckte. Das war viel zu nah an seinem Herzen für Patricks Seelenfrieden. Er fragte nicht, ob unter dem Verband eine Schusswunde verborgen war. Das musste er nicht.

„Diese Dreckskerle! Ich hoffe, du hast sie alle umgebracht. Langsam und qualvoll." Während er sprach, streifte er Alexej das Hemd von den Schultern. Seine Bewegungen waren langsamer und vorsichtiger geworden und seine

Augen suchten Alexej nach weiteren Verletzungen ab. „Sehr qualvoll", fügte er hinzu, als er unter den Tätowierungen unzählige weitere Quetschungen und blaue Flecken entdeckte.

„Sie sind tot", gab Alexej bitter zu und fuhr leicht zusammen, als der Stoff seines Hemdes über gerade erst verheilte Haut strich. „Mehr Leichen, wie du sagst. Waren bestimmt nicht nur sie, die mich tot sehen wollen." Er versuchte erneut, sich loszumachen und Abstand zu gewinnen zu dem Mann, der ihn für das, was er getan hatte, hätte verdammen sollen, anstatt ihn zu loben.

„Das ist mir egal", beharrte Patrick und er packte Alexejs Hüften, um ihn festzuhalten. „Nichts davon spielt für mich eine Rolle. Die Vergangenheit nicht, deine Tätowierungen nicht, gar nichts. Die letzte Woche war die Hölle für mich, als ich nicht wusste, ob du tot bist oder nicht. Ich will nicht noch mehr Zeit mit dir verlieren. Es ist mir egal, was du tun musst, um zu überleben. Lass nur nicht zu, dass sie dir wieder wehtun."

Die absolute, bedingungslose Akzeptanz seines Geliebten brach Alexejs letzten Widerstand. „Patja", stöhnte er und kam willig in seine Arme. Ihre Lippen trafen sich und Alexej legte all seinen unterdrückten Hunger, all sein aufgestautes Verlangen in diesen Kuss. Während er sich durch diverse Stoffschichten kämpfte auf der Suche nach der warmen Haut darunter, verfluchte er sich dafür, Patrick gesagt zu haben, er solle einen Anzug tragen.

Patrick öffnete seine Lippen unter Alexejs Ansturm, hieß ihn willkommen, während seine Hände erst mit Alexejs Hose, dann mit seiner eigenen Kleidung rangen. Wenn es nach ihm ging, konnten sie gar nicht schnell genug zusammenkommen. Er hoffte nur, dass sie später noch Zeit hatten für ein langsameres, ausgiebiges Liebesspiel. Jetzt aber brauchte er Alexej, musste ihm beweisen, dass sie zusammengehörten, dass sein Geliebter in seinen Armen sicher war. Ein tiefer, zufriedener Seufzer entrang sich ihm, als Haut auf Haut traf und er versuchte nicht einmal, ihn zu unterdrücken.

Die Erinnerung an ihr letztes Treffen lastete immer noch schwer auf Alexejs Gewissen und er versuchte, ihren verzehrenden Kuss sanfter werden zu lassen. Seine Hände strichen sanft, liebevoll über den schlanken Körper, den er nie wieder in seinen Armen zu halten zu hoffen gewagt hatte. Es war wie ein Wunder für ihn, dass Patrick überhaupt zu ihm zurückgekehrt war und er wollte nichts, aber auch gar nichts tun, das ihn an den Moment erinnern konnte, als Alexej es seiner Wut erlaubt hatte, ihn zu kontrollieren. Aber offensichtlich spürte sein Geliebter keine derartige Befangenheit.

Frustriert über diese erneute Verzögerung begann Patrick, Alexej in Richtung Schlafzimmer zu schieben. Er hielt auf dem Weg dahin nur so lange inne, dass er in seine Jackentasche greifen und Kondom und Gleitgel herausholen konnte, die er wider besseren Wissens und aller Erwartung eingesteckt hatte, bevor er aus dem Haus gegangen war. Patrick riss beide Päckchen auf und streichelte Alexej, bis er voll erigiert war. Dann streifte er ihm das Kondom über und schmierte es mit dem Gel ein.

Alexej vermutete stark, dass dieser selbstbewusste Liebhaber eher Patricks Naturell entsprach als die Passivität und Willfährigkeit ihrer früheren Treffen und er ließ sich von ihm herummanövrieren, bis der jüngere Mann über ihm kniete, eine Hand um Alexejs Schwanz gelegt.

„Noch nicht", brachte er heiser heraus und hielt Patricks Handgelenk fest. „Nicht ohne vorbereiten. Nie wieder."

Mit einem verführerischen Lächeln bewegte Patrick sich an Alexej hoch, wobei er sorgsam darauf achtete, keinen Druck auf die Schulterwunde oder die vielen blauen Flecken auszuüben. „Nur zu", sagte er rau und drehte sich um, stützte sich mit den Händen auf den muskulösen Oberschenkeln seines Geliebten ab, blickte über seine Schulter und zog eine Augenbraue hoch, wie um zu fragen, worauf er noch wartete.

Alexej drückte sich auf seine Ellbogen hoch, umfasste die schlanken Hüften seines Geliebten und zog ihn näher. Er küsste jede dieser perfekten Halbkugeln, dann schob er seine Zunge in die dunkle Spalte dazwischen. Seine Finger packten fester zu, als Patrick überrascht zusammenfuhr, hielten ihn still, als Alexej mit der Zungenspitze tiefer glitt und die weichen, rosa Falten neckte. Ein leises Stöhnen über ihm ließ ihn wissen, dass sein Geliebter diese Aufmerksamkeiten zu schätzen wusste. Alexej stieß seinerseits ein tiefes Stöhnen aus und tauchte tiefer; der Geschmack nach Moschus weckte seinen Hunger danach, sich in der seidigen Passage zu vergraben. Mit einer Hand tastete er über das Bett nach einem der Päckchen, die Patrick fallengelassen hatte, fummelte es auf und schmierte sich Gel über die Finger. Seine Lippen glitten entlang Patricks Wirbelsäule hoch, während seine Finger ihn weiter öffneten, bis keiner von ihnen sein Verlangen noch länger zügeln konnte.

Patricks Finger ballten sich im Rhythmus mit den Bewegungen von Alexejs Zunge zu Fäusten und leise Laute der Lust drangen aus seiner Brust, als die Lippen seines Geliebten ihn berührten. Er bereute es, Alexej bereits das Kondom übergestreift zu haben und wünschte sich, er könnte sich so weit zusammenrollen, dass er die glatte Eichel in den Mund nehmen konnte. So begnügte er sich damit, eine Hand zwischen die starken Schenkel zu schieben und den schweren Hodensack in seiner Handfläche hin und her zu rollen. Als Alexej ihn schließlich losließ, drehte er sich augenblicklich herum, brachte den harten Schaft an seinem Eingang in Position und sank in einer einzigen, ungebrochenen Bewegung auf ihn herab. „Oh, verdammt ... Ljoscha", stöhnte er, als sein Geliebter ihn füllte.

„Patja", erwiderte Alexej heiser und kämpfte um seine Selbstbeherrschung, als Patricks Körper sich heiß und eng um ihn schloss. Er ballte seine Fäuste in den Bettlaken, um der Versuchung zu widerstehen, seinen Geliebten zu packen und hart und schnell nach oben zu stoßen. Diesmal überließ er Patrick die Kontrolle. Den Kopf auf dem Kissen zurückgeworfen beobachtete er, wie sich der perfekte, makellose Körper über ihm bewegte, wie der schlanke Schwanz anmutig auf und ab tanzte und eine silbrige Spur über seinen Bauch malte. „*Da, Patja* ...“

Patrick schloss seine Hände um Alexejs Fäuste und führte sie zu seinen Hüften. Seine Finger strichen zärtlich über die zerschrammten, wunden Knöchel. „Wie willst du es?“, fragte er atemlos. „Hart und schnell oder langsam und liebevoll?“

„Du hast Steuer in der Hand“, erwiderte Alexej mit einem Hauch Belustigung, die über die Gefühle hinwegtäuschte, die ihn zu überwältigen drohten. Er fuhr sanft mit dem Handrücken über die Bartstoppeln auf Patricks Wange. „Nimm dir, was du willst.“

Patrick drehte den Kopf und küsste die verletzte Hand. „Was wir beide wollen.“ Er begann sich zu bewegen, erst langsam, dann immer schneller. Der Hunger und die Ruhelosigkeit, die ihn erfüllt hatten, seit er von Alexejs Verletzung gehört hatte, forderten ihren Tribut. Er stützte sich mit beiden Händen über den geschundenen Schultern seines Geliebten auf dem Bett ab und beugte sich zu ihm hinunter, verschmolz ihre Lippen miteinander, so wie ihre Körper verschmolzen waren. Seine Zunge tanzte mit Alexejs und die Bewegungen seiner Hüften gaben den Takt dazu an.

Lusttropfen formten sich wie Perlen auf seiner Eichel, rannen an seiner Erektion hinunter und ließen seinen Schwanz glatter über den harten Bauch unter ihm gleiten. Die Empfindung verstärkte die in ihm pulsierenden Gefühle nur noch mehr. In seinem Kopf drehte sich alles, als Sauerstoff knapp wurde, aber er wollte den Kuss nicht beenden. Wollte den Kopf nicht einmal lange genug anheben, um Luft zu holen, wollte keine Verbindung zwischen ihnen trennen. Nicht, nachdem er so sehr gefürchtet hatte, alle Verbindungen zwischen ihnen verloren zu haben. Er schauderte, bewegte sich schneller, stieß fester und härter nach unten und trieb sie beide unerbittlich dem Höhepunkt zu.

Seinem Geliebten die Kontrolle zu überlassen und sich den Empfindungen einfach hinzugeben, war eine völlig neue und unbekannte Erfahrung für Alexej. Eine gute Erfahrung. Patricks Lippen glitten hungrig über seine und ihr Atem vermischte sich; ihre Körper drängten hart und hungrig zueinander, bis er das Gefühl hatte, dass sie ein Körper waren, mit einem gemeinsamen Herzschlag. Seine Hände glitten über die Kurve, die Patricks Rücken formte. Schweiß glitzerte trotz der Kühle des Raums auf ihrer Haut. Er brannte in Alexejs Wunden, aber der Schmerz war nichts im Vergleich zu dem Feuer, das in seinem Innern brannte, einem Feuer, das nur der Mann über ihm stillen konnte. Als er spürte, wie seine Hoden sich zusammenzogen, schob er eine Hand zwischen ihre Körper und schloss sie fest um den Schwanz seines Geliebten. Sie kamen gemeinsam und einer schluckte den Aufschrei des anderen, während ihre Körper im Taumel der Ekstase zuckten und bebten.

Patrick besaß gerade noch genug Geistesgegenwart, sich neben seinem Geliebten aufs Bett fallen zu lassen, statt auf ihm zusammenzusacken. Dann gab er einem Verlangen nach, das ihn seit langem erfüllte und kuschelte sich an Alexejs Körper, ganz so, als gehörte er dorthin. Seine Arme legten sich vorsichtig um seinen Geliebten, um keine der sichtbaren Verletzungen zu berühren. Patrick verdrängt alle Zweifel, alle Sorgen und Probleme und genoss den warmen Nachhall ihrer explosiven Leidenschaft und die stille Zärtlichkeit des Augenblicks. Er würde vermutlich nicht lange anhalten. Vielleicht konnte er nicht anhalten, aber Patrick wollte jeden Augenblick mit seinem Geliebten hüten wie einen Schatz und nicht länger über den Preis dafür nachdenken.

Alexejs Körper schmerzte überall, aber die Wärme in seinem Innern, die Wärme von Patricks Körper, der an seinen geschmiegt dalag, war jeden Schmerz wert. Er zögerte, den fragilen Frieden zwischen ihnen zu brechen, aber er konnte von Patrick nicht erwarten, dass er noch länger blieb und es gab Dinge, über die er sprechen musste, bevor sie sich wieder trennten. Vielleicht zum letzten Mal.

„Patja", begann er, schob seine Finger in die zerzausten, dunklen Locken, die das Gesicht seines Geliebten umrahmten und drehte es zu sich, bis sich ihre Blicke trafen. „Letztes Mal, auf dem Boot. Ist kein Grund für Sorge." Er hielt inne, die Augen dunkel vor Reue und Bedauern. „Ich weiß, es gibt keinen Grund für dich, mir zu vertrauen. Aber ich bin gut. Sauber. Ist keine Gefahr."

Patricks Arme schlossen sich fester um Alexej. Er hoffte sehr, dass er damit keine eventuellen inneren Verletzungen irritierte, aber er konnte sich nicht helfen. Der Gedanke daran, dass der starke Körper in seinen Armen von einer Krankheit zerstört wurde, erschütterte ihn. Und es hatte ihm Sorgen gemacht, besonders in Anbetracht des Lebens, das Alexej führte. Andererseits lebte keiner von ihnen ein Leben ohne Gefahren – und die meisten davon waren sehr viel unmittelbarer als eine Krankheit.

„Das ist gut zu hören. Ich habe die Untersuchung machen lassen und ich bin auch gesund. Also besteht auch für dich keine Gefahr", erwiderte er leise, hielt Alexejs Blick fest und versuchte, mit Blicken zu sagen, was er mit Worten nicht konnte. „Es gibt genug andere Dinge, die versuchen, dich mir wegzunehmen. Es ist gut, dass ich mir nicht noch um eine Krankheit Sorgen machen muss."

„Ich habe entschieden, unterzutauchen, bis ich genug geheilt bin, um mich wieder verteidigen zu können", erklärte Alexej. Es hatte Zeiten in seinem Leben gegeben, da hatte er sich keine Gedanken um seine Sicherheit gemacht, aber jetzt hatte er mehr als nur einen Grund, um überleben zu wollen. Er lächelte schief, als er fortfuhr: „Du musst nicht nach Leichen suchen. Diesmal erlaube ich anderen, sich um Sache zu kümmern."

Patrick fragte nicht, wer diese anderen waren oder wie sie sich um die Sache gekümmert hatten. Er hatte bei ihrem letzten Treffen genug angerichtet mit seinen Fragen. „Solange du sicher bist", sagte er unverblümt, „ist mir der Rest egal."

Es gab mehr, das er sagen wollte – ein Geständnis, das er machen musste –, aber er zögerte, den stillen Frieden zwischen ihnen zu stören. Er musste es Alexej sagen, bevor er ging. Aber noch nicht jetzt. Beim letzten Mal war es Alexejs Enthüllung gewesen, die das sprichwörtliche Boot ins Wanken gebracht hatte. Diesmal würde es seine sein. Er akzeptierte das, aber er wollte den Moment solange wie möglich hinauszögern. Für den Fall, dass dieses Mal wirklich das letzte Mal war.

Schweigen senkte sich auf sie herab, nur unterbrochen von ihren leisen Atemzügen. Alexej wunderte sich, dass Patrick an ihn geschmiegt still liegen blieb, anstatt aufzustehen, sich anzuziehen und zu gehen, wie er es sonst nach dem Sex tat. Erschöpfung und Müdigkeit überkamen ihn, ausgelöst durch Schmerz und körperliche Befriedigung und er hätte gerne die Augen geschlossen und eine Weile gedöst. Aber er wollte nicht aufwachen und das Bett wäre leer und Patrick fort. Er sehnte sich nach Worten, wollte sie aussprechen, aber er hatte kein Recht darauf. So begnügte er sich damit, eine Hand auf Patricks unteren Rücken zu legen; eine zarte, leise Berührung, wie er sie sich noch nie erlaubt hatte.

Die Berührung, die auf ihre Art so viel intimer war als jeder Sex, den sie je gehabt hatten, brach Patrick das Herz. In dem Glauben, Alexej verloren zu haben, hatte er die Beförderung angenommen, die ihn nun zu Alexejs direktem Widersacher machte. „Ich … ich muss dir etwas sagen", begann er langsam. „Ich will es nicht, aber du warst ehrlich zu mir, als ich dich nach deinen Tätowierungen gefragt habe. Ich schulde dir dieselbe Ehrlichkeit."

Alexej wurde steif. Er war sich sicher, dass Patricks nächste Worte verkündeten, dass es aus war zwischen ihnen und dass dies das letzte Mal sein würde, dass sie sich sahen. Die Tatsache, dass er genau das erwartet hatte, dass er es sogar provoziert hatte, machte den Gedanken nicht leichter zu ertragen. Er hoffte, dass seine Miene nichts von seiner wachsenden inneren Spannung zeigte, als er dem anderen Mann mit einem Nicken bedeutete, fortzufahren.

Patrick schloss die Augen, als er spürte, wie Alexej sich innerlich zurückzog. Wie wenig sie gelernt hatten, einander zu vertrauen, dachte er traurig, dass allein diese Worte, allein die Erwähnung von Ehrlichkeit, die diese Spannung und Distanz zwischen ihnen hervorriefen. Vielleicht war es wirklich besser, wenn sie sich nicht mehr sahen. „Mein Vorgesetzter hat die letzten sechs Monate versucht, mich zu befördern, in die Abteilung für Organisiertes

Verbrechen. Bisher habe ich immer abgelehnt. Letzten Monat dachte ich, dass meine Gründe nicht mehr existieren, aus denen ich abgelehnt habe. Also habe ich angenommen. Es tut mir leid."

Die Ironie von Patricks Geständnis entging Alexej nicht, aber an den Konsequenzen war nichts Amüsantes zu finden. „Du kannst nicht länger Augen verschließen vor dem, was du siehst", schlussfolgerte er leise. „Nachdem du gegangen bist, ich passe auf, nicht mehr deine Aufmerksamkeit zu erregen."

„Aber das ist es ja", widersprach Patrick schnell. „Ich will nicht gehen. Ich habe dich schon einmal verloren, fast für immer. Ich weiß nur nicht, wie ich bleiben kann."

Vielleicht gab es keinen Weg. Aber Alexej hatte schon einmal beinahe alles verloren und damals gelernt, sich zu nehmen, was er bekommen konnte. „Dann bleib", murmelte er und zog Patrick enger an sich, ignorierte den Schmerz und die Zweifel. „Vergiss morgen. Bleib heute Nacht hier."

Patrick nickte und schmiegte sich an den warmen Körper des Mannes, der ihm so viel bedeutete. „Ljoscha, ich …" Er beendete den Satz nicht: Alexejs Lippen brachten die Worte, die er nicht aussprechen sollte, zum Verstummen. Es spielte keine Rolle. Entweder wusste Alexej es oder er wusste es nicht, aber Patrick würde sich nicht länger darüber belügen, was er empfand. Er wusste nicht, wie und ob es überhaupt funktionieren konnte, aber er war das Vorspielen leid, die Masken, die Lügen. Er war durch damit. Patrick legte seinen Kopf auf Alexejs Brust und dabei fiel sein Blick auf die Ikone des heiligen Michael auf der Kommode. Ihr Anblick flößte ihm ein unerwartetes Gefühl von Frieden ein.

Alexej hatte sich geschworen, dass er sich niemals erlauben würde, auf etwas Unmögliches zu hoffen, aber nun brach er diese Regel. Morgen würde er der Wirklichkeit wieder ins Gesicht sehen, einer Wirklichkeit, die sie auseinanderriss und voneinander trennte. Aber daran wollte er heute Nacht nicht denken. Er schloss die Augen, passte seinen Atem dem des Mannes in seinen Armen an und erlaubte es sich, zu träumen.

8

Es war genauso schwer mitanzusehen, wie sich am nächsten Morgen die Tür hinter Patrick schloss, wie Alexej es vermutet hatte.

Er war aus jahrelanger Gewohnheit noch vor Sonnenaufgang aufgewacht, Patrick warm an seiner Seite. Ein paar Minuten lang hatte er still dagelegen und den jüngeren Mann dabei beobachtet, wie er schlief. Dann hatte Patrick leise geschnauft, ein paarmal geblinzelt und war mit einem Ruck hochgefahren, wobei er Alexej mit seinem Ellbogen hart in den Rippen erwischte.

„*Spokojno*", murmelte Alexej. Um dem Drang zu widerstehen, Patrick wieder zu sich hinunter und in seine Arme zu ziehen, schob er eine Hand hinter den Kopf. Er mochte den Gedanken, dass Patrick es nicht gewohnt war, in einem fremden Bett wach zu werden. „Ich widersetze mich Verhaftung nicht."

„Entschuldige", erwiderte Patrick und rieb erst seinen Ellbogen, dann Alexejs Rippen. „Ich bin es nicht gewohnt, neben jemand anderem zu schlafen. Ich habe dir nicht wehgetan, oder?"

Alexej schüttelte den Kopf; sein Schwanz zuckte interessiert bei der Berührung.

Selbst jetzt war die Erinnerung genug, um ihn steif werden zu lassen.

Alexej warf seine Absichten über Bord, zog Patrick zu sich herunter und ergriff Besitz von seinen Lippen. Als sie sich ohne einen Moment des Zögerns unter seinen öffneten, drehte Alexej sich auf die Seite, stützte sich mit seinem gesunden Arm ab und beugte sich über Patrick. Die glatte Haut des jüngeren Mannes berührte warm seine Brust und Alexej vertiefte den Kuss.

Patrick zögerte auch diesmal keinen Augenblick. Er schlang seine Arme mit solcher Bereitwilligkeit um Alexejs Hals, dass er nicht widerstehen konnte und den Kuss noch tiefer und leidenschaftlicher werden ließ. Dann öffneten Patricks Beine sich mit derselben Bereitwilligkeit und die Flamme von Alexejs Begehren brannte lichterloh. Er schob seine Hüften vor, rieb sie rhythmisch gegen Patricks und es dauerte nicht lange, bis der jüngere Mann den Kopf zurückwarf und ihn keuchend anflehte, ihn zu lieben.

Alexej reckte sich gerade zum Nachttisch, um nach Kondom und Gleitgel zu angeln und bei den Worten verlor er beinahe das Gleichgewicht. Er gestattete sich selbst nie, diese Worte auch nur zu denken, obwohl ihm klar war, dass es nicht „nur ein Fick" war. Egal, was er Patrick auf dem

Boot entgegengeschleudert hatte. Patrick hatte diesen Ausdruck schon vorher bereits einmal benutzt – in der Nacht auf dem Boot, bevor Alexej ihm die Bedeutung der Sterne auf seinen Schultern erklärt hatte. Nach dieser Erklärung und allem anderen, was im Anschluss geschehen war, hatte Alexej nicht erwartet, diese Formulierung jemals wieder zu hören. Schon gar nicht von Patrick. Sie jetzt doch wieder zu hören, in Patricks flehender Stimme, berührte ihn auf eine Weise, die er nicht einmal sich selbst gegenüber eingestehen konnte.

Stattdessen ließ er seine Hände für ihn sprechen. Er berührte Patrick, öffnete ihn mit mehr Geduld, als er jemals zuvor aufgebracht hatte, bis seinem Geliebten der Geduldsfaden riss, er Alexejs Hüften packte und ihn dorthin manövrierte, wo sie beide ihn brauchten. Seine Hände rechts und links neben Patricks Schultern abgestützt, sank Alexej langsam in ihn hinein. Sein Blick blieb unverwandt auf Patricks Gesicht gerichtet, während er sich in ihm bewegte und jeder Stoß seiner Hüften drückte all das aus, was seine Lippen nicht konnten.

Hinterher gab es nichts mehr zu sagen. Patrick stand auf und zog sich an, ohne vorher zu duschen. Er streifte sich mit derselben Selbstverständlichkeit das Schulterholster über, wie er in seine Unterhose schlüpfte und küsste Alexej dann so zärtlich, dass er dachte, dass Patrick ihn doch verstanden hatte. Dann ging der Detective mit dem Versprechen, sich bald wieder zu melden und dem Hinweis, dass Alexej ihn ja auch anrufen konnte.

Wohl kaum, dachte Alexej bei sich und rieb über den Verband, der nach ihren morgendlichen Aktivitäten feucht vor Schweiß war. Ohne Patrick in seiner Wohnung war es sehr viel einfacher, sich an all die Gründe zu erinnern die dagegen sprachen, dem Detective wieder einen Platz in seinem Leben einzuräumen. Er hätte die Kugel in seiner Schulter vielleicht vermeiden können, wenn er Konstantin und seinen Aktivitäten mehr Aufmerksamkeit geschenkt und weniger Zeit damit verbracht hätte, sein letztes Treffen mit Patrick zu bereuen.

Der alte Wolkow hielt sich aus dem Drogenschmuggel komplett heraus, so wie auch alle anderen *Vory* in Chicago. Aber Konstantin hatte in einer Bar auf der Milwaukee Avenue ein paar Tschetschenen kennengelernt und nach einer gemeinsam durchzechten Nacht hatten sie ihm angeboten, ihm Heroin zu verkaufen. Konstantin selbst war nicht drogensüchtig, aber er wusste um den Wert der tschetschenischen Ware. Fjodor hielt Konstantin an der kurzen Leine und die Verlockung von Geld, das nicht aus der Tasche seines Vaters kam, hatte Konstantin nicht widerstehen können. Vielleicht hatte er beweisen wollen – seinem Vater und auch sich selbst –, dass er seine eigenen Geschäfte führen konnte. Alexej hatte versucht, es ihm auszureden, aber Konstantin war in die Luft gegangen und hatte ihn daran erinnert, wer die Befehle gab und wer sie befolgte.

Wenigstens hatte er Alexej nicht befohlen, die Drogen zu verkaufen, sondern hatte darauf beharrt, dass er den Verkauf selber abwickeln konnte. Alexej hatte sich nicht zu genau nach seinen Methoden erkundigt. Ein Fehler, den er bedauerte, als die Nachricht von Konstantins Unternehmen an die Ohren der kolumbianischen Händler drang, denen die Drogenrechte für die North Side gehörten.

Keine Woche nach Konstantins erstem Geschäft hatten zwei Männer ihnen aufgelauert, als er und Konstantin einen Club in einer Seitenstraße der Division Street verließen. Alexej hatte Konstantin hinter ein parkendes Auto in Deckung gezogen und gleichzeitig einen Schuss abgefeuert, der einen der Männer hatte zu Boden gehen lassen. Der andere erwiderte das Feuer und die Frontscheibe des Autos ging zu Bruch; die herumfliegenden Scherben verletzten Alexej an der Schläfe. Er zischte Konstantin zu, in Deckung zu bleiben, wischte sich das Blut aus den Augen und versuchte, den zweiten Mann ins Visier zu nehmen. Bevor er das hatte tun können, traf ihn eine Kugel in der linken Schulter. Alexej ließ sich zu Boden fallen und hoffte, der Mann würde denken, dass er ihn erschossen hatte. Mühsam robbte er unter das Auto und kämpfte darum, so lange bei Bewusstsein zu bleiben, bis der Mann nahe genug gekommen war, dass er ihm eine Kugel direkt ins Herz jagen konnte.

Irgendjemand rief einen Krankenwagen. Alexej hätte nicht sagen können, wer, aber als die Rettungssanitäter und die Bullen auftauchten, war von Konstantin keine Spur. Was vermutlich besser war, sonst wäre er mit ziemlicher Sicherheit im Gefängnis gelandet. Als Alexej nach der OP aufwachte, saß Walther in seinem Zimmer. Die Erinnerung an das, was folgte, war nicht eine seiner schönsten, aber hinterher waren alle Formalitäten erledigt und er musste sich keine Sorgen mehr um die Chicagoer Polizei machen.

Konstantin besuchte ihn im Krankenhaus, so voll Prahlerei darüber, wie sie es „den verdammten Bohnenfressern gezeigt hatten, sich nicht mit ihnen anzulegen", dass man hätte denken können, er hätte die zwei Kolumbianer selbst erschossen. Um ihm den Mund zu stopfen, fragte Alexej: „Wie hat dein Vater auf Angriff reagiert?"

„Pah, er macht Drohungen, immer macht er Drohungen. ‚Warum schießen sie zuerst? Warum suchen sie uns?' Ich sage ihm nichts", brüstete Konstantin sich. „Ich sage ihm, du hast mich beschützt. Er sagt, bring ihn zu mir, wenn es ihm besser geht."

Konstantin beugte sich über ihn und in seinen Augen glitzerte es, als er eine Hand auf Alexejs Schulter legte. Alexej schob die Erinnerung an ein ganz anderes Paar Augen beiseite, die ihn angefunkelt hatten, bevor er von Bord gegangen war und fragte sich, ob diese Arme die einzigen sein würden, die ihn je wieder hielten. Der Gedanke ließ ihn schaudern, aber wenn das seine einzige Möglichkeit war, um Konstantin zu beeinflussen, dann wäre er ein Narr, wenn er sie nicht nutzte. So zwang er sich dazu, stillzuhalten und Konstantins Umarmung hinzunehmen, statt zurückzuweichen.

Die Erinnerung daran gab Alexej das Gefühl, schmutzig zu sein, ganz besonders nach der vergangenen Nacht, die er mit Patrick verbracht hatte. Aber *sam zavaril kashu - sam ejo i rashljobyvaj* – er hatte den Brei selbst gekocht, jetzt musste er ihn auch selbst auslöffeln.

Es überraschte ihn ein wenig, dass Fjodor ihn sehen wollte. In den Augen des Alten hatte er vermutlich versagt, weil er den Angriff der Schützen nicht vorhergesehen hatte. Zumal Konstantin die Beseitigung der Männer wahrscheinlich als seinen eigenen Verdienst ausgab. Alexej nahm an, dass Fjodor der Bitte seines Sohnes, ihn bei den *Vory* zu sponsern, deshalb nachgekommen war, weil er hoffte, dass Konstantin Alexej dann als ebenbürtig anerkannte, was es Alexej leichter machen würde, den ungestümen jungen Mann zu zügeln. Bisher hatte er damit allerdings keinen Erfolg gehabt.

Konnte Fjodor herausgefunden haben, dass sein Sohn mit Drogen Geschäfte machte? Das war möglich, er hatte zweifellos genug Erfahrung, um Konstantins Verstellung zu durchschauen. Oder hatte Konstantin etwas gesagt, das Fjodors Misstrauen geweckt hatte über die genaue Art der Beziehung zwischen seinem Sohn und dessen Leibwächter? Es gab keinen Zweifel, dass der alte *Vor* lieber hören würde, dass sein Sohn ein Rauschgifthändler war, als dass er *golubói* war – schwul.

Ein Klopfen an der Tür riss Alexej aus seinen Gedanken. Er unterdrückte die Hoffnung, dass Patrick aus dem einen oder anderen Grund zurückgekommen war, ging zur Wohnungstür und spähte durch den Türspion. Als er Konstantin auf der anderen Seite sah, machte er auf. Der *Vor* war noch nie zuvor bei Alexej gewesen, aber es war naiv zu glauben, dass er nicht wusste, wo Alexej wohnte. „Konstantin."

Ohne auf eine Einladung zu warten, stürmte Konstantin, ohne Rücksicht auf Alexejs Privatsphäre, in die Wohnung. „Der alte Mann will dich heute Abend wieder bei Arbeit sehen."

„Ist etwas passiert?" Konstantins Augen glitten mit einem so hungrigen Ausdruck über Alexejs nackte Brust, dass der nach einem Hemd griff.

„Zweite Schießerei", erwiderte Konstantin. Er tigerte mit fieberhafter Energie im Raum auf und ab und Alexej fragte sich, ob der *Vor* nicht vielleicht doch angefangen hatte, Drogen zu nehmen. „Fjodor hat weiteren Bohnenfresser getötet. Ist unwichtig, aber er tut so, als wäre es Ende der Welt."

„Sie haben euch zu Hause angegriffen?" Eine Dusche hätte Alexej nicht schaden können, aber wenn er schon Konstantin zurück zu Fjodor begleiten musste, dann würde er zumindest den Duft von Patricks Haut mit sich tragen. „Bist du sicher, dass es Kolumbianer war?"

„Was sonst?", sagte Konstantin mit einem sorglosen Schulterzucken. „Alle anderen wissen, nicht anzulegen mit Fjodor. Der Mann, er schnüffelt im Laden herum. Fjodor hat den Markt für Elektronik, wie sagen die Amerikaner, bedeckt?"

Alexej zog sich vorsichtig die Anzugjacke über und steckte seine Waffe in die Jackentasche. Er hoffte, dass er sie nicht brauchte, er war bei weitem nicht in Bestform, aber es war sinnlos, zu diskutieren. „*Da*, Konstantin", sagte er ergeben und griff nach seinem Mantel. „Lass uns aufräumen gehen."

9

PATRICK GING auf dem Bürgersteig gegenüber dem leeren Ladenlokal in einer Seitenstraße der Division und Damen, das Alexej zu ihrem Treffpunkt erklärt hatte, auf und ab. Er hatte versucht, die Tür zu öffnen, als er angekommen war, aber Alexej war noch nicht da. Patrick war sich bewusst, dass er unnötig Aufmerksamkeit auf sich lenkte, aber er hatte einen toten Polizisten am Hals und der Mord trug die Fingerabdrücke der *Vory v Zakone*.

Er war sich ziemlich sicher, dass Alexej nicht daran beteiligt gewesen war. Er war sich ziemlich sicher, dass Alexej mit ihm im Bett gewesen war, als der verdeckt ermittelnde Detective erschossen wurde. Aber das war völlig egal, wenn Alexej in einem Kräftemessen mit der Polizei bei der Verteidigung der Wolkows getötet wurde.

In dem leeren Laden ging ein Licht an, fast unsichtbar hinter der Pappe, die von innen vor die Fenster geklebt worden war. Patrick atmete tief ein, um sich zu beruhigen und zählte bis fünfzig, bevor er die Straße überquerte und es erneut an der Tür versuchte. Diesmal öffnete sie sich und das völlig lautlos. Nicht, dass es eine Rolle spielte, ob ein Quietschen ihn ankündigte oder nicht. Alexej wusste, dass er kam. Patrick machte die Tür hinter sich zu und schloss sie ab, damit sie nicht gestört werden konnten.

Nachdem er das erledigt hatte, sah er sich suchend nach seinem Geliebten um, aber die Ladenfront machte nicht den Eindruck, als sei überhaupt jemand hier gewesen. Stirnrunzelnd knöpfte er sein Sakko auf, um leichter nach seiner Waffe greifen zu können, sollte er sie brauchen.

Als er das Klicken des Schlosses hörte, trat Alexej aus den Schatten des Hinterzimmers. Patrick hatte ihm keine Einzelheiten genannt, als er ihn angerufen hatte, hatte nur gesagt, dass er ihn so bald wie möglich sehen musste. Doch die Anspannung, die in seiner Stimme gelegen hatte, sagte Alexej, dass die Bitte um ein Treffen kein Vorwand war, um fleischliche Gelüste zu stillen. „Ist sicher, hier zu reden", sagte er und trat an den Tresen, der sich über die Breite des Raumes zog. „Ich sage Eigentümer, dass Fjodor vielleicht mieten möchte. Was ist los?"

„Stachowitz ist tot", sagte Patrick und fuhr sich mit einer Hand durch die Haare. „Er war als verdeckter Ermittler in der Surov-Organisation im Einsatz. Sie haben seine Leiche heute gefunden."

„Ein Polizist?" Alexej gefror das Blut in den Adern, als ihm klarwurde, dass Patrick dasselbe Schicksal bevorstand, sollten die *Vory* von ihrer Beziehung erfahren.

„Ein Detective der Abteilung für Organisiertes Verbrechen", bestätigte Patrick. „Ich habe ihn nicht gekannt – er war schon im Einsatz, als ich der Abteilung beigetreten bin, aber das spielt keine Rolle. Er war einer von uns. Kein Polizist, egal welchen Ranges, wird ruhen, bis sein Mörder gefunden worden ist. Ich weiß, dass du es nicht warst – er wurde in der Nacht getötet, die ich bei dir verbracht habe – aber ich habe Angst, dass du in die Schusslinie gerätst. Hast du irgendetwas gehört, das mir helfen kann, die verantwortliche Person zu finden? Ich weiß sonst keinen anderen Weg, dich zu beschützen, als den Mörder so schnell wie möglich zu fassen."

„Ich weiß von keinem toten Polizisten", sagte Alexej langsam. Allerdings hatte es in den letzten Tagen auch keinen Mangel an Leichen gegeben. „Du sagst, er wurde Mittwochnacht getötet?"

„Ja", bestätigte Patrick und zeigte Alexej Stachowitz' Polizeibild, das er mit dem Handy abfotografiert hatte. „Das war er, bevor er umgebracht wurde. Du willst nicht sehen, wie seine Leiche ausgesehen hat, nachdem sie ihn heute Morgen aus dem See gefischt haben. Der Gerichtsmediziner hat den Todeszeitpunkt auf Mittwochnacht festgelegt, aber Aufgrund der Auswirkungen des Seewassers konnte er ihn nicht genauer bestimmen."

Alexej zeigte keine Emotionen, während er das Foto betrachtete. „Ich sehe, was ich herausfinden kann", sagte er und gab Patrick das Handy zurück. „Ich rufe an, in ein bis zwei Tagen."

„Geh noch nicht gleich", bat Patrick und trat einen Schritt näher an seinen Geliebten heran. Ihm gefiel die eigenartige Distanz zwischen ihnen nicht. „Wie geht es dir? Was macht deine Schulter?"

„Gut", sagte Alexej. Sein Blick wanderte von Patrick zur Tür.

Die knappe Antwort machte Patrick mehr Sorgen als alles, was Alexej hätte sagen können. „Bitte, Alexej", sagte er leise. „Ljoscha. Ich weiß, normalerweise machen wir das nicht, aber der Tag heute war die Hölle und es wird nur noch schlimmer werden, bis wir den Mörder gefunden haben. Bitte gib mir ein paar Minuten Frieden in deinen Armen."

„Frieden?" Ein spöttisches Lächeln verzog Alexejs Lippen. „Frieden ist das letzte, was ich dir gebe."

„Du weißt nicht, was mir unsere Zeit zusammen gibt, weil du mich nie fragst", fuhr Patrick ihn an. „Alles und jeder da draußen versucht, uns voneinander zu trennen. Damit kann ich leben. Ich habe das von dem Moment an als gegeben akzeptiert, als wir … was auch immer wir sind begonnen haben. Ich kann damit leben, denn was auch immer wir sind, ist stärker als alle und jeder da draußen. Ich würde nicht immer wieder zurückkommen, wenn dem nicht so wäre. Und du auch nicht, also versuch erst gar nicht, das abzustreiten."

„Ich will nicht mit dir streiten." Alexej befand sich vielleicht mit sich selbst im Kriegszustand, aber er konnte den Schmerz in Patricks Stimme nicht ignorieren. Er löste seine verschränkten Arme und öffnete sie für seinen Geliebten.

Erleichtert trat Patrick einen Schritt nach vorn in Alexejs Arme und legte den Kopf auf seine unverletzte Schulter. Einen Augenblick lang blieb er einfach so stehen, atmete Alexejs würzigen Duft ein und genoss das Gefühl der Arme, die ihn hielten. Doch schon bald war das alleine nicht mehr genug. Patrick hob den Kopf, legte seine Lippen auf die des Russen und seine Zunge forderte Einlass.

Alexejs Arme schlossen sich fester um Patrick und seine Lippen öffneten sich Patricks Drängen. Der jüngere Mann schmeckte nach Kaffee und Alexej folgte dem Geschmack. Er wusste, dass er einen Fehler machte, dass er zurücktreten und gehen sollte, aber er brachte es nicht über sich, diesen Moment zu beenden.

Patrick wollte mehr, brauchte mehr. Auf der Suche nach der verzehrenden Leidenschaft, die alle anderen Gedanken auslöschte, drängte er sich enger an Alexej. Der Tresen in Alexejs Rücken verhinderte es, dass er sich losmachen konnte, als Patrick seine Hüften vorschob, sie an ihn drängte. Die Wölbung in seiner Hose ließ keinen Zweifel an seinen Absichten.

Alexejs kehliges Stöhnen wurde geschluckt von der Hitze in Patricks Mund und er schloss die Augen. Der Tresen hinter ihm hielt ihn zwischen dem unnachgiebigen Holz und dem harten Körper des Detectives gefangen, aber in Wahrheit wollte er gar nicht entkommen. Alexej schob alle Gedanken an den leeren Geschäftsraum, die Geheimnisse, die er bewahren musste und all die Dinge, die zwischen ihm und Patrick standen beiseite und gab sich ganz dem Augenblick hin. Seine Hände glitten über Patricks Rücken und schlossen sich um seinen Hintern, zogen ihn enger an sich und seine Daumen strichen über die Falten in dem weichen Leinenstoff.

Der plötzliche Druck gegen seinen Schwanz raubte Patrick jegliche Kontrolle. Heißes Begehren erfüllte ihn und er drängte sich an Alexejs Körper, stieß seine Hüften gegen Alexejs und rieb ihre Erektionen durch den sie voneinander trennenden Stoff aneinander. Er brauchte das, musste eine Zeitlang alles vergessen und der Realität entkommen. Wenn sie hier fertig waren, würde er zur Polizeiwache zurückkehren und weiter nach Stachowitz' Mörder suchen, aber für die nächste Weile wollte er einfach nur nicht denken und alles andere außer ihnen beiden vergessen.

„*Bozhe moi*", keuchte Alexej heftig. Sein Puls hämmerte in seinen Ohren. Das hatte er weder geplant noch vorhergesehen. Jedes Mal, wenn er und Patrick sich trafen, drängte sein Verstand ihn, dem Detective zu sagen, dass es das letzte Mal war – bis zu dem Moment, in dem Patrick ihn berührte und all seine Selbstbeherrschung in Flammen aufging. Das Gefühl von Patricks eisenharter Erektion, die sich an ihn drängte, machte ihn verrückt und war doch gleichzeitig nicht genug. Er musste Patricks bloße Haut unter seinen Händen spüren.

Alexej fuhr mit der Hand über den Schwung von Patricks Hüfte, bekam seinen Reißverschluss zu fassen und zog ihn gerade so weit auf, dass er seine Hand durch die entstandene Öffnung schieben konnte. Er stöhnte leise, als sich seine Finger um die seidige Haut schlossen.

Die Hitze von Alexejs Hand war beinahe genug, um Patrick um den Verstand zu bringen. Seine Hüften stießen wie von alleine vor, drängten ihn in Alexejs Hand und ein langgezogenes Stöhnen entrang sich ihm, während sich die Spannung in seinem Körper höher und höher schraubte. Er zerrte fahrig an Alexejs Kleidung, wollte den Körper seines Geliebten berühren und als seine Finger endlich Haut berührten, verdoppelte er seine Anstrengungen. Er wollte dafür sorgen, dass Alexej ihn ebenso verzweifelt begehrte wie er ihn.

Patricks Hast, sein offenkundiges Verlangen ließen die Flammen des Begehrens in Alexej höher und höher schlagen, bis sie ihn fast verzehrten. Er biss die Zähne zusammen, um nicht die Kontrolle zu verlieren, streichelte Patricks Schwanz durch seinen Hosenschlitz und rieb mit dem Daumen über die Eichel, während er sich mit seiner freien Hand selbst befreite. Er beugte den Kopf, nahm Patricks Lippen in einem beinahe brutalen Kuss in Besitz, schloss eine große Hand um sie beide und begann sie gemeinsam zu streicheln.

„Oh, verdammt", keuchte Patrick. Er drehte den Kopf zur Seite und schnappte nach Luft, dann küsste er Alexej erneut und schloss die Hände um seine Hüften. Die Wärme von Alexejs Hand, seine Stärke, der Druck und das Gefühl seiner Erektion an Patricks rissen schließlich alle Schranken nieder und er ergoss sich heiß über Alexejs Hand.

Die flüssige Hitze reichte aus, Alexej zum Höhepunkt kommen zu lassen. Sein Rücken versteifte sich abrupt und sein Griff um Patricks Hüfte war fest genug, um blaue Flecken zu hinterlassen. Seine Hand fuhr ruckartig weiter an ihren weicher werdenden Erektionen auf und ab, während Schauer um Schauer seinen Körper durchliefen. Als er sich nach langen Augenblicken schließlich wieder so weit im Griff hatte, dass er nicht mehr nahezu unkontrollierbar zitterte, hob er die Hand zum Mund und leckte ihren vermischten Samen ab.

Ein Beben durchlief Patrick bei dem Anblick von Alexej, der seine Hand ableckte und er sackte schwer gegen seinen Geliebten. Langsam kehrte die Realität zurück und mit ihr all der Druck und Stress der letzten Tage. „Ich bin mit Detective Thames zu Stachowitz' Frau gefahren, um ihr zu sagen, dass er getötet wurde. Wer mit einem Polizisten verheiratet ist, lebt in dem Wissen, dass das jederzeit passieren kann, aber es war das erste Mal für mich, dass ich derjenige war, der die Botschaft überbracht hat. Sie wusste Bescheid, sobald sie uns die Tür aufgemacht hat. Sie hat uns gesehen, einmal genickt und dann gefragt, wie er gestorben ist."

„Das ist Risiko, das ihr eingeht", erwiderte Alexej und legte seine feuchte Hand auf Patricks nackten Bauch. Er streichelte ihn geistesabwesend und fragte sich, wer informiert werden würde, wenn Patrick etwas zustieß. Bei dem Gedanken daran wurde ihm die Kehle eng und einmal mehr wurde ihm klar, dass er nie mehr über Patrick und sein Leben herausfinden würde, dass er nie wissen würde, wer ihm wichtig war und wem er wichtig war. Alles, was Alexej hatte und jemals haben würde, waren Momente wie dieser und er sagte sich, dass das genug war. Denn selbst Momente wie dieser waren ein größeres Risiko, als es klug war, einzugehen.

„Ja", stimmte Patrick mit brüchiger Stimme zu. „Das wissen wir alle, wenn wir uns für diesen Beruf entscheiden. Aber das macht es nicht einfacher für die Hinterbliebenen, wenn ein Polizist in Ausübung seiner Pflicht getötet wird. Ich will nicht wieder dort hinausgehen, aber andererseits kann ich es auch nicht nicht tun. Ich habe zu lange und zu oft selbst verdeckt ermittelt. Ich muss mithelfen, die Person ausfindig zu machen, die das getan hat."

Alexej nickte, sagte aber nichts, sondern hielt Patrick lediglich schweigend fest, bis der Atem des jüngeren Mannes sich wieder beruhigte und er keine Ausrede mehr hatte, ihn noch länger zu halten. Er ließ die Arme sinken und drehte sich zur Seite weg, an Patrick vorbei, sodass er nicht länger zwischen ihm und dem Tresen eingeklemmt war und seinen Reißverschluss schließen konnte. „Ich rufe an, wenn ich etwas herausfinde", sagte er ein weiteres Mal und nahm die Schlüssel vom Tresen.

Patrick war noch nicht wirklich bereit, sich wieder zu bewegen oder etwas anderes zu tun, als an Alexej gelehnt dazustehen. Aber er hatte auch keine Ausrede mehr, um länger zu bleiben. Er küsste Alexej ein letztes Mal und fing dann an, seine eigene Kleidung zu sortieren. „Danke. Pass auf dich auf."

Alexej war bereits auf halbem Weg zur Tür, aber bei diesen Worten drehte er sich um und begegnete Patricks Blick. „Du auch, Patja."

Patrick schluckte schwer. Er wusste, dass er das nicht versprechen konnte. Er würde keine unnötigen Risiken eingehen, aber jeder Polizist der Stadt war im Einsatz, bis Stachowitz' Mörder gefasst worden war. „Ich werde mein Bestes tun."

Nachdem er die Ladentür hinter Patrick zugemacht und abgeschlossen hatte, löschte Alexej das Licht in dem leeren Ladenlokal und verließ das Gebäude durch den Hintereingang. Splitt und Flaschenscherben knirschten unter seinen Füßen, als er durch die Gasse ging und über das nachdachte, was der Detective berichtet hatte. Alexej hatte den ermordeten Polizisten sofort erkannt, als er das Bild gesehen hatte. Es war der Mann, dessen Leiche er und Konstantin beseitigt hatten – der Mann, den Fjodor erschossen hatte.

Alexej war sich ziemlich sicher, dass der ältere *Vor* keine Ahnung gehabt hatte, dass der Mann Polizist war, als er ihn erschoss. Jeder wusste, dass einen Polizisten umzubringen keine gute Idee war und nur Ärger mit sich brachte. Fjodor musste gedacht haben, dass er eine Botschaft an eine rivalisierende Familie schickte, sich aus seinen Geschäften herauszuhalten. Alexej fragte sich, was Wolkow tun würde, wenn er herausfand, dass er stattdessen einen verdeckt ermittelnden Detective umgebracht hatte.

Als seine Schritte ihn an der Holy Trinity Cathedral vorbeiführten, ging Alexej die Stufen zum Kirchenportal hoch und trat ein. Wie immer beruhigte ihn die Atmosphäre stillen Friedens im Innern der Kirche sofort. Er hielt vor einer Statue der Heiligen Jungfrau inne, kniete sich hin und murmelte ein leises Gebet, dann durchquerte er das Mittelschiff zum Altar des Heiligen Michaels. Er zündete eine Kerze an, steckte einen Geldschein in den Opferstock und bat stumm um Patricks Sicherheit.

Er hatte dem Detective versprochen herauszufinden, was er konnte, was im Grunde nicht notwendig war, da er die Identität des Mörders bereits kannte. Doch das Gesetz der *Vory* verbot ihm preiszugeben, was er wusste, besonders einem Polizisten. Er versuchte immer noch, einen Weg zu finden, diese beiden Versprechen miteinander zu vereinen, als er die Kirche verließ und zu seiner Wohnung zurückkehrte.

Er hatte kaum die Wohnungstür aufgeschlossen, als sich seine Nackenhaare aufstellten. Vorsichtig ließ er seine Pistole aus ihrem Versteck unter seinem Mantel in seine Hand gleiten und schob sich langsam und auf lautlosen Füßen in seine Wohnung hinein. Es gab keine sichtbaren Hinweise, aber irgendjemand war in seiner Wohnung gewesen, war vielleicht sogar immer noch da. Er musste zuerst sicherstellen, dass er allein war und dann sehen, was fehlte.

Eine eingehende Durchsuchung seiner Wohnung förderte keinen Eindringling zutage, also begann Alexej mit einer Bestandsaufnahme seiner Besitztümer. Er konnte nichts finden, das offenkundig fehlte, aber der Eindringling musste einen Grund für seinen Einbruch gehabt haben. Alexej musste nur herausfinden, was das gewesen war.

Sein Schrank und die Kommode im Schlafzimmer schienen unberührt, wie auch der kleine Zimmeraltar des Heiligen Michaels, der darauf stand. Auch seine zugegebenermaßen spärlichen Lebensmittelvorräte in der Küche erweckten nicht den Eindruck, als hätte sich jemand an ihnen zu schaffen gemacht. Alexej kehrte ins Wohnzimmer zurück und suchte den Raum mit den Blicken ab, versuchte, sich in die Position des Eindringlings zu versetzen. Wenn er nicht eingestiegen war, um etwas zu stehlen, vielleicht hatte er dann stattdessen etwas dagelassen.

Alexej runzelte die Stirn und sein Verdacht wuchs, als er mit der Hand über den Fernseher und dann den CD-Player und die Lautsprecher fuhr. Er kniete sich vor das Sofa und hob jedes Sitzkissen einzeln an und als er nichts fand, duckte er sich und spähte unter das Möbelstück.

Im Staub, der sich dort angesammelt hatte, lag eine blanke, schwarze Pistole. Mit einem Stirnrunzeln ging Alexej zum Garderobenschrank und holte seine Handschuhe aus der Manteltasche, streifte sie sich über und holte die Pistole ans Licht.

„*Blyad*", stieß er aus, als er die Waffe als die Yarygin PYa erkannte, die Fjodor bei seiner letzten Reise nach Russland erworben hatte. Sicher, Alexej konnte nicht beschwören, dass es keine andere Waffe dieser Art in der Stadt gab, aber er bezweifelte, dass es sich um einen Zufall handelte. Aus irgendeinem Grund – und er konnte sich mehrere denken – hatte Fjodor beschlossen, Alexej die Schuld am Mord des Detectives in die Schuhe zu schieben.

Alexej legte die Waffe auf den Sofatisch, rieb sich über den Nacken und setzte sich hin, um seine Optionen zu überdenken. Er hatte geplant, Fjodor eines Tages zu Fall zu bringen, aber der alte Mann hatte ihn in Zugzwang gebracht. Selbst wenn er die Waffe jetzt verschwinden ließ, würde Fjodor sich zweifellos etwas anderes einfallen lassen, um den Verdacht auf ihn zu lenken. Der *Vor* würde es auf keinen Fall riskieren, sich selbst den Konsequenzen für den Mord an dem Polizisten auszusetzen. Alexej konnte Patrick die Waffe aushändigen, sicher, aber es gab nichts als sein Wort dafür, dass sie Fjodor gehörte, zumal es sehr wahrscheinlich war, dass alle Fingerabdrücke abgewischt worden waren, bevor man sie unter sein Sofa schob. Außerdem verstieß es gegen eines der grundlegendsten Gebote des Kodex der *Vory*, Fjodor der Polizei auszuliefern. Wenn er etwas so Dummes tat, wie Fjodor direkt zu beschuldigen, machte Alexej sich nur selbst zur Zielscheibe.

Was bedeutete, dass die Polizei ausreichend Hinweise finden musste, um Fjodor festzunehmen, ohne dass Alexej sichtbar seine Hand dabei im Spiel hatte. *Dovolno khorosho*, das ließ sich einrichten. Wie seine Mutter immer gesagt hatte, als er noch ein Kind war: Der Vogel mochte singen, aber die Katze würde ihn trotzdem fressen.

Alexej ging ins Schlafzimmer, schob die auf dem Boden seines Kleiderschranks stehenden Schuhe beiseite und hob eine der Holzdielen mit der Spitze des Messers an, das er um den Knöchel geschnallt trug. Er zog eine kleine Schachtel aus dem geöffneten Versteck und holte das Portemonnaie daraus hervor, das er aus der Hosentasche des toten Mannes gezogen hatte, bevor er und Konstantin die Leiche in den Lake Michigan geworfen hatten. Seine Fingerspitzen strichen hauchzart über den Rest des Inhalts der Schachtel, dann schloss er den Deckel wieder und schob sie in ihr Versteck zurück. Er stand auf, ging zur Kommode und holte aus einer Schublade die Kopie von Fjodors Autoschlüssel, die er ganz zu Anfang hatte machen lassen, als er nichts weiter gewesen war als ein Kurier und Vollstrecker für die Wolkows. Man konnte ja schließlich nie wissen, wann sich so etwas einmal als nützlich erweisen würde.

Alexej kehrte ins Wohnzimmer zurück, legte das Portemonnaie neben die Pistole und holte einen wiederverschließbaren Plastikbeutel aus der Küche. Er steckte Pistole und Waffe hinein, verschloss den Beutel, zog die Handschuhe aus und setzte sich wieder aufs Sofa. Ein grimmiges Lächeln verzog seine Lippen. Jetzt brauchte er nur noch eines, um die Falle zu stellen, die Fjodor Wolkow zu Fall bringen würde.

10

PATRICK STARRTE mehrere Sekunden lang auf die Nachricht auf dem Display seines Handys, bevor der Groschen fiel und er begriff, dass Alexej ihm ein Autokennzeichen geschickt hatte. Er war schon überrascht genug gewesen, überhaupt eine SMS von Alexej erhalten zu haben. Der Russe hatte ihm versprochen herauszufinden, was er konnte, aber das war das erste Mal, dass er Patrick von sich aus die Information schickte, anstatt darauf zu warten, dass Patrick sich bei ihm meldete.

Patrick rief die Datenbank der Kraftfahrzeugbehörde auf und suchte das Autokennzeichen, um zu sehen, wen Alexej im Verdacht hatte. Die Suche ergab eine Zulassung des Fahrzeuges auf den Namen Fjodor Wolkow. „Oh, Scheiße", fluchte Patrick leise. Wenn Wolkow involviert war – und Alexej hätte ihm das Kennzeichen nicht geschickt, wenn er sich nicht sicher wäre –, dann würde sich sein Leben nicht unwesentlich verkomplizieren. Zumal er Alexejs Alibi war, sollte Wolkow versuchen, Alexej zu belasten.

Patrick hoffte sehr, dass es nicht so weit kam, aber er konnte die Information auch nicht ignorieren. „Thames", rief er und winkte seiner Kollegin, zu ihm zu kommen. „Ich brauche einen Rat."

„Worum geht es?", fragte sie, beugte sich über Patricks Schulter und blickte auf seinen Bildschirm. „Wolkow schon wieder? Was hat er diesmal angestellt?"

„Mord", sagte Patrick. „Zumindest, wenn mein Informant recht hat. Ich habe gestern Abend bezüglich Stachowitz mit ihm gesprochen und heute Morgen hat er mir eine SMS mit Wolkows Autokennzeichen geschickt."

Reba schürzte die Lippen und ihre Stirn legte sich in nachdenkliche Falten. „Eddie war nicht bei den Wolkows", sagte sie langsam. „Wenn seine Identität geknackt worden wäre, dann hätte ihn doch wahrscheinlich einer der Surovs getötet. Es könnte ein Versuch sein, uns auf die falsche Fährte zu locken. Wie sehr vertrauen Sie Ihrem Informanten?"

„Er hat mich noch nie fehlgeleitet", erwiderte Patrick mit ruhiger Stimme, obwohl sein Herz raste. Er vertraute Alexej jedes Mal, wenn sie sich trafen, mit seinem Leben. „Wenn er mir diese Information schickt, dann weil er glaubt, dass sie korrekt ist. Aber er ist wertvoller, wenn Wolkow nicht herausfindet, woher der Hinweis kam. Ich muss einen Weg finden, Wolkow für eine Vernehmung aufs Revier zu bringen, ohne dass eine Spur zu meinem Informanten zurückführt."

Ihre Augen wurden schmal und Patrick fragte sich nervös, ob Reba etwas in seiner Stimme gehört hatte. Aber seine Kollegin nickte. „Wenn er so eine gute Informationsquelle ist, dann sollten wir sie nicht riskieren. Glauben Sie, dass Sie mehr aus ihm herausbekommen können, wie Wolkow involviert ist?"

„Ich kann es versuchen", sagte Patrick, „aber ich bin mir nicht sicher, ob er sich so bald wieder mit mir treffen kann. Er will keinen Verdacht aufkommen lassen."

„Wir können Wolkow nicht vorladen, ohne etwas Stichfesteres gegen ihn in der Hand zu haben. Aber das heißt nicht, dass wir ihn nicht im Auge behalten können." Sie stieß ihn an die Schulter. „Gehen Sie zu Captain Jacobs und sagen Sie ihm, was Sie wissen. Er kann Wolkow im System als Person besonderen Interesses im Fall von Eddies Mord markieren. Wenn Wolkow auch nur einen Stundenkilometer zu schnell fährt, können wir ihn anhalten und vielleicht finden wir dann genug, um ihn festzuhalten."

Patrick nickte. „Hoffen wir, dass wir etwas finden." Wenn sie nichts fanden, dann würde es in Zukunft sehr viel schwerer für ihn sein, seinen Captain zu überzeugen, den Informationen, die Alexej ihm zukommen ließ, Beachtung zu schenken. Und er hätte seinen Geliebten umsonst in Gefahr gebracht.

Er klopfte an die Bürotür seines Captains und wartete ab, bis der Mann sein Telefonat beendet hatte, bevor er eintrat.

„Was kann ich für Sie tun, Flaherty?"

„Ich habe von einem Informanten den Hinweis bekommen, dass Fjodor Wolkow womöglich etwas mit dem Mord an Eddie zu tun hatte", erklärte Patrick, „aber es ist nichts Handfestes. Ich hatte gehofft, dass Sie den Befehl ausgeben könnten, ein Auge auf sein Auto zu haben, um uns die Chance zu geben, mehr zu finden."

„Womöglich?", wiederholte Jacobs und er sah Patrick direkt an. „In der Regel brauchen wir etwas mehr als ein ‚Womöglich', bevor wir jemanden auf diese Art überwachen."

Was immer der Captain in Patricks Augen sah, es musste ihn überzeugt haben, denn er nickte, hob den Telefonhörer ab und wählte eine interne Kurzwahl. „Sie haben in kurzer Zeit sehr gute Arbeit geleistet, Flaherty. Wollen wir hoffen, dass Ihr Informant weiß, wovon er spricht. Nichols", bellte er in den Hörer. „Sagen Sie einem der Streifenwagen, sie sollen das folgende Fahrzeug im Auge behalten. Es könnte eine Spur zur Ergreifung von Eddies Mörder sein." Er reichte Patrick den Hörer und er nannte dem Mitarbeiter in der Funkzentrale das Autokennzeichen.

„Vielen Dank, Sir", sagte Patrick, als er aufgelegt hatte. „Ich weiß, dass Sie keinen Grund haben, mir in dieser Sache zu vertrauen. Aber ich wäre nicht zu Ihnen gekommen, wenn ich meinerseits dieser Information nicht vertrauen würde."

Patrick kehrte an seinen Schreibtisch zurück. Sein Magen verkrampfte sich, als er über die Tragweite seiner Handlungen und die möglichen Konsequenzen nachdachte. Wenn Alexejs Informationen ihnen nicht half, etwas zu finden, das sie Wolkow anlasten konnten, dann würde Patrick es beim nächsten Mal, wenn er um Hilfe bat, schwieriger haben, seinen Captain zu überzeugen. Aber er hatte Thames die Wahrheit gesagt. Er vertraute Alexej. Wenn Alexej ihm dieses Kennzeichen geschickt hatte, dann weil er sicher war, dass es Patrick weiterhalf. Jetzt musste er nur noch abwarten und hoffen, dass sein Vertrauen nicht enttäuscht wurde.

ER MUSSTE nur bis zum nächsten Tag warten.

Reba legte den Telefonhörer auf und grinste Patrick an. „Die Aufnahme hat gerade angerufen. Sie haben einen Verdächtigen für den Mord an Eddie eingebuchtet." Bei Patricks eifriger Miene wurde ihr Lächeln breiter. „Fjodor Wolkow."

„Ja!", rief Patrick und ein ebenso breites Lächeln zog sich über sein Gesicht. „Sie haben etwas gefunden?"

„Flaherty!"

Patrick drehte sich um, als er den Captain seinen Namen rufen hörte. „Sir?"

„Ihr Hinweis hat sich bezahlt gemacht. Ich bin auf dem Weg rüber in die Mordkommission, um das Verhör zu beobachten. Sie haben es sich verdient, ebenfalls dabei zu sein, wenn Sie wollen."

„Ja, gerne, Sir!", sagte Patrick, stand auf und ging neben Captain Jacobs zur Tür. „Was ist passiert? Ich nehme an, wir haben in Wolkows Wagen etwas gefunden?"

„Ein Streifenwagen hat ihn angehalten, weil er mit über 70 Sachen in einer Tempo-50-Zone unterwegs war." Jacobs schüttelte den Kopf, als sie mit dem Aufzug hinunter zu den Verhörzimmern fuhren. „An sich kein Grund, ihn einzukassieren, aber als Wolkow das Handschuhfach aufgemacht hat, um seine Fahrzeugpapiere herauszuholen, fiel eine Handfeuerwaffe heraus. Danach haben sie das Auto abgesucht und nicht nur einen Beutel Heroin unter dem Fahrersitz gefunden, sondern unter der Fußmatte auch noch ein Portemonnaie, in dem ein Führerschein steckte, der auf den Namen Ivan Polzin ausgestellt war." Patrick nickte zum Zeichen, dass er verstand. Polzin war der Name gewesen, den Stachowitz bei der Infiltration der Surovs benutzt hatte. „Der Name sagte dem Streifenpolizisten nichts, aber er hat Eddies Foto erkannt und Wolkow aufs Revier gebracht", fuhr der Captain fort, als sich die Aufzugtüren öffneten und sie den Flur entlang zu den Verhörzimmern gingen. „Jetzt fängt der Spaß so richtig an."

Patrick hoffte, dass „Spaß" das richtige Wort war. Sie betraten den Beobachtungsraum und nickten den Beamten zu, die sich bereits dort befanden. Fjodor Wolkow saß auf der anderen Seite des Einwegspiegels und wirkte viel zu gütig und großväterlich für Patricks Seelenfrieden. Der Mann sah aus, als könnte er keiner Fliege etwas zuleide tun. Patrick wusste, dass der Schein trügen konnte.

„Er hat uns bereits informiert, dass er nichts sagen wird ohne seinen Anwalt", sagte Chief Martinez, der Polizeichef, als sie hereinkamen. „Ich gehe nicht davon aus, dass wir irgendetwas aus ihm herausbekommen werden, wenn der Anwalt hier ist, aber die Drogen und die nicht registrierte Waffe sind genug, um ihn festzuhalten. Wir werden uns allerdings anstrengen müssen, ihm den Mord nachzuweisen. Zumindest bis uns die Ballistik sagen kann, ob die gefundene Waffe zur Kugel passt. Aber wie dem auch sei, er wird hier heute jedenfalls nicht wieder herausspazieren. Und bei allem, was wir gegen ihn in der Hand haben, bekommt er auch nicht die Möglichkeit, gegen Kaution entlassen zu werden. Es besteht Fluchtgefahr. Außerdem ist er in den Mord an einem Polizisten verwickelt."

„Gut", sagte Patrick. Ihm war bewusst, dass sie wahrscheinlich dachten, dass er Eddies wegen erleichtert war und das war er auch. Aber Wolkow Senior aus dem Verkehr gezogen zu haben, bedeutete auch eine Gefahr weniger für Alexej.

„Der Streifenpolizist sagte uns, dass er einen Konstantin verflucht hat, bevor sie ihm seine Rechte vorgelesen haben und er den Mund zugemacht hat", fuhr Martinez fort. „Sagt Ihnen der Name etwas?"

„Sein Sohn", antwortete Patrick.

„Chief, das ist Detective Flaherty. Einer seiner Informanten hat uns auf Wolkows Fährte geführt", erklärte Jacobs. „Ich dachte, er würde vielleicht gerne bei der Befragung anwesend sein."

„Gute Arbeit, Flaherty", sagte Martinez und streckte Patrick seine Hand hin. „Besonders wenn sich die Dinge so weiterentwickeln, wie es im Moment den Anschein hat. Stachowitz' Mörder gefunden zu haben, kann sich sehr positiv auf Ihre weitere Karriere auswirken."

„Ich habe nur meine Arbeit gemacht, Chief", wandte Patrick ein. Er würde sich erst dann entspannen können, wenn die Ballistik ihnen die Auswertung der Waffe lieferte und sie einen absolut wasserfesten Fall in der Tasche hatten. Wolkow würde nicht bereitwillig aussagen und Patrick konnte nicht sicher sein, dass Alexej nicht doch noch irgendwie in die Schusslinie geriet.

„Wir können mit dem Verhör erst beginnen, wenn der Anwalt angekommen ist", sagte Chief Martinez. „Und ich gehe nicht davon aus, dass wir irgendetwas Nützliches aus Wolkow herausbekommen werden. Die *Vory* haben nie etwas Nützliches zu sagen. Flaherty, wissen Sie, wo wir seinen Sohn finden können?"

„Ich weiß von ein paar Orten, an denen er sich häufiger aufhält", wich Patrick aus.

„Bringen Sie Ihn für eine Befragung aufs Revier. Und auch sonst jedes Mitglied der Organisation, das sie finden können. Er wird uns zumindest das Alibi seines Vaters bestätigen können – oder auch nicht – wenn uns der Alte eines gibt", befahl Martinez.

„Jawohl, Sir", sagte Patrick und verbarg seine Panik bei dem Gedanken, Alexej ebenfalls zu einem Verhör mit aufs Revier nehmen zu müssen, wenn er sich in Konstantins Gesellschaft befand. „Ich werde sehen, was ich tun kann."

11

DIE DÜNNE Rauchspirale, die von seiner Zigarette aufstieg, verschmolz mit den Dunstschwaden in der Sauna, während Alexej auf Patrick wartete. Es hatte sich unter den *Vory v Zakone* schnell herumgesprochen, dass Fjodor für den Mord an einem Polizisten verhaftet worden war und Konstantin war seitdem noch unsteter und unberechenbarer als sonst. Seine Laune schwankte wild zwischen Angst, dass er als nächstes verhaftet werden würde, und Prahlerei über seine neue Position als Oberhaupt der Familie hin und her. Alexej hatte seinen Boss nur mit Mühe davon abhalten können, den Rest der *Vory* damit zu provozieren, sich offiziell zum Familienoberhaupt auszurufen. Die Tatsache, dass Patrick ihn jetzt treffen wollte, schien nahezulegen, dass Konstantins Angst vor einer Verhaftung nicht ganz unbegründet war. Nicht zum ersten Mal bereute Alexej sein vorschnelles Verhalten in jener Nacht auf dem Boot, hatte es den Detective doch dazu getrieben, die Beförderung anzunehmen, die ihn jetzt in direkten Konflikt mit Alexejs Rolle in der *Vory* brachte.

Die Tür zur Schwitzkammer öffnete sich und ein Schwall kühlerer Luft strömte in die kleine Kabine, als Patrick eintrat, nur in ein tief auf den Hüften sitzendes Handtuch und die Goldkette um seinen Hals gekleidet. Alexej gestattete sich nicht mehr als einen flüchtigen Blick, bevor er den einzigen anderen Besucher der Sauna ansah. Der ältere Mann erhob sich bei dem wortlosen Befehl sofort und schlüpfte durch die Tür, bevor sich diese hinter Patrick geschlossen hatte. Erst dann erlaubte Alexej es sich, den glatten, unversehrten Oberkörper seines Geliebten zu bewundern, die dunklen Höfe, die seine Brustwarzen umgaben und die dünne Spur dunkler Haare, die unter dem Handtuch verschwand. „Patja", sagte er leise. Er wusste, dass niemand sie hier hören konnte und so erlaubte er sich diese Freiheit, die er sonst niemals riskiert hätte.

Seine Erinnerungen an den Raum, sowie der Grund für sein Hiersein waren bereits genug gewesen, um Patricks Selbstbeherrschung auf die Probe zu stellen. Jetzt noch den Kosenamen von den Lippen seines Geliebten zu hören, machte die Sache nicht einfacher.

„Du solltest mich hier nicht so nennen", zwang er sich zu sagen, obwohl sein Körper bereits reagierte, genauso, wie er es immer tat, wenn der andere Mann ihn bei diesem Namen nannte. Obwohl er hoffte, dass Alexej ihn wieder so nennen würde, ihn immer noch so nennen würde, nachdem er gehört hatte, was Patrick zu sagen hatte. „Besonders heute nicht."

Patrick ließ sich dem anderen Mann gegenüber auf der Holzbank nieder und atmete tief durch. Er unterdrückte die sexuelle Spannung, die seine Selbstbeherrschung niederzureißen drohte und erklärte, warum er um das Treffen gebeten hatte. „Der Polizeichef hat mir befohlen, Konstantin für eine Befragung im Zusammenhang mit der Verhaftung seines Vaters wegen Drogenbesitz, unerlaubtem Waffenbesitz und Verdacht auf Mord aufs Revier zu bringen."

Konstantin ebenfalls zu verhaften, egal wofür, wäre der zweite, große Schlag gegen die Organisation, besonders so kurz nach Fjodors Festnahme. Aber den Worten des Chiefs nach zu urteilen, war Konstantins Befragung kein Versuch, ihn ebenfalls eines Verbrechens zu überführen, sie wollten ihn nur dazu bringen, seinen Vater zu belasten. Patricks Hauptsorge dagegen war Alexejs Sicherheit. Unglücklicherweise würden seine Vorgesetzten das kaum genauso sehen. Sollten sie jemals herausfinden, was er hier tat, dass er das Risiko einging, dass Alexej ihn verriet und Konstantin warnte, wäre er umgehend seine Stelle los. Wenn er nicht sogar selbst angeklagt werden würde.

Patrick blickte durch die dichten Schwaden hinüber zu dem kantigen Gesicht, das ihn bis in seine Träume hinein verfolgte und wusste, dass er jedes Risiko wert war. „Ich sehe keine Möglichkeit, wie ich es vermeiden kann, ihn aufs Revier zu bringen, ohne Verdacht zu erregen. Halte dich also besser heute Abend fern von ihm. Ich will nicht, dass du doch noch in diese Sache mit hineingezogen wirst."

Alexej zog an seiner Zigarette, um sich einen Moment zum Nachdenken zu geben, bevor er antwortete. Ihm war bewusst, dass Patrick seinem Berufsethos zuwiderhandelte, indem er ihn warnte. Es überraschte ihn, dass der jüngere Mann bereit war, seinetwegen ein solches Risiko einzugehen. Aber vielleicht konnte er die Situation zu einem Vorteil für sie beide verwandeln. „Konstantin ist nichts", sagte er langsam, wobei er aufmerksam Patricks Gesicht beobachtete. „Ist kleiner Fisch, kaum den Köder wert. Was, wenn ich dir stattdessen größeren Fisch besorgen kann?"

Wider besseres Wissen war Patrick neugierig. Er wusste wohl, dass ihn die meisten seiner neuen Kollegen im Organisierten Verbrechen für einen blutigen Anfänger hielten, obwohl es sein Hinweis gewesen war, der zu Fjodors Verhaftung geführt hatte. Was auch immer Alexej im Sinn hatte, konnte seine Chance sein zu beweisen, dass das kein Glückstreffer gewesen war.

„Ich höre", sagte er und der Polizist in ihm verdrängte den Liebhaber. Das war nicht die Reaktion, die er von dem Russen erwartet hatte. Wut, ja. Anschuldigungen, vielleicht. Aber nicht das Angebot, ihm im Ausgleich für Konstantins Freiheit zu helfen. Er würde später darüber nachdenken, warum

Alexej Konstantin beschützen wollte, aber jetzt wollte er hören, was sein Geliebter zu sagen hatte.

„Gewöhnlich, *Vory* vermeiden Drogen." Alexej unterdrückte den Drang, über die Narbe an seiner Schulter zu streichen, die die Kugel dort hinterlassen hatte – sichtbarer Beweis für die Gefahr, in die Konstantin sie damit gebracht hatte, dass er in etablierte Vertriebsketten eingedrungen war. „Ist gut für alle, wenn das Ende hat. Was, wenn ich dir die Männer beschaffe, die Drogen für Verkauf schmuggeln? Ist das genug, dass Konstantin frei bleibt?"

„Kannst du das denn?", fragte Patrick. „Auf eine Weise, die sicher ist für dich?" Er fügte nicht hinzu, dass er sich nur dann auf diesen Handel einlassen würde, wenn er nicht auf Alexej zurückfiel und ihm so schadete oder ihn in Gefahr brachte. Er konnte sehen, dass die Verletzungen des anderen Mannes verheilt waren; er wollte keine neuen auf seinem Körper sehen und ganz besonders wollte er nicht derjenige sein, der für sie verantwortlich war.

Alexej zog ein letztes Mal an seiner Zigarette und nickte. „Konstantin fährt in einer Stunde, um neue Lieferung zu holen." Er nannte Patrick die Adresse des Lagerhauses in der Nähe der Docks, wo er sich mit den tschetschenischen Drogenschmugglern treffen würde.

Patrick stand auf. In seinem Kopf wirbelte es, als er an all die Dinge dachte, die er zu erledigen hatte, um den Zugriff so kurzfristig zu organisieren. Er war schon halb auf dem Weg zur Tür, als er sich noch einmal umdrehte und Alexej direkt ansah. „Sorg dafür, dass wir ihn nicht sehen, wenn du das kannst. Ich werde mein Bestes tun, damit sich meine Leute ausschließlich auf die Schmuggler konzentrieren, aber wenn er irgendwie auffällt, werde ich keine Wahl haben. Zumal meine Vorgesetzten ihn eh für eine Befragung haben wollen." Er hoffte, dass Alexej verstand, dass er zwar sein Bestes tun würde, aber nicht bereit war, seine Position bei der Polizei für Konstantin aufs Spiel zu setzen. Egal, wie bereitwillig er war, sie für Alexej selbst zu riskieren.

„Überlass Konstantin mir", bestätigte Alexej. Seine Blicke glitten ein weiteres Mal über Patricks Körper, aber er wusste, dass sie keine Zeit hatten für das, was sie beide wollten. „Vielleicht wir können uns danach hier treffen", fügte er leise hinzu.

Patrick blieb wie erstarrt stehen, eine Hand auf dem Türgriff. Alexej hatte noch nie zuvor von sich aus um ein Treffen gebeten. Die Lust, die Patrick mit purer Willenskraft unterdrückt hatte, kehrte mit geballter Wucht zurück und seine Hände zitterten, als er gegen das Verlangen ankämpfte, sich wieder umzudrehen und alles zu vergessen bis auf diesen unglaublichen, widersprüchlichen Mann. „Ich weiß nicht, wie lange ich hinterher auf dem Revier brauchen werde, aber ich komme, sobald ich kann", versprach er, dann gab er dem Drang nach, kehrte zu Alexej zurück und gab ihm einen schnellen Kuss, bevor er ging.

Mit einem halben Auge auf die Milchglastür zur Sauna, ergriff Alexej Patricks Handgelenk, zog ihn näher an sich und küsste ihn. Seine Zunge schnellte durch Patricks Lippen, als sie sich vor Überraschung öffneten und er kostete gierig von der warmen Süße in Patricks Mund. Dann ließ er ihn genauso schnell wieder los, bevor die Versuchung zu stark werden konnte, den jüngeren Mann in seine Arme zu ziehen und Konstantin, die Drogen und die tschetschenischen Dealer zum Teufel gehen zu lassen. „Hinterher", bestätigte er und ließ Patricks Handgelenk los. „Ich werde warten."

Patrick stöhnte, als Alexej ihn erst besitzergreifend küsste und dann fast sofort wieder losließ. Er verfluchte sein Pflichtbewusstsein, das ihn zur Tür trieb und in seine Kleidung und dann zurück zum Polizeirevier, wenn er doch eigentlich nur bleiben, ihre Handtücher loswerden und Alexej verschlingen wollte. Wie es aussah, war heute der Tag der Dinge, die zum ersten Mal geschahen.

Ohne einen Blick zurückzuwerfen, aus Angst davor, dass sein Pflichtbewusstsein der Verlockung durch Alexej nicht standhalten konnte, drückte Patrick die Tür auf und trat in die kühlere Luft des Umkleideraums. Er zog sich eilig an und wartete nur, bis er im Auto saß, bevor er die nötigen Anrufe tätigte, um einen schnellen Zugriff zu organisieren.

PATRICK STAND vor der Tür der Sauna und haderte mit sich, ob er hineingehen sollte oder nicht. Er wusste, dass Alexej auf ihn wartete, obwohl seit dem erfolgreichen Ende des Zugriffs bereits mehrere Stunden vergangen waren. Mehrere Stunden seitdem er gesehen hatte, wie Alexej einen anderen Mann in den Armen hielt. Der Anblick hatte alle Befriedigung darüber, die Tschetschenen auf frischer Tat ertappt und sie samt ihrer Ware einkassiert zu haben, in Patrick erstickt.

Wie er es vorher schon geahnt hatte, hatte es eine ganze Weile gedauert, bis er nach dem Einsatz mit allem Schreib- und Papierkram fertig gewesen war. Doch trotz all der Zeit, die seitdem vergangen war, hatte er sich noch nicht mit dem abfinden können, was er gesehen hatte. Er hatte sogar mit dem Gedanken gespielt, nicht zum Fitnessstudio zurückzukehren, sich letzten Endes aber doch dafür entschieden, Alexej zu vertrauen. Ja, es hatte wehgetan, einen anderen Mann in den Armen seines Geliebten zu sehen, aber vielleicht gab es dafür eine triftige Erklärung. Unglücklicherweise war keine von denen, die ihm eingefallen war, eine besonders schöne. Er hatte Alexejs Gesicht nicht sehen können, nur das des anderen Russen – und Patrick kannte diesen Gesichtsausdruck. Es war derselbe, den er im Spiegel sah, wenn er an Alexej dachte.

Es hatte Patrick mehr als wütend gemacht, diesen Ausdruck im Gesicht des anderen Mannes zu sehen. Andererseits, nur weil er Alexej so angesehen hatte, bedeutete das nicht zwingend, dass Alexejs Miene diesen Ausdruck widergespiegelt hatte. Egal, wie liebevoll sich seine Arme um den anderen Mann gelegt hatten und egal, wie intim es ausgesehen hatte, als er dem Mafiaboss ins Ohr flüsterte. Leider konnte Patrick sich die beiden nur zu gut als Liebespaar vorstellen. Alexej war nicht dazu gezwungen, vorsichtig zu sein und sich heimlich mit seinem Geliebten zu treffen, wenn dieser Geliebte Konstantin war. Nicht so, wie er es mit Patrick tun musste. Alexej hatte zwar gesagt, dass die *Vory* Homosexualität missbilligten, aber ein *Vor* war immer noch sicherer als ein Bulle. Alexej und er hatten sich keine Versprechen gegeben, hatten nie darüber gesprochen, ob sie exklusiv waren oder nicht. Ob sie überhaupt ein Paar waren oder nicht, auch wenn alle Treffen seit dem Lagerhaus Patrick den Eindruck gegeben hatten, dass Alexej es wollte, dass er nur weder darum bitten noch es versprechen konnte. Hatte er sich so sehr geirrt? War alles nur ein Trick gewesen, damit Patrick dem Sex zustimmte?

Kaum war ihm der Gedanken durch den Kopf gegangen, da schalt Patrick sich für seine Zweifel. Alexej war kein so guter Schauspieler, dass er die Tiefe der Zärtlichkeit simulieren konnte, die er Patrick an jenem Abend und auch seitdem gezeigt hatte. Er musste etwas für ihn empfinden und Patrick war es ihnen beiden schuldig, Alexej die Möglichkeit zu geben, zu erklären, was an den Docks vorgefallen war. Und zwar ohne ihn vorher für etwas zu beschuldigen. Und wenn er keine gute Erklärung für die Ereignisse hatte, dann konnte Patrick immer noch gehen. Also zog er sich wieder aus, band sich erneut ein Handtuch um die Hüften und betrat die Schwitzkammer.

Die vielen zerdrückten Zigaretten neben Alexejs Füßen zeugten davon, wie lange er auf Patricks Kommen gewartet hatte, aber sein Gesichtsausdruck war stoisch, als er seinem Geliebten zunickte. „Sind deine Vorgesetzten zufrieden?", fragte er und zog eine Augenbraue hoch, als Patrick sich auf die Bank gegenüber setzte, statt neben ihn. „Du hast ihnen reiche Beute gebracht."

„Neugierig darüber, wie ich das geschafft habe", gestand Patrick, „aber sehr zufrieden. Sie wollen immer noch mit Konstantin reden, aber die jüngsten Verhaftungen werden sie eine Weile lang beschäftigt halten." Obwohl er entschieden hatte, Alexej zu vertrauen, konnte er eine gewisse Schärfe in seiner Stimme nicht vermeiden, als er den Namen des *Vors* aussprach und er hielt den Blick fest auf Alexej gerichtet, um seine Reaktion zu sehen.

Also hatte er sich den Ausdruck auf Patricks Gesicht, als er Konstantin während des geplatzten Drogendeals zurückgehalten hatte, eine Mischung aus Überraschung und dem Verdacht, betrogen worden zu sein, doch nicht eingebildet. Es war eine knifflige Angelegenheit, Konstantin zu lenken, ohne dass er realisierte, dass er gelenkt wurde. Bisher war Alexej dieser Spagat weitestgehend gelungen; dass er dabei alle ihm zur Verfügung stehenden Mittel anwendete, war nichts über das Alexej mit seinem Geliebten reden wollte. „Konstantin war – erschrocken, als deine Männer kamen", erklärte Alexej. „Er ist impulsiv – handelt, ohne nachzudenken. Ist gefährlich. Ich musste ihn davon abhalten, Aufmerksamkeit auf sich zu ziehen."

Es war eine plausible Erklärung. Patrick kam sich dumm vor. Gleichzeitig aber war ein Teil von ihm immer noch wütend und verletzt und zweifelte an der Rolle, die der *Vor* in Alexejs Leben spielte. „Ich mochte es nicht, einen anderen Mann in deinen Armen zu sehen", gab er unverblümt zu, „egal aus welchem Grund."

Alexej erhob sich mit der Anmut eines jagenden Panthers. Sein Handtuch fiel zu Boden, als er die kleine Kabine durchquerte und vor Patricks Bank trat. Er stützte sich zu beiden Seiten von Patricks Kopf mit den Händen an der Wand ab und beugte sich vor, bis sein Atem warm über das Ohr des jüngeren Mannes strich. „Vergiss Konstantin", murmelte er und seine Lippen berührten hauchzart die kurzen Bartstoppeln auf Patricks Wange. „Er bedeutet mir nichts." Als Patrick den Mund öffnete, um zu protestieren, brachte Alexej ihn mit seinen Lippen zum Schweigen. Seine Zunge glitt heiß und hungrig in den Mund seines Geliebten, stahl seine Stimme und seinen Atem mit der Leidenschaft des Kusses.

Jeder Gedanke an Konstantin schwand sowie jeder Gedanke an irgendetwas, das nicht das Gefühl von Alexejs Lippen auf seinen war. Patrick packte Alexejs Hüften und zog seinen Geliebten hinunter auf seinen Schoß, bis Brust an Brust lag und Haut an Haut. Das nach dem Einsatz immer noch durch seine Adern pumpende Adrenalin machte ihn spitz wie Nachbars Lumpi und Alexej machte keine Anstalten, ihn aufzuhalten. Patrick zerrte an seinem Handtuch, bis er es zwischen ihren Körper herausziehen konnte und zog Alexej noch näher an sich, bis nicht einmal mehr Luft zwischen ihnen war. Er stöhnte, als die Erektion seines Geliebten gegen seine eigene rieb. Wie es schien, war Alexej ebenso spitz wie er.

Patricks ungehemmte Reaktion auf den Kuss war wie Zunder auf dem Reisig von Alexejs Begehren – ein Begehren, das nur dieser eine Mann jemals ganz befriedigen konnte. Alexej sank tiefer, Knie auf die hölzerne Bank gestützt und küsste Patrick, sog an seiner Zunge und lockte sie dann in seinen Mund. Er drängte seine Hüften vor und seine Eichel strich über den schweißfeuchten Bauch seines Geliebten. Patrick stöhnte und Alexej spreizte die Knie weiter, presste ihre Körper noch enger zusammen und Patricks steifer Schwanz glitt zwischen Alexejs Pobacken. Patrick stöhnte erneut und warf den Kopf so heftig zurück, dass er gegen die gekachelte Wand hinter ihm schlug. Alexej umfasste den Hinterkopf seines Geliebten mit einer Hand, während er seinen Mund über die harten, gespannten Sehnen in Patricks Hals gleiten ließ. Seine Hüften schoben sich dabei ein kleines Stück nach hinten und Patricks Schaft rieb sich an ihm, was ihnen beiden ein Keuchen entlockte.

Nicht einmal der dumpfe Schmerz in seinem Hinterkopf konnte das heiße Begehren dämpfen, das Patrick wie ein Blitzstrahl durchzuckte, als seine Erektion gegen Alexejs feuchten Hintern rieb. Er hatte sich damit abgefunden, dass er bei Alexej immer der Passive sein würde. Der unerwartete Positionswechsel jetzt erfüllte ihn mit der Sehnsucht, sich im Körper dieses Mannes zu vergraben. Alexej würde so heiß sein, ihn so eng umschließen ... Patricks Hände auf Alexejs Schultern zuckten, umfassten sie fester, als Alexej sich an ihn drängte, sich an ihm rieb. Seine Selbstbeherrschung hing am seidenen Faden und er kämpfte gegen den Orgasmus an, der sich bereits in ihm aufbaute. „Ljoscha!", keuchte er.

Alexej schauderte, bereits so erregt, dass er allein dadurch kommen konnte, sich an Patrick zu reiben. Aber so gut es sich auch anfühlte, Patricks schweißfeuchter Körper vor sich und sein harter, heißer Schwanz hinter sich; Alexejs Körper schmerzte in dem Verlangen, sich in Patrick zu ergießen. „Leg Beine um mich", krächzte er heiser. Patrick kam dem Befehl nach und durch den geänderten Winkel drückte sich Patricks Eichel gegen seine Öffnung. Unwillkürlich erstarrte er, spannte die Muskeln an und Patricks Körper bäumte sich mit einem leisen Aufschrei unter ihm auf. Heißer Samen floss durch Alexejs Gesäßfalte, ließ Patricks Schwanz noch leichter durch sie hindurchgleiten.

Die Muskeln in Patricks Oberschenkeln zitterten, als er sich bemühte, die Beine um Alexejs Taille geschlungen zu halten. Der plötzliche, unerwartete Orgasmus hatte die Reste des Adrenalins in seinem Körper verbrannt und ihn kraft- und willenlos zurückgelassen. Er sackte zusammen, ließ sich seitlich hinunter auf die Holzbank sinken; seine Arme, die noch immer um Alexejs Hals lagen, zogen seinen Geliebten mit sich und auf ihn hinunter. Die harte Erektion des Mannes drückte sich gegen seinen Bauch. „Du bist gar nicht gekommen", bemerkte Patrick benommen und versuchte, seine Hände zu zwingen, ihm zu gehorchen, damit er seinen Geliebten befriedigen konnte.

Alexej fuhr mit der Hand über die anmutige Linie, die die Hüfte seines Geliebten formte und sank zwischen seine geöffneten Schenkel. Narbige Finger berührten die Stelle, wo sich Oberschenkel und Gesäß trafen, dann glitten sie weiter, in die lockende, dunkle Spalte. Ein Beben durchlief den erschöpften Körper unter ihm bei der Berührung; es verstärkte nur Alexejs Verlangen danach, es um seine Erektion herum zu spüren. Er verlagerte sein Gewicht und brachte sich in Position, um in die lockende Hitze einzutauchen, aber dann fluchte er und richtete sich auf. Alles in ihm widerstrebte es, sich von Patrick zu lösen und sei es auch nur für den kurzen Moment, um Kondom und Gleitgel vom Regalbrett auf der anderen Seite des von Dampfschwaden gefüllten Raums zu holen.

„Nicht", murmelte Patrick. Er hielt Alexej fester, als er spürte, wie er versuchte sich loszumachen. „Wir brauchen sie nicht. Du hast gesagt, dass du negativ bist. Liebe mich einfach." Sein Schwanz zuckte bei dem Gedanken, Alexej ohne ein Hindernis zwischen ihnen in sich zu spüren.

„Bist du sicher?", fragte Alexej eindringlich, obwohl sein Puls schneller ging bei der Vorstellung, ohne auch nur die dünne Latexhülle in Patrick hineinzusinken und ihn zu nehmen, nicht im Zorn diesmal, sondern in –

Alexej unterbrach den Gedanken, bevor er ihm zum Ende folgen konnte und seine hellen Augen blickten tief in Patricks dunkle, auf der Suche nach einem Zeichen von Zögern oder Zweifel.

Patrick erwiderte seinen Blick fest. „Ich bin sicher." Wie um seinen Worten Nachdruck zu verleihen, stieß er seine Hüften hoch, gegen Alexejs.

So sehr er sich auch danach sehnte, dem Locken seines Geliebten zu folgen, Alexej wollte nichts tun, das ihn an die Brutalität erinnerte, mit der er Patrick das erste Mal ungeschützt genommen hatte. Er griff nach hinten, in seine Gesäßfalte und seine Finger glitten über Patricks Schwanz, als er sie durch die sämige Flüssigkeit zog. Er legte seine verschmierten Finger an den Eingang zum Körper seines Geliebten und drückte sanft. Langsam sanken sie hinein und er drehte und spreizte seine Finger, bis sich der enge Muskelring lockerte. Dann schob er sie tiefer und rieb mit einer rauen Fingerspitze über den Knubbel von Patricks Prostata. Ein selbstzufriedenes Lächeln zog sich über Alexejs Gesicht, als er spürte, wie der schlanke Schaft hinter ihm zuckte und erneut steif wurde.

Alexej hätte sich keine Sorgen machen müssen – was auf dem Boot geschehen war, hätte Patricks Gedanken nicht ferner sein können, so zärtlich und behutsam berührte sein Geliebter ihn. Gierig wand er sich auf den in ihn eindringenden Fingern und drängte sich ihnen entgegen, als sie über seine Prostata tanzten. „Scheiße!", keuchte er, als Alexej besonders fest auf die sensible Stelle drückte. Er spürte, wie sein Schwanz steifer wurde, spürte, wie die ersten Lusttropfen hervorquollen. Er folgte Alexejs Beispiel, fing die Flüssigkeit mit den Fingern auf und rieb sie über die Erektion seines Geliebten. „In mich ... jetzt."

Mehr als bereit, dem Folge zu leisten, drang Alexej mit einem langen Stoß tief in Patricks willkommen heißende Hitze. Tiefer und tiefer sank er, doch selbst als sich seine Hoden gegen das Gesäß seines Geliebten drückten, war es nicht genug, war er nicht tief genug. Alexej vermutete, dass es niemals genug sein würde. Er zwängte seine Hände unter Patricks Pobacken und hob ihn leicht an, wodurch er den Bruchteil eines Millimeters tiefer sank. „Die Beine – auf meine Schultern", sagte er rau und stieß die Hüften vor, bewegte sich in der ihn fest umschließenden Passage und die feuchte, heiße Enge sandte Lustschauer durch seinen ganzen Körper.

Patrick beeilte sich zu tun, was Alexej ihm aufgetragen hatte. Die Verwundbarkeit dieser Position war eine neue Intimität, war ein weiteres Geschenk, das er seinem Geliebten machen konnte, zusätzlich zu dem, das er ihm jedes Mal gab, wenn sie zusammen waren. In dieser neuen Position drückte Alexejs Eichel direkt auf Patricks Prostata, was die Flamme wiedererwachenden Begehrens heller in ihm brennen ließ. „Ljoscha", stöhnte er, da er die Emotionen, die ihn erfüllten, nicht in Worte fassen konnte.

„Patja", erwiderte Alexej und zog sich zurück, bis nur seine dicke Eichel die nachgiebige Öffnung dehnte, dann stieß er erneut fest und tief in seinen Geliebten hinein. Das Gefühl um seinen bloßen Schwanz herum entlockte ihm ein gebrochenes Stöhnen. *Mein Patja*, erklärte sein Herz mit Nachdruck, auch wenn er diese Worte niemals würde laut aussprechen können. Seine Hüften fanden instinktiv ihren Rhythmus und er beugte sich vor und schloss die Lippen um eine braune Brustwarze, während der Besitzanspruch mit jedem Schlag seines Herzens durch seine Adern pulsierte. *Mein Patja. Mein Patja. Mein.*

Obwohl er bereits einmal gekommen war, erfüllte erneut heißes Begehren Patrick, das sich nicht eindämmen ließ. Alexejs Schaft rieb mit jeder Bewegung seiner Hüften über Patricks Prostata, sandte mit jeder Berührung neue Lustschauer entlang seiner Nerven und jeder direkte Treffer entrang Patrick ein Keuchen. Patrick vergrub seine Finger in Alexejs Haaren und hielt den Kopf des Russen an seiner Brust fest. Seine Brustwarzen waren außerordentlich empfindlich – ein Umstand, den viel zu viele seiner ehemaligen Liebhaber sich nie die Mühe gemacht hatten, herauszufinden. Alexej hatte es und das machte ihn in Patricks Augen nur umso liebenswerter. Wenn das überhaupt möglich war. Patrick bezweifelte es. Er war bereits unwiederbringlich und unsterblich verliebt, auch wenn er das nicht zugeben konnte, nicht einmal seinem Geliebten gegenüber. Er konnte nicht aussprechen, was in seinem Herzen brannte, aber er konnte andere Dinge sagen. „Ich liebe ... was du ... mit mir ... machst", brachte er stöhnend zwischen schweren Atemzügen hervor und warf den Kopf hin und her, als er dem zweiten Orgasmus näher und näher kam.

Liebe. Allein Patrick dieses Wort sagen zu hören, mit vor Leidenschaft bebender Stimme, reichte aus, Alexej abrupt und überwältigend zum Höhepunkt kommen zu lassen. Er wusste wohl, dass Patrick damit nur das körperliche Liebesspiel meinte. Aber jetzt, in diesem Moment, während er tief in seinem Geliebten vergraben war und nichts zwischen ihnen war, konnte Alexej nicht länger leugnen, was er empfand. *„Ja tebja ljublju"*, stöhnte er und nahm Patricks Mund in Besitz, als der Orgasmus über ihn hereinbrach und er sich in Patricks Körper ergoss. Seine Hüften zuckten, ihr Rhythmus stotterte, aber er bewegte sich weiter, durch die Lustschauer hindurch, die ihn durchströmten, bis er seinen Geliebten mit sich riss und die heftigen Kontraktionen um seinen Schwanz herum seinen eigenen Orgasmus nur noch intensiver machten.

Durch den Schleier befriedigter Leidenschaft hindurch drang langsam die unnachgiebige Härte der Fliesen in Patricks Bewusstsein und er versuchte, eine bequemere Position zu finden.

Als Patrick begann, unter ihm hin und her zu rutschen, schüttelte Alexej die durch den Orgasmus hervorgerufene Trägheit ab und hob behutsam die Beine seines Geliebten von seinen Schultern. Dann drehte er sie so, dass sie miteinander verbunden bleiben konnten und streckte sich auf Patrick aus. Die Realität würde sie noch früh genug wieder einholen – er wollte diese seltenen Momente intimster Verbundenheit so lange hinauszögern, wie er konnte. Er streckte einen Arm in Richtung Boden aus, angelte sich eines der herumliegenden Handtücher und schob es wie ein Kissen unter Patricks Kopf. „Besser?", fragte er und in seiner leisen Stimme lag nicht einmal die Andeutung seines sonst fast schroffen Tonfalls.

„Ja", murmelte Patrick. „Danke." Die überraschende Zärtlichkeit hatte jedoch unerwünschte Folgen, rief sie ihm doch die qualvollen Bilder von Konstantin in Alexejs Armen wieder vor Augen. Alexej hatte Konstantin beinahe genauso umfasst gehalten, wie er jetzt Patrick hielt. Patrick hielt sich vor, dass es dafür eine Menge plausibler und nachvollziehbarer Gründe geben konnte. Er hoffte nur, dass einer davon Alexejs Grund gewesen war.

„Was bedeutet dir Konstantin?", fragte er leise und bemühte sich, jeden Anflug von Anschuldigung aus seiner Stimme herauszuhalten. Den Schmerz allerdings konnte er nicht unterdrücken und er schwang in seinen Worten mit. „Und sag mir nicht, dass er dir nichts bedeutet. Du beschützt ihn viel zu sehr, als dass er dir nichts bedeutet."

„Konstantin ist jetzt Oberhaupt der Familie. Ist meine Aufgabe, ihn zu beschützen", antwortete Alexej so wahrheitsgetreu er konnte. Er war sich der Dinge, die er nicht sagte, nur zu bewusst. Es war ihm zuwider, diese Täuschung aufrechterhalten zu müssen, aber das Risiko war einfach zu groß. Nicht zuletzt für Patrick, sollten die *Vory* auf ihn aufmerksam werden.

„Ich hätte ihn heute Abend einfach auch verhaften sollen", murmelte Patrick. Es hasste es zusehen zu müssen, wie sich Alexejs entspannte Miene wieder verschloss, seine Züge hart wurden und ihn aussperrten. „Er ist genauso mies wie die anderen Männer, die wir festgenommen haben, wenn nicht sogar schlimmer. Und ich muss ihn immer noch finden und für eine Befragung aufs Revier bringen. Wenn nicht heute, dann morgen."

„Ich sorge dafür, dass er kommt und Fragen beantwortet, aber du musst verstehen. Konstantin ist als *Vor* geboren", versuchte Alexej zu erklären. Er fragte sich, ob Patrick jemals wirklich verstehen konnte, was das bedeutete.

„Ist Geburtsrecht für ihn. Ist alles, was er kennt. Alles, was man ihn gelehrt hat." Er atmete tief aus und schob sich die Haare aus der Stirn. „Auf gewisse Art befolgt er immer noch Befehle." Dass das von nun an *seine* Befehle sein würden statt Fjodors und dass er tun würde, was er konnte, um die schlimmsten Grausamkeiten von Fjodors Regime abzumildern oder umzukehren, ohne den Verdacht seines unberechenbaren Herrn oder der anderen Oberhäupter der *Vory* zu erregen – das war nichts, das Alexej seinem Geliebten gestehen konnte. Nicht, wenn er hoffte, Patrick jemals wiederzusehen und er wusste nicht, wie er weitermachen konnte, wenn er Patrick jetzt verlor.

„Das macht ihn nicht weniger verwerflich", entgegnete Patrick. Er war allerdings auch nicht so gefühllos, dass er kein Mitgefühl für den anderen Mann aufbringen konnte. „Lieber Gott, Alexej! Die Dinge, die er dir befohlen hat zu tun! Kannst du ihm das wirklich alles einfach so vergeben? Es ignorieren? Ich weiß, dass du nicht der eiskalte Bastard bist, der du vorgibst zu sein. Ich konnte es ja noch verstehen, als sein Vater noch mit im Spiel war und er dich bestrafen konnte, wenn du versagst, aber … Lass mich ihn verhaften. Damit wärst du frei! Frei von ihm, von ihnen allen."

Alexej rollte sich von Patricks Körper herunter auf die Seite und setzte sich auf. Er konnte dem flehenden Blick seines Geliebten nicht begegnen. Er würde niemals frei sein von der *Vory*, nicht ganz, aber das konnte er Patrick nicht erklären. „Ist nicht so einfach", sagte er barsch. „Ich bin nicht besser als Konstantin – schlimmer. Er zumindest hatte keine Wahl, zu werden, was er ist."

„Hattest du sie denn?", fragte Patrick herausfordernd und setzte sich ebenfalls auf, sodass sie Seite an Seite auf der Kante der Holzbank saßen. Er weigerte sich zu glauben, dass Alexej der größere Kriminelle der beiden war. „Dem wenigen nach zu urteilen, das du mir erzählt hast, scheint deine einzige Wahl die gewesen zu sein, ein *Vor* zu werden, statt einfacher Leibwächter zu bleiben. Und ich mag ganz und gar nicht glücklich darüber sein, dass du diese Wahl treffen musstest – ich mag es verabscheuen, dass du diese Wahl treffen musstest – aber ich verstehe es. Aber jetzt hast du die Chance, dich aus dieser vertrackten Situation zu befreien, in der wir beide stecken. Oder willst du das nicht? Ich dachte –" Patrick klappte den Mund zu und verstummte. Er wagte nicht zu sagen, dass er geglaubt hatte, Alexej würde seine Träume einer gemeinsamen Zukunft teilen, wie aussichtslos auch immer sie sein mochten. Sicher, Alexej hatte nie etwas dergleichen gesagt oder auch nur angedeutet, aber ihre letzten Treffen hatten Patrick hoffen lassen. Wie es aussah, hatte er sich getäuscht.

„Tut mir leid, entschuldige. Ich sollte es besser wissen, als von Annahmen auszugehen." Mit hängenden Schultern stand Patrick auf. „Ich werde tun, was ich kann, damit Konstantin nicht verhaftet wird. Aber es gibt nicht sehr viel, das in meiner Macht steht, besonders, wenn seine Akte auf einem anderen Schreibtisch als auf meinem landet." Er hob das Handtuch auf, das Alexej unter seinen Kopf geschoben hatte und schlang es sich um die Hüfte. „Du gehst jetzt besser zu ihm zurück. Er wird sich sonst fragen, wohin du verschwunden bist."

Alexej konnte spüren, wie Patrick sich innerlich zurückzog und es zerrte an etwas in seiner Brust, von dem er geschworen hätte, dass es lange tot war, bevor er dem jungen Polizisten begegnet war. „Konstantin ist nichts", wiederholte er und stand auf. Ein tätowierter Finger strich über Patricks glatte Wange. „Er bedeutet mir nichts", wiederholte Alexej, obwohl das nicht ganz der Wahrheit entsprach. Aber er konnte den Wirrwarr aus Emotionen, die er für den jüngeren *Vor* empfand nicht erklären, ohne Geheimnisse preiszugeben, die er nicht preisgeben durfte.

„Wenn das wahr ist", sagte Patrick und wandte sein Gesicht in die Berührung, suchte die Bestätigung, die er so dringend brauchte, „warum willst du ihn dann nicht verlassen? Es muss doch niemand wissen, dass du mir geholfen hast." Er war sich bewusst, dass er bettelte und auch, wie erbärmlich und schwach ihn das in Alexejs Augen machen musste. Aber er konnte förmlich spüren, wie ihm die Zukunft entglitt, die sie miteinander haben konnten. Er hätte nicht sagen können, warum er so empfand, aber ein Instinkt sagte ihm, dass dies seine einzige Chance war und dass jede Hoffnung darauf, Alexej von den *Vory* zu lösen, verloren war, wenn er jetzt zurückkehrte.

Alexej hätte in dem Moment alles gegeben, um Patrick die Wahrheit sagen zu können – alles, außer der Rache, die jahrzehntelang das einzige gewesen war, das ihm im Leben geblieben war, sein einziges Ziel. Der einzige Grund, um weiterzuleben – bis jetzt. Er schloss die Augen und ließ die Hand sinken. Er öffnete sie wieder, begegnete Patricks flehendem, angstvollem Blick und gab ihm alles, was er ihm geben konnte, wohl wissend, dass es nicht genug war. „Ich kann nicht. Es gibt etwas, das ich tun muss, das ich erreichen muss." Er atmete tief durch und setzte dann alles auf seine nächsten Worte. „Kannst du mir vertrauen?"

12

KONSTANTIN WARTETE bereits in seiner Wohnung, als Alexej aus dem Fitnessstudio kam. Alexej war froh, dass er dort noch schnell geduscht hatte, nachdem Patrick gegangen war. Konstantin war nach Fjodors Verhaftung und dem geplatzten Drogendeal ängstlich und unruhig; allein Alexejs Beharren darauf, dass es Dinge gab, die er erledigen musste, bevor sie planen und reden konnten, hatte ihn misstrauisch gemacht. Nach Sex stinkend nach Hause zu kommen, war da das letzte, was Alexej brauchte.

„Wo warst du?", wollte Konstantin dann auch sofort wissen, kaum dass er durch die Tür trat. „Wir hatten Bullen im Elektroladen. Zu Hause auch. Fast ich wäre nicht entkommen."

„Ich habe aufgeräumt hinter dir", fuhr Alexej ihn an. Die Zeit des Katzbuckelns vor Konstantins Launen war vorbei. Der Trick würde es jetzt sein, Konstantins instinktiven Gehorsam vor der Autorität seines Vaters auf Alexej zu übertragen und Konstantin zu führen, ohne dass er sich dessen gewahr wurde. „Siehst du jetzt, warum *Vory* Drogen nicht anfassen? Wenn sie dich wegen Drogenbesitz und geplantem Verkauf von Drogen verhaften, ist gesetzliche Mindeststrafe zehn Jahre. *Zehn Jahre*, Konstantin. Bedeutet Anklage vor Bundesgericht, nicht örtlichem Gericht." Er erlaubte es seiner Stimme, weicher zu werden. „Du bist jetzt Haupt der Familie, Konstantin. Ist Chance für dich zu beweisen, was du kannst, wenn dein Vater sich nicht einmischt. Du und ich, Kostja. Zusammen, wir zeigen es allen."

„Entschuldigung, Ljoha", sagte Konstantin und schlang einen Arm um Alexejs Schultern. Alexej war sich nicht sicher, was der Grund für Konstantins plötzliche Zerknirschung war – die Aussicht auf eine lange Haftstrafe oder die Verlockung, sich ohne die Kontrolle seines Vaters zu beweisen. Letztendlich war es auch egal, er konnte mit beidem arbeiten. „Ich sollte auf dich hören, *da*? Also, was tue ich jetzt?"

Alexej legte seinerseits einen kameradschaftlichen Arm um Konstantin. „Ich spreche nach Razzia mit Polizei. Sie haben Fragen über deinen Vater. Ist am besten, du wartest nicht, bis sie dich holen kommen, sondern gehst selber zu ihnen. Beweise ihnen, dass du nichts zu verbergen hast."

„Nichts zu verbergen?", wiederholte Konstantin. „Wir haben viel zu verbergen. Was ist mit meinem Vater?"

„Du bist *Vor* – du sagst ihnen nichts", versicherte Alexej ihm. „Egal, was sie dich über deinen Vater fragen, du weißt nicht, wovon sie reden. Wenn sie fragen, wo du in Nacht warst, als *Politsija* ermordet wurde, du sagst ihnen, du warst mit mir zusammen."

„*Da*", sagte Konstantin langsam. „Wenn ich Familienoberhaupt werde, hilfst du mir dann immer noch? Wir werden Partner sein, *da*?"

„Du bist jetzt Oberhaupt der Familie, Konstantin. Fjodor hat Bullen getötet, sie werden ihn nicht ungestraft gehen lassen. Du musst klüger sein als er und keine Fehler machen." Alexej drückte Konstantins Schulter und verdrängte die Erinnerung an Patrick und seine Frage, was Konstantin ihm bedeutete. „Ich bin für dich da, was immer du brauchst. Partner, *da*."

„Also gehen wir jetzt?", fragte Konstantin. „Bevor sie auch hier nach mir suchen?"

„Ist gute Idee", sagte Alexej zustimmend. „Ich hole Auto und fahre dich."

Alexej nutzte die Fahrt zur Hauptwache dazu, Konstantin einzurichten, woran er denken musste, wenn er es mit der Polizei zu tun hatte. „Sie werden versuchen, dich zu täuschen, dir Falle zu stellen. Sag ihnen nichts. Wenn sie nach deinem Vater fragen, du weißt nichts von seinen Geschäften. Wenn sie dich fragen, wo du warst, als der Bulle erschossen wurde, du warst mit mir zusammen. Vergiss nicht, Konstantin."

„*Da, da*", erwiderte Konstantin hörbar ungeduldig. „Ich tue, was du sagst."

Alexej hoffte, dass die Ungeduld des jüngeren Mannes nicht alles zerstörte, aber es lag außerhalb seiner Kontrolle. Er musste Konstantin allein aufs Revier gehen lassen und auf das Beste hoffen. „Lass deine Waffen hier", befahl er Konstantin, bevor er aus dem Wagen steigen konnte. Als Konstantin verdrießlich seine Pistole hervorzog, verstaute Alexej sie sicher im Stauraum zwischen den Sitzen. Dann suchte er sich einen freien Parkplatz und bereitete sich darauf vor, zu warten.

Er rechnete damit, ebenfalls zu einer Befragung gebeten zu werden, sobald Konstantin der Polizei sagte, dass er in der Nacht, in der der Detective erschossen worden war, mit Alexej zusammen gewesen war. Aber das Wissen beunruhigte ihn nicht – er hatte in der Vergangenheit weitaus brutalere Befragungsmethoden überstanden als alles, was die amerikanische Polizei mit ihren Rechten und aufgezeichneten Befragungen versuchen konnte. Und wenn sich seine Aussage mit Konstantins deckte, entkräftete das alle Anschuldigungen, die Fjodor gegen ihn vorbrachte.

Es war zu erwarten, dass er das tat. Fjodor war nicht dumm. Als die Waffe, die er in Alexejs Wohnung deponiert hatte, in seinem eigenen Auto aufgetaucht war, zusammen mit dem Portemonnaie des toten Bullen und einem Päckchen Drogen, das Alexej aus Konstantins Stash entwendet hatte, musste er gewusst haben, dass Alexej seine Finger im Spiel hatte. Aber auch das beunruhigte Alexej nicht. Auf der Waffe mochten keine Fingerabdrücke sein, aber Konstantin hatte gesehen, wie Fjodor das Portemonnaie des Mannes, den er erschossen hatte, geöffnet und dann wieder in die Tasche des Toten gesteckt hatte. Wenn jetzt noch der ballistische Bericht bestätigte, dass die Kugeln, die den Detective getötet hatten, aus eben jener Waffe stammten, dann hatte Fjodor keine Möglichkeit mehr, sich doch noch irgendwie aus einer Verurteilung herauszuwinden. Im besten Fall bedeutete das für ihn lebenslange Haftstrafe, im schlimmsten Fall die Todesstrafe.

Alexej verspürte keinerlei Reue über seinen Anteil an der Sache. Fjodor würde bezahlen. Der alte *Vor* hatte weitaus mehr Verbrechen auf dem Kerbholz als nur diesen einen Mord. Rache mochte keinen Toten ins Leben zurückbringen, aber sie war ihre eigene, bittere Form der Befriedigung.

Und sollte Konstantin im Verhör zusammenbrechen und zugeben, nicht mit Alexej zusammen gewesen zu sein, dann hatte er andere Möglichkeiten, die eigene Haut zu retten.

Es dauerte beinahe zwei Stunden, bis Konstantin zurückkehrte. „Sie wollen mit dir sprechen. Ich gebe ihnen deine Nummer."

Wie aufs Stichwort klingelte Alexejs Handy.

„Boczar."

„Mr Boczar, hier spricht Detective Li von der Chicagoer Polizei. Wir würden gerne in einer Fjodor und Konstantin Wolkow betreffenden Angelegenheit mit Ihnen sprechen."

„Ich bin immer bereit, Polizei zu helfen", sagte Alexej. „Soll ich zu Ihnen kommen?"

„In die Hauptwache der Area 3 in Belmont, bitte."

„Ich werde in einer Stunde da sein", antwortete Alexej. Ja, er saß gerade auf dem Parkplatz des Gebäudes, aber er musste erst Konstantin nach Hause bringen. Er wollte nicht, dass Konstantin in der Nähe war, wenn er mit den Bullen sprach.

Der Detective dankte Alexej und legte auf.

„Was passiert jetzt?", wollte Konstantin wissen.

„Jetzt fahre ich dich nach Hause." Alexej startete den Wagen und fuhr vom Parkplatz auf die Belmont Avenue. „Morgen wird arbeitsreicher Tag sein. Du musst dich jetzt um alles kümmern. Ich werde da sein und dir helfen", fügte er hinzu, als er den panischen Ausdruck auf Konstantins Gesicht sah. „Du wirst deinem Vater zeigen, du wirst allen *Vory* zeigen, was Konstantin Wolkow kann."

„*Da*, Ljoha", stimmte Konstantin mit einem breiten Lächeln zu. „Wir werden es ihnen allen zeigen. Wir werden mächtigste Familie in Chicago."

Alexej unterließ es, die Augen zu verdrehen. Mit Fjodors Verhaftung hatte er die eine Hälfte seines Versprechens erfüllt. Jetzt musste er seinen neuen

Boss nur so lange unter Kontrolle halten, bis er auch die andere Hälfte erfüllen konnte.

Nachdem er Konstantin zu Hause abgesetzt hatte, kehrte Alexej zur Hauptwache zurück. Er parkte und verstaute seine eigenen Waffen, wie er es vorher Konstantin befohlen hatte. Er hoffte, dass er Patrick nicht über den Weg lief, wobei der Detective so spät abends vermutlich nicht mehr im Dienst war. Er wollte nichts tun, das die Karriere seines Geliebten in Gefahr bringen konnte.

„Kann ich Ihnen helfen?"

„Alexej Boczar. Detective Li möchte mich sprechen."

„Einen Augenblick, Mr Boczar", sagte der Rezeptionist. „Ich lasse Detective Li wissen, dass Sie hier sind."

Ein paar Minuten später erschien ein schlanker, asiatischer Detective, der ihn durch einen Metalldetektor schickte, bevor er ihn die Treppen hinauf in ein leeres Büro führte. „Dies ist kein offizielles Verhör, Mr Boczar", erklärte er. „Sie sind keines Verbrechens beschuldigt. Wir möchten Ihnen nur ein paar Fragen stellen bezüglich Ihrer Arbeit für Fjodor Wolkow."

„Ich beantworte, was ich kann", versicherte Alexej ihm.

„Zuerst einmal, können Sie uns sagen, wo Sie sich letzten Mittwoch zwischen zehn Uhr abends und zwei Uhr morgens aufgehalten haben?"

Alexej ließ sich keine Reaktion ansehen, aber sein Magen verkrampfte sich, als die Frage die Erinnerung daran wachrief, wie es sich anfühlte, mit Patrick in seinen Armen zu schlafen. „Ich war ganzen Abend zusammen mit Konstantin Wolkow, in seiner Wohnung. Er ist mein Arbeitgeber."

„Das ist nicht das, was Fjodor Wolkow uns sagt. Er behauptet, dass Konstantin Wolkow mit ihm zusammen war."

Alexej zuckte die Schultern. „Ich kann nicht kontrollieren, was Fjodor sagt. Ich weiß nur, wo ich war."

„Er sagt außerdem, dass er Konstantin beiseite genommen hat und ihn für seine Drogengeschäfte mit den Tschetschenen zur Rede gestellt hat. Er sagt weiterhin, dass Sie in seinem Elektronikgeschäft waren, als Detective Stachowitz ermordet wurde."

„Er irrt sich oder vielleicht hat er Grund zu lügen." Alexej hätte diese Farce ganz einfach damit beenden können, dass er zugab, mit einem der Detectives zusammen gewesen zu sein. Aber damit würde er Patricks Karriere gefährden und das würde er niemals tun. Außerdem war es nicht nötig.

Als wäre der Gedanke das Stichwort gewesen, öffnete sich die Tür und ein Achtung gebietender, schwarzer Detective kam mit energischen Schritten herein.

„Lieutenant Graves", stammelte Li angesichts des wütenden Blicks des ranghöheren Beamten.

„Was geht hier vor sich, Detective?", bellte Graves. „Haben Sie die Notiz auf Mr Boczars Akte nicht gesehen, dass man mich informieren soll, wenn er vorgeladen wird?"

Li blätterte fahrig durch die Aktenmappe vor ihm auf dem Schreibtisch. „Ich habe keine Notiz gesehen, Lieutenant. Ich wusste nicht, dass Sie auch mit diesem Fall zu tun haben, sonst hätte ich Sie augenblicklich informiert."

„Nun, Sie wissen es jetzt, Detective." Der größere Mann verschränkte die Arme, während Li hastig auf die Füße kam und zur Tür eilte. „Ab hier übernehme ich."

13

„KANNST DU mir vertrauen?"

Alexejs Worte hallten Patrick tagelang in den Ohren wider. Er hatte nicht gewusst, wie er darauf antworten sollte. Letztendlich war er ehrlich gewesen und hatte gesagt, dass er das nicht wusste. Seitdem verfolgte ihn diese Frage und ließ ihn nicht los. Reba Thames hatte er gesagt, dass er Alexej vertraute, ja. Aber es war eine Sache, seinen Informationen zu vertrauen und eine ganz andere, ihm blind seine Karriere, seine Zukunft und sein Leben anzuvertrauen. Es gab keinen Grund, Alexej zu vertrauen, aber eine Menge Gründe, es nicht zu tun. Die Sterne auf den Schultern des Russen waren nur zwei davon. Und dennoch. Allen Beweisen zum Trotz, ungeachtet aller Gründe, nein zu sagen, hatte er an jenem Abend ja sagen wollen.

Und jetzt …

Jetzt war alles anders. Er hatte gehört, dass der alte Wolkow Alexej beschuldigte, Stachowitz erschossen zu haben und der Gedanke daran, dass Alexej für einen Mord ins Gefängnis wanderte, den er unmöglich begangen haben konnte, war zu viel für Patrick. Er war zu seinem Captain gegangen, fest entschlossen, Alexej ein Alibi zu geben, das sie nicht ignorieren oder widerlegen konnten. Es war ihm nicht einmal in den Sinn gekommen, darüber nachzudenken, was das für seine Karriere bedeuten konnte, da eine Verurteilung in einem Polizistenmord die Todesstrafe nach sich ziehen konnte. Er hatte das Büro seines Captains betreten, um ihm zu sagen, dass Alexej den Mord unmöglich hätte begehen können. Die Reaktion seines Captains war ein Schock gewesen. Er musste mit Alexej reden.

Patrick nahm sein Handy in die Hand, wählte die Nummer seines Geliebten und wartete.

Alexej verbiss sich einen Fluch, als das Handy in seiner Hosentasche piepte. Es gab nur eine Person, die ihn anrufen konnte. Zwei Tage waren vergangen, seit er Patrick das letzte Mal gesehen hatte und er hatte angefangen sich zu überzeugen, dass Schweigen die einzige Antwort war, die er auf die Frage bekommen würde, die er gestellt hatte, bevor sie sich getrennt hatten. Sicher, er hatte nichts anderes erwartet, aber Hoffnung war wie Unkraut. Egal, wie oft man es mit den Wurzeln ausriss, es weigerte sich zu sterben.

Das Handy piepte erneut und Konstantin warf ihm einen misstrauischen Blick unter gesenkten Augenbrauen hervor zu. Mit einem Schulterzucken stellte Alexej die Kiste mit den Elektrowaren, die er entladen hatte, aufs Dock. Er vermutete, dass Konstantin ihm zum einen diese körperlichen Arbeiten auftrug, weil er seine Muskeln spielen sehen wollte und zum anderen, um Alexej an seinen Platz zu erinnern. Alexej grub in seiner Tasche nach dem immer noch piependen Handy, wobei er wie zufällig ein paar Schritte von dem jüngeren Russen wegtrat.

„Boczar", sagte er barsch.

„Ich war mir nicht sicher, ob du drangehen würdest", sagte Patrick mit einem Seufzen der Erleichterung. „Ich war mir nicht sicher, ob du überhaupt noch mit mir reden willst. Ist es sicher für dich, kannst du reden?" Das war nie selbstverständlich gewesen, aber jetzt wusste Patrick, *wie* groß die Gefahr war, der Alexej ins Auge blickte.

Es gab so vieles, das er Patrick sagen wollte, so vieles, das er fragen wollte, aber Alexej wusste die Diskretion seines Geliebten zu schätzen. Oder konnte er Patrick noch seinen Geliebten nennen? Vielleicht rief er nur an, um Alexej zu sagen, dass er zu einer Entscheidung gekommen war – der einzig möglichen Entscheidung, die er von einem Polizisten erwarten konnte. Sich Konstantins argwöhnischer Blicke nur zu bewusst, murmelte er ein knappes: „Nein."

„Dann triff dich heute Abend mit mir", bat Patrick, „wann immer du von da weg kannst." Schnell nannte er ihm seine Adresse und fügte hinzu: „Meine Wohnung ist sicher. Wir können hier ungestört reden. Heute Abend, Ljoscha."

„Okay, okay", antwortete Alexej unbewegt, während er sich die Adresse einprägte. Dann klappte er das Handy zu und warf es auf seinen abgelegten Mantel. „Verwählt", beantwortete er Konstantins stumme Frage, bevor er einen weiteren Karton von der Ladefläche des LKWs hob.

Das abrupte Ende des Telefonats beunruhigte Patrick. Alexej hatte gesagt, dass er nicht reden konnte, weil es nicht sicher war, aber das konnte vieles bedeuten und nichts davon war gut. Und selbst, wenn es nur bedeutete, dass er nicht allein war, dann war er doch mit hoher Wahrscheinlichkeit mit Konstantin zusammen. Ungewollt hob Eifersucht ihr hässliches Haupt und Patrick unterdrückte sie entschieden. Alexej hatte schon genug um die Ohren, ohne dass noch Patricks irrationale Ängste dazukamen, von einem anderen Mann ersetzt zu werden. Er rief sich ins Gedächtnis, dass sie einander keine Versprechen gemacht hatten – weder Treue noch sonst irgendetwas – und sah sich auf der Suche nach etwas, womit er sich beschäftigen konnte, bis Alexej kam, in seiner Wohnung um.

GEGEN EINEN Laternenpfahl gelehnt studierte Alexej das Gebäude mit Eigentumswohnungen, dessen Adresse Patrick ihm genannt hatte. Kein Zweifel, dass der Polizeibeamte hier wohnte. Alexej sagte sich wieder einmal, dass es am klügsten wäre, sich umzudrehen und zu gehen. Dass er immer noch hier stand, war der Beweis dafür, was für ein Narr er in Wirklichkeit war. Aber Patrick hatte ihn um ein Treffen gebeten – vertraute ihm genug, ihn zu sich nach Hause zu bitten – und Narr oder nicht, Alexej konnte diese Geste nicht zurückweisen, die so eindeutig Patricks Antwort auf seine Frage war.

Er stieß den letzten Zug seiner Zigarette aus, zerdrückte sie mit dem Absatz und überquerte die Straße.

Ein lautes Klopfen an der Tür ließ Patrick überrascht zusammenfahren. Er befahl sich, ruhig zu bleiben, ging durch den Raum zur Wohnungstür und spähte durch den Türspion, um zu sehen, wer geklopft hatte. Er konnte sein erleichtertes Lächeln nicht unterdrücken, als er Alexej entdeckte. Er öffnete die Tür weit und bedeutete dem Russen, hereinzukommen. „Ich war mir nicht sicher, ob du kommen würdest. Oder ob du bleiben willst, nachdem du gesehen hast, wo du hier bist", gab er zu.

Alexej sah sich in der Loft um. Sie war ganz anders als seine eigene, kleine Wohnung; sehr viel moderner und eindeutig teurer. „Du gehst großes Risiko ein, mich nach hier einzuladen", sagte er unbewegt. Innerlich kämpfte er gegen das Bedürfnis an, Patrick an sich zu ziehen. Erst wollte er wissen, wo sie jetzt standen.

„Das ist nichts im Vergleich zu dem Risiko, das du jeden Tag eingehst", gab Patrick zurück, der nicht vergessen konnte, was er über seinen Geliebten erfahren hatte. Er wollte die Hände nach Alexej ausstrecken, ihn in seine Arme ziehen und ihn beschützen, aber er wusste, dass der andere Mann das kaum begrüßen würde.

Alexej schüttelte mit einem Stirnrunzeln den Kopf. „Du hast immer gewusst, wie gefährlich es ist. Für uns beide, wenn man uns entdeckt. Mich einzuladen in dein Heim, macht Risiko nur größer."

„Von dem größten Risiko wusste ich nichts", erwiderte Patrick. „Ich habe heute Morgen mit meinem Captain gesprochen."

„Und was hat dein Captain gesagt?", fragte Alexej ruhig, trotz der Anspannung, die Patrick ausstrahlte. Im Stillen fragte er sich, ob ihre Beziehung doch irgendwie bekannt geworden war, trotz seiner Bemühungen, sie geheim zu halten.

Patrick schüttelte den Kopf über Alexejs Starrköpfigkeit. „Ich war bei ihm, um ihm zu sagen, dass du ein Alibi für Mittwochnacht hast. Aber bevor ich mehr sagen konnte, als dass du Stachowitz unmöglich hättest umbringen können, hat er mich unterbrochen und gemeint, dass ich schon die zweite Person wäre, die ihn daran erinnert, dass du einer von uns bist."

„Jemand macht Scherz auf deine Kosten", sagte Alexej ausdruckslos. Innerlich verfluchte er Graves dafür, nicht wie versprochen sein Wissen für sich behalten zu haben.

„Lieutenant Graves macht auf mich nicht den Eindruck von jemandem, der Scherze auf Kosten anderer macht", beharrte Patrick und machte einen Schritt auf Alexej zu, so als könnte er durch bloße körperliche Nähe die Wahrheit aus dem anderen Mann herausholen. „Ehrlich gesagt hat er mir einige sehr interessante Dinge über dich erzählt, als wir heute Morgen miteinander gesprochen haben."

„Alles gelogen", behauptete Alexej, obwohl ihm klar war, dass weiteres Leugnen zwecklos war.

Frustriert pflanzte Patrick sich direkt vor Alexej auf, sodass er ihn ansehen musste. „Ljoscha, ich weiß es", sagte er leise und mit Nachdruck.

Die Tatsache, dass Patrick noch mit ihm sprach, bedeutete, dass Graves ihm nicht alles gesagt hatte, was er hätte sagen können, dass er die schlimmsten Dinge verschwiegen hatte. Und selbst Graves wusste nicht alles. „Was ist es, das du glaubst, zu wissen?", fragte er schließlich erschöpft.

„Dass du ein Spion für Interpol bist, dass du für Fjodors Verhaftung verantwortlich bist, dass du der Polizei die Namen und Aufenthaltsorte einiger Frauen genannt hast, die Fjodor und Konstantin verschleppt und versklavt haben, damit die Polizei sie befreien kann", zählte Patrick auf.

Alexej fragte sich, ob Patrick immer noch so enthusiastisch sein würde, wenn er einige der unschöneren Dinge erfuhr, die Alexej getan hatte. „Selbst, wenn du recht hättest, ändert nichts", antwortete er mit schwerer Stimme. „Risiko ist zu groß."

„Du hast mich gebeten, dir zu vertrauen und das tue ich. Jetzt bitte ich dich dasselbe. Vertrau mir, deine Geheimnisse zu bewahren. Vertrau mir, dir zu helfen", flehte Patrick. Er konnte keinen anderen Weg für sie sehen.

„Du verstehst nicht", protestierte Alexej. Derzeit riskierte er nur sich selbst, sollten die *Vory* die Wahrheit über ihn herausfinden. Aber wenn Patrick in die Sache verwickelt wurde und sie Alexejs Rolle entdeckten, würde er ihn nicht schützen können. Das war ein Risiko, das Alexej nicht bereit war, einzugehen. Außerdem, je mehr Patrick über ihn erfuhr, desto wahrscheinlicher wurde es, dass er sich eines Tages angewidert von Alexej abwandte. „Du kannst unmöglich verstehen."

„Weil du es mir nicht erklärst!", explodierte Patrick und stieß Alexej gegen die Schultern. „Wie zum Teufel soll ich irgendetwas verstehen, wenn ich auf meine Fragen nur Ausflüchte und Halbwahrheiten bekomme?" Er schubste Alexej erneut, stieß ihn in Richtung Sofa. „Ich bin nicht einfach irgendein ahnungsloser Zivilist, vergiss das nicht. Das ist mein Beruf. Ich habe verdeckt ermittelt quasi seit ich bei der Polizei angefangen habe. Ich weiß, wie man diskret ist. Aber viel wichtiger ist, dass ich dich durch meine Ahnungslosigkeit in noch größere Gefahr bringen könnte, wenn du mir deine Aufgabe nicht erklärst." Mit einem letzten, harten Stoß zwang er Alexej gegen das Sofa und dem anderen Mann blieb keine Wahl, als sich hinzusetzen, als er mit den Kniekehlen gegen das Möbelstück stieß. „Rede mit mir! Hilf mir zu verstehen." Patrick folgte Alexej, ließ sich rittlings auf seinem Schoß nieder, sodass er nicht wieder aufstehen konnte. Augenblicklich wurde er sich des harten Körpers unter sich bewusst und erinnerte sich daran, wie es sich anfühlte, Alexejs Schwanz bis zum Orgasmus zu reiten. Aber Patrick schob das Bewusstsein beiseite. Erst mussten sie reden, mussten diese neue Situation zwischen sich klären, bevor sie wieder Sex haben konnten, sonst würde es nichts weiter sein als ein bedeutungsloser Fick, egal, was er sich vielleicht einreden mochte.

Alexejs Herz hämmerte wild bei Patricks befehlshaberischem Gebaren; der harte Schwanz, der sich gegen seinen Oberschenkel drückte, machte die Sache nicht besser. Alexej holte tief Luft. Er wusste, dass Patrick recht hatte. Er schuldete seinem Geliebten die Wahrheit, soweit er über sie reden konnte. Aber das wichtigste zuerst. „Ich vertraue dir", gestand er leise und hob eine Hand, legte sie auf Patricks, die seine Schulter gegen die Rückenlehne des Sofas drückte und verschränkte ihre Finger. „Ich wäre nach erstem Mal nicht wiedergekommen, wenn ich dir nicht vertraute."

„Dann rede mit mir", bat Patrick und drückte Alexejs Finger. Langsam kühlte sein Temperament wieder ab. Sie vertrauten einander, hatten einander von ihrer ersten Begegnung an vertraut – bis zu einem gewissen Grad. Sie hatten sich darin vertraut, den anderen nicht zu verraten, das, was zwischen ihnen war, was auch immer es sein mochte, nicht zu verraten. Die Worte jedoch jetzt laut ausgesprochen zu hören, zerstreute einige von Patricks Bedenken. Und vielleicht konnte Alexej mit einer Erklärung auch den Rest zerstreuen. „Hilf mir zu verstehen, was du tust und warum."

„Was willst du wissen?", fragte Alexej. Er hatte seine Geheimnisse zu lange bewahrt, um sie von sich aus preiszugeben, aber er hatte sich geschworen, dass er jede Frage, die Patrick stellte, beantworten würde. Er hoffte nur, dass sein Geliebter keine Fragen über Dinge stellte, von denen er nichts hören wollte.

„Wie viele von deinen Tätowierungen sind echt?", wollte Patrick wissen in angedacht der Dinge, die er sowohl von Alexej als auch durch eigene Recherchen über ihre Bedeutung herausgefunden hatte.

„Alle", antwortete Alexej mit einem grimmigen Lächeln. „In *Vory* bedeutet es Todesstrafe, Tätowierung zu tragen, die nicht verdient wurde."

„Versöhnlichkeit ist nicht gerade ihre Stärke, oder?" Patrick verzog das Gesicht. „Ich glaube nicht, dass sie sehr viel glücklicher darüber wären, wenn sie wüssten, dass du für die Behörden arbeitest."

Alexej neigte zustimmend den Kopf. „Ist Grund, warum ich es ihnen nicht sage."

„Mach darüber keine Witze", schalt Patrick. Ein eiskalter Schauer rann ihm über den Rücken bei der Vorstellung, dass sein Geliebter der Gnade der *Vory* ausgeliefert war. „Ich könnte es nicht ertragen, dich auf diese Weise zu verlieren." Er atmete tief durch und lehnte seine Stirn an Alexejs. „Wie lange?"

Alexejs Lippen zuckten. Manchmal war schwarzer Humor alles gewesen, was ihn das Leben in der Gefängnishölle hatte ertragen lassen. Manchmal dachte er, dass er diese Hölle nie ganz hinter sich lassen konnte. Er fragte sich, ob Patrick wohl die Tätowierungen auf seinen Füßen gefallen würden, die übersetzt so viel bedeuteten wie „Du kannst nicht schneller gehen als dein eigener Schatten." Aber das deutlich in Patricks Stimme mitschwingende Gefühl, erlaubte keine clevere Antwort.

„Wie lange was?", fragte er schließlich. „War ich in Gefängnis?"

„Wie lange bist du schon ein Spion?", präzisierte Patrick seine Frage, wobei ihn die andere Antwort ebenfalls interessierte.

„Lange." Alexej zuckte die Schultern. „Dauert lange Zeit, sich hochzuarbeiten dahin, wo ich jetzt bin."

Es hatte vor ihm andere Spione in der *Vory* gegeben, aber keiner von ihnen war in der Organisation weit genug aufgestiegen, um sich Sterne zu verdienen und sie konnten es sich nicht leisten, diesen Vorteil zu verschwenden. Es war nicht leicht gewesen, seine Führungsoffiziere bei Interpol davon zu überzeugen, aber es musste ein Vorteil für sie sein. Es musste von Nutzen sein. Er hatte fest darauf bestanden. Diesen Vorteil zu haben, musste all die Grausamkeiten wert sein, die er auf dem Weg dorthin begangen hatte.

Patrick nickte. Er wusste inzwischen genug, um den Wahrheitsgehalt dieser Aussage anzuerkennen. „Warum hast du dich entschieden, das zu tun?" Das war die Krux der Sache, der Dreh- und Angelpunkt und die einzige Frage, die Lieutenant Graves nicht hatte beantworten können.

„Ist lange Geschichte", warnte Alexej mit einem Nicken. Und es war keine, die er besonders gerne erzählen wollte und dem immer noch idealistischen jungen Mann auf seinem Schoß schon mal gar nicht.

„Wir haben die ganze Nacht lang Zeit. Wir sind sicher hier."

„Wir sind nirgendwo sicher!", schoss Alexej zurück, packte ihn an den Schultern und zwang Patrick, ihm in die Augen zu sehen. „Du kannst nicht einzigen Moment lang unachtsam sein, verstanden?" Seine Stimme war rau vor Emotion. „Ist Grund, warum es besser ist, dass wir nicht zusammen sind."

„Ich bin Polizist, schon vergessen?", entgegnete Patrick. Alexejs Griff war fest, aber Patrick weigerte sich, zusammenzuzucken und erlaubte es seinem Geliebten, so grob mit ihm umzugehen. Tatsächlich spürte er bereits, wie sein Körper darauf reagierte. Allerdings war es nur Alexej erlaubt, ihn so zu behandeln und niemandem sonst. „Ich kann schon auf mich selbst aufpassen und nein, es ist nicht besser, nicht zusammen zu sein. Ich bin bereit, vorsichtig zu sein und geheim zu halten, was wir tun. Aber ich werde dich nicht aufgeben. Das habe ich schon einmal versucht und es war … nicht schön. Also erzähl mir deine lange Geschichte. Ich möchte sie hören."

Mit einem resignierten Kopfschütteln lehnte Alexej sich gegen die lederne Rückenlehne zurück und zog Patrick neben sich auf das Sofa. Patrick lehnte sich an ihn und legte seinen Kopf auf Alexejs Schulter.

„Ich war fünfzehn, als ich erstes Mal ins Gefängnis gekommen bin", begann Alexej leise. „Mein Vater war Bauarbeiter. Ein Balken fiel auf ihn, er war verletzt. Konnte lange Zeit nicht arbeiten. Ich habe ein paar seiner Werkzeuge verkauft, weil wir Geld brauchten." Er zuckte mit der freien Schulter. Patricks Arm legte sich um seine Taille. „Werkzeuge gehören Regierung. Ich wurde wegen Diebstahl von Eigentum der Sowjetunion verurteilt."

„Fünfzehn", wiederholte Patrick mit einem Kopfschütteln. Er konnte sich vorstellen, wie Alexej als Junge gewesen sein musste, gerade an der Schwelle zum Mannesalter. Ein junger Mann, fast, der versucht hatte, sich seinem Vater zu beweisen in einer Situation, der er nicht gewachsen war und in einer Welt, die er nicht verstand. Er zog Alexej enger an sich, als ob er den Jungen auf diese Art irgendwie vor seiner Vergangenheit beschützen könnte. „Du warst doch nur ein Junge."

„Jungen werden in Strafkolonie schnell erwachsen", erwiderte Alexej finster. „Erste Mal war Jugendgefängnis in Ukraine. Dort es gab immer Kämpfe, um Essen … um Zigaretten … um Sex." Bevor Alexej in die Kolonie gekommen war, hatte er noch nie mit irgendjemandem geschlafen, weder Mann noch Frau. Als er entlassen wurde, hatte er jede Menge Erfahrung.

Patrick zuckte bei der so beiläufigen Bemerkung leicht zusammen. Er wusste, wie die Gefängnisse hier in den USA waren und konnte sich nicht vorstellen, dass sie in Russland sehr viel anders waren. Auf der anderen Seite, Alexej war stark. Er konnte auf sich aufpassen. „Und dann?", hakte er nach, da er noch nicht das gehört hatte, was er wissen musste. Seine Finger strichen sanft an Alexejs Arm auf und ab in dem Versuch, die Frage nicht wie ein Verhör klingen zu lassen.

Alexej verzog das Gesicht. „Im Gefängnis, ich bin Piotr begegnet." Seine Miene wurde weicher, als er sich an die ersten Tage erinnerte – Tage an denen sie entdeckten, dass Sex mehr sein konnte als Schmerz und Demütigung, dass er auch Zärtlichkeit und Freude bedeuten konnte. „Wir wurden etwa gleichzeitig entlassen, also sind wir zusammen nach St. Petersburg gegangen.

Sehr dumm – wir kannten niemanden, hatten keine Arbeit, kein Geld." Traurig schüttelte er den Kopf bei der Erinnerung. „Wir wurden zusammen verhaftet, weil wir Lebensmittelhändler bestohlen haben. Brachte uns längere Strafe ein wegen ‚organisiertem Verbrechen'. Sie schickten uns nach Kresty – sie nennen es ‚Die Kreuze'." Sein Gesicht wurde hart, als er fortfuhr: „In Kresty, *Vory* ist sehr stark. Piotr war schlank, blond … sehr schön. Der mächtigste *Vor* war Mann mit Name Igor Surov, zusammen mit seinem Sohn Evgeny. Fjodor Wolkow war ihr Stellvertreter. Und Igor Surov wollte Piotr."

„Evgeny Surov – den Namen kenne ich", sagte Patrick langsam. Er konnte sich sehr gut ausmalen, was Piotrs Schicksal gewesen war. Unbewusst strich er mit der Hand über Alexejs Brust. „Er ist einer der *Vor* hier in Chicago."

„Ist derselbe Mann", bestätigte Alexej. „Ich habe seinen Vater in Moskau zur Strecke gebracht und bin dann Fjodor und Evgeny nach Chicago gefolgt. Sie erinnern sich nicht an mich, aber ich erinnere mich an sie." Es gab schließlich keinen Grund, warum die beiden Männer sich nach so vielen Jahren an einen einzelnen Häftling erinnern sollten – aber Alexej würde sie niemals vergessen. „Ich versuche, Piotr zu beschützen … Surov und Wolkow zeigen mir, wie machtlos ich bin." Er schloss die Augen vor der Erinnerung an den Schmerz. Es war nicht so sehr das, was sie ihm angetan hatten, sondern zusehen zu müssen, wie Piotr wieder und wieder von Igor und seinen Männern vergewaltigt wurde. Unbewusst schloss sich sein Arm enger um Patrick. „*Vory* haben ihn getötet." Seine Stimme wurde kalt und hart wie Stahl. „Ich habe geschworen, ihn zu rächen und alles zu tun, sie zur Strecke zu bringen."

Patrick musste die Augen schließen bei dem Schmerz in Alexejs Stimme. Er vermutete, dass es längst nicht so schnell gegangen war, wie Alexejs Worte es erscheinen lassen wollten. Halb wollte er das Gespräch an dieser Stelle beenden, wollte seinen Geliebten in die Arme nehmen und die Erinnerungen an die Vergangenheit auslöschen und sei es auch nur für eine kleine Weile. Er konnte das. Sie hatten mehr als einmal unter Beweis gestellt, wie gut sie darin waren, den anderen alles außer dem Verlangen vergessen zu lassen, das zwischen ihnen aufflammte, wann immer sie sich berührten. Auf der anderen Seite war dies seine Chance, die Wahrheit über Alexejs Vergangenheit herauszufinden. Er bezweifelte sehr, dass er den so verschlossenen Mann ein zweites Mal dazu bewegen konnte, sich ihm zu öffnen. Also begnügte er sich damit, einen leichten Kuss auf Alexejs Hals zu drücken. „Wann hast du angefangen, für Interpol zu arbeiten?"

„Kurz nach Piotrs Tod, sie haben mich entlassen, aber es gab immer noch keine Arbeit, besonders nicht für ehemaligen Sträfling. Ein paar Monate später wurde ich wieder verhaftet. Ich saß in Verhörzimmer und fragte mich, wie geht es jetzt weiter. Ein Agent von Interpol kam herein und hat angeboten, die schlimmsten der neuen Anklagepunkte verschwinden zu lassen, wenn ich ihnen helfe, mehr über *Vory* herauszufinden. Ich sah Angebot als Chance, Piotr zu rächen. Ist jetzt fünfzehn Jahre her. Igor Surov ist tot. Fjodor Wolkow sitzt wegen Mord im Gefängnis. Nur Evgeny Surov ist übrig."

„Wann bist du Konstantin begegnet?", fragte Patrick. Er rieb seine Wange an Alexejs und kuschelte sich enger an ihn, zum Trost und als Unterstützung, während der andere Mann über seine schmerzhafte Vergangenheit sprach.

Die Intimität dieser Geste löste einen Teil der Anspannung aus Alexejs Körper. „Nach Fall von Sowjetunion haben viele *Vory* Russland verlassen. Als ich nach Chicago kam, hat mich einer der Männer, die ich aus Gefängnis kannte, Fjodor empfohlen. Er brauchte Leibwächter und Konstantin brauchte – Schutz." Alexej zuckte die Schultern. „War Glücksfall." Konstantins unbesonnenes, impulsives Verhalten und seine gedankenlose Zunge hatten es Alexej erlaubt, das Vertrauen des jüngeren Mannes zu gewinnen und so tiefer in die Geheimnisse der *Vory* einzudringen.

„Und jetzt, wo Fjodor weg ist vom Fenster, ist Konstantin in einer Position, dir alles sagen zu können, was du wissen willst, richtig?", fasste Patrick zusammen. Sein Verstand raste, als er über die Konsequenzen aus Alexejs Coup nachdachte. „Hast du das so arrangiert oder war das ein weiterer Glücksfall?"

„Gab nichts zu arrangieren", antwortete Alexej. „Pistole und Portemonnaie waren Beweis genug, dass Fjodor euren Detective ermordet hat." Alexej sagte Patrick nichts von Fjodors Versuch, den Verdacht auf Alexej fallen zu lassen, indem er die Waffe in Alexejs Wohnung versteckt hatte oder davon, wie er den Spieß umgedreht und Waffe, Portemonnaie und Drogen in Fjodors Auto deponiert hatte. Wolkow hatte verdient, was immer er bekam. Alexej bedauerte nur, dass Fjodor seine Haftstrafe in einem amerikanischen Gefängnis absitzen würde und nicht in einem russischen.

Patrick lächelte reumütig. „Ich kann mir nicht vorstellen, dass er das Portemonnaie freiwillig ausgehändigt hat. Du kannst es leugnen so viel du willst, Ljoscha. Unter all dem Machogehabe steckt ein guter Mann." Einen Augenblick lang dachte er über die Situation nach. „Es wird jetzt nicht mehr lange dauern, bis du deine Rache vollendet hast", bemerkte er dann. Seine Hoffnungen auf eine gemeinsame Zukunft sprach er nicht an. Dafür war noch Zeit genug, wenn Alexej frei von den *Vory* war. „Du musst nur noch etwas finden, damit Surov verhaftet werden kann und dann hast du deine Aufgabe erfüllt."

Als ob das so einfach wäre. Alexej wusste, dass Patrick nicht verstand, dass er nie wirklich frei sein konnte. „Und Tscheschenko und Putjatin auch", fügte er hinzu, die Namen zwei der wichtigsten *Vory* Chicagos nennend.

Also so wird das laufen. „Und wenn andere kommen, an ihre Stelle treten?", fragte Patrick bitter. „Wie viel wird genug sein, Alexej? Wie viele von ihnen musst du zu Fall bringen, bevor du zufrieden bist?"

Frustriert schüttelte Alexej den Kopf. „Wie kann ich mich abwenden und den Rücken kehren?", presste er bitter heraus. „Wie kann ich zulassen, dass Kinder in Sklaverei verkauft werden, wenn ich das verhindern kann?" Er lachte auf – ein harscher, halberstickter Laut. „Weißt du, was ich Konstantin über Bordelle gesagt habe? Ich sage ihm, dass kein *echter* Mann Sex mit Kindern will. Ich habe ihm Frau gebracht und zugesehen, wie er sie nimmt, um zu beweisen, dass er es kann." Alexej vermutete, dass es seine Anwesenheit gewesen war, seine schamlosen Worte der Ermutigung, die Konstantin letztendlich zum Orgasmus gebracht hatten. Aber das war keine Sache, die er mit seinem Geliebten teilen konnte. „Sie sind immer noch Huren, ja, aber zumindest sind es keine Kinder mehr."

„Das ist kein Kampf, den du gewinnen kannst", sagte Patrick traurig, obwohl ihm klar war, dass auch er diesen Kampf kämpfen würde, so lange er konnte. „Egal, wie vielen Kindern du ein Leben in Konstantins Bordellen ersparst, genauso viele oder vielleicht mehr landen in anderen. Ich will das, was du erreicht hast, nicht herabwerten, keineswegs. Im Gegenteil. Aber irgendwann darfst du auch mal an dich selbst denken. Ich will nicht, dass wir uns noch in zwanzig Jahren im Geheimen treffen müssen."

„Hat sich nichts geändert", sagte Alexej müde. Er hatte von Anfang an gewusst, dass diese Konversation nichts bringen würde. „Ist am besten, ich gehe." Er fuhr mit einer Hand durch Patricks Haare und strich mit dem Daumen über die Wange des jüngeren Mannes, während er die Muskeln anspannte, um aufzustehen.

„Nein!"

Es konnte nicht so enden. Patrick weigerte sich, es so enden zu lassen. Er musste Alexej dazu bringen, zu sehen, dass es sich lohnte für sie beide zu kämpfen. Er richtete sich auf und schwang sein Bein über Alexejs Hüften, sodass er wieder rittlings auf seinem Schoß saß. „Du darfst nicht einfach weggehen." Wild drückte er seine Lippen auf Alexejs, zog an seiner Kleidung auf der Suche nach der sensiblen Haut darunter. Angst machte seine Bewegungen abrupter, härter. Seine Worte hatten versagt, aber er hatte die Hoffnung, dass die Vereinigung ihrer Körper stark genug war, um Alexej zu überzeugen, sie noch nicht aufzugeben.

Alexej stöhnte bei dem plötzlichen Überfall und der Funke des Begehrens, der in Patricks Gegenwart immer leise in ihm glomm, flammte unter den leidenschaftlichen Berührungen seines Geliebten zu einer hellen Flamme auf. Er erwiderte Patricks Kuss mit der gleichen Leidenschaft, schlang seine Zunge um Patricks, als sie in seinen Mund vorstieß und zerrte an störenden Kleidungsstücken, brannte mit dem Verlangen nach dem Gefühl von Haut auf Haut. Alexej fiel rücklings zurück auf das Sofa und zog den jüngeren Mann mit sich und durch die Lagen aus Seide und Jeans pressten sich ihre Erektionen gegeneinander.

Patrick gelang es, Alexej aus Mantel und Hemd herauszuschälen, sodass er nackt war bis zur Taille. Dann löste er seine Lippen von Alexejs und attackierte stattdessen seine Brustwarzen, saugte an den harten Knospen und genoss die Art, wie sich der Mann unter ihm wand und sich ihm entgegenhob. Patrick brauchte diesen Kontakt, diese Berührung. Er musste wissen, dass er in der Lage war, Alexej alles andere außer ihnen vergessen zu lassen, so wie Alexej es bei ihm konnte. Patrick verlagerte das Gewicht, drückte sich gerade weit genug hoch, dass er zwischen sie greifen konnte und fasste nach Alexejs Hose. Er wollte nichts mehr zwischen ihnen fühlen. Zu vieles trennte ihre Herzen und ihre Leben voneinander; er ertrug es nicht länger, dass auch ihre Körper voneinander getrennt waren.

Alexej hob die Hüften an, um es Patrick leichter zu machen und während er Alexejs Hose über seine Hüften und Oberschenkel zog, öffnete Alexej Patricks Gürtel. Sobald sein nackter Hintern in das Lederpolster des Sofas einsank, wölbte Alexej den Oberkörper, drängte sich Patrick und seinem hungrigen Mund entgegen. Seine Finger zerrten an dem Reißverschluss an Patricks Jeans und schoben sich durch die entstehende Öffnung, schlossen sich fest um den harten Schaft. Mit der anderen Hand zog er an dem dicken Stoff, bis sich ihre nackte Haut berührte.

Patrick arbeitete sich tiefer, erkundete Alexejs Körper mit seinen Lippen. Er hatte vorher nie wirklich die Gelegenheit dazu gehabt und er wusste nicht, ob er sie jemals wieder haben würde, also wollte er sie jetzt nutzen, so gut er konnte. Mit der Zungenspitze fuhr er die Konturen der verschiedenen Tätowierungen nach. Von einigen wusste er immer noch nicht, was sie bedeuteten, aber egal – sie waren Teil der Vergangenheit seines Geliebten, Teil der Opfer, die er gebracht hatte, um den Punkt zu erreichen, an dem er jetzt war.

Patricks Lippen glitten über Alexejs harten Bauch und seine Zungenspitze umkreiste Alexejs Bauchnabel. Gleichzeitig ließ er seine Hände über Alexejs Hüften gleiten und schob sie unter seine Pobacken, umfasste das straffe Fleisch und hob Alexej an, sodass Patrick den Mund um die feuchte, dicke Eichel schließen konnte. Alexejs Geschmack explodierte auf seiner Zunge und ein Stöhnen entrang sich seiner Brust. Es war nicht das erste Mal, dass er seinen Geliebten schmeckte, aber letztes Mal hatte Alexej sein Bestes getan, ihn abzulenken. Diesmal war Patrick entschlossen, sich nicht ablenken zu lassen. Er würde Alexej den besten Blowjob seines Lebens geben und wenn sein Geliebter befriedigt und entspannt war, dann würde er ihm zeigen, was er sonst noch gut konnte.

Alexej verbiss sich ein Stöhnen und ließ den Kopf zurück auf die Kissen fallen, als sich Patricks Lippen um ihn schlossen. Keuchend vergrub er seine Finger in den zerzausten Haaren seines Geliebten und kämpfe gegen den Drang an, wild nach oben und in seinen Mund zu stoßen. Als feuchte Hitze und der Druck um ihn herum ihn dem Höhepunkt zutrugen, versuchte er, sich loszumachen. Er wollte sich tief in seinem Patja vergraben, wollte ihn mit sich tragen auf der Welle der Lust, bis sie gemeinsam kamen.

Patrick spürte, wie Alexej versuchte sich loszumachen und hielt ihn fester. Seine Finger vergruben sich in festen Muskeln, während er hart an dem dicken Schaft in seinem Mund saugte. Um seinem Geliebten zu versichern, dass sie auch nach seinem Orgasmus noch lange nicht fertig sein würden, schob er einen Finger in die warme, dunkle Spalte zwischen den festen Pobacken und strich hauchzart über die fest verschlossene Öffnung.

Alexej fuhr bei der unerwarteten Berührung zusammen und wurde steif. Die Erinnerungen an Piotrs Vergewaltigung – und seine eigene – waren noch frisch und klar in seinem Gedächtnis. Patrick deutete das Zusammenzucken entweder falsch oder er ignorierte es und berührte ihn erneut; Alexej erstarrte vor Abscheu und Ekel.

„*Njet*!", presste er rau heraus, packte Patricks Kopf, riss ihn von sich weg und stieß ihn hart von sich. Bestürzt und erschrocken über seine eigene Reaktion fuhr Alexej sich mit den Händen durch die Haare und stellte dabei mit distanziertem Interesse fest, dass sie zitterten. Er atmete tief ein und aus und zwang sich dazu, sich zusammenzureißen. „Patja", murmelte er und streckte seinem überraschten Geliebten zaghaft eine Hand entgegen. „*Prosti*."

Patrick, der sich unerwartet und überraschend auf dem Boden wiederfand, starrte die ihm hingehaltene Hand mit der Art fasziniertem Entsetzen an, mit der man eine Giftschlange, die man in seinem Bett gefunden hatte, anstarren mochte. Er blieb reglos sitzen, als ihm langsam dämmerte, was geschehen war. Er war naiv gewesen zu glauben, dass Alexejs Stärke ihn beschützt hatte. Es war nicht zu übersehen, dass sie das nicht getan hatte. „Piotr war nicht der einzige, dem sie das angetan haben, oder?", fragte er leise. Seine Stimme zitterte nicht, aber sie war voller Mitgefühl.

„Piotr ist gestorben", entgegnete Alexej kalt, während er sich innerlich zurückzog und vor dem Mitleid in den Worten des jüngeren Mannes verschloss. „Ich habe überlebt. War nur unerwartet, Überraschung", fügte er abschätzig hinzu.

Überlebt war das richtige Wort, dachte Patrick traurig und entmutigt. Es war eindeutig, dass sein Geliebter nicht wieder gelernt hatte zu leben. Patrick fragte sich, ob er Alexej jemals wieder berühren konnte, ohne in beständiger Sorge zu sein, andere dunkle Erinnerungen zu wecken. Schließlich nahm er Alexejs Hand und ließ sich von ihm auf das Sofa ziehen, blieb dann aber neben ihm sitzen, ohne ihn zu berühren oder in die Arme zu nehmen. Er wagte es nicht.

Alexej neigte den Kopf und legte seine Lippen auf die seines Geliebten, dann drängte er ihn sanft rücklings auf das Sofa hinunter, während seine freie Hand über den stillen Körper strich. Patrick bewegte sich nicht, lag passiv unter ihm, erwiderte weder seine Berührungen noch seinen Kuss. Alexej hob den Kopf, die Augen dunkel und voller Anklage. „Zu beschädigt für dich?", fragte er scharf.

Patrick wollte das abstreiten, aber es lag ein Körnchen Wahrheit in Alexejs Anschuldigung. Er wusste nicht, wie er es anstellen sollte, Alexej nicht noch mehr wehzutun. „Es tut mir leid", sagte er leise, weil er nicht wusste, was er sonst sagen sollte. Aber er wollte es auch nicht auf diese Art enden lassen, also holte er tief Luft. „Gib mir einen Moment."

„Lass dir Zeit, so viel du willst", presste Alexej heraus, richtete sich auf und griff nach seinem Hemd. „Wenn ich leblosen Körper ficken will, gehe ich zu Konstantins Huren."

Die Worte trafen Patrick hart. „Es tut mir leid", wiederholte er hilflos. Leid, dass er seine Reaktion nicht ändern konnte. Dass er Alexejs Vergangenheit nicht ungeschehen machen konnte. Dass er nicht genug war, um Alexejs Zukunft zu ändern. Patrick wandte den Blick ab. Er konnte nicht zusehen, wie Alexej sich aufrichtete, sich abwandte. Er hatte auf das Liebe machen gesetzt, um die Dinge zwischen ihnen wieder ins Lot zu bringen, aber es war klar, dass es keines geben würde. Und wenn sie nicht einmal Sex haben konnten, was hatten sie dann? Verzweiflung erfüllte ihn und er legte die Stirn auf die Rücklehne des Sofas. „Vielleicht solltest du gehen."

Während er sich schweigend anzog, warf Alexej einen letzten Blick auf den Mann auf der Couch, den Mann, dem er gegeben hatte, was von seinem Herzen übrig war. Er wollte wütend sein oder Verachtung empfinden, aber er war innerlich zu leer und ausgebrannt, um etwas anderes zu spüren als betäubte Resignation. Was hatte er anderes erwartet? Er hatte von Anfang an gewusst, dass es so enden würde. Er hob seinen Mantel auf und ging zur Tür. Kein Wort rief ihn zurück.

„Ist jetzt zweites Mal, dass du mir sagst zu gehen", sagte er, eine Hand auf der Türklinke. „Warte nicht auf drittes Mal."

Die Tür fiel leise hinter ihm ins Schloss. Die Stille war ohrenbetäubend.

14

PATRICKS FÜßE schlugen hart und rhythmisch auf den Asphalt auf. Normalerweise half ihm das morgendliche Joggen, den Schlaf abzuschütteln und den Kopf frei zu bekommen, aber heute Morgen wollte die Anspannung nicht weichen und sein Kopf war immer noch in Aufruhr.

Seine Welt war in den letzten vierundzwanzig Stunden gleich zweimal komplett auf den Kopf gestellt worden und er schien sein Gleichgewicht einfach nicht wiederfinden zu können. Zuerst Lieutenant Graves' Enthüllung, dass Alexej ein Spion für Interpol war. Das war unerwartet gewesen, aber nicht unglaubwürdig und erklärte so viele Widersprüche in Alexejs Charakter: seine Abstecher in Kirchen, die Sorge um die Mädchen in den Bordellen, die Zärtlichkeit, die er Patrick in stillen Momenten gegenüber an den Tag legte.

Es tat weh, dass Alexej ihm die Wahrheit nicht selbst gesagt hatte, aber Patrick hatte seinerseits oft genug verdeckt ermittelt und wusste, wie gefährlich es war, auch nur eine Person in die falsche Identität einzuweihen. Nur war ihre ganze Beziehung von Anfang an gefährlich gewesen. Dazu kam, dass Alexej Patrick mehr als einmal gebeten hatte, ihm zu vertrauen, den Gefallen aber offensichtlich nicht erwidern konnte.

Und als wäre das nicht schon hart genug gewesen, hatte der Rest von Alexejs Geschichte Patrick völlig unvorbereitet getroffen. Er fühlte mit dem Jungen, der Alexej gewesen war; in ein Leben in Kriminalität gedrängt, von einem scheiternden System, missbraucht und gezwungen, hilflos dabei zuzusehen, wie sein Geliebter umgebracht wurde.

Patrick war bewusst, dass er nicht gut reagiert hatte. Aber Alexejs Geschichte zu hören, war so eine Gefühlsachterbahn gewesen und er hatte nicht gewusst, wie er mit dem Gehörten umgehen sollte. Wie er mit Alexej umgehen sollte. Er hatte beschlossen, ihnen beiden ein paar Tage Zeit zu lassen, sich wieder zu fangen. Dann würde er Alexej anrufen und sich entschuldigen und hoffen, dass der andere Mann ihm seine Reaktion verzeihen konnte.

Patrick gestattete es sich nicht darüber nachzudenken, was sein würde, wenn Alexej das nicht tat.

Vor Alexej war Patrick in allen seinen Beziehungen immer der dominantere Partner gewesen, wenn man von Beziehungen sprechen konnte.

Was nicht automatisch bedeutete, dass er zwangsläufig im Bett der Aktive war, aber er war derjenige gewesen, der den Ton angab. Dann hatte Alexej ihn das erste Mal berührt. Der Sex war explosiv, aber mit jedem Treffen war Patrick überzeugter gewesen, dass es mehr war als nur Sex. Er hatte, ohne darüber nachzudenken, die Kontrolle abgegeben, weil Alexej sie für sich beansprucht hatte, aber er hatte gehofft, dass sie im Lauf der Zeit ein Gleichgewicht zwischen sich finden würden. Es war diese Hoffnung gewesen, die ihn den Fehler hatte machen lassen. Wenn er seine übereilten Handlungen zurücknehmen könnte, würde er das tun. Er war mehr als bereit, nie wieder auch nur zu versuchen, den aktiven Part zu übernehmen, wenn das bedeutete, dass er Alexej wiederhaben konnte.

Das Geräusch herannahender Schritte durchdrang seine Versunkenheit. So früh am Morgen hatte er die Laufstrecke im Park oft für sich allein, aber er wich trotzdem zur Seite, um die Person hinter sich vorbeizulassen, wenn sie wollte.

Eine Hand packte hart seinen Ellbogen, aber bevor er sich umdrehen konnte, um zu protestieren, stieß ihn eine zweite Hand vorwärts. Patrick fing sich mit einer Hand auf dem groben Kies des Weges ab, um nicht zu Boden zu gehen, aber als er versuchte, sich aufzurichten, drängte ihn ein zweiter harter Stoß vom Weg und in das Wäldchen, das sich neben dem Laufweg erstreckte. Er stolperte, ging auf die Knie und ein gestiefelter Fuß traf ihn in die Rippen und raubte ihm den Atem.

Patrick rollte sich zur Seite weg, um einem zweiten Tritt auszuweichen, aber ein Baum in seinem Rücken stoppte ihn. Der nächste Tritt landete in seinem Bauch und instinktiv rollte er sich schützend zu einer Kugel zusammen, während Tritte auf ihn einprasselten. Sie trafen ihn in die Rippen und an der Schläfe, hart genug, dass ihm einen Moment lang schwarz vor Augen wurde.

Während sich noch alles um ihn herum drehte, zerrte ihn ein brutaler Griff an der Schulter wieder auf die Füße. Patrick blieb keine Zeit, nach seiner Waffe zu greifen, die er in der Gürteltasche um seine Hüften trug, bevor ihm die Arme auf den Rücken gedreht wurden und eine Faust in seinen Solarplexus krachte. Patrick krümmte sich, soweit der Griff um seine Arme es zuließ und rang wild nach Luft. Eine Faust in seinen Haaren riss seinen Kopf wieder hoch und er erhaschte einen Blick auf einen stämmigen, dunkelhaarigen Mann mit slawischen Gesichtszügen. „Halten Sie sich von Boczar fern", knurrte eine Stimme mit starkem Akzent, dann landete eine Faust in seinem Gesicht.

Patrick versuchte, sich zu befreien, aber wer auch immer ihn festhielt war zu stark. Als ihn der nächste Schlag traf, trat er blind zu und erwischte den Mann vor sich genau zwischen den Beinen. Der Kerl schrie auf und seine Hände flogen automatisch schützend zu seinem Schritt. Patrick nutzte die

Gelegenheit, machte abrupt eine scharfe Bewegung mit den Schultern und erwischte den Mann hinter sich am Kinn. Es gelang ihm, sich loszumachen und er taumelte ein paar Schritte, während er mit bebenden Händen nach seiner Waffe tastete.

Der Mann, der ihm die Arme auf den Rücken gedreht hatte, holte zum Schlag aus und Patrick drehte sich weg, konnte aber nicht vollständig ausweichen. Der Ring, den der Mann an einem Finger trug, zerschnitt ihm die Wange. Patrick ignorierte die hervorquellenden Blutstropfen, riss seine Glock aus der Gürteltasche und wirbelte zu den Angreifern herum, aber die Männer waren bereits auf der Flucht und schon zu weit weg. Schweratmend lehnte Patrick sich gegen einen Baum. Er zitterte am ganzen Körper vor Schmerzen und Adrenalin.

Nach einer Weile, in der sein Atem sich wieder beruhigt hatte, fummelte er sein Handy aus der Tasche und rief die Zentrale an, um den Überfall zu melden. Die Zentrale bot ihm ein, einen Krankenwagen zu schicken, aber Patrick lehnte ab und sagte, dass er allein zum Krankenhaus finden konnte.

Langsam humpelte er zu seiner Loft zurück, wo er sich einen Eisbeutel auf die Wange drückte, sich umzog und seinen Autoschlüssel holte. Die Zentrale musste im Saints Mary and Elizabeth Krankenhaus angerufen und ihn angekündigt haben, denn sobald er in der Notaufnahme angekommen war und ihnen seinen Namen nannte, wurde er zu einem durch einen Vorhang abgetrennten Bett geführt und der Arzt kam nur wenige Minuten später.

Sie röntgten seine Rippen, die zum Glück nur geprellt, aber nicht gebrochen waren, nähten seine Wange, um sicherzugehen, dass die von dem Ring verursachte Schnittwunde richtig verheilte und verschrieben ihm ein Schmerzmittel.

Während der Arzt den letzten Stich tat, trat ein uniformierter Polizist, den Patrick nicht kannte, durch den Vorhang um sein Bett, gefolgt von Reba Thames. „Was ist passiert?", wollte Reba wissen.

„Ich bin Joggen gegangen und jemand hat mich angegriffen", sagte Patrick. „Sie waren zu zweit, Russen, aber ich habe keinen der beiden erkannt. Ich habe auch nicht alles verstanden, was sie gesagt haben. Ich sollte vermutlich einen Sprachkurs machen."

„Sie sollten ein paar Tage lang zu Hause bleiben", mischte der Arzt sich ein. „Ihre Rippen brauchen eine Weile, um zu heilen, bevor Sie wieder in den Dienst können. Aber die Medikamente werden Sie vermutlich ohnehin zu benommen machen, um arbeiten zu können."

„Gehen Sie nach Hause", wies Reba ihn an. „Ich sage Captain Jacobs Bescheid und werde unsere Fotoalben russischer Verbrecher für Sie raussuchen. Vielleicht kann ich sie Ihnen auch später vorbeibringen und Sie können versuchen, Ihre Angreifer zu identifizieren."

Patrick nickte, aber er wusste, dass er die Männer nicht identifizieren würde, selbst wenn ihre Fotos in einem der Alben waren. Er wollte nicht, dass der Angriff zu ihm und Alexej zurückverfolgt werden konnte.

Denn es stimmte zwar, dass er nicht viel von dem verstanden hatte, was seine Angreifer gesagt hatten – vermutlich war das meiste davon ohnehin Flüche und Beschimpfungen gewesen – aber die Anweisung, sich von Alexej fernzuhalten, war klar und deutlich gewesen. Und das konnte er nicht sagen, nicht ohne seine Beziehung zu Alexej zu erwähnen, was weit mehr war, als er Reba wissen lassen wollte.

Die ältere Frau war allerdings nicht jahrelang als Detective in der Abteilung für Organisiertes Verbrechen tätig gewesen, ohne zu lernen, die Dinge zu hören, die nicht gesagt wurden. „Hat der Vorfall etwas mit Ihrem Hinweis in Eddies Mordfall zu tun?"

„Vielleicht", stimmte Patrick zu, nahm dankbar die Ausrede an, auch wenn er bezweifelte, dass dem so war. „Wobei ich ehrlich gesagt keine Ahnung habe, wie sie wissen können, dass der Tipp von mir kam."

Kaum hatte er die Worte gesprochen, fragte er sich, ob die *Vory* irgendwie von Alexejs Rolle bei der Verhaftung von Fjodor erfahren hatten. Der Gedanke sandte ihm einen kalten Schauder den Rücken hinunter und ließ den Wunsch in ihm entstehen, Alexej sofort anzurufen, um zu hören, ob er auch angegriffen worden war. Aber das konnte er nicht, zumindest nicht solange Reba und der uniformierte Beamte noch hier waren. Und später vermutlich auch nicht; Patrick wusste, dass das Schweigen zwischen ihnen ihn letztendlich davon abbringen würde, Alexej anzurufen.

Gestern noch hätte er nicht gezögert und Alexej angerufen und ein Treffen vereinbart, um eine Erklärung für die Dinge zu bekommen, die er erfahren hatte. Aber das war gestern gewesen. Heute waren die Dinge anders.

„Sie waren während eines Teils von Wolkows Verhör mit anwesend und man hat Sie geschickt, Konstantin für eine Befragung aufs Revier zu bringen. Selbst wenn er freiwillig gekommen ist, bevor Sie ihn gefunden haben", rief Reba ihm in Erinnerung. Patrick hatte mit keinem Wort erwähnt, dass Konstantin bei seinem Zugriff auf die tschetschenischen Drogenhändler ebenfalls vor Ort gewesen war. Oder dass Alexej ihm den Hinweis nur gegeben hatte, um die Polizei lange genug von Konstantin abzulenken, dass er Zeit hatte, den *Vor* davon zu überzeugen, „von allein" aufs Revier zu kommen und sich der Befragung zu stellen. „Es mag weniger Ihr Hinweis und mehr der Rest gewesen sein, der Auslöser für den Angriff war. Oder vielleicht war es auch Ihr Kontaktmann. Haben Sie von ihm gehört, seit er Ihnen das Nummernschild geschickt hat?"

Er hatte von ihm gehört, war von ihm gefickt worden, hatte ihn verraten, ohne es zu wollen … Ja, er hatte von Alexej gehört, aber das konnte er Reba nicht sagen. „Nein, aber ich versuche, ihn nicht zu oft zu kontaktieren. Ich will ihn nicht dadurch gefährden, dass man ihn mit mir in Verbindung bringt."

„Nein, natürlich nicht", stimmte Reba zu. „Wenn Sie von ihm hören, versuchen Sie herauszufinden, ob er etwas weiß."

Patrick war sich sicher, dass er derjenige sein musste, der sich meldete, wenn er von Alexej hören wollte. „Ich werde sehen, was ich tun kann", sagte er und erhob sich vom Krankenhausbett. Ihm war schwindelig von den Schmerzmitteln und er griff nach der Matratze, um das Gleichgewicht nicht zu verlieren.

„Sie sollten nicht fahren, solange die Schmerzmittel noch wirken", warnte der Arzt ihn.

„Kommen Sie, Patrick", sagte Reba und nahm seinen Arm. „Sie können Ihr Auto später abholen. Ich fahre Sie nach Hause."

Gehorsam folgte Patrick Reba, ließ sich von ihr ins Auto verfrachten und dann in seine Wohnung hochbringen. Er saß auf dem Sofa, starrte an die Decke und fragte sich, nicht zum ersten Mal, wie und wann alles so verfahren geworden war.

15

„Du solltest vorsichtiger sein, wenn du Jungen zum Ficken suchst, aber keine Sorge. Ich habe Problem für dich gelöst."

Alexej sah rasch zu Konstantin hinüber. Der jüngere *Vor* lehnte mit einem betrunkenen Grinsen auf dem Gesicht in der Tür, aber der eifersüchtige Funke in seinen Augen strafte seine gute Laune Lügen. Ein eisiger Schauer puren Entsetzens rann Alexej über den Rücken und nur die Disziplin vieler Jahre erlaubte es ihm, ruhig zu bleiben und durchzuatmen, bevor er fragte: „Wovon zum Teufel sprichst du?"

„Ich sage Demyan und Sergej, sie sollen mit ihm reden. Er wird dich jetzt in Ruhe lassen", erwiderte Konstantin mit einem glucksenden Lachen.

„Mit wem reden?", schnaubte Alexej desinteressiert, aber er wusste, vom wem Konstantin sprach. *Patrick.* Irgendwie hatte Konstantin von Patrick erfahren. Ein roter Schleier zog über seine Augen und erdrückende Angst erfüllte ihn, dieselbe Angst wie damals, als er zusehen musste, wie Piotr starb. Er zwang sich dazu, ruhig und gleichmäßig weiterzuatmen und sich ganz auf das Hier und Jetzt zu konzentrieren. Er war nicht mehr der hilflose, machtlose junge Mann, der er all die Jahre zuvor gewesen war. Er konnte seine Reaktionen kontrollieren, konnte ruhig bleiben und weitere Einzelheiten in Erfahrung bringen, bevor er handelte. *Und wenn Konstantin Patrick etwas zuleide getan hatte, dann würde er ihn mit bloßen Händen in Stücke reißen und seine Eingeweide an die Ratten verfüttern.*

„Du weißt wer", sagte Konstantin, drückte sich von der Tür ab und kam schwankend auf Alexej zu. „Junge, den du gestern besucht hast. Aber ist jetzt vorbei. Sind jetzt wieder nur du und ich." Seine taumelnden Schritte brachten ihn schließlich an Alexejs Seite und er fiel schwer gegen ihn.

Alexej wirbelte Konstantin herum und drückte ihn mit einem Arm über der Kehle gegen die Wand. „Was hast du mit ihm gemacht?", knurrte er und hoffte, dass die Emotion in seiner Stimme als Wut gedeutet wurde. *„Svoloch!* Was hast du mit ihm gemacht?"

Der jüngere *Vor* verlor bei Alexejs eisigem, bedrohlichem Tonfall sichtlich den Mut und kauerte sich in seinem unerbittlichen Griff zusammen. *Er hat guten Grund, sich zu fürchten,* dachte Alexej – er stellte eine weitaus größere Gefahr für Konstantin dar, als Fjodor es je hätte sein können. „Sie richten ihm aus", antwortete Konstantin mit bebender Stimme, „er soll sich von dir fernhalten. Sie haben ihn bisschen aufgemischt, ist alles. Damit er versteht."

Konstantins kriecherischer Tonfall war genau derselbe, mit dem er auch seinem Vater gegenüber immer seine Entschuldigungen vorgebracht hatte. Alexej war nicht beruhigt. Demyan und Sergej waren zwei von Konstantins Schlägern, die immer zu allem bereit waren, um sich bei ihm anzubiedern. Er musste sich vergewissern, dass Patrick in Ordnung war (*noch am Leben war*, flüsterte sein Verstand, aber er weigerte sich, dem zuzuhören). Zuerst jedoch musste er Konstantins Eifersucht entgegensteuern.

„Er ist *politsija*", grollte Alexej rau und beugte sich vor. Sein Arm drückte ein wenig fester auf die Kehle des jüngeren Mannes, um sicherzustellen, dass er seine volle Aufmerksamkeit hatte. „In Abteilung für Organisiertes Verbrechen. Ich bezahle ihn wegzusehen." Mit der freien Hand packte er Konstantins Haare und riss grob seinen Kopf zurück, zwang den jüngeren *Vor* dazu, ihm in die Augen zu sehen. „Ich dachte, wir sind Partner. Ich dachte, du vertraust mir." Er ließ seine Stimme weicher werden, ließ einen Hauch schmerzlichen Unglaubens einfließen. „Ist Schutz. Nicht mehr."

„Schutz?", wiederholte Konstantin langsam. Alexej konnte förmlich sehen, wie sich das Wort seinen Weg durch alkoholschwere Gedanken bahnte. „Für uns?" Es dauerte einen weiteren Moment, bevor er fortfuhr. „Surov und Putjatin schimpfen, es gibt mehr Razzien, seit Papa verhaftet wurde. Haben andere darum mehr Probleme mit Polizei als wir? Wurden darum letzte Woche bei verpfuschtem Geschäft nur Tschetschenen verhaftet?"

„*Da*, Konstantin", bestätigte Alexej langsam und abfällig und löste den Arm von der Kehle des Mannes, der dem Namen nach sein Chef war. „Aber ist jetzt vielleicht ruiniert." Er schüttelte die Ärmel seines Jacketts aus und warf Konstantin einen bezwingenden Blick zu. „Ich gehe am besten und sehe, was ich retten kann, bevor er uns alle verhaften lässt. Nächstes Mal überlass Denken mir." An der Tür wandte er sich noch einmal um und warf Konstantin einen weiteren Blick zu. „Außerdem, du weißt, dass ich nicht *golubói* bin. Ich bin *Vor*."

Er ging, ohne Konstantins Reaktion abzuwarten und war bereits auf halbem Weg zu Patricks Wohnung, bevor es ihm in den Sinn kam darüber nachzudenken, was er gerade tat. Patrick hatte ihn gestern weggeschickt – er würde vermutlich nicht sehr erfreut sein, Alexej zu sehen. Aber das war ihm egal. *Er* musste Patrick sehen, musste sich vergewissern, dass er am Leben war und wenn nicht unversehrt, dann doch zumindest nicht zu schwer verletzt. Er musste sich vergewissern, dass er dafür sorgen konnte, dass Konstantin Patrick nichts Schlimmeres antat. Dann würde er auch ohne Widerrede gehen, wenn Patrick ihn wieder rauswerfen wollte. Aber erst musste er ihn mit eigenen Augen sehen, ein letztes Mal.

DAS KLOPFEN an der Tür riss Patrick aus seinem gedankenverlorenen Starren auf den Fernsehbildschirm. Er hätte nicht sagen können, was gerade lief. Langsam und mühselig stand er auf und unterdrückte einen Fluch, als die Bewegung an seinen geprellten Rippen zerrte. Das Wissen, dass nichts gebrochen war, nicht einmal angebrochen, machte das Gehen im Moment nicht einfacher.

Patrick warf einen Blick durch den Türspion, um zu sehen, wer geklopft hatte und als er Alexej sah, drehte er sich beinahe augenblicklich wieder um. Aber sein Herz erlaubte es ihm nicht, so grausam zu sein. Der Russe hatte vermutlich von dem Angriff erfahren und wollte sich vergewissern, dass es Patrick gut ging und er in Sicherheit war. Patrick verstand das Bedürfnis. Als er von dem Angriff auf Alexej erfahren hatte und dass er im Krankenhaus gewesen war, hatte er dasselbe getan. Also öffnete er die Tür, blieb allerdings nicht stehen, um Alexej zu begrüßen, sondern drehte sich um und ging bedächtig zu seinem Sessel zurück. Alexej würde ihm schon folgen.

„Du hattest recht. Es kann nicht funktionieren", sagte er, ohne seinen nun Ex-Geliebten anzusehen, während er sich ganz langsam und vorsichtig wieder in seinen Sessel sinken ließ. Die Worte auszusprechen brach ihm das Herz, aber er konnte die Realität nicht länger ausblenden. Es gab nichts, das er sagen oder tun konnte, nichts, das er Alexej geben konnte, um ihn zu überreden, seine selbstauferlegte Mission zu beenden. Und solange er der *Vory* gehörte, solange konnte es keine gemeinsame Zukunft für sie geben. „Geh zurück zu Wolkow, bevor er auf die Idee kommt, seine Wut auch an dir auszulassen."

„Wie schwer bist du verletzt?", wollte Alexej wissen, Patricks Worte komplett ignorierend und kniete sich neben dem Sessel nieder. Seine Hände fuhren sanft über den Körper seines Geliebten, auf der Suche nach Verletzungen, während sein Blick fest auf Patricks Gesicht gerichtet blieb. „Was haben sie dir angetan, *malysch*?"

Patrick sog mit einem leisen Zischen den Atem ein, als Alexejs Hände über seine Rippen strichen. „Mir geht es gut, alles in Ordnung", versicherte er. Die liebevolle Bezeichnung zerrte an seinem Herzen, aber Patrick ignorierte das. „Es sind nur ein paar Prellungen. Ich bin im Dienst schon schlimmer verletzt worden. Mach dir keine Gedanken darum. Du solltest die anderen Typen sehen", fügte er in dem Versuch hinzu, die Stimmung aufzulockern. Ihre Beziehung, wenn es eine gewesen war, mochte vorbei sein. Aber deswegen liebte er Alexej nicht weniger.

„Ich werde sie sehen", versprach Alexej laut und schwor sich im Stillen, dass er jede Prellung, jeden blauen Fleck auf Patricks Haut mit gleicher Münze zurückzahlen würde. „Du solltest in Bett sein", fuhr er fort, stand auf und streckte Patrick eine Hand hin. „Konstantin wird dir nicht noch einmal etwas antun", fügte er leise hinzu, als Patrick die Stirn runzelte. „Erst muss er an mir vorbei. Ich schwöre es dir."

Patrick schüttelte den Kopf. „Mach dir nicht meinetwegen alles kaputt, was du erreicht hast. Du hast schließlich deine Rache noch nicht ganz vollendet." In seiner Stimme lagen weder Verachtung noch Urteil. Sie war leise und fest und voller Akzeptanz. Er hatte, nachdem Alexej am vergangenen Abend gegangen war, die ganze Zeit über nachgedacht und war schließlich zu der Erkenntnis gekommen, dass Alexej recht hatte und dass es reine Selbstsucht seinerseits war, ihn vom Gegenteil zu überzeugen zu versuchen. „Ich werde mich nicht einmischen oder so. Ich weiß, wie viel sie dir bedeutet."

„Du bedeutest mir viel." Die Worte waren heraus, bevor Alexej über sie nachdenken konnte, aber er würde sie auch nicht zurücknehmen. Er hatte einen Geliebten verloren, ohne ihm gesagt zu haben, was er ihm bedeutete. Er wollte nicht das Risiko eingehen, dass es ein zweites Mal geschah. „Komm ins Bett, Patja."

Patrick schloss vor Schmerz die Augen, als er in der heiseren Stimme einen Anflug jenes Gefühls hörte, das zu hören ihn gestern noch über alle Maßen glücklich gemacht hätte. Heute trieb es das Messer nur tiefer. Dennoch, er war selbstsüchtig genug, noch eine letzte Nacht mit Alexej zu wollen und so nahm er die angebotene Hand, zog sich vorsichtig hoch und ließ sich dann von Alexej ins Schlafzimmer führen. „Wir können es nicht mehr tun, Alexej. Es bringt nichts zu versuchen, unsere Unstimmigkeiten mit Sex zu lösen." Erschöpfung und Niedergeschlagenheit lagen in seiner Stimme. „Wir tun uns auf die Art nur gegenseitig noch mehr weh."

„Wir haben uns genug wehgetan", stimmte Alexej zu, während er Patrick behutsam das T-Shirt über den Kopf zog. Er hielt den Atem an, um nicht laut zu fluchen, als er die vielen dunkelvioletten Flecken sah, die die Brust des Detectives überzogen und unterdrückte den Wunsch, jeden einzelnen davon sanft mit den Lippen zu berühren. Patricks ganzes Verhalten machte es mehr als deutlich, dass er das nicht wollte. Also griff Alexej stattdessen nach Patricks Jogginghose und streifte sie ihm langsam über die schmalen Hüften. Er streckte einen Arm aus, damit Patrick sich daran festhalten konnte, während er aus dem Hosenknäuel trat und half ihm dann zwischen die Laken zu gleiten. „Ruh dich gut aus", flüsterte er und konnte dann nicht widerstehen, beugte sich vor und hauchte einen zärtlichen Kuss auf die Schürfwunde auf der Wange seines Geliebten. Dann trat er vom Bett zurück.

Patrick ließ sich widerspruchslos von Alexej bis auf die Unterhose ausziehen und ins Bett stecken, als wäre er ein Invalide. Der liebevolle Kuss entriss ihm beinahe ein Aufschluchzen und er musste sich in Erinnerung rufen, wie vergeblich es war, auf mehr zu hoffen. Vorsichtig drehte er sich auf die Seite und schloss die Augen, damit er nicht sehen musste, wie Alexej ging.

Alexejs Herz zog sich schmerzhaft in seiner Brust zusammen, als Patrick die Augen schloss, so als könne er seinen Anblick nicht länger ertragen. *Aber was habe ich ihm gebracht außer Schmerz?*, dachte er elendig. Er wusste, dass er gehen sollte, damit Patrick schlafen konnte, aber er konnte nicht. Statt den Raum, die Wohnung, Patrick zu verlassen, trat er wieder näher ans Bett und ließ sich auf die Knie sinken, nahm die Hand, die auf der Bettdecke lag, und berührte die abgeschürften Knöchel mit seinen Lippen. „Patja …", flüsterte er. Reue durchströmte ihn und er schloss die Augen. „*Prosti* … Vergib mir, dass ich sie zu dir geführt habe."

Bei diesen Worten öffnete Patrick die Augen und seine Miene zeigte Überraschung. „Wenn überhaupt, habe ich sie selbst zu mir geführt", widersprach er. Alexejs Geste und dass er geblieben war, hatten Patrick tief berührt. „Ich habe vorgeschlagen, dass wir uns hier treffen, nicht du. Ich hoffe nur, dass ich dir nicht zu viel Ärger eingebrockt habe. Konstantin weiß jetzt von uns."

„Ist gut, ich habe Problem gelöst", beteuerte Alexej. Innerlich schwor er sich, dass er tun würde, was immer auch notwendig war, um Konstantin zu überzeugen, dass es keinen Grund zur Eifersucht gab. „Ich habe ihm gesagt, ich besteche dich. Jetzt habe ich Grund, dich zu sehen." Oder zumindest hätte er ihn, wenn noch die Hoffnung bestünde, dass Patrick ihn wiedersehen wollte.

„Wozu?", fragte Patrick hoffnungslos. „Damit wir uns wieder zerfleischen können so wie gestern Abend? Ich weiß nicht, wie viel mehr davon mein Herz ertragen kann."

Alexej verschränkte seine Finger mit Patricks; mit der anderen Hand strich er ihm die Haare aus der Stirn. „Ich kann dich nicht aufgeben", gestand er leise. „Ohne dich lebe ich nicht."

Patrick sah Alexej schweigend und fassungslos an. Er hatte nie ernsthaft damit gerechnet, irgendeine Art von Gefühlserklärung von seinem wortkargen Geliebten zu bekommen und sei es auch nur eine indirekte. Es dauerte also einen Moment, bis er die Worte in sich aufgenommen hatte. Dann streckte er die Hand aus und strich Alexej sanft über die Wange. Er wusste nicht, was er erwarten konnte, wollte Alexej aber auch nicht gehen lassen. Schließlich hob er die Bettdecke ein Stück an. „Es kann nicht sehr bequem sein auf dem Fußboden. Komm und leg dich zu mir."

Ein leichtes Stocken in Patricks Stimme machte es für Alexej deutlich, dass Patrick nur Gesellschaft wollte und Trost, nicht Sex. Aber egal, was immer Patrick wollte, Alexej würde es ihm geben. Er schlüpfte aus seinen Schuhen und warf sein Jackett beiseite, dann legte er sich vorsichtig neben seinen verletzten Geliebten ins Bett und legte einen Arm um den jüngeren Mann. Ungewollt drängte sich ihm die Erinnerung an den Tag auf, als Patrick zu ihm kam, nachdem er bei der Schießerei mit den Kolumbianern verletzt worden war und er musste ein Stück von ihm wegrutschen, um den spürbaren Beweis seines unpassenden Verlangens zu verbergen.

Patrick kuschelte sich in Alexejs Arme und genoss es, einfach nur gehalten zu werden. „Und was passiert jetzt?", fragte er schließlich, während sein Körper sich langsam entspannte, zum ersten Mal, seit ihn am Morgen grobe Hände gepackt hatten.

Alexej zuckte die Schultern. Es war ihm nur zu bewusst, dass es keine einfachen Antworten gab. „Was immer du willst", sagte er und unterdrückte jeden Gedanken an das, was kommen mochte. Patrick noch einmal in seinen Armen zu halten, war etwas, das er nicht zu hoffen gewagt hatte; er würde das Schicksal nicht herausfordern, indem er mehr verlangte.

„Was ich will, ist unmöglich", sagte Patrick offen, machte sich aber nicht los, sondern blieb still liegen. „Du wirst immer wieder zu den *Vory* zurückkehren, weil das deine Mission ist. Und ich würde auch nie von dir verlangen, etwas anderes zu tun. Wie könnte ich, wenn es doch genau das ist, was mich zuerst – und dann immer wieder – zu dir hingezogen hat?"

„Du zerbrichst dir zu viel den Kopf", schalt Alexej, die Andeutung eines schiefen Lächelns im Gesicht und rieb mit dem Daumen über die Furche auf der Stirn seines Geliebten. „Lass das Morgen bis morgen sein. Ist erst heute."

Patrick ließ sich die Worte durch den Kopf gehen. Es waren zutreffende Worte, allerdings nicht nur für sie beide. Sich ewige Versprechen zu geben, garantierte nichts. Das Morgen konnte der nächste Tag sein oder die nächsten fünfzig Jahre. Das hatte er mehr als einmal selbst miterlebt, als er noch Streifenpolizist gewesen war, der Verkehrsunfälle aufnahm. Sie konnten das meiste aus den gestohlenen Momenten miteinander machen oder sie konnten voneinander getrennt unglücklich sein. Es war ein Kompromiss, von dem er wünschte, dass sie ihn nicht machen müssten, aber es war besser als nichts. Besser als das, was er befürchtet hatte.

„Heute", stimmte er zu und schmiegte sich enger an Alexej, dann hob er den Kopf und berührte sanft die Lippen des anderen Mannes mit seinen, ein wortloses Versprechen.

Langsam und vorsichtig zog Alexej Patrick enger an sich; seine Lippen öffneten sich in stummer Einladung. Er sehnte sich danach, Patrick fest an seine Brust zu ziehen, aber er wollte seinem Geliebten nicht zusätzliche Schmerzen verursachen. Mit einer Hand strich er sanft über Patricks Rücken, die andere legte er um die Wange des jüngeren Mannes, ermutigte ihn, den Kuss zu vertiefen.

Aber Patrick ließ sich nicht drängen. Sie küssten sich so selten und wenn, dann hungrig und voller Leidenschaft. Diese Art von Kuss, langsam und sanft und bedächtig, war eine neue Form der Intimität, die er auskosten wollte. Während ihre Lippen sacht übereinander strichen, berührte Patrick

136

mit den Fingerspitzen die Narbe an Alexejs Stirn. Er fragte sich, ob sie noch wehtat. Da er den stillen Frieden zwischen ihnen nicht zerstören wollte, stellte er die Frage nicht laut und ließ stattdessen seine Zungenspitze über leicht geöffnete Lippen streichen. Sie öffneten sich weiter, aber Patrick tauchte nicht ein in die dunkle, feuchte Wärme dahinter, sondern erkundete ihre Form, ihre Konturen.

Die zarte und doch gründliche Erforschung seiner Lippen weckte einen Hunger in Alexej, von dem er geglaubt hatte, dass er ihn vor fünfzehn Jahren verloren hatte. Mit einem leisen Stöhnen bewegte er seinen Mund an Patricks Lippen und drehte leicht den Kopf zur Seite, um Patrick besseren Zugang zu gewähren. Die Gefühle, die Patrick, wie er jetzt wusste, erwiderte, erlaubten es ihm, die Kontrolle abzugeben, wie er es noch nie zuvor freiwillig getan hatte.

Das leise Stöhnen seines Geliebten entfachte ein vertrautes Feuer in Patricks Blut. Er stemmte sich auf einen Ellbogen hoch, ignorierte die Schmerzen in seinen Rippen und nahm schließlich die wortlose Einladung seines Geliebten an. Seine Zunge tauchte tief in die feuchte Wärme ein und der Kuss wurde inniger, während Patrick Alexej erforschte, blieb dabei aber sanft und träge. Patricks Hände lagen auf der Matratze neben dem Körper seines Geliebten, berührten ihn nicht, so sehr er auch danach sehnte, aus Angst, erneut dunkle Erinnerungen wachzurufen. In ihrem Kuss jedoch, das wusste er instinktiv, gab es nichts zu fürchten.

Als Patrick schließlich ein letztes Mal an seiner Unterlippe knabberte und dann den Kopf hob, ging Alexejs Atem schwer und unregelmäßig, sein Herz hämmerte und sein Schwanz drängte sich hart und heiß gegen den Stoff seiner Hose. Er fiel schwer in die Kissen zurück und griff nach Patricks Händen, zog sie an seine Brust und zu den Knöpfen seines Hemdes, ermutigte seinen Geliebten, sie zu öffnen. Während Patricks schlanke Finger arbeiteten, löste Alexej seine Krawatte und ließ sie über die Bettkante auf den Boden fallen. „Berühre mich, *malysch*", murmelte er, als Patrick ihm das Hemd aus der Hose zog, um auch die letzten Knöpfe zu erreichen und seine Finger dabei Alexejs Haut berührten.

Patricks Hände zitterten leicht, als er Alexejs Bitte folgte. Nach jeder Berührung hielt er inne und warf einen prüfenden Blick in das Gesicht seines Geliebten, hielt aufmerksam Ausschau nach dem kleinsten Anzeichen dafür, dass das, was er tat, unerwünschte Erinnerungen wachrief. Er hasste diese Unsicherheit, aber noch mehr hasste er den Ausdruck, den er gestern Abend auf Alexejs Gesicht gesehen hatte. Er löste die letzten Knöpfe und strich den Stoff beiseite, entblößte Alexejs breite Brust; er bemühte sich, jede seiner Berührungen so leicht und liebevoll wie möglich zu halten und hoffte, dass das genug war, eine Wiederholung des vergangenen Abends zu vermeiden. „Was bedeutet das Wort?", fragte er leise, beugte sich vor und drückte einen sanften Kuss auf Alexejs Lippen.

Patricks zaghafte Berührungen setzten Alexej in Brand, aber sie waren nicht genug, um den Hunger zu stillen, den sie wachriefen. Er legte seine Hände auf Patricks, drückte sie gegen seine Brust und führte sie über seine Haut zu seinen harten Brustwarzen. „Bedeutet …" Seine Stimme stockte, als er ihre Hände über die festen Knospen rieb. „Bedeutet … Kleiner", brachte er schließlich heraus und stöhnte, als Patricks Finger sich aus eigenem Antrieb um seine Brustwarzen schlossen und die empfindsamen Spitzen sanft kniffen. „Baby …"

Die geflüsterten Worte und Alexejs tiefes Stöhnen ermutigten Patrick, die Liebkosung zu wiederholen und er rieb die festen Knospen zwischen seinen Fingerspitzen hin und her. Es war die Berührung eines Geliebten, hielt er sich vor Augen, nicht zu vergleichen mit dem, was Alexej im Gefängnis hatte erdulden müssen. Das machte sie sicher. Weiter ermutigt von dem Gedanken senkte er den Kopf und leckte erst die eine, dann die andere Brustwarze und knabberte sanft an ihnen. „*Malysch*", wiederholte er, ließ sich das Wort über die Zunge rollen. „Das gefällt mir."

„Gefällt mir auch", erwiderte Alexej atemlos. Er vergrub eine Hand in Patricks Haaren und zog seinen Kopf wieder zurück an seine Brust, wollte mehr dieser sinnlichen Liebkosung spüren. Sein Schwanz drängte sich so heftig gegen seine Hose, dass es beinahe schmerzte und er ergriff eine von Patricks Händen und drückte sie auf die prominente Wölbung. Er stöhnte tief vor Erleichterung, als Patricks Finger sich um ihn schlossen. „*Da*", krächzte er und stieß seine Hüften hoch, „*da*, Patja."

Patrick riss beinahe seine Hand aus Alexejs Griff, als er sie zu seinem Schritt führte, aber sein Geliebter genoss die Berührung so offensichtlich, dass sich Patricks Bedenken zerstreuten. Er streichelte den steifen Schaft durch den Stoff der Hose und hob den Kopf, um das Gesicht des älteren Mannes beobachten zu können. Ohne direkt zu sehen, was seine Berührungen auslösten, konnte er nicht weitermachen. Er brauchte diese Sicherheit und Bestätigung. Sein eigener Schwanz zuckte gierig bei der Erinnerung an das Gefühl des schweren, dicken Schafts, der langsam in seinen Körper eindrang und er rutschte unruhig hin und her. Der heiße Schmerz, der wie ein Blitzstrahl von seinen Rippen durch seinen Körper zuckte, beendete die Bewegung abrupt wieder. Patrick fluchte unterdrückt und sank zurück auf die Matratze.

Als Patrick erstarrte und dann mit einem Fluch neben ihn auf die Matratze sank, drückte Alexej sich auf einen Ellbogen hoch. Seine Augen huschten über das Gesicht des jüngeren Mannes. „Ist zu viel?", fragte er besorgt. Sein Körper beklagte den Verlust von Patricks Berührungen, aber Alexej war bereit, ihr Liebesspiel umgehend zu beenden, wenn es für den geschundenen Körper seines Geliebten zu viel wurde.

„Ich habe mich nur falsch bewegt", versicherte Patrick ihm hastig. Er wollte nicht, dass Alexej sein Verhalten als Zurückweisung missverstand. „Gib mir eine Minute. Mir geht es gleich besser."

Die Worte hallten wie ein schmerzhaftes Echo in seiner Erinnerung wieder und brachten die Bilder mit sich, wie er Patrick von sich gestoßen hatte. Alexej schwor sich ein weiteres Mal, dass er nichts tun würde, was seinen Geliebten verletzen konnte, weder emotional noch körperlich. Sanft drehte er Patrick auf den Rücken und setzte sich mit halbem Gewicht auf seine Oberschenkel, sorgsam darauf bedacht, keine Verletzungen zu irritieren. Schnell realisierte er, dass in dieser Position sein Körper für Patrick noch besser zugänglich war und packte seine Hände, zog sie wieder an seine Brust und ermutigte sie dann, tiefer zu gleiten, über seinen Bauch und hinunter zu seinem Hosenbund.

Das war zu deutlich, um es irgendwie misszuverstehen und Patrick ließ seine Hände willig von Alexej dorthin führen, wo er sie haben wollte, doch ein Teil von ihm trauerte über die verlorene Unschuld ihrer Beziehung. Im nächsten Moment aber musste er über sich selbst den Kopf schütteln. Keines ihrer Treffen war jemals unschuldig gewesen, vom ersten Augenblick an, als sich ihre Blicke begegnet waren. Aber es hatte eine gewisse Art von Unbefangenheit zwischen ihnen geherrscht, in ihrem Umgang miteinander und die war verschwunden, ersetzt durch Unsicherheit und Nervosität.

Die Dinge, die er gestern über Alexej erfahren hatte, hatten nichts an seinen Gefühlen für ihn geändert. Patrick hatte bereits vor einiger Zeit erkannt, dass es nichts gab, was seine Gefühle für den anderen Mann ändern konnte – außer vielleicht ihn dazu zu bringen, ihn noch mehr zu lieben. Was sich aber durch die Enthüllungen des gestrigen Tages geändert hatte, war die Art, wie er sich verhielt. Alexej hatte bereits genug gelitten und Patrick wollte ihm auf gar keinen Fall noch mehr Schmerz verursachen. Also ließ er seine Hände von Alexej führen, wo er sie haben wollte, tat aber nicht mehr, als seine Fingerspitzen über die festen Bauchmuskeln des *Vors* gleiten zu lassen.

Alexej konnte nicht umhin, das unbeholfene Zögern und die Anspannung zwischen ihnen mit ihren nahezu brutalen ersten Treffen zu vergleichen. Der Patrick von damals hätte ihm inzwischen die Hose vom Leib gerissen und seinen Schwanz tief geschluckt. Doch Alexej würde nicht zu diesen Anfangstagen zurückkehren wollen, trotz all der Schmerzen, die sie einander seither zugefügt hatten. Nicht, wenn er jetzt wusste, wie viel mehr als nur ein heißer Körper sein Geliebter war; nicht, wenn er langsam anfing, an das zu glauben, was sie füreinander empfanden. Und die Fähigkeit zu fühlen wiedererlangt zu haben, das war allen Schmerz wert.

Alexej stützte die Arme rechts und links von Patrick auf und beugte sich vor. Hauchzart fuhr er mit den Lippen über jedes der dunklen Male, die die ansonsten makellose Haut übersäten. Er spannte seine Oberschenkelmuskeln an und drückte sich hoch, sodass Patricks Hände mehr Raum hatten, sich zu bewegen, mehr von ihm erreichen und berühren konnten. „*Pozhaluysta*", flüsterte er am Herzen seines Geliebten. „Patja, berühre mich."

Patricks Hände schlossen sich enger um Alexejs Hüften. „Ich will so gerne", sagte er, seine Stimme nur ein Hauch, „aber ich habe Angst, dass ich dir wieder wehtue."

Alexejs Lippen hielten auf dem tiefdunkelblauen Fleck inne, der sich über mehrere Rippenbögen zog. Irgendetwas, vielleicht ein Ring, hatte hier die Haut aufgerissen. „Du bist verletzt", murmelte er voller Bedauern. Entschlossenheit stieg in ihm auf, seinen Geliebten allen Schmerz vergessen zu lassen.

„Nicht auf die Art wehtun", erwiderte Patrick sanft. Er streichelte Alexejs Wangen mit beiden Händen und hob dann sein Kinn an, damit er ihn ansah. „Ich will dir nicht noch einmal so wehtun wie gestern Abend."

Stahlgraue Augen blickten einen Moment lang suchend in schmelzendbraune. Dann legte Alexej seine Stirn an Patricks. „Du kannst mir nur damit wehtun, dass du mich nicht berührst", versicherte er ihm, die Worte ein sanftes Summen an Patricks Lippen.

Patricks Hände zitterten immer noch leicht, als er sie tiefer gleiten ließ, aber er wollte Alexej beim Wort nehmen. Er löste den Gürtel seines Geliebten und öffnete seine Hose. Die schwarze Unterhose darunter war ein vertrauter Anblick und plötzlich musste er lächeln. „Ich werde dir eine leuchtend gelbe Boxershorts kaufen", verkündete er mit einem leisen Lachen. „Irgendetwas Buntes, um all das Schwarz ein wenig aufzuhellen."

Dieser unerwartete Kommentar entlockte Alexej ein glucksendes Lachen. Ein Teil der Anspannung wich aus seinem Körper und er erlaubte es seinen Lippen zu Lächeln. „Für dich trage ich sie vielleicht sogar", scherzte er zurück, dann stockte ihm der Atem, als Patrick seine Hose und Unterhose über seinen Hintern hinunter auf seine Oberschenkel schob. Er verlagerte das Gewicht und griff mit einer Hand nach unten, um Patrick zu helfen, sie ihm ganz auszuziehen. „Die auch", sagte er dann und zupfte am Gummibund von Patricks bunt karierter Boxershorts. Sie war das letzte Hindernis zwischen ihnen und musste weg.

Patrick hob seine Hüften an und ließ Alexej ihm auch das letzte Kleidungsstück ausziehen. „Zieh sie aber ja nie für einen anderen an", neckte er Alexej, innerlich verblüfft über seine eigene Kühnheit. Er war nicht so naiv zu glauben, dass nun alle Probleme aus dem Weg geräumt waren, doch zum ersten Mal hatte er das Gefühl, dass sie wirklich ein Liebespaar waren, dass sie über das Liebesspiel hinaus auch miteinander scherzen und lachen konnten, so wie wahre Liebende es taten. „Sonst nehmen sie dir noch deine Sterne wieder weg."

„Ist nicht möglich", erwiderte Alexej und ließ sich langsam wieder auf Patrick herabsinken, bis sich ihre Lenden berührten, sein harter Schwanz

140

neben Patricks glitt und ihre Körper sich nahtlos zusammenfügten. Das Gefühl – Haut, Härte, Hitze – war nicht neu, er hatte es in den vergangenen Monaten ein dutzend Mal gespürt. Und doch fühlte es sich vollkommen neu an, als wären taube Nerven plötzlich wieder zum Leben erwacht. „Vory ist lebenslange Bindung." Er machte eine kleine Bewegung mit den Hüften, sodass sich ihre Erektionen aneinander rieben und atmete zischend ein, als bei der simplen Berührung Leidenschaft wie kleine Feuerfunken in seinem Körper aufglomm. „Ja tebja ljublju", stöhnte er; seine Hände umfassten Patricks Schultern, als er die Hüften wieder nach hinten schob, sie fester aneinanderdrückte. „Brauche dich."

Umgehend öffnete Patrick die Beine, ließ Alexej zwischen sie sinken. Er war mehr als bereit, ihm diese Bitte zu erfüllen und sein Herz pochte schneller bei der Zärtlichkeit in seiner Stimme, als er leise Worte auf Russisch murmelte. „Bitte versteck dich nicht hinter Worten, die ich nicht verstehen kann", flehte er, wobei er das Gefühl hatte, zu wissen, was sein Geliebter geflüstert hatte. „Bitte sag mir, was sie bedeuten."

Alexejs erste instinktive Reaktion war, der Frage auszuweichen und mit einer cleveren Bemerkung von der Antwort abzulenken. Aber er schluckte die Worte, bevor sie ihm über die Lippen kommen konnten. Er hatte nicht mehr nur gegenüber den Vory eine Verpflichtung und er konnte das eine so wenig leugnen wie das andere. Er ließ eine Hand von Patricks Schulter über seine Brust gleiten, bis sie über seinem Herzen lag, hielt einen Moment dort inne und strich dann Patricks Arm entlang hinunter zu seiner Hand. Er drückte die schlanken Finger, zog sie an seine Brust und legte sie auf sein Herz unter den grellbunten Tätowierungen. „Liebe dich", erklärte er mit leiser aber fester Stimme. „Sie bedeuten ‚ich liebe dich'."

„Ich liebe dich auch", erwiderte Patrick ebenso leise und drückte die Hand, die seine hielt. Er hatte sich nicht geirrt. Sicher, die Worte waren kein Zauberspruch, der auf magische Weise alles verschwinden ließ, das sie voneinander trennte; doch sie waren ein Versprechen, dass sie sich nicht länger gegenseitig bekämpfen würden, sondern Seite an Seite der Welt die Stirn boten. Selbst wenn sie die einzigen waren, die das wussten. In dem Wunsch nach einer letzten Bestätigung, dass Alexej es auch so verstanden hatte, hob Patrick die Hüften und rieb sich an Alexej. „Mach Liebe mit mir?"

Alexej konnte sich nur eines vorstellen, das er noch mehr wollte, nur einen Weg, der die Geister der Vergangenheit zur Ruhe legen und gleichzeitig dafür sorgen konnte, dass er seinem Geliebten nicht noch mehr Schmerzen zufügte. Er hob ihre ineinander verschränkten Hände an seine Lippen und küsste Patricks Handfläche, dann legte er sie um Patricks Schwanz und strich langsam an der harten Säule auf und ab. „Diesmal mach du Liebe mit mir."

Patricks Erektion zuckte eifrig und erwartungsvoll bei den Worten, aber sein Herz wurde schwer. „Ljoscha", protestierte er. Er erinnerte sich nur zu gut daran, wie furchtbar der gestrige Abend geendet hatte. „Du musst das nicht. Du musst mir nichts beweisen."

Vielleicht muss ich es mir selbst beweisen, dachte Alexej, aber ihm war die Reaktion von Patricks Körper auf seine Worte auch nicht entgangen. „Ist etwas, das wir beide wollen", sagte er und drückte die harte Erektion in seiner Hand, die prompt härter wurde.

Patrick konnte nicht leugnen, dass er es wollte, aber das hieß noch lange nicht, dass es auch eine gute Idee war. Er war sich bewusst, was für ein Geschenk Alexej ihm damit machte, aber er wollte nicht noch einen Fehltritt begehen. Nicht jetzt, wenn sie doch gerade erst wirklich Frieden miteinander gefunden hatten. „Ein andermal", schlug er vor. „Wenn wir beide Zeit gehabt haben, uns an die Vorstellung zu gewöhnen." *Wenn ich sicher sein kann, dass es uns nicht wieder auseinander reißt.*

„Gewöhne dich an Vorstellung", schnurrte Alexej und drückte Patricks Schultern auf die Matratze; nicht fest, aber fest genug, um seinen Worten Nachdruck zu verleihen. „Wir werden es tun und entweder du bereitest mich vor oder ich nehme dich so auf, wie ich bin. Deine Entscheidung."

Patrick wollte erneut protestieren, aber Alexejs Miene war fest entschlossen – und es war nun beileibe auch keine Bürde, zu tun, worum er bat. Patrick musste einfach langsam und vorsichtig sein und darauf achten, keine weiteren dunklen Erinnerungen zu wecken. „Gleitgel ist in der Nachttischschublade", gab er schließlich nach.

Alexej richtete sich gerade weit genug auf, um die kleine Tube zu finden. Er drückte sie Patrick in die Hand und widmete sich dann wieder der erfreulichen Aufgabe, jeden der blauen Flecken auf Patricks Brust mit den Lippen zu berühren und zu versuchen, die Schmerzen wegzuküssen. Ein Schauer lief durch den jüngeren Mann; Spiegelbild derselben Erregung, die auch Alexej erfüllte, während er wartete.

Patrick holte tief Luft und versuchte, seine Hände ruhig zu halten, als er sich ein wenig Gel auf die Finger drückte. Er legte die Tube beiseite und wartete einen Moment, damit das Gel warm werden konnte, dann schob er die Hand zwischen ihre Körper, legte sie um ihre Erektionen und streichelte sie, verteilte das Gel über sie beide. Er würde tun, was Alexej wollte – und wem machte er hier etwas vor, natürlich würde er das, er war bereits hart wie Stein bei dem bloßen Gedanken daran, dass er der Erste war, der Alexej seit wer weiß wie vielen Jahren auf diese Weise berühren würde – aber er würde es auf seine Art und Weise tun, in seinem Tempo, um seinem Geliebten jederzeit die Möglichkeit zu geben, seine Meinung wieder zu ändern.

Ein tiefes Stöhnen entrang sich Alexejs Kehle, als Patricks warme, gelglatte Hand sich um sie legte und sie langsam, bedächtig streichelte, aneinander rieb. Aber so gut es sich auch anfühlte, es war nichts, das sie nicht schon getan hatten und Alexej wollte mehr. Um seinen Geliebten anzuspornen, machte Alexej sich über seine Brustwarzen her, zupfte und knabberte sanft an den festen Knospen. Die Hand, die sie umfasste, hielt abrupt inne und mit einem zischenden Atemzug wölbte Patrick sich vom Bett hoch, Alexej entgegen. Alexej ergriff die reglose Hand und führte sie tiefer, weiter nach hinten. Der warme Handrücken strich über seine Hoden, was ihm einen zufriedenen Laut entlockte und er wandte sich der anderen Brustwarze zu.

Der Art nach zu urteilen, wie entschlossen und zielsicher Alexej Patricks Hand dahin führte, wo er sie haben wollte, schien er seine Meinung nicht ändern zu wollen. Mit einem innerlichen Kopfschütteln machte Patrick seine Hand los und legte sie um den schweren Hodensack, massierte ihn sanft und spielte mit der warmen, runzligen Haut. Er wollte Alexej so sehr erregen, wie er nur konnte, bevor er dazu überging, ihn zu öffnen. Das würde hoffentlich den Schmerz wieder wettmachen, der, wie Patrick stark vermutete, nach all den Jahren, seit Piotrs Tod, nicht zu vermeiden war.

Eine Alexej unvertraute Art von Rastlosigkeit baute sich in ihm unter Patricks vorsichtigen, zärtlichen Liebkosungen auf. Zum ersten Mal verstand er die Dringlichkeit in der Stimme seines Geliebten, wenn er ihn anflehte, ihn zu ficken. Selbst das Wissen, dass es vermutlich wehtun würde, konnte den Hunger, zu spüren, wie Patrick in ihn eindrang, ihre Körper in dieser intimsten aller Vereinigungen miteinander verschmolz, nicht dämpfen. „Du brauchst zu lange", knurrte er und schob die Hüften vor in der Hoffnung, dass das Patricks Hand zu der Stelle brachte, wo er sie am meisten brauchte.

„Ich werde verdammt noch mal so lange brauchen, wie ich will", gab Patrick zurück, aber in seiner Stimme lag keine Schärfe. Kaum hatte er die Worte ausgesprochen, erinnerte er sich daran, was das für ein gewaltiger Schritt war, den Alexej hier tat. Weicher fügte er hinzu: „Lass es mich richtig machen, Ljoscha. Lass es mich so machen, dass es gut für dich ist."

„Wird gut sein", entgegnete Alexej. Dann stieß er den Atem aus und zwang sich dazu, sich zu entspannen und nicht die Kontrolle an sich zu reißen. Das hier war Patrick. Und er wollte es. „Bist du." Ganz konnte er sich aber nicht kontrollieren und so drängte er erneut die Hüften vor und in seiner Stimme lag ein Hauch Ungeduld. „Nur ... mach schneller."

Patrick hob den Kopf von der Matratze und küsste Alexej. Gleichzeitig schob er seine Hand tiefer, dorthin, wo Alexej sie haben wollte. Doch er blieb weiterhin vorsichtig, bewegte seine Finger nur langsam, ließ sich Zeit, Alexej zu erkunden und erlaubte es ihm, sich an das Gefühl von Patricks Fingern zu gewöhnen. Auf gar keinen Fall wollte er den älteren Mann überraschen oder zu schnell vorgehen und damit seine Albträume wiedererwecken.

Als sich jedoch Alexejs Zunge in seinen Mund drängte, warf Patrick alle Bedenken über Bord und erlaubte es sich, einfach zu tun, was sie beide wollten. Sanft und spielerisch fuhr er ein letztes Mal mit den Fingern über die enge Öffnung, dann schob er eine Fingerspitze hindurch. Der schützende Muskel spannte sich fest um ihn herum an und er ließ den Kopf zurücksinken, löste seine Lippen von Alexejs, um zu flüstern: „Entspann dich und lass mich herein."

„Letztes Mal ist lange her", krächzte Alexej heiser und kämpfte gegen den Instinkt an, alles in sich anzuspannen, um den Eindringling draußen zu halten. *Kein Eindringling*, erinnerte er sich, holte tief Luft und entspannte bewusst seine Muskeln, sodass die Fingerspitze tiefer sank. *Patja. Mein Patja.* „Jetzt, Patja", murmelte er an den Lippen seines Geliebten und schob die Hüften nach hinten, dem Finger entgegen. Schließlich spürte er, wie der Muskel nachgab, sich dehnte. Mit einem leichten Brennen sank Patricks gelglatter Finger in ihn hinein.

Patrick fragte nicht, wie lange das letzte Mal her war. Es spielte keine Rolle. Das einzige, was wichtig war, war dieses Mal so gut und so schön wie möglich zu machen für Alexej. Er bewegte den Finger sacht, drehte ihn in dem unglaublich engen Kanal hin und her auf der Suche nach Alexejs Prostata. Das plötzliche Zusammenzucken und das scharfe Atem holen sagten ihm, dass er sie gefunden hatte. Er tippte das Nervenbündel mit der Fingerspitze an, streichelte und massierte es, bis Alexej laut keuchte und in seinen Armen bebte. „Bist du bereit für mehr?"

„*Da*", keuchte Alexej, „*da*, mehr." Das Gefühl, gedehnt und geöffnet zu werden, die Bewegungen von Patricks Fingern und die Berührung tief in seinem Innern, narrten ihn mit dem Versprechen auf etwas, das gerade außerhalb seiner Reichweite lag. Sie erweckten einen Hunger in ihm, den nur der Körper seines Geliebten befriedigen konnte. Alexej verbiss sich ein tiefes Stöhnen, als ein zweiter Finger in ihn eindrang und presste seine Lippen auf Patricks Hals. Während der Finger tiefer sank, ließ er seine Lippen zu seinem Schlüsselbein hinunterwandern und als sich die Finger in ihm spreizten, biss er in den Muskelstrang in Patricks Schulter.

Vorsichtig und langsam dehnte Patrick die enge Öffnung, bis der Muskel sich weit genug entspannt hatte, dass er die gekräuselten Falten mit der Spitze eines dritten Fingers erforschen konnte. Sein Schwanz war zwar nicht so dick wie Alexejs, aber er wollte seinem Geliebten auch nicht wehtun. „Noch einer?", fragte er und hoffte, dass die Antwort ja lauten würde.

„*Njet*", lehnte Alexej kategorisch ab. Er stützte sich auf die Hände und küsste Patrick, hart, fordernd und leidenschaftlich. „Nicht mehr Finger. Ich will dich." Er verlagerte sein Gewicht und schloss eine Hand um Patricks Erektion, rieb mit dem Daumen über die Eichel und verrieb die Flüssigkeit der Lusttropfen mit dem glänzenden Gel. Dann drückte er sich auf die Knie hoch und führte den Schaft zwischen seine gespreizten Beine.

„Oh, verdammt!", ächzte Patrick, als ihn erst die Wärme von Alexejs Hand und dann die Hitze seines Körpers in Flammen setzten. Er zwang sich dazu, absolut stillzuhalten und es seinem Geliebten zu erlauben, das Tempo zu kontrollieren, mit dem er ihn in sich aufnahm. Langsam – oh, Gott, so langsam! – sank Alexej tiefer, tiefer auf ihn hinab, nahm ihn tiefer in sich auf, bis seine Pobacken Patricks Oberschenkel berührten und Patricks Schwanz ganz in ihm vergraben war.

Patrick hätte Alexej gerne gefragt, ob alles in Ordnung war, aber Worte zu formen war jenseits seiner Fähigkeiten. So zwang er seine Augenlider, sich zu öffnen – er hätte nicht sagen können, wann er sie geschlossen hatte – und blickte forschend in das Gesicht seines Geliebten über sich empor. Das, entschied Patrick nach einem Moment, war das absolut Verführerischste, das er je in seinem Leben gesehen hatte: sein Geliebter, der sich langsam auf ihm bewegte, eine einzelne, lose Haarsträhne im Gesicht.

„*Bozhe moi*", stöhnte Alexej, stemmte sich hoch, bis nur noch die Spitze von Patricks Schwanz in seinem Körper war und sank dann langsam wieder hinunter auf den heißen, pulsierenden Schaft. Er konnte jede Hautfalte, jede Vene spüren, jedes Pulsieren des Bluts in seinen Adern. Patrick füllte ihn, erfüllte ihn, erfüllte ihn ganz, versengte ihn mit jedem Zentimeter Haut, der in ihn glitt. Alexejs Muskeln spannten sich, zogen sich fester um das heiße Glied in ihm zusammen, als er versuchte, Patrick noch tiefer in sich zu ziehen, ihn noch enger zu halten und zu spüren, wie sie miteinander verschmolzen, bis nicht nur ihre Körper, sondern auch ihre Seelen eins wurden. Sein Kopf fiel zurück und er begann sich schneller auf und ab zu bewegen, seinen Geliebten härter zu reiten. Die leisen Laute, die Patrick bei jeder Bewegung ausstieß, waren offenkundiger Beweis, dass ihn dieselbe, verzehrende Leidenschaft erfüllte.

Patrick ergriff mit einer Hand Alexejs Hüfte, nicht um ihn zu kontrollieren, sondern einfach, um die Bewegungen seines Geliebten zu spüren und mitzuverfolgen. Die andere Hand legte er um den auf und ab tanzenden Schwanz, der stolz von den Lenden des anderen Mannes emporragte. Dann begann er, seine Hüften im Gleichklang mit Alexejs zu bewegen und nach oben zu stoßen, wann immer Alexej auf ihn hinunter sank. Ihre Körper schlugen klatschend gegeneinander, schneller, lauter, bis er sich fast schluchzend dem Höhepunkt entgegenreckte.

„Zusammen", flehte er. Er musste wissen, spüren, dass Alexej ihr Liebesspiel genossen hatte, bevor er sich der wachsenden Anspannung hingeben konnte.

Patricks atemlose, bebende Stimme war beinahe genug, um Alexejs strapazierte Selbstbeherrschung vollends zu vernichten. Schweiß tropfte von seiner Brust, die sich wie ein Blasebalg hob und senkte und seine Fersen gruben sich tief in die Matratze, als er in kurzen, harten Bewegungen nach unten stieß.

Jeder Stoß rammte Patricks Schwanz in seine Prostata, bis sich das Blut in seinen Adern anfühlte wie geschmolzene Lava. Abrupt krampften sich seine Muskeln wild zusammen und sein Schwanz zuckte in Patricks Hand, als sein Orgasmus über ihn hereinbrach. Er war so intensiv, dass Alexejs Sichtfeld weiß wurde. Laut schrie er den Namen seines Patjas heraus; sein Körper erstarrte, schauderte, als sein Samen über ihre vereinigten Körper spritzte und jeder Schauer, der durch seinen Körper rann, den eisernen Schaft in ihm fester und fester drückte.

Er hatte sich geirrt, realisierte Patrick in der kurzen Sekunde, bevor sein Orgasmus ihn überwältigte. Es gab etwas Verführerischeres als Alexej, der ihn ritt: Alexej, wie er kam, das Gesicht vor Ekstase beinahe verzerrt. Der Anblick raubte Patrick den Atem. In der nächsten Sekunde brach sein Orgasmus über ihn herein wie eine Flutwelle, riss ihn mit sich und flutete sein Bewusstsein, bis selbst das Bild von Alexejs erfüllter Leidenschaft schwand und seine Augen sich schlossen, egal, wie sehr er sich bemühte, den Blick nicht von ihm abzuwenden.

Immer noch heftig keuchend sackte Alexej zusammen. Seine Lider flatterten, als er den Kopf hob und seinen Geliebten ansah; das Weiß schwand wie Nebel, der sich in der Sonne auflöst. Patricks Augen waren geschlossen, seine Züge weich und satt, sein Mund rot und geschwollen. Alexej beugte sich vorsichtig zu ihm hinunter und legte seine Lippen auf Patricks, küsste ihn zart und langsam, bis der geschundene Mund unter seinem reagierte. Eingedenk Patricks Verletzungen wollte Alexej sich zur Seite drehen und sich neben ihn legen, aber Patricks Hände packten seine Hüften und hielten ihn fest. Also stützte Alexej sich auf die Unterarme, damit er nicht zu schwer auf Patrick lastete und strich ihm sanft die feuchten Haarsträhnen aus der Stirn. Seine Finger glitten weiter, sanken in das dichte Haar und er rollte eine Strähne um einen Finger; eine weitere Verbindung zwischen ihnen.

„Geh nicht", murmelte Patrick. Er wusste, dass Alexej nicht bleiben konnte, aber er wollte es dennoch. Er war noch nicht bereit, die gerade geknüpften, zarten Bande wieder auf die Probe zu stellen. Noch nicht gleich. Es würde noch früh genug geschehen, wenn die Realität Alexej wieder aus seinen Armen und zurück zu den *Vory* zwang, von daher wollte er diesen Moment so weit hinausschieben wie möglich und einfach noch ein wenig länger in dieser Phantasiewelt leben, in der Alexej ihm gehörte und sie frei waren von allen Ängsten und Sorgen und Bedrohungen. Patricks Arme schlossen sich fester um seinen Geliebten, als ob sie ihn irgendwie vor den Gefahren, die dort draußen auf sie lauerten, beschützen konnte.

Alexej hatte ihm versichert, dass Konstantin keine Bedrohung mehr für ihn darstellte, aber Patrick wusste, dass es trotzdem noch eine ganze Weile dauern würde, bevor er sich außerhalb seiner schützenden Wände wieder entspannen konnte. Außerdem galt nach wie vor, dass das Risiko, dass andere

Vor von ihnen erfuhren, größer wurde, je mehr Zeit sie miteinander verbrachten. Alexejs Ausrede, dass er Patrick bestach, stellte eine noch größere Gefahr als die Wahrheit über ihre Beziehung für Alexej dar, sollten andere *Vory* sie entdecken. Patrick machte sich da keine Illusionen mehr. Doch in diesem Moment war ihm das alles gleichgültig. Er brauchte Alexej zu sehr, um ihn gehen zu lassen, egal, wie gefährlich das für sie beide war. Und jetzt, da er wusste, dass Alexej das gleiche für ihn empfand wie er für Alexej, gab es nichts und niemanden mehr, der ihn lange von seinem Geliebten fernhalten konnte.

„*Da*", antwortete Alexej, der diesen Moment ebenso wenig enden lassen wollte wie Patrick. Langsam ließ er sich auf den so geliebten Körper unter sich herabsinken, spürte das warme Gefühl von Haut an Haut überall dort, wo sich ihre Körper berührten und brannte es sich in sein Gedächtnis ein. Er wusste, dass er bald gehen musste, sonst riskierte er ein erneutes Aufflammen von Konstantins Eifersucht. Aber für den Moment verdrängte er den Gedanken; Konstantin, die *Vory*, seine Rache und die Gefahr, in der er und Patrick allein dadurch schwebten, dass sie zusammen waren, er erlaubte es keinem davon, sich ihm aufzudrängen. Er konnte über diese gestohlenen Augenblicke hinaus keine Versprechen machen, aber solange sie anhielten, gab es nichts auf dieser Welt außer Patrick. „*Da*", wiederholte er leise. „Ich bleibe."

16

ALEXEJ STRECKTE sich langsam und träge, warm und entspannt vom Schlaf. Doch seine Stirn legte sich in Falten, als seine Hände nichts weiter berührten als kühle Laken. Er war jahrelang morgens allein aufgewacht, aber nachdem er eine Nacht in Patricks Armen geschlafen hatte und am Morgen von sanften Küssen geweckt worden war, die zu einem langsamen, zärtlichen Liebesspiel führten, war alles andere grau und trostlos. Alexej wusste, dass er an jedem Morgen, an dem er nicht neben Patrick aufwachte, diese graue Leere spüren würde und dass jeder Tag, der nicht durch die Gegenwart seines Geliebten aufgehellt wurde, so leer und trostlos wäre wie sein Morgen. Dass es viele solcher Tage geben würde, dass die Zeit, die er mit Patrick hatte, nach wie vor auf wenige, gestohlene Stunden begrenzt war, machte dieses Wissen nicht leichter zu ertragen.

Alexej war überrascht gewesen, wie einfach es gewesen war und wie richtig es sich angefühlt hatte, in Patricks Bett aufzuwachen. Selbst das Bewusstsein darüber, dass er sich mit den Auswirkungen des Angriffs auf Patrick auseinandersetzen musste, hatte ihn nicht aus dem Bett getrieben. Hatte ihn nicht dazu bringen können, die kurzen, gemeinsamen Stunden noch kürzer zu machen.

Dank des offenen Grundrisses von Patricks Loft hatte Alexej vom Bett aus seinen Geliebten beobachten können, wie er ihnen Kaffee und Rührei zum Frühstück machte. Alexej hatte versucht, Patrick davon zu überzeugen, sich auszuruhen und ihn das tun zu lassen, aber Patrick hatte ihn ignoriert und darauf beharrt, dass er sich schon viel besser fühlte und dass er wieder anfangen musste, sich um sich selbst zu kümmern.

„Außerdem", fügte Patrick mit einem Lächeln hinzu, „siehst du gut aus in meinem Bett mit deinen zerrauften Haaren. Mir gefällt der Gedanke, dass du meinetwegen so aussiehst. Außerdem kann ich mich so an dich erinnern, wenn du nicht hier bist."

Alexej konnte dem Gedanken nicht widerstehen. Er zog Patrick für einen schnellen Kuss zu sich hinunter, der sehr schnell zu mehr wurde. Er ignorierte Patricks Proteste, dass das Rührei anbrannte, zog Patrick bis auf die Haut aus und machte sich daran, jeden Zentimeter des Körpers seines Geliebten mit der Zunge zu erkunden.

Jeden einzelnen Zentimeter.

Die Erinnerung an Patricks flehende Bitten, als Alexejs Zunge über seinen Eingang tanzte und die rosigen Falten neckte, ließ Alexej wieder steif werden. Langsam fuhr er mit der Hand an seinem Schaft auf und ab, während er sich an den gestrigen Morgen erinnerte, an das Gefühl von Macht, das ihn erfüllte, als er Patrick in ein bebendes Häufchen gestöhnten Flehens verwandelte und an den verboten sündhaften Klang seines Namens auf Patricks Lippen. Er bezweifelte, dass er es jemals überdrüssig werden würde, Patrick in diesem atemlosen, verzweifelten Tonfall „Ljoscha" stöhnen zu hören, bevor er kam.

Als Alexej es Patrick eine Stunde später schließlich erlaubte aufzustehen, konnten sie das Rührei nur noch wegwerfen. Da sie beide völlig verschwitzt und zerrauft waren, nahm Alexej Patrick mit unter die Dusche, wo er ihn sorgfältig und gründlich wusch. Die blauen Flecken zu sehen, die Patrick seinetwegen zugefügt worden waren und zu wissen, dass er seinen Geliebten nicht vollkommen schützen konnte, formte einen eisigen Knoten in seinem Magen. Diese Gedanken mussten sich auf seinem Gesicht widergespiegelt haben, denn Patrick drängte Alexej mit dem vollen Gewicht seines Körpers gegen die gekachelte Wand und küsste ihn, hart und mit Nachdruck. „Es ist nicht deine Schuld", erklärte er ihm. „Ich kenne die Risiken, die wir eingehen und für mich sind sie es wert. Du bist das wert."

Jeder Einwand, den Alexej darauf hätte äußern können, wurde von Patricks Mund geschluckt, der sich erneut auf seinen legte. Patricks Lippen wanderten über seinen Hals hinunter zu seiner Brust, küssten jede der Tätowierungen dort. Alexej stöhnte und umfasste hart Patricks Schultern, als der jüngere Mann auf die Knie sank und Alexejs Schwanz in den Mund nahm. Das auf sie herabprasselnde Wasser wurde bereits kalt, als Alexej tief in Patricks Kehle kam. Danach musste er seinen Geliebten nur noch ein-, zweimal kraftvoll streicheln, während Alexej seinen eigenen, salzigen Geschmack aus Patricks Mund stahl, bevor er ebenfalls zum Höhepunkt kam.

Nachdem sie sich angezogen hatten, half Alexej Patrick frische Rühreier zu machen und dazu Toast und Kaffee. Einfach gemeinsam in der hellen, offenen Küche zu arbeiten und zusammen Frühstück zu machen, war unerwartet intim und brachte Alexej auf Gedanken, die zu haben er kein Recht hatte – Gedanken an ein Leben in dem er und Patrick das jeden Morgen haben konnten. Das Frühstück verlor seinen Reiz und er aß es, ohne etwas zu schmecken und ging so bald darauf wie möglich.

Nachdem er Patrick verlassen hatte, suchte er als erstes nach den beiden Männern, die ihn angegriffen hatten. Er trieb sie relativ schnell in einer Bar ein Stück weiter die Straße von Wolkows Elektronikgeschäft entfernt auf.

„Alexej!" Etwas in Demyans Lächeln machte Alexej nur noch wütender. „Konstantin hat dich heute früh von Leine gelassen."

Alexejs Faust wischte Demyan umgehend das Grinsen aus dem Gesicht. „Du bist dumm wie Ochse. Der Mann, den ihr angegriffen habt? Ist Polizist. Ihr könnt froh sein, dass er euch nicht umgebracht hat."

„Konstantin befiehlt uns, ihm zu sagen, er soll sich von dir fernhalten", stammelte Demyan und spuckte Blut aus. „Woher soll ich wissen, dass er Polizist ist? Und warum sprichst du mit Polizei?"

„Ihr habt gesehen, was mit dem Alten passiert ist, nachdem er sich mit Polizei angelegt hat", fauchte Alexej. „Besser sie bestechen, damit sie wegsehen. Aber du und Sergej hier habt meinen Mann beinahe umgebracht."

„Wir machen nur, was Konstantin sagt", murmelte Sergej säuerlich.

Alexej packte den Mann an der Kehle und rammte seinen Kopf gegen die Wand hinter ihm. „Du kommst noch mal in seine Nähe, du musst dir keine Sorgen machen, dass Polizei dich umbringt. Ich mache es." Seine Blicke bohrten sich unerbittlich in Sergejs, dann drehte er den Kopf und starrte Demyan an, um klarzumachen, dass diese Warnung für sie beide galt. „Und ich mache es viel, viel langsamer." Er ließ Sergej los und der andere Mann begann zu husten. „Ich sage es Konstantin und ich sage es euch. Überlasst Polizei mir."

Demyan und Sergej sahen gebührend eingeschüchtert aus. Es war nicht ganz das, was Alexej wollte – er hatte sie viel lieber zusammengeschlagen –, aber es würde reichen. Außerdem hatten sie recht: Sie hatten nur das getan, was Konstantin ihnen befohlen hatte.

Nachdem er das abgehakt hatte, machte Alexej sich auf die Suche nach Konstantin. Er musste seine Kontrolle über den jüngeren Mann festigen und dazu gehörte auch, seinen Worten von gestern Nachdruck zu verleihen. Er fand einen glücklicherweise größtenteils nüchtern aussehenden Konstantin im Elektroladen, was Alexej hoffen ließ. Nüchtern war Konstantin zugänglich für Vernunft und Logik – wenn man ihm klarmachen konnte, dass das in seinem eigenen besten Interesse war.

„Ljoha!", rief Konstantin, als Alexej den Laden betrat. „Ich habe dich vermisst letzte Nacht."

„Ich habe dafür gesorgt, dass Bulle, mit dem deine Männer ‚geredet' haben, es jetzt nicht auf uns abgesehen hat." Es war wie ein Messerstich ins Herz, so abwertend über Patrick zu sprechen, aber Alexej war sich sicher, dass sich nichts davon auf seinem Gesicht zeigte. „Fjodors Verhaftung ist schlecht für Geschäft. Wir brauchen nicht noch mehr Bullen, die hier rumschnüffeln."

„Tut mir leid, Ljoha", sagte Konstantin in demütigem Tonfall, „aber wenn du mir diese Sachen sagst, ich mache keine Fehler." Er schlang einen Arm um Alexejs Schultern und zog ihn näher an sich; seine ganze Körpersprache deutete unmissverständlich auf ein gewisses, sehr persönliches Interesse hin. „Vergib mir?"

Einen Moment lang erlaubte Alexej die Umarmung und lehnte seine Stirn an Konstantins. Dann trat er zurück und machte sich los. „Wir sind gutes Gespann", sagte er und schlug Konstantin kameradschaftlich auf den Rücken. Es war ein wahrer Drahtseilakt, dem jüngeren *Vor* gerade genug zu geben, dass er glauben konnte, sein Interesse würde erwidert, ohne ihn aber zu ermutigen, dementsprechend zu handeln. Bisher hatte er Konstantin größtenteils kontrollieren können, aber in letzter Zeit war der andere Mann zunehmend weniger zurückhaltend und vorsichtig, besonders wenn sie allein waren.

Alexejs Gedanken wanderten zurück zu der Nacht, als er einen betrunkenen Konstantin nach Hause gebracht hatte. Er hatte ihn förmlich die Treppe hinauf und in sein Bett getragen und Konstantin hatte sich immer noch an ihn geklammert, als sein Vater ins Zimmer gekommen war. Fjodor hatte Konstantin für seine Betrunkenheit verflucht, aber Alexej hatte gesehen, wie Fjodors Augen hart wurden, als Alexej sich aus Konstantins Armen losmachte, die um seine Brust geschlungen waren. Fjodor mochte auch vorher schon einen Verdacht bezüglich seines Sohnes gehabt haben; was ihn allerdings nicht davon abgehalten hatte, Konstantins Bitte, Alexej in die *Vory* aufzunehmen, nachzugeben. Natürlich, soweit er das wusste, gab es weder in Alexejs Vergangenheit noch in seinem derzeitigen Verhalten etwas, das Fjodor zum Anlass nehmen konnte, diese Bitte abzuschlagen, ohne dabei seinen eigenen Sohn zu belasten. Alexej war sich jedoch ziemlich sicher, dass dieser Vorfall der Auslöser gewesen war, warum Fjodor versucht hatte, Alexej den Mord an Stachowitz anzuhängen. Es war die perfekte Gelegenheit gewesen, jeglichen Verdacht von sich abzulenken und gleichzeitig das Objekt der gefährlichen Attraktion seines Sohnes loszuwerden.

„Ist Grund zu feiern", verkündete Konstantin und schob seinen Arm durch Alexejs. „Ich schlage vor, wir besuchen unsere Mädchen. Neue Lieferung ist gerade gekommen, bereit für Inspektion. Mädchen sind alle –" Er formte mit den Händen die üppigen Kurven einer Frau. „So, wie richtige Männer sie wollen."

Alexej neigte zustimmend den Kopf, während er sich innerlich darauf gefasst machte, den ganzen Nachmittag lang Konstantins Prahlereien über seine sexuelle Leistungsfähigkeit und Erfolge bei Frauen zuzuhören.

„Gute Idee", stimmte er zu und erlaubte es Konstantin, ihn zur Tür zu führen, während der *Vor* über die Schulter hinweg einem Mann im Hinterzimmer zurief, nach vorn zu kommen und den Laden zu übernehmen. Alexej zog eine gewisse Befriedigung daraus, dass es ihm gelungen war, Konstantin zu überzeugen, in seinen Bordellen junge Frauen Anfang zwanzig arbeiten zu lassen und nicht mehr blutjunge Mädchen wie unter Fjodors Regime. Er mochte wünschen, mehr tun zu können, aber er konnte mit dieser Änderung leben. „Gibt noch viel anderes, das wir tun können, Geschäft sogar noch besser zu machen."

17

DAS SUMMEN von Alexejs Handy war laut in dem leeren Lagerhaus, in dem er und Konstantin damit beschäftigt waren, den Inhalt der letzten Lieferung mit dem Lieferschein abzugleichen. Konstantin hatte eine Flasche Wodka aufgemacht – „um Qualität zu prüfen", wie er erklärt hatte – und als Alexej keine Anstalten machte, das Handy aus der Hosentasche zu ziehen, zeigte er mit dem Hals der Flasche auf ihn. „Du gehst nicht dran?"

„Wer soll sein, mit dem ich reden will? Du bist hier", antwortete Alexej. Es gab nur zwei Menschen außerhalb der *Vory*, die seine Nummer hatten und er wollte vor Konstantin weder mit Patrick noch mit Graves sprechen.

„Geh trotzdem dran", befahl Konstantin. „Geräusch nervt mich."

Alexej war versucht, das Handy einfach ganz auszustellen, aber das würde Konstantin nur neugierig machen. Besser war es, seinem Befehl zu folgen und den Anruf anzunehmen. Die Stimmungsschwankungen des jüngeren *Vors* hatten in letzter Zeit noch zugenommen, was es Alexej schwer machte, ihn unter Kontrolle zu halten. Es war ihm vielleicht gelungen, Konstantin zu überzeugen, dass seine Bordelle mehr Geld einbrachten, wenn dort ältere, erfahrene Frauen für ihn arbeiteten, aber es war ihm nicht gelungen, Konstantin seinen Plan vom Drogenhandel auszureden. Er vermutete, dass Konstantin auch diese Waren auf Qualität prüfte.

„Boczar", meldete er sich barsch, während er gleichzeitig unauffällig den Lautstärkeregler des Geräts herunterzog, damit Konstantin nicht mithören konnte.

„Ich muss dringend mit dir sprechen." Patrick hielt sich nicht mit Begrüßungen oder Erklärungen auf. Er wusste nicht, wo Alexej war und ob es sicher für ihn war, zu sprechen. „Es ist wichtig, Alexej. Um wieviel Uhr kannst du am Starbucks in Bucktown sein? Je früher, desto besser."

„Schick die zwei zum Laden", antwortete Alexej und hoffte, dass Patrick verstand, dass er nicht deutlicher werden konnte. Es war jetzt kurz vor eins; ein Treffen um zwei gab ihm genug Zeit, Konstantin abzuschütteln, ohne dass er zu dem Schluss kam, dass der Anruf der Grund dafür war. „Und belästige mich nicht mit dummen Fragen." Er legte auf und sah Konstantin finster an. „*Glupyĭ* Lieferanten. Sie stellen Kisten einfach auf Straße, wenn ich nicht aufpasse."

„Musst du zum Laden gehen und nachsehen?", fragte Konstantin. Er machte keine Anstalten, sich zu bewegen. „Geh, geh. Ich bleibe hier und trinke meine Flasche."

Alexej nickte, dankbar dafür, dass Konstantin nicht mitkommen wollte. Seine stärker gewordenen Stimmungsschwankungen waren nicht das einzige Problem, mit dem Alexej zu kämpfen hatte: Konstantin forderte auch mehr und mehr seiner Zeit für sich, sodass es schwer geworden war, Gelegenheiten zu finden, Patrick zu sehen. Alexej hatte Patrick davor gewarnt, noch einmal zu seiner Wohnung zu kommen, da Konstantin es sich angewöhnt hatte, unangekündigt vorbeizuschneien und es war schon fast eine Woche her, seit er das letzte Mal bei Patrick übernachtet hatte. Dennoch vermutete Alexej, dass ein Rendezvous nicht der Grund dafür war, warum Patrick darauf bestand, ihn sehen zu müssen.

Patrick saß an seinem Schreibtisch im Revier, starrte den Telefonapparat an und versuchte Alexejs Botschaft zu entschlüsseln. Es war ein Risiko gewesen, ihn überhaupt anzurufen. Alexej war dieser Tage nur selten allein und konnte noch seltener frei sprechen. Aber was Patrick überhört hatte, war zu wichtig, es zu ignorieren. Er musste Alexej warnen, denn er wollte nicht morgen früh zur Arbeit erscheinen und hören müssen, dass Alexej bei einer Schießerei mit der kolumbianischen Gang getötet worden war.

Also ging er in Gedanken das Gespräch noch einmal durch und versuchte, in Alexejs Worten eine wie auch immer verschleierte Antwort auf seine Frage zu finden. Dann begriff er plötzlich. *Die zwei.* Er schnappte sich seine Jacke, auch wenn es dafür eigentlich zu warm war und machte sich auf den Weg zum vereinbarten Treffpunkt. Er hoffte nur, dass er den Hinweis auch wirklich richtig verstanden hatte und nicht den ganzen Nachmittag im Starbucks sitzen und Kaffee trinken musste.

Alexej fuhr erst am Elektroladen vorbei, um nach der nicht existierenden Lieferung zu fragen. Nur für den Fall, dass Konstantin anrief, um zu überprüfen, ob er auch wirklich dort gewesen war. Sollte jemand Fragen stellen, konnte er die Zeit, die er mit Patrick verbrachte, damit erklären, dass er versucht hatte, die Lieferanten ausfindig zu machen. Alexej wies den Mann hinter der Kasse an ihn anzurufen, sollte die Lieferung eintreffen, dann machte er sich auf den Weg zu dem Café, an dem er auf dem Weg zu Patricks Wohnung vorgekommen war. Als er eintrat, entdeckte er seinen Geliebten an einem Tisch in der äußeren Ecke.

Patrick rief weder seinen Namen noch winkte er ihm, als Alexej hereinkam. Er hatte gesehen, wie der Blick des Russen ihn gestreift hatte und wie Alexej leicht die Augen zusammengekniffen hatte, vermutlich, um zu bestätigen, dass er ihn gesehen hatte. Also sah Patrick wieder hinunter auf seine Zeitung und beobachtete über ihren Rand hinweg, wie Alexej an den Tresen trat, sich ein Getränk bestellte und dann an der Kaffeebar daran herumdokterte. Schließlich drehte Alexej sich um und näherte sich dem Tisch, an dem Patrick saß.

„Ist voll heute. Kann ich hier sitzen?"

„Bitte", sagte Patrick und schob mit dem Fuß den freien Stuhl vom Tisch weg. Alexej ließ sich nieder, sah aus dem Fenster und nippte an seinem Kaffee, als hätte er keine Sorgen in der Welt.

„Die Kolumbianer haben es satt, dass Wolkow sich in ihr Revier drängt", sagte Patrick leise, ohne von seiner Zeitung aufzublicken. „Sie haben vor, heute Abend den Laden zu überfallen und wenn sie Konstantin dort nicht finden, so geht das Gerücht, werden sie es bei ihm zu Hause versuchen. Sieh zu, dass du dich nicht umbringen lässt."

Alexej wandte sich nicht von seiner Betrachtung der Straße draußen ab. „Ist üble Geschichte." Seine Augen wurden schmal, während er darüber nachdachte, wie er diese Information nutzen konnte, um Konstantin zu überzeugen, seinen Vorstoß ins Drogengeschäft aufzugeben. Es war nie einfach, ihm eine Idee auszureden, die er selbst gehabt hatte. „Aber bringt hohe Gewinne."

„Er kann sich von mir aus erschießen lassen", murmelte Patrick. „Mich interessiert nur, was mit dir passiert." Er blickte schließlich von seiner Zeitung auf und betrachtete Alexejs strenges Profil. „Was willst du tun?"

Alexej zuckte die Schultern und trank einen Schluck Kaffee. „Konstantin beschützen. Vielleicht überzeugt es ihn, dass Drogen kein Spiel sind. Polizei wird beobachten?"

„Ja, aber du weißt so gut wie ich, dass sie nichts tun können, bis die ersten Schüsse fallen", sagte Patrick. „Und dann kann es bereits zu spät sein."

„Ich sorge dafür, dass er nicht im Laden oder zu Hause ist", antwortete Alexej.

„Es ist mir egal, wo er ist", sagte Patrick, „solange du in Sicherheit bist." Er haderte mit sich, ob er Alexej gehenlassen oder versuchen sollte, ihn ein wenig länger hierzubehalten. Er hatte Angst vor dem, was die Nacht brachte. Wenn dies das letzte Mal sein sollte, dass er Alexej lebend sah ... „Ich habe dich schon eine ganze Weile lang nicht mehr gesehen. Erwartet er dich bald zurück?"

„Ich habe viel Erfahrung darin, Ärger zu vermeiden." Alexej neigte den Kopf ein wenig zur Seite, sodass er aus den Augenwinkeln heraus Patricks besorgte Miene sehen konnte. Er wusste, dass er zu Konstantin zurückkehren und Gebrauch von der Information machen sollte, die Patrick ihm gegeben hatte, dass er noch einmal versuchen sollte, Konstantin klar zu machen, was er mit seinem Vorstoß in den Drogenhandel riskierte. Aber diese neue Gefahr bedeutete, dass er den jüngeren *Vor* noch genauer im Auge behalten musste und das wiederum bedeutete, dass er Patrick noch seltener sehen würde. Er wusste, es war unklug, aber er konnte noch nicht wieder gehen. „Und vielleicht eine Stunde, bevor er mich vermisst."

Eine Stunde war kaum genug, aber andererseits würde ein ganzes Leben nicht genug sein. „Folge mir nicht zu dicht", sagte Patrick, obwohl er wusste, dass das überflüssig war. Mit dem Versuch eines Lächelns sagte er: „Du erinnerst dich, wie du zu mir kommst, oder?"

„Vielleicht solltest du Spur aus Brotkrumen legen", erwiderte Alexej und ein Mundwinkel hob sich als Antwort auf Patricks Lächeln.

Patricks Lächeln wurde breiter, weniger angestrengt und er strich beim Aufstehen Alexej mit einem Finger über die Wange. Sie konnten es nicht riskieren, zusammen gesehen zu werden, selbst jetzt nicht, da nur Lieutenant Graves und Patricks Captain von Alexejs Arbeit für Interpol wussten. Konstantin dachte zwar, dass Alexej Patrick bestach, aber das war kein Grund, ihm nach Hause zu folgen. All das wusste Patrick und doch konnte er nicht widerstehen, Alexejs so selten aufflackernden Humor zu würdigen. „Lass mich nicht zu lange warten."

Patrick blieb nicht stehen, um abzuwarten, ob Alexej noch etwas sagen würde, sondern verließ das Starbucks und ging die Straße entlang in Richtung seiner Wohnung. Seine Schritte waren so leicht und federnd wie schon seit Wochen nicht mehr. Sie hatten vielleicht nur eine Stunde, aber er würde jede einzelne Sekunde davon zu nutzen wissen.

Es war eine wahre Geduldsprobe, sitzen zu bleiben und Patrick die Chance zu geben, einen Vorsprung zu gewinnen. Alexej trank seinen Kaffee aus, brachte den Becher zurück und ging dann ebenfalls. Nach dem künstlichen Licht in dem Starbucks musste er blinzeln, als er hinaus ins Sonnenlicht trat. Für einen Moment erhaschte er den Blick auf eine Gestalt, die einen Häuserblock entfernt in die Straße einbog, die zu Patricks Loft führte. Selbst aus der Entfernung wusste er, dass das nicht Patrick war und ihm gefror das Blut in den Adern, als er die Gestalt erkannte.

Konstantin.

Alexej verbiss sich einen Fluch und beschleunigte seine Schritte. Konstantin musste misstrauisch gewesen und ihm gefolgt sein. Wenn er auf der anderen Straßenseite gestanden hatte, dann hatte er sie durch das Fenster hindurch beobachten können, ohne dass Alexej ihn sah. Wenn Konstantin gesehen hatte, wie Patrick ihn beim Abschied berührt hatte, dann konnte Alexej die Ausrede, dass er Patrick lediglich bestach, nicht länger aufrechterhalten. Er bog auf die Hoyne ab und fluchte erneut, als er weder Patrick noch Konstantin sehen konnte.

PATRICK PFIFF leise vor sich hin, als er sich seiner Wohnung näherte und bei den Gedanken an Alexej und die gemeinsame Stunde war ihm leicht ums Herz.

Das plötzliche Gefühl einer Pistole, die ihm in den Rücken gebohrt wurde und der Arm, der sich um seinen Hals schlang, rissen ihn brutal aus seinen Tagträumen. Während sein Angreifer ihn in eine schmale Seitengasse zerrte, verfluchte er sich innerlich dafür, abgelenkt gewesen zu sein.

„Sie lernen nicht", knurrte der Mann hinter ihm und stieß Patrick die Pistole zwischen die Rippen. „Halten Sie sich von Alexej fern. Ich sage es Ihnen, aber Sie hören nicht."

„Ich mache nur meinen Job", sagte Patrick und versuchte, ruhig zu klingen, nachdem ihm aufgegangen war, wer sein Angreifer sein musste. Wenn Konstantin die Waffe jetzt abfeuerte und die Kugel an der Stelle einschlug, an der der Lauf der Pistole lag … dann war Patrick in argen Schwierigkeiten, wenn nicht gleich auf der Stelle tot. Er musste Konstantin irgendwie davon abhalten, bis er einen Weg gefunden hatte, ihn zu entwaffnen. „So wie er auch."

„Sein Job ist, Sie zu ficken?" Abrupt fuhr Konstantins Kopf hoch und Patrick konnte sich gerade genug drehen, dass er sah, wie Alexej die Gasse betrat, seine eigene Pistole in der Hand. „Warum lügst du mich an, Ljoscha? Jetzt muss ich ihn töten."

„Hat genug töten gegeben, Kostja." Alexej spreizte die Hände, ohne aber die Waffe zu senken. Er würde nur einen Schuss haben – und der musste treffen. „Du hast bei deinem Vater gesehen, was passiert, wenn man Polizei erschießt. Sei nicht dumm, wie er war."

Patrick spannte die Muskeln an und wartete darauf, dass der Lauf der Waffe sich nicht mehr so hart in seine Seite bohrte, als Konstantins Aufmerksamkeit von ihm abgelenkt wurde. Allen Berichten nach war Konstantin kein guter Nahkämpfer. Wenn Patrick dafür sorgen konnte, dass er mit einer Bewegung die Waffe in eine sichere Richtung drehen konnte, dann konnte er den *Vor* entwaffnen und niederringen. Aber erst brauchte er einen Beweis dafür, dass ihm das gelang, ohne dass er selbst oder Alexej verletzt wurden.

„Ich bin nicht dumm", schrie Konstantin. „Du gehst zu ihm, statt zu mir zu kommen. Aber du gehörst mir, Ljoscha!"

Alexej hatte Konstantin nie erlaubt, diese intime Koseform seines Namens zu verwenden und dass er es nun tat, machte es Alexej deutlich, wie aufgewühlt und unkontrolliert der jüngere *Vor* tatsächlich war. Von daher würde er keine Einwände dagegen erheben, jedenfalls nicht solange Patricks Leben in Gefahr war.

„Ich habe dir erklärt", entgegnete Alexej mit ruhiger Stimme, der man nicht anhörte, wie schnell ihm das Blut durch die Adern pulsierte. Er machte einen Schritt auf die beiden Männer zu, wobei er die Augen nach einer Chance offenhielt, Konstantin zu überwältigen. Doch solange der *Vor* Patrick eine Waffe in den Rücken drückte, war das Risiko zu groß, dass er Patrick erschoss, bevor Alexej ihm die Waffe abnehmen konnte. Alexej musste Konstantin von Patrick ablenken und der beste Weg dafür war, ihn dazu zu bringen, sich ganz auf Alexej zu konzentrieren. Wenn er auf diese Weise Patrick schützen konnte, war er zu allem bereit. „Ich besteche ihn. Er warnt mich vor geplanten Überfall heute Nacht. Kolumbianer wollen keine Konkurrenz, sie wollen dich ausschalten. Er sagt mir Bescheid."

„Warum berührt er dann deine Wange?", wollte Konstantin wissen, hob die Waffe und legte sie an Patricks Schläfe. „Du magst Berührung nicht. Warum erlaubst du es ihm?"

Patrick erstarrte, als sich der Lauf der Waffe in seine Schläfe bohrte. Wenn die Waffe jetzt losging, bestand kein Zweifel an seinem sofortigen Tod und Patrick konnte spüren, wie angespannt und unruhig Konstantin war. Er musste nur einmal mit dem Finger zucken und das wäre es dann.

Alexejs Nerven spannten sich bis aufs äußerste, als Konstantin die Waffe an Patricks Schläfe drückte. Doch jetzt konnte er die Waffe sehen, konnte die Risiken und Möglichkeiten besser kalkulieren. Allerdings war es immer noch zu riskant, einen Schuss zu wagen; Patricks Leben war noch nicht garantiert. Alexej war so damit beschäftigt, abzuwägen und zu planen, dass es einen Moment dauerte, bis Konstantins Worte zu ihm durchdrangen. „Ich tue, was notwendig ist", sagte er schließlich. Das war vage genug, dass Konstantin die Worte auslegen konnte, wie immer er wollte. Die Wahrheit, dass es Konstantins Berührungen waren, die er über sich ergehen ließ, war etwas, das Patricks Überlebenschancen kaum erhöhen würde.

„Ljoscha", wiederholte Konstantin und seine Stimme war beinahe ein Winseln. Er streckte eine Hand nach Alexej aus – was Patrick die Gelegenheit gab, auf die er gewartet hatte. Er warf den Kopf nach hinten und rammte ihn so fest er konnte gegen Konstantins Kinn. Gleichzeitig griff er nach der Waffe und zwang sie hoch, bis der Lauf in den Himmel zeigte. Konstantin wehrte sich, aber wie Patrick vermutet hatte, war der *Vor* ihm nicht gewachsen. Die Pistole ging los, doch Patrick ignorierte das und konzentrierte sich ganz darauf, sie Konstantin zu entwenden.

Patricks mutige Handlung ließen Alexejs Herz stillstehen, erlaubten es ihm zugleich aber auch, endlich zu handeln. Sobald Konstantins Pistole nicht länger auf Patrick zeigte, hob Alexej seine Waffe, zielte und drückte ab. Die Kugel traf Konstantin in den Kopf. Der *Vor* taumelte bei ihrem Einschlag einen Schritt zurück und ging dann hart zu Boden, wobei er Patrick mit sich zog.

Der zweite Schuss und der plötzliche Kollaps des Russen überraschten Patrick. Hastig machte er sich los, rutschte von ihm weg und kam auf die Knie. Bei dem Anblick des zerschmetterten Schädels musste er beinahe würgen, doch dann übernahmen antrainierte Instinkte die Kontrolle. Patrick schluckte die aufsteigende Galle und griff nach seinem Handy, um nach Verstärkung zu rufen.

158

Alexej eilte näher, um Patrick beim Aufstehen zu helfen und seine Blicke glitten hastig suchend über seinen Geliebten, um sich zu vergewissern, dass nichts von dem Blut, das Patrick bedeckte, sein eigenes war. Nachdem er sichergestellt hatte, dass der Detective unverletzt war, zog er Patrick hart in seine Arme. Mit einer Hand packte er Patricks Handgelenk, bevor er sein Handy ganz aus der Jackentasche hatte ziehen können, die andere vergrub er in Patricks Haaren, zog seinen Kopf zurück und küsste ihn, hart und drängend.

Patrick vergaß sein Handy, warf die Arme um Alexej und klammerte sich an ihn, als hinge sein Leben davon ab. Ihm schoss der Gedanke durch den Kopf, dass das gar nicht so abwegig war. Bereitwillig öffnete er seine Lippen unter Alexejs Fordern. Er brauchte das, diesen Kontakt, diese Berührung, diesen Beweis, dass er am Leben war, nachdem er in den letzten Minuten dem scheinbar sicheren Tod ins Auge geblickt hatte.

Alexejs Zunge drang plündernd in seinen Mund ein, ergriff Besitz von ihm und Patricks Nerven entspannten sich langsam, als Alexejs Leidenschaft seine weckte. Er wusste, dass er anrufen und den Schusswechsel melden musste, aber alles, was er wollte, war Alexej mit in die Sicherheit seiner Wohnung zu nehmen und tagelang mit ihm dort zu bleiben. „Du hast mich gerettet", sagte er schließlich und hob den Kopf, um Alexej anzusehen. „Es tut mir leid, dass du dich zwischen uns entscheiden musstest. Ich weiß, dass du … ihn gern hattest."

„Du hast dich selbst gerettet", widersprach Alexej und legte seine Stirn an Patricks. Adrenalin hämmerte noch immer heiß durch seinen Körper. „Ich habe nichts getan, außer dich überhaupt erst in Gefahr zu bringen."

„Vielleicht haben wir uns gegenseitig gerettet", sagte Patrick leise. „Und … ich würde am liebsten weggehen und nie wieder daran denken, aber ich muss den Vorfall melden. Du hast ihn erschossen, um mein Leben zu retten. Das werde ich ganz klar sagen."

„Ich will nicht, dass du in Angelegenheit verwickelt wirst." Alexej hob Patricks Kinn und blickte in seine besorgten Augen. „Ich erledige sie. Vertrau mir."

„Natürlich vertraue ich dir, Ljoscha", protestierte Patrick, „aber ich bin bereits in diese Angelegenheit verwickelt. Wenn auch sonst nichts, so bin ich doch zumindest Zeuge."

Alexej war sich nicht sicher, wie die anderen *Vory* auf Konstantins Tod reagieren würden; er vermutete, dass zumindest einige von ihnen erleichtert sein würden, den unberechenbaren Hitzkopf los zu sein, während andere es als die Gelegenheit sahen, sich die lukrativen Geschäfte der Wolkows unter den Nagel zu reißen. Aber wie dem auch sei, er wollte nicht, dass Patrick mit dem Schusswechsel in Verbindung gebracht werden konnte.

„Ich erledige sie", wiederholte er. „Dreh dich um und geh weg. Wir haben uns heute nicht gesehen, du bist nie in Gasse gewesen." Er sah, wie Patricks

Gesichtszüge hart wurden, wie er den Mund öffnete, um zu widersprechen und er zog ihn fester an sich, drückte einen sanften Kuss auf Patricks Lippen. „Ich liebe dich, Patja. Bitte. Vertrau mir noch einmal."

Patrick erwiderte den Kuss beinahe verzweifelt. „Ich vertraue dir", sagte er, als sie sich voneinander lösten, „und ich liebe dich auch. Ruf mich an, wenn du mich brauchst, um deine Aussage zu bestätigen. Versprich mir, dass du mich anrufst, Ljoscha. Egal, was passiert, ich muss wissen, dass du in Sicherheit bist." Sicher, er konnte ein Auge auf den Fall halten, wenn er in der Mordkommission auftauchte und eingreifen, wenn Alexej zu halsstarrig war, ihn um Hilfe zu bitten. Aber er hoffte sehr, dass Alexej von sich aus um seine Unterstützung bat.

„Ich verspreche es." Alexej küsste Patrick ein letztes Mal, stieß seine Zunge tief in den Mund seines Geliebten und plünderte seine Süße. Er sog das Gefühl, den Geschmack des jüngeren Mannes tief in sich auf, damit sie ihm Kraft gaben für das, was nun kam. „Ich werde in Sicherheit sein. Jetzt geh."

Sich umzudrehen und zu gehen, war mit das Schwerste, was Patrick je in seinem Leben getan hatte. Es war die ultimative Prüfung seines Vertrauens, aber Patrick schwor sich, dass er Alexej keinen Grund geben würde, an ihm zu zweifeln. Jetzt nicht, niemals. Er verließ die Gasse, trat auf die Straße und ging, ohne sich umzusehen, weiter zu seiner Wohnung. Dort duschte er und zog sich um, bevor er aufs Revier zurückkehrte.

In der nun stillen Gasse kniete Alexej sich neben den leblosen Körper. Ein leises Gebet murmelnd drückte er sanft Konstantins Augenlider zu. Dann richtete er sich wieder auf, steckte seine Waffe weg und zog sein Handy aus der Jackettasche, um einen Anruf zu tätigen.

18

ALS PATRICK zum Polizeirevier zurückkehrte, war die Nachricht von Konstantins Tod bereits in aller Munde. Er war nicht überrascht. Was ihn überraschte, war, dass noch niemand ihn kontaktiert hatte, um Alexejs Aussage zu bestätigen. Ja, Alexej hatte gesagt, dass er ihn nicht in die Angelegenheit verwickeln wollte, dass sie einander heute nicht gesehen hatten, aber Patrick hatte nicht damit gerechnet, dass er bei einem Verhör damit durchkam. Er hatte damit gerechnet, dass Alexej seine Hilfe bräuchte.

Als er zwei Tage später immer noch nichts von Alexej gehört hatte oder von den Detectives, die Konstantins Fall bearbeiteten, wurde er neugierig und rief sich die Akte auf. Zu seiner Überraschung war der Fall geschlossen. Konstantin Wolkow war von Alexej Boczar erschossen worden. Keine weiteren Anmerkungen, kein Hinweis auf erstattete Strafanzeige, Vorführung vor den Haftrichter oder sonst irgendetwas. Nur dieser eine Satz.

Besorgt versuchte Patrick, Alexej auf seinem Handy zu erreichen, bekam aber nur die automatisierte Mitteilung, dass die Nummer nicht länger existierte. In seiner Verzweiflung schluckte Patrick seinen Stolz und suchte Lieutenant Graves auf.

„Entschuldigen Sie, Sir", sagte Patrick und klopfte an die offene Bürotür des anderen Mannes. „Hätten Sie vielleicht einen Moment?"

„Ich habe vielleicht sogar zwei", sagte Graves, winkte Patrick herein und schloss die Tür. „Was kann ich für Sie tun, Detective?"

„Es geht um Boczar, Sir", sagte Patrick. „Ich habe in einigen Fällen mit ihm zusammengearbeitet, aber plötzlich existiert seine Telefonnummer nicht mehr und in Konstantin Wolkows Akte steht, dass Alexej ihn erschossen hat. Das kann nicht stimmen. Solange ich ihn kenne, hat er alles getan, um Wolkow zu *beschützen*."

„Boczar wurde abgezogen." Graves ließ sich hinter seinem Schreibtisch nieder und bedeutete Patrick mit einer Geste, sich ebenfalls hinzusetzen. „Interpol hatte schon seit einer Weile Bedenken bezüglich seiner Methoden. Nach Wolkows Tod waren sie anscheinend der Ansicht, dass er seine Nützlichkeit überdauert hat."

Diese Methoden hatten beinhaltet, einem Detective der Polizei von Chicago das Leben zu retten, aber Patrick erwähnte das nicht. Graves war nicht derjenige, der die Entscheidung getroffen hatte oder sie rückgängig machen konnte. Patrick musste Alexej ihm gegenüber nicht verteidigen.

„Wissen Sie, wo er jetzt ist?", fragte Patrick. Sein Herz schlug hart gegen seine Rippen, als er daran dachte, was „abgezogen" wohl bedeutete. „Ich muss wirklich dringend mit ihm sprechen."

„Sie werden sich eine neue Quelle für Hinweise und Informationen aus dem Milieu suchen müssen", sagte Graves mit einem Kopfschütteln. „Das sind Informationen, die Interpol nicht mit einfachen, lokalen Behörden wie uns teilt."

„Können Sie wenigstens sagen, an wen ich mich bei Interpol wenden muss?", fragte Patrick. Sein Herz wurde schwer bei dem Gedanken, dass Alexej für immer außerhalb seiner Reichweite war. „Es ist wirklich wichtig. Bitte?"

„Warum interessiert es Sie so sehr, was mit Boczar passiert?", wollte Graves wissen und sein Ton wurde schärfer.

Hastig zerbrach Patrick sich den Kopf für einen Grund, der unschuldig genug war, dass er Alexej nicht nachträglich in Schwierigkeiten brachte. „Er hat mir etwas gegeben, das ihm gehört", sagte Patrick schließlich, „etwas Wichtiges. Ich habe ihm versprochen, dass ich es sicher für ihn verwahre und jetzt würde ich es gerne zurückgeben."

Graves sah nach wie vor misstrauisch aus, aber er zückte dennoch sein Handy und notierte einen Namen und eine Nummer auf einem gelben Post-it. „Hans Walther war mein Kontakt bei Interpol. Aber ich erwarte nicht, dass er Ihnen irgendeine Auskunft geben wird."

„Danke", sagte Patrick und nahm das Post-it entgegen. Er vermutete, dass Graves recht hatte, aber der Lieutenant hatte getan, was er konnte. „Ich schulde Ihnen etwas."

„Wie du mir, so ich dir", sagte Graves mit einem Schulterzucken. „Sie sind ein guter Polizist, Flaherty. Seien Sie nur vorsichtig, wem Sie vertrauen."

„Das bin ich immer", erwiderte Patrick. Er wusste bis ins tiefste Innerste, dass sein Vertrauen nicht fehl am Platze war, aber es gab keine Möglichkeit, wie er Graves das erklären konnte. Dazu hatte er zu viele Vorschriften umgangen beziehungsweise gebrochen. „Noch einmal danke dafür."

Er steckte die Telefonnummer in die Tasche, verabschiedete sich von Graves und kehrte an seinen Schreibtisch zurück. Dort wartete er unruhig auf einen geeigneten Augenblick, um Walther anzurufen. Wie Graves prophezeit hatte, war Walther alles andere als hilfsbereit, als Patrick ihn schließlich an die Strippe bekam und teilte ihm mit ausdrucksloser Stimme und starkem Akzent lediglich mit, dass Alexej Boczar tot war.

Patrick weigerte sich, das zu glauben. Verzweifelt und mit wehem Herzen durchsuchte er die Polizeidatenbank nach einer Sterbeurkunde oder einer Fallakte oder irgendetwas, das ihm Auskunft geben konnte. Er wurde viel zu leicht fündig. Alexej Boczar: getötet bei einem Schusswechsel mit Konstantin Wolkow.

„Aber das stimmt nicht", flüsterte Patrick, während er auf die Worte auf dem Bildschirm starrte. „Wolkow war tot, als ich gegangen bin. Alexej nicht. Ich weiß, dass Wolkow tot war."

Er schloss die Datenbank und klammerte sich an Alexejs Versprechen, dass er sich melden würde. Alexej hatte ihn gebeten, ihm zu vertrauen, und das würde Patrick auch tun. Wenn es sicher für ihn war, wenn er in dem neuen Leben angekommen war, das Interpol ihm verschaffte, dann würde er Mittel und Wege finden, Patrick zu kontaktieren. Patrick musste einfach nur so lange durchhalten.

DURCHHALTEN WURDE mit jedem Tag, der verging, schwerer und schwerer, bis Patrick sich schließlich sogar daran erinnern musste, etwas zu essen. Und selbst so verlor er Gewicht. Er hoffte nur, dass es niemandem sonst auffiel.

„Patrick, sag mal, was ist los mit dir?" Reba hockte auf Patricks Schreibtischkante und ihr manikürter Fingernagel tippte auf den Deckel der Akte, die Patrick die letzten fünfzehn Minuten angestarrt hatte, ohne sie wirklich zu sehen. „Du siehst aus, als hättest du schon seit Wochen nicht mehr richtig geschlafen oder eine anständige Mahlzeit gehabt."

„Ja, die letzten Wochen waren nicht die besten meiner Karriere", gab Patrick zu. „Es war alles ein bisschen sehr viel in letzter Zeit."

„Du bist noch viel zu jung, um so schwere Sorgen mit dir herumzutragen", sagte die ältere Frau mitfühlend. „Möchtest du darüber reden? Meine Mutter hat immer gesagt, geteiltes Leid ist halbes Leid."

„Danke für das Angebot", sagte Patrick, „aber hier ist nicht gerade der beste Ort, um Leid zu teilen. Zu viele Ohren, die etwas hören könnten, dass ich lieber nicht mit allen Kollegen teilen möchte."

„Na schön, wie wäre es denn, wenn du heute nach Feierabend mit zu mir kommst und ich koche Abendessen? An deinen Schlafgewohnheiten kann ich nichts ändern, aber ich kann dafür sorgen, dass du wieder ein bisschen Speck auf die Rippen bekommst. Du warst von Anfang an nicht der Kräftigste, aber jetzt bist du nichts als Haut und Knochen."

„Ja, gerne", nahm Patrick die Einladung an. „Ich glaube zwar nicht, dass ich besonders gute Gesellschaft sein werde, aber besser als zu Hause sitzen und Trübsal blasen. Um wieviel Uhr soll ich da sein?"

Reba sah mit einem Stirnrunzeln auf die Uhr. „So viele Überstunden, wie wir diese Woche schon gemacht haben, können wir eigentlich auch jetzt schon gehen. Ich habe Hühnchen und Klöße im Kühlschrank, die ich nur eben schnell in den Backofen stecken muss. Du kannst direkt mitkommen und hinter mir herfahren, wenn du willst, aber ich gebe dir auch noch meine Adresse." Sie schrieb ihre Adresse auf und darunter ihre Handynummer, dann gab sie Patrick den Zettel. „Ich wohne in Hyde Park, geradeaus die Ryan runter, aber ruf an, wenn du dich verfährst."

Patrick speicherte die Adresse auf seinem Handy in Google Maps ein. „Ich muss erst noch einen kleinen Abstecher machen", sagte er, da er nicht mit leeren Händen erscheinen wollte, „aber es sollte nicht länger als eine Viertelstunde dauern."

„Lass dir Zeit", sagte Reba, während sie ihren Schreibtisch abschloss. „Ich muss ohnehin erst Ty an seine Hausaufgaben setzen, bevor wir reden können."

Patrick hatte ganz vergessen, dass Reba einen Sohn hatte. „Wie alt ist Ty noch mal?", fragte er. Vielleicht konnte er auch etwas für den Jungen holen, wenn er die Flasche Wein für Reba kaufte.

„Fünfzehn, kannst du dir das vorstellen? Er ist im zweiten Jahr an der High-School. Bringt gute Noten mit nach Hause."

„Das ist großartig. Du bist bestimmt sehr stolz auf ihn", sagte Patrick. Er konnte eine Zwei-Liter-Flasche Cola holen. Jede Wette, dass er Ty damit begeistern konnte, besonders, wenn Reba so streng damit war, was Ty normalerweise trinken durfte, wie seine eigene Mutter es gewesen war.

„Das bin ich, aber das ändert nichts daran, dass ich mir Sorgen um ihn mache. Oder um dich", fügte sie über ihre Schulter hinweg hinzu, während sie zur Tür ging. „Du siehst auch so aus, als bräuchtest du jemanden, der sich um dich kümmert."

Patrick hatte sich gewünscht – hatte sogar angefangen zu glauben –, dass dieser jemand Alexej war, aber mit jedem Tag, der verging, schien das immer weniger wahrscheinlich. Er hatte versucht, sich zu überzeugen, dass es eben einfach seine Zeit brauchte, bis Alexej sich in seinem neuen Leben zurechtgefunden hatte und er sich sicher genug fühlte, um Patrick zu kontaktieren. Aber das machte das Warten kein bisschen einfacher.

Patrick schlüpfte in seine Jacke und steckte sein Portemonnaie ein, dann ging er runter zu seinem Auto und machte sich auf den Weg zu Rebas Haus – mit einem Abstecher zum nächstgelegenen Jewel, wo er einen hoffentlich guten Wein für Reba kaufte und eine Zwei-Liter-Flasche Cola für Ty. Der Verkehr war zähfließend wie immer, aber er ließ sich einfach treiben und konzentrierte sich mehr darauf, wie er Reba die Sache mit Alexej so erklären konnte, dass sie sie verstehen und akzeptieren konnte, als auf die Autos vor ihm.

An ihrem Haus angekommen zögerte er einen Moment, dann zog er Jackett und Krawatte aus und ließ sie im Auto. Er war hier, um mit einer Freundin zu Abend zu essen und nicht, um mit einer Kollegin einen Fall zu besprechen.

„Oh, das wäre aber doch nicht nötig gewesen. Trotzdem, vielen Dank", quittierte Reba die Weinflasche, als Patrick sie ihr reichte. Dann stellte sie ihm Ty vor, der genauso begeistert über seine Cola war, wie Patrick es vermutet hatte. „Aber nur ein Glas zum Abendessen", warnte Reba den Teenager, als er mit der Flasche in seinem Zimmer verschwand.

„Gilt das auch für uns?", witzelte Patrick in dem Versuch, das unvermeidliche Kreuzverhör noch ein wenig hinauszuzögern.

„Das kommt darauf an, du musst auf jeden Fall nüchtern genug sein, um nach Hause fahren zu können", sagte Reba, während sie die Flasche öffnete. Sie goss zwei Gläser ein und trug sie ins Wohnzimmer, wo sie sie auf dem Tisch abstellte. Dann ließ sie sich auf dem Sofa nieder und klopfte auf den freien Platz neben sich. „Aber du bist erwachsen, also vertraue ich darauf, dass du deine Grenzen kennst. Und jetzt setz dich hin und sag mir, was dich so trübsinnig macht."

Patrick nahm sein Glas und nippte daran, während er versuchte, einen Anfang zu finden. „Du weißt, dass ich schwul bin, richtig?", fragte er schließlich. Wenn sie damit nicht klarkam, dann wollte er gar nicht erst wissen, wie sie wohl auf den Rest reagieren würde.

„Ich habe es vermutet, aber es geht mich schließlich nichts an", antwortete Reba. „Du bist ein guter Mann, ein guter Polizist und ein guter Freund. Darüber hinaus weiß ich nicht, was es für eine Rolle spielen sollte."

„Nun, es spielt eine Rolle für den Rest der Geschichte", erklärte Patrick, erleichtert über die Reaktion auf zumindest diese erste Enthüllung. „Erinnerst du dich an den Kontaktmann, der mir den Hinweis auf Eddies Mörder gegeben hat?"

Reba nickte.

„Er war ein Spion", fuhr Patrick fort, scheute dann aber vor der letzten Hürde zurück. „Du willst das nicht wirklich hören, oder? Im besten Fall lässt es mich wie ein Idiot dastehen. Im schlimmsten Fall … na ja, ich will gar nicht wissen, was der Captain über einige der Dinge zu sagen hätte, die ich getan habe."

Reba legte den Kopf schräg. „Hast du etwas Illegales getan? Ich bin schließlich immer noch Polizistin und wenn du etwas getan hast, das ich melden müsste, dann solltest du mir vielleicht besser keine Einzelheiten erzählen."

„Nichts Illegales", sagte Patrick. „Verstöße gegen mehr Richtlinien und Vorschriften, als ich zählen möchte, aber ich habe keine Gesetze gebrochen. Wenn du lieber nicht mehr wissen möchtest, dann höre ich hier auf, genieße das Abendessen mit einer Freundin und wir belassen es dabei."

Reba lächelte und tätschelte sein Knie. „Ich habe nicht fünfzehn Jahre in der Abteilung für Organisiertes Verbrechen verbracht, um nicht zu wissen, was man manchmal tun muss, um an Informationen zu kommen. Vertrau mir, Captain Jacobs ist mehr an Resultaten interessiert als daran, wie du sie bekommen hast. Ich könnte dich vermutlich selbst mit der einen oder anderen Geschichte überraschen. Also mache dir keine Sorgen. Ich bezweifle, dass du mir irgendetwas erzählen kannst, das mich schockiert."

„Ich bin meinem Kontaktmann während eines Falles begegnet", sagte Patrick, „bevor ich mich ins Organisierte Verbrechen habe versetzen lassen. Bei ihm passten gewisse Dinge nicht ganz zusammen, weißt du? Ich meine, ich habe im Lauf der Zeit mit vielen Gangstern zusammengearbeitet und es gibt bestimmte Muster, bestimmte Typen. Sicher, die treffen nicht immer einhundert Prozent zu, aber man lernt, worauf man achten und womit man rechnen muss. Alexej passte in keines dieser Muster."

„Alexej Boczar, richtig? Er war Leibwächter bei den Wolkows", sinnierte Reba. „Er ist verschwunden, nachdem wir den alten Mann verhaftet haben und der Sohn getötet wurde."

„Wir haben den alten Mann verhaftet, weil Alexej mir den Tipp gegeben hat, wo wir die Waffe finden können und er hat Konstantin erschossen, um ihn daran zu hindern, mich umzubringen", enthüllte Patrick. „Er hat die Rolle des Leibwächters gespielt, aber er hat für Interpol gearbeitet. Laut seiner Akte bei uns ist er in dem Schusswechsel mit Konstantin umgekommen, aber ich weiß, dass das eine Lüge ist. Ich war da. Interpol war eine Sackgasse. Und ich habe jetzt seit fast zwei Monaten nichts mehr von ihm gehört."

„Bist du dir sicher, dass du von ihm hören wirst?", erkundigte Reba sich leise. „Wenn er bei Interpol war, haben sie ihn vielleicht nach Europa zurückberufen."

„Er hat mir versprochen, dass er mich anruft", sagte Patrick, in Gedanken bei dem letzten Mal, das er Alexej gesehen hatte. „Er hat mir gesagt, dass er mich liebt, hat mich gebeten, ihm zu vertrauen und mir versprochen, dass er mich anruft."

„Ich bin ihm nie begegnet, also kann ich nicht beurteilen, wie wahrscheinlich es ist, dass er sein Versprechen hält", sagte Reba. „Und ich habe auch noch nie mit jemandem von Interpol zusammengearbeitet. Aber wenn er gefährdet ist und sie so etwas wie unser Zeugenschutzprogramm haben, dann kann es Monate dauern, bis er eine neue Identität und ein neues Leben bekommt."

„Es ist jetzt schon zwei Monate her", betonte Patrick, „und wie schwer kann es sein, eine Telefonzelle zu finden und mir zu sagen, dass er in Sicherheit ist?"

„Bis sie ihm sein neues Leben verpasst haben und er sich darin zurechtgefunden hat, werden seine Führungsoffiziere ihn bewachen wie eine Katzenmutter ihr einziges Baby", gab Reba zurück. „Sie können nichts riskieren, dass ihn irgendwas mit seinem alten Leben in Verbindung bringt und so schwer das zu akzeptieren ist, Patrick, das schließt dich mit ein."

„Ich weiß", sagte Patrick mit einem tiefen Seufzen. „Zumindest mein Kopf weiß das. Mein Herz sieht das anders."

„Glaube mir, ich verstehe das", sagte Reba. „Aber du musst dich besser um dich selbst kümmern. Nicht zu schlafen und nichts zu essen werden deinem Alexej auch nicht helfen und wenn du so weiter machst, bist du das reinste Wrack, wenn er dich dann schließlich anruft. Jetzt komm mit in die Küche und lass mich dich füttern."

Patrick folgte ihr gehorsam, erleichtert, dass es nun außer ihm noch jemanden gab, der die Wahrheit kannte. Natürlich hatte sie recht. Alexej wäre entsetzt, wenn er sehen könnte, in welchem Zustand Patrick sich befand. Es war Zeit, dass er aufhörte, sich selbst leid zu tun und stattdessen bewies, dass er seinem Geliebten vertraute, dass er anrief, wenn er konnte.

„FRÖHLICHE WEIHNACHTEN, Mom", rief Patrick, als er Heiligabend das Haus betrat, in dem er aufgewachsen war. Ein schneller Blick in die Runde zeigte ihm zwei seiner Brüder und drei seiner Schwestern samt Ehepartnern und Kindern, drei seiner Onkel und Schwester Mary Joseph, die Tante seiner Mutter, die in einem Altenheim lebte, aber Weihnachten und Ostern immer zu Besuch kam.

„Patrick!" Seine Mutter umarmte ihn, bevor sie suchend hoch in sein Gesicht blickte. Eileen Flaherty mochte ihm gerade mal bis zur Schulter reichen und ihre leuchtend roten Haare mit Silberfäden durchzogen sein, aber dieser Blick konnte ihm immer noch das Gefühl geben, als wäre er gerade mal sechs Jahre alt. „Ich hatte gehofft, du würdest jemanden mitbringen. Gibt es drüben bei dir auf der North Side denn keine netten Männer?"

Er hatte einen getroffen, aber seiner Mutter Alexej zu erklären, besonders nachdem er ihn ein Jahr lang vor ihr geheim gehalten hatte, würde nicht gerade einfach sein. „Er konnte heute Abend nicht dabei sein", sagte er langsam. „Er musste beruflich verreisen."

Das war keine komplette Lüge.

„Was für eine Art Beruf hat er denn, dass er Weihnachten verreisen muss?", fragte Denis, der Bruder, der Patrick im Alter am nächsten war und schlug Patrick zur Begrüßung auf die Schulter.

„Wie heißt er? Wie lange seid ihr schon zusammen?", wollte Katie, seine älteste Schwester, neugierig wissen, die auf der anderen Seite des Raumes saß und seinen jüngsten Neffen stillte.

„Er heißt Alexej", sagte Patrick und erwiderte die Umarmung seines Bruders, bevor er weiter ins Zimmer kam. Er hatte es gerade geschafft, sich den Mantel auszuziehen, bevor seine Nichten und Neffen sich auf ihn stürzten. „Was den Rest angeht – es ist kompliziert. Wir sind uns vor etwas mehr als einem Jahr begegnet; er war Zeuge eines Mordes, den ich damals noch für die Bandenkriminalität bearbeitet habe. Und sein Beruf ist die Art, die man außerhalb des Polizeireviers nicht bespricht."

„Dann werden wir dich nicht weiter danach fragen", sagte Patricks Vater Daniel in jenem bestimmten Tonfall, von dem seine Kinder schon früh gelernt hatten, dass jede Diskussion zwecklos war. Diesmal milderte er die Ermahnung jedoch mit einem warmen Lächeln ab. „Willkommen zu Hause, Sohn", fügte er hinzu, ohne aus seinem Sessel aufzustehen; ein Schoß voller Enkelkinder machte ihm das unmöglich. „Wir sehen dich nicht annähernd oft genug."

„Danke, Dad", sagte Patrick. Er wünschte, er könnte seiner Familie mehr von Alexej erzählen, aber solange er nicht wusste, dass sein Geliebter sicher war, solange er nicht wusste, ob Alexej ihn immer noch wollte, schien es ihm besser, nicht zu viel zu sagen. „Wir hatten einen schwierigen Fall, organisierte Kriminalität, Geldwäsche, das volle Programm. Jetzt, nachdem wir unseren Mann erwischt haben, sollte ich ein bisschen mehr freie Zeit haben."

Nicht, dass er wusste, was er damit anfangen sollte, wenn Alexej Gott weiß wo war. Patrick spielte mit dem Kreuz, das um seinen Hals hing und sandte ein stummes Gebet für Alexejs Sicherheit himmelwärts.

Den ganzen Abend über, inmitten des Lärms und des Gelächters, als seine Familie sich zum Abendessen um den Tisch drängte und dann von dort ins Wohnzimmer übersiedelte, wo unter dem Weihnachtsbaum Geschenke ausgetauscht wurden, kehrten Patricks Gedanken immer wieder zu Alexej zurück. Er versuchte, sich seinen Geliebten hier im Kreis seiner Familie vorzustellen, wie er mit ihnen scherzte und lachte, aber das Bild wollte nicht kommen. Sich vorzustellen, was Alexej in diesem Moment wohl gerade machte, war auch nicht viel besser. Er wusste nicht, was mehr wehtat – dass Alexej die Feiertage allein verbrachte oder dass er bereits jemand anderen gefunden hatte.

„Du hast Dad vielleicht dazu gebracht, dir den Rest der Meute vom Hals zu halten, was deinen geheimnisvollen Mann angeht", sagte Denis, als er Patrick nach dem Essen beiseite zog, „aber an der Sache ist mehr dran, als du zugeben willst. Lass uns raus auf die Veranda gehen, da können wir ungestört reden."

„Es ist eiskalt draußen", protestierte Patrick.

„Dann musst du eben schnell sprechen", sagte Denis und zog Patrick mit sich nach draußen. „Es ist klar wie Kloßbrühe, dass es in deiner Geschichte Dinge gibt, von denen du nicht willst, dass Mom sie erfährt. Aber irgendetwas liegt dir auf dem Herzen, also spuck's aus."

Denis war es gewesen, dem Patrick seine Geheimnisse anvertraut hatte, als sie noch zu jung gewesen waren, um wirklich zu verstehen, was Geheimnisse eigentlich waren. „Du kannst niemandem sonst davon erzählen."

„Versprochen", sagte Denis feierlich. „Und wenn mir doch etwas rausrutscht, dann kannst du Dad sagen, dass ich derjenige war, der damals, als wir noch auf der High-School waren, eine Delle in Moms neues Auto gefahren hat."

Die Erinnerung brachte Patrick trotz des Ernsts der Situation zum Lachen. Er trat hin und her, um sich in der eisigen Brise, die um die Hausecke zog, warm zu halten. „Alexej hat verdeckt für Interpol gearbeitet, aber sie haben ihn abgezogen, nachdem er mich vor dem russischen Gangster gerettet hat, den er zur Strecke bringen sollte. Ich habe seit fünf Monaten nichts mehr von ihm gehört."

„Verdammt, das ist echt übel." Denis seufzte schwer; sein ausgestoßener Atem formte eine Wolke um seinen Kopf herum. Sein Bruder hatte beinahe von dem Moment an gewusst, dass Patrick schwul war, in dem er selbst es herausgefunden hatte und seiner bedingungslosen Unterstützung war es zu verdanken, dass Patrick den Mut gefunden hatte, es auch dem Rest der Familie zu sagen. Zum Glück war ihre Reaktion genauso ausgefallen wie Denis'. Patrick wurde wieder einmal bewusst, wie viel ihm diese uneingeschränkte Akzeptanz bedeutete, als Denis fragte: „Hast du irgendeine Idee, wie du ihn erreichen kannst?"

„Nein", sagte Patrick traurig. „Interpol sagt, dass er tot ist, aber ich weiß, dass das nicht stimmen kann. Er hat noch gelebt, als ich ihn das letzte Mal gesehen habe, aber der Russe, der ihn angeblich erschossen hat, war schon tot. Seine Handynummer existiert nicht mehr. Er hat versprochen, mich anzurufen, wenn er sicher ist. Ich habe nur nicht damit gerechnet, dass das fünf Monate dauert." Er weigerte sich, auch nur in Betracht zu ziehen, dass Alexej in der Zwischenzeit eine neue Beziehung mit jemand anderem eingegangen war.

Denis zog Patrick in eine brüderlich-raue Umarmung. „Ich weiß über das Zeugenschutzprogramm nur das, was man so im Fernsehen sieht, aber wenn sie diesen Alexej mit einer neuen Identität irgendwo anders untergebracht haben, dann kann es eine Weile dauern, bis sie sicher sind, dass niemand nach ihm sucht." Er trat einen halben Schritt zurück, sodass er Patricks Gesicht sehen konnte. Seine Arme lagen lose um die Schultern seines Bruders. „Ist er es wert, auf ihn zu warten?"

Patrick zögerte nicht. „Ja, das ist er. Und ich weiß genug über das Zeugenschutzprogramm, um zu wissen, dass du recht hast. Aber gerade dir sollte klar sein, dass Geduld nicht meine starke Seite ist. Ich werde warten, weil er es wert *ist*. Ich kann nur nicht versprechen, dass das ohne Jammern und Nörgeln geschieht."

„Na dann, alles beim Alten", lachte Denis leise.

„Fick dich", schoss Patrick zurück, aber er lächelte zum ersten Mal seit gefühlten Monaten. „Können wir jetzt wieder reingehen? Es ist verdammt kalt hier draußen."

Denis hielt ihn mit einer Hand auf dem Arm zurück. „Ich weiß, dass wir uns nicht mehr so nahe stehen wie früher, seitdem du nach Norden gezogen bist, aber denk dran: Du hast eine Familie hier. Wir können zwar vielleicht nicht helfen, aber wir können hier sein und zuhören. Du musst nicht alles mit dir allein ausmachen."

„Das ist nichts, worüber ich reden kann beziehungsweise reden konnte", sagte Patrick. „Aber danke, dass du zugehört hast. Ich schätze, ich sollte mich öfter hier blicken lassen, was?"

„Denis Conor und Patrick Thomas, wollt ihr euch hier draußen den Tod holen?", schalt ihre Mutter, die in der Küchentür stand, aber ihr Blick war warm, als sie ihre Söhne ansah. Ein kaum sichtbares Nicken von Denis schien sie zu beruhigen. „Kommt sofort wieder rein! Euer Vater will die Flasche Midleton aufmachen, die euer Onkel Kevin ihm geschickt hat."

Patrick ergriff die Gelegenheit, unauffällig die Flucht zu ergreifen. Er küsste seine Mutter auf die Wange, als er ins Haus trat. „Du weißt, dass ich mir nie die Chance auf echten irischen Whiskey entgehen lasse."

„Sieh nur zu, dass du Schwester Mary Joseph ein Glas bringst, bevor du dich mit deinem niederlässt."

„Ja, Mom", sagte Patrick und kehrte zum Rest der Familie zurück. Sein Vater verteilte gerade die Gläser und er drückte Patrick zwei in die Hand. Patrick ging damit durch den Raum zu dem Sessel neben dem Kamin, in dem Schwester Mary Joseph thronte. Er hatte sein ganzes Leben tiefen Respekt und auch mehr als nur ein bisschen Angst vor dieser winzigen Frau gehabt, deren religiöse Berufung ihr einen unleugbaren Mantel der Autorität verliehen hatte.

„Hier bitte, Schwester", sagte er und hielt ihr das Glas hin. „Das erste Glas einer frisch geöffneten Flasche Midleton."

„Ich danke dir, Patrick", antwortete sie. Die Hand, die Patrick das Glas abnahm, war zittrig, aber ihre Stimme war immer noch klar und kräftig. „Gottes Segen mit uns allen." Sie hob den Waterford Tumbler und trank einen kleinen Schluck.

„Amen", erwiderte Patrick und nippte ebenfalls an seinem Glas, wobei er erneut stumm für Alexejs Sicherheit betete. Einem Impuls gehorchend legte er eine Hand auf die seiner Großtante. „Ich habe da einen Kollegen, der auch ein guter Freund ist und der gerade allen Segen braucht, den er bekommen kann. Ich hatte gehofft, vielleicht könntest du ein paar Gebete für ihn sprechen."

Schlanke, runzlige Finger schlossen sich um seine und hielten seine Hand zwischen den Händen der Nonne fest. „Ich würde für jeden Menschen in einer solchen Situation beten. Aber ich werde gerne für deinen Alexej beten, weil er wichtig für dich ist." Sie drückte Patricks Hand, bevor sie ihn losließ. „Hab Vertrauen in den Herrn und in deinen Freund."

„Danke", sagte Patrick mit heiserer Stimme. Er hätte es besser wissen sollen, als zu versuchen, irgendetwas vor der schlauen alten Nonne zu verbergen. Ihr Körper mochte ihr Alter verraten, aber ihr Geist war so klar und scharf wie eh und je. „Ich versuche es, aber an manchen Tagen ist es nicht wirklich leicht. Besonders an Tagen wie heute, wenn er hier sein sollte und es nicht sein kann."

„Hör auf zu beklagen, was du nicht hast und schätze das wert, was du hast", sagte seine Großtante und tätschelte ihm die Wange. „Erinnere dich an die Zeit, die ihr gemeinsam hattet und danke dafür. Ich vermute, dein Freund tut dasselbe."

Patrick war sich sicher, dass seine Wangen so rot geworden waren wie die Strümpfe, die am Kaminsims hingen. Waffenschwingende Verbrecher und schleimige Drogenbarone entlockten ihm nicht einmal ein Wimpernzucken, aber in Gegenwart seiner Großtante an Sex zu denken, das überstieg sein Fassungsvermögen. Sie würde ihn vermutlich auslachen, wenn er das laut sagte, aber das änderte nichts an der Tatsache. „Ich hoffe, dass er das tut."

Das Glitzern in Schwerster Mary Josephs Augen ließ Patrick vermuten, dass sie den Grund für sein Erröten kannte, doch bevor sie etwas sagen konnte, tippte ihm seine Mutter auf die Schulter. „Kann ich dir Patrick einen Moment lang entführen, Schwester?", fragte sie. „Ich brauche jemand Großes in der Küche, um die Servierplatten wegzuräumen."

Patrick erkannte einen Vorwand, ihn von den anderen wegzulotsen, um ihn unter vier Augen ausfragen zu können, wenn er einen hörte. Aber da die Alternative darin bestand, hier bei Schwerster Mary Joseph zu bleiben und sich von *ihr* ausfragen zu lassen, wollte er sein Glück doch lieber mit seiner Mutter versuchen. Er folgte ihr in die Küche und begann umgehend, Schüsseln und Platten in die Hängeschränke zu räumen. Er war der Größte in der Familie und die großen Platten wegräumen war seine Aufgabe gewesen, seit er fünfzehn war. „Okay, dann frag, Mom", sagte er, während er die erste Schüssel verstaute. „Ich sage dir, was ich kann, aber es gibt Dinge, über die ich nicht sprechen kann."

„Macht er dich glücklich, Patrick?", fragte sie leise, während sie ihm die nächste Schüssel reichte. „Ich kann nicht sagen, ob du traurig bist, weil er fort ist oder weil du Zweifel an eurer Beziehung hast."

„Wenn wir zusammen sind, bin ich so glücklich, wie ich es noch nie gewesen bin", antwortete Patrick ehrlich. „Ich zweifle nicht an unseren Gefühlen füreinander, ich zweifle nur an der Situation, in der wir sind. Er war so lange in so großer Gefahr. Ich weiß nicht, ob es je sicher für uns sein wird wirklich zusammen zu sein."

Er spürte förmlich, wie seine Mutter all die Fragen unterdrückte, von denen sie wusste, dass Patrick sie nicht beantworten konnte. „Erzähl mir ein bisschen über Alexej. Was für eine Art Mann ist er?"

„Er ist Russe", sagte Patrick, während er die letzten Platten wegräumte, dann setzte er sich seiner Mutter gegenüber an den Küchentisch. „Er … er ist ein guter Mann, der vielleicht ein paar Fehler gemacht hat und vielleicht ein paar Dinge getan hat, von denen ich wünschte, er hätte sie nicht tun müssen. Aber er kommt nie an einer Kirche vorbei, ohne hineinzugehen und eine Kerze für den heiligen Michael anzuzünden und er hat sein Leben riskiert, um meines zu retten."

„Das ist schon genug für mich, ihn ins Herz zu schließen." Seine Mutter streckte die Hände über den Tisch und nahm Patricks. „Ich weiß, dass du dich niemals in einen Mann verlieben könntest, der nicht tief im Herzen ein guter Mensch ist. Ich weiß, dass du ihn vielleicht nicht direkt herbringen kannst, damit wir ihn kennenlernen, wenn du von ihm hörst. Aber sag ihm, dass er hier immer willkommen sein wird."

„Danke, Mom", sagte Patrick. „Ich hätte ihn schon längst mitbringen sollen, aber die Dinge waren kompliziert und, na ja, es ist nicht so, als ob ich jedes Wochenende hier unten wäre. Aber ich werde es ihm sagen und eines Tages bringe ich ihn mit, um alle kennenzulernen. Vielleicht überlegt er es sich ja anders, nachdem ihr alle ihn überfallen habt. Aber ich bin mir sicher, dass ihr ihn auch mögen werdet."

„Willst du damit sagen, dass deine Familie kennenzulernen, Angst einflößender ist, als sein Leben für dich zu riskieren?" Seine Mutter lächelte. „Wir mögen ja laut und überschwänglich sein, aber wenn dein Alexej schlau genug war, sich in dich zu verlieben, dann bin ich mir sicher, dass er auch mit uns fertig wird." Sie stand auf, drückte einen Kuss auf Patricks Scheitel und wuschelte ihm die Haare. „Du musst mal wieder zum Friseur, Junge. Aber jetzt komm erst mal zurück ins Wohnzimmer und trink noch ein Glas vom Whiskey deines Vaters. Es ist nicht gut für ihn, die halbe Falsche allein auszutrinken."

„Ich glaube nicht, dass Alexej jemals wirklich Familie gehabt hat", sagte Patrick, als er aufstand und folgte ihr in Richtung Wohnzimmer, „und er mag meine Haare, also lasse ich sie so, wie sie sind. Ich will sein Patja sein, wenn ich ihn endlich wiedersehe."

„Patja?" Seine Mutter legte den Kopf schräg, als wiederholte sie innerlich den Kosenamen ein weiteres Mal, dann lächelte sie. „Das gefällt mir. Ich glaube, ich werde deinen Alexej gern haben."

Patrick lächelte. „Gut, ich hoffe nämlich, dass wir sehr, sehr lange Zeit zusammen sein werden."

172

PATRICK STAMPFTE ins Polizeirevier, die dritte Broschüre der Weinbauregion Oregon, die er diesen Monat erhalten hatte, in der Hand. Er warf sie auf Rebas Schreibtisch. „Nur, weil ich dir eine Flasche Wein mitgebracht habe – der übrigens nicht mal aus Oregon war, weil ich gar nicht wusste, dass Oregon Wein hat – und nur, weil du der Meinung bist, dass ich Urlaub brauche, ist das noch lange kein Grund, mich bei einer Mailingliste für Weintouren in Oregon anzumelden."

Reba nahm die Broschüre und warf einen Blick darauf. „Schätzchen, ich bin noch nie westlich des Mississippi gewesen. Ich habe dich *nicht* bei einer Mailingliste für Weintouren in Oregon angemeldet." Sie blätterte die Seiten der Broschüre durch, auf denen Bilder von mit Wein bedeckten Hügeln und lächelnden Männern, die Trauben ernteten, abgebildet waren. „Sieht aber hübsch aus." Sie blätterte weiter bis zu einer Seite, auf der die Weingüter aufgelistet waren mit den Weinen, die sie herstellten. „Weingut Green Slopes, Erzeuger von Qualitätsriesling, Pinot Gris und Pinot Noir." Sie zeigte auf einen Eintrag, der rot umkreist war. „Ist das der Weinhersteller, den du in dem Urlaub besuchen wirst, den du jetzt endlich nimmst?"

„Wovon redest du da? Ich will keinen Urlaub nehmen", sagte Patrick. „Wir haben viel zu viel zu tun."

„Die Arbeit wird immer noch hier sein, wenn du wieder zurückkommst", gab Reba zurück. „Du könntest mir und dem Captain Wein mitbringen und wir würden uns nicht einmal darüber beschweren, dass wir dich vertreten müssen, während du weg bist."

„Thames. Flaherty." Jacobs Stimme beendete ihr Gespräch. „Sieht aus, als wären die Kolumbianer nicht zufrieden damit, die Wolkows losgeworden zu sein. Surovs Restaurant ist überfallen worden, sieht nach Revierkonflikt aus. Eine Einheit der Bandenkriminalität ist bereits unterwegs."

„Sag ich doch, es gibt zu viel zu tun, als dass ich Urlaub nehmen könnte", bemerkte Patrick, während er und Reba zur Tür gingen.

PATRICK WARF sein Jackett auf den Tisch zusammen mit der Post, die er aus dem Briefkasten gefischt hatte. Gott, manchmal hasste er seinen Beruf. Zwölf Leichen und nicht eine davon hatte irgendetwas mit den Surovs zu tun, die die Kolumbianer hatten treffen wollen. Zwölf unschuldige Menschen, niedergemäht in einem Kleinkrieg, der überhaupt gar nicht erst hätte aufflammen sollen. Das Restaurant sah aus wie ein Schlachtfeld und Patrick war sich sicher, dass der Betrieb nachhaltig darunter leiden würde. Ein winziger Sieg für die Kolumbianer, aber die Menschen, die gestorben waren, hatten nicht das

Geringste mit dem sich ausweitenden Revierkrieg zwischen den *Vory* und den Drogenschmugglern der alten Garde zu tun.

Mit einem Seufzen begann er, seine Post zu sortieren. Das meiste davon warf er direkt ins Altpapier, aber ein kleines Päckchen unter all den Rechnungen und Werbeflyern erregte seine Aufmerksamkeit. Er sah es sich genauer an, aber die Absenderadresse war keine, die er kannte. Postfach 825, Salem, Oregon. Mit einem Stirnrunzeln öffnete er das Päckchen und schüttelte den Inhalt heraus – ein schlichtes, schwarzes Handy. Neugierig geworden schaltete er es an. Im Adressbuch des Geräts war eine einzige Nummer eingespeichert.

Patrick überlegte kurz, einen Freund anzurufen, der bei der Post arbeitete. Er schuldete Patrick einen Gefallen und vielleicht konnte er den Inhaber des Postfaches ausfindig machen. Andererseits würde es vermutlich mehrere Stunden, wenn nicht sogar bis zum nächsten Tag dauern, bevor er etwas hörte und selbst wenn es in Oregon nicht bereits nach Ladenschluss war, es bestand keine Garantie, dass die Beamten vor Ort seinem Freund irgendwelche nützlichen Informationen geben konnten. Bei seinem Glück in letzter Zeit lief das Postfach ohnehin unter falschem Namen.

Patrick öffnete das Gehäuse des Handys und untersuchte Akku und Speicherkarte, um nachzusehen, ob irgendetwas eingebaut worden war. Eine Wanze vielleicht oder Sprengstoff. Aber er konnte nichts Ungewöhnliches entdecken. Mit einem Schulterzucken baute er das Handy wieder zusammen und wählte die eingespeicherte Nummer.

Nach viermaligem Klingeln sprang das Telefon um auf die Mailbox und Patricks Herz stand still. „Weingut Green Slopes, Erzeuger von Qualitätsriesling, Pinot Gris und Pinot Noir." Die Worte hallten in seinem Kopf wider, aber viel wichtiger war die Stimme, die sie gesagt hatte. Eine raue Stimme mit Akzent. Alexejs Stimme.

Plötzlich machte es Klick und die einzelnen Puzzlestücke fügten sich zusammen – die Broschüren, das markierte Weingut. Alexej konnte ihn nicht anrufen, aber das hatte ihn nicht daran gehindert, einen Weg zu finden, Patrick zu kontaktieren. Patrick öffnete seinen Laptop und googelte das Weingut Green Slopes, dann begann er, Flüge nach Oregon zu suchen. Zuerst spielte er mit dem Gedanken, direkt bei dem Weingut anzurufen, aber es war eher unwahrscheinlich, dass Alexej derjenige sein würde, der den Anruf entgegennahm und die Leute, die dort arbeiteten, würden niemanden mit Namen Alexej Boczar kennen. Patrick konnte ihn beschreiben, aber das letzte, was er wollte, war Aufmerksamkeit auf Alexejs Vergangenheit zu lenken. Es war sehr viel besser, einfach hinzufliegen und selbst nachzusehen. Er würde gleich morgen Urlaub beantragen und in den Flieger steigen, sobald sein Captain den Antrag genehmigte.

Die Gedanken rasten in seinem Kopf, als er sich verschiedene Szenarien für seine Wiedervereinigung mit Alexej ausmalte. Patricks Gefühle hatten sich in den letzten sechs Monaten, die sie getrennt gewesen waren, kein bisschen verändert. Die Nachricht auf dem Handy, so verschleiert sie auch war, gab ihm Hoffnung, dass es Alexej ebenso erging. Wenn nicht ... er wollte gar nicht daran denken, aber wenn doch, dann wusste Patrick wenigstens endlich Bescheid.

19

PATRICK FUHR von Portland aus in südwestlicher Richtung den Highway 99 W hinunter. Sein Magen fühlte sich genauso verkrampft und flattrig an wie damals, als er sich bei der Polizeischule beworben hatte. Er hatte sich ein Zimmer in einem Bed & Breakfast in Newberg gemietet, der größten Stadt im Umkreis des Weinguts Green Slopes, aber er hoffte, dass er es nicht brauchte.

Es war jetzt zwei Wochen her, dass er das Päckchen mit dem Handy erhalten und Captain Jacobs um Urlaub gebeten hatte. Der Captain war überraschend bereitwillig gewesen, seinen Antrag so schnell wie möglich zu genehmigen. Andererseits, er hatte Patrick fast ebenso oft ermahnt, doch endlich Urlaub zu nehmen, wie Reba es getan hatte. Reba ihrerseits hatte nur gegrinst und ihm viel Glück gewünscht. Patrick war sich nicht ganz sicher, woher sie wusste, wo er hinreiste oder besser gesagt, warum er dort hinreiste. Aber das war auch egal. Alexej wartete am anderen Ende der Reise auf ihn. Patrick musste nur den Hinweisen folgen, dann würde er seinen Geliebten finden.

Er war vom Flughafen aus so gut durchgekommen, dass er direkt zum Weingut fuhr, anstatt erst zu seinem B&B. Er konnte auch später noch einchecken. Oder vielleicht auch gar nicht.

Patrick parkte vor dem Gelände des Weinguts und betrachtete beeindruckt die gutgepflegte Anlage, die sich jenseits des gekiesten Parkplatzes erstreckte. Selbst im Winter war es offensichtlich, dass jemand sehr viel Zeit und Aufmerksamkeit auf die Beete und Büsche und Formschnitte aufwandte. Ein paar winterfeste Stiefmütterchen blühten unter den herabhängenden Ästen der Bäume. Sie waren auf einer Höhe abgeschnitten worden, die es den Leuten erlaubte, bequem darunter herzugehen, waren aber doch so dicht, dass sie im Sommer einen angenehmen Schatten boten.

Patrick folgte dem Pfad vom Parkplatz zum Haupteingang.

„Willkommen auf dem Weingut Green Slopes", begrüßte ihn die Frau hinter der Rezeption. „Kann ich Ihnen helfen?"

Patrick fragte nicht nach Alexej. Selbst wenn er hier war, sie würden ihn nicht unter diesem Namen kennen. „Ein Freund hat mir empfohlen, mir Ihr Weingut mal anzusehen, wenn ich in der Gegend bin", sagte er stattdessen. „Allerdings muss ich gestehen, dass ich nicht viel Ahnung von

Wein habe. Ich hatte gehofft, ich könnte das ein oder andere lernen, während ich hier bin."

„Wir bieten während der Wintermonate leider keine Touren an", erklärte die Frau. „Sie können ja sehen, wie viel wir zu tun haben. Aber Sie können sich gerne ein wenig umschauen und auch raus in die Weinberge gehen, wenn Ihnen die Kälte nichts ausmacht. Und ich habe ein paar Flaschen offen, wenn Sie unsere Sorten probieren möchten."

„Das klingt gut", sagte Patrick. „Ich denke, ich schaue mich erst ein wenig um und wenn ich dann wiederkomme, probiere ich zum Aufwärmen ein paar Weine."

„Ich bin bis sieben Uhr heute Abend hier", sagte die Frau mit einem Lächeln. „Gehen Sie aber nicht zu weit raus. Um diese Jahreszeit wird es schneller dunkel, als Sie meinen."

„Danke", entgegnete Patrick. Er zog den Reißverschluss seiner Jacke wieder zu, bevor er nach draußen ging, auch wenn es gar nicht so kalt war. Jedenfalls nichts im Vergleich zu dem, was er in Chicago hinter sich gelassen hatte. Wenn das hier in Oregon als Winter durchging, dann war er bereits verliebt.

Patrick verließ das Gebäude wieder und folgte dem Kiesweg, der sich von der Rückseite des Hauses durch die Anlage in Richtung der terrassenförmig angelegten Weinberge zog. Er hatte keine Ahnung, wie und wo er Alexej finden konnte, also würde er sich umsehen und dafür sorgen, dass die Leute ihn sahen und hoffen, dass Alexej ihn fand.

Patrick näherte sich der ersten der Weinterrassen, als die Gestalt eines Mannes inmitten der Reben plötzlich seine Aufmerksamkeit erregte. Es dauerte einen Moment, die schmutzige Latzhose und den dicken Mantel aus kariertem Flanell mit dem Schliff und der Eleganz des Mannes in Einklang zu bringen, in den Patrick sich in Chicago verliebt hatte. Aber als der Mann sich aufrichtete, bestand kein Zweifel mehr. Das Profil war unverkennbar. Patrick öffnete den Mund, um Alexejs Namen zu rufen, schloss ihn dann aber wieder. Er wusste nicht, unter welchem Namen Alexej hier bekannt war und er wollte Alexejs neue Identität nicht zerstören. Also verließ er stattdessen den Pfad und bahnte sich vorsichtig seinen Weg über die bloße Erde zwischen denen mit Stroh gemulchten Weinstöcken, bis er Alexej erreicht hatte.

„Ljoscha", sagte er leise, als er nahe genug heran war, dass er sicher sein konnte, dass ihn niemand hörte.

„*Sláva bogu*", flüsterte der Mann, bevor er sich mit untypischem Zögern zu Patrick umwandte. „Patja. Du bist gekommen."

„Natürlich bin ich gekommen", sagte Patrick. „Ich wäre auch schon früher gekommen, wenn ich gewusst hätte, wo ich dich finden kann."

177

„Ich habe Nachricht geschickt, sobald ich konnte. War nicht leicht, zu warten, nicht zu wissen, ob du verstehst. Ob du überhaupt noch kommen willst."

„Ich war kreuzunglücklich ohne dich", erwiderte Patrick. „Reba hat mich mindestens einmal die Woche zum Abendessen zu sich zitiert, weil sie meinte, dass sie nur so sicher sein kann, dass ich tatsächlich esse. Sie schien der Meinung zu sein, dass du es nicht gerne sähest, wenn ich verhungere."

„Du bist dünner." Die stahlgrauen Augen wanderten an Patricks Körper auf und ab, bevor sie sich auf sein Gesicht hefteten. „Du musst dich besser um dich kümmern."

„Vielleicht solltest du mich mit nach Hause nehmen und das selbst übernehmen", sagte Patrick und trat einen Schritt näher. Alles in ihm sehnte sich danach, Alexejs Hand zu nehmen, aber er war sich immer noch nicht sicher, ob das wirklich willkommen war. Zumal hier draußen, wo jeder, der vorbeikam, sie sehen konnte. „Ich habe dich vermisst, Alexej."

„Alexej ist tot. Name ist jetzt Mikhail. Mikhail Rodischenko." Er hob eine Hand, zögerte und wies dann mit einer vagen Geste, wie Alexej sie nie benutzt hätte, auf die umliegenden Weinberge. „Ich arbeite in Weinberg."

„Freut mich, dich kennenzulernen, Mikhail", sagte Patrick und streckte ihm die Hand hin. Als Alexej – es würde länger dauern, bis er von ihm als Mikhail dachte – sie nahm, seufzte Patrick erleichtert. „Egal, wie du heißt oder was dein Beruf ist, du bist immer noch der Mann, den ich liebe."

Mikhail hielt Patricks Hand fester und legte auch die andere um sie, als könnte er so verhindern, dass Patrick wieder losließ. „Ich war –" Er stockte, wandte den Blick ab und sah dann wieder zu Patrick zurück. „Ich hatte Angst, zu hoffen, dass du noch so fühlst. Ich dachte, vielleicht denkst du, wenn Alexej weg ist, dass du ohne mich besser dran bist."

„Himmel, nein!", sagte Patrick und trat noch näher an seinen Geliebten heran. „Und sobald wir allein sind und uns keiner sehen kann, werde ich es dir auch beweisen. Wenn du mir danach immer noch nicht glaubst, gebe ich dir Rebas Nummer und sie kann dir berichten, wie schlecht es mir ohne dich ging. Um wieviel Uhr hast du Feierabend?"

Mikhail hob eine Hand und strich Patrick eine windzerzauste Haarsträhne aus der Stirn. „Sonne geht jetzt unter. Ist bald zu dunkel, um zu arbeiten." Sein Blick war unverwandt auf Patricks Gesicht gerichtet und so intensiv, als würde er seine Züge ganz neu entdecken und sie mit der Erinnerung vergleichen, die ihn die letzten sechs Monate begleitet hatte. „Ich habe kleine Wohnung in Stadt. Ich kann dir Adresse geben. Oder du wartest, bis ich Schluss habe und ich fahre dich?"

„Ich warte auf dich und folge dir dann?", schlug Patrick seinerseits vor. Der Ausdruck in Alexejs Augen war so sanft und sprach von so viel mehr als nur Verlangen. „Ich habe mir in Portland einen Mietwagen genommen, den kann ich nicht hier stehen lassen. Mein B&B kann ich stornieren, während ich auf dich warte. Das heißt ... Ich meine, ich sollte vermutlich nicht einfach annehmen –"

„Glaubst du, ich lasse dich woanders hingehen? Ich will dich nicht eine Sekunde aus den Augen lassen." Mikhail drückte Patricks Hand, dann ließ er sie schließlich los und trat einen Schritt zurück. Aber damit war mit einem Mal die Distanz zwischen ihnen zu groß, zumal sein Herz danach schrie, seinen Geliebten in die Arme zu nehmen und nie wieder loszulassen. Bevor Patricks Hand wieder ganz herabgesunken war, machte Mikhail einen großen Schritt auf ihn zu, zog ihn in seine Arme und küsste ihn, hart und besitzergreifend und mit einer Leidenschaft, hinter der sechs einsame Monate lagen.

Patrick klammerte sich an Alexej – Mikhail – und erwiderte seinen Kuss mit all der Sehnsucht und Angst und Verzweiflung, die ihn erfüllten. Das vertraute Gefühl der Lippen seines Geliebten, der Geschmack nach Tabak sank tief in Patricks Seele ein. Er brauchte diesen Mann so sehr, wie er die Luft zum Atmen brauchte und jetzt, wo er ihn gefunden hatte, würde er ihn nicht wieder loslassen. „Lass uns gehen", keuchte Patrick und hob den Kopf. „Bitte, Ale... Es wird eine Weile dauern, bis ich mich daran gewöhnt habe, dich Mikhail zu nennen. Nur zur Warnung."

„Geh und mach deinen Anruf, bevor du mich verlockst, dich gleich hier und jetzt zu nehmen", sagte Mikhail mit einem Knurren. Widerwillig ließ er Patrick los und bückte sich nach den Werkzeugen, mit denen er gearbeitet hatte. Sein ganzer Körper schmerzte vor Sehnsucht, aber er zwang sich dazu, sich zusammenzureißen, sonst schaffte er es nie bis nach Hause. „Geh! Wir treffen uns in ein paar Minuten drinnen."

Irgendwie gelang es Patrick sich dazu zu bringen, zum Haus zurückzukehren. Es war zu kalt für Sex im Freien, egal, wie sehr er sich danach sehnte, den schlanken, sehnigen Körper seines Geliebten über und in seinem zu spüren. Er rief das B&B an und stornierte seine Buchung, ohne auch nur mit der Wimper zu zucken, als die Rezeptionistin ihn an ihre Stornierungsbedingungen erinnerte. Ohne Alexej hatte Patrick kein Interesse daran, dort zu übernachten.

Er nickte der Rezeptionistin zu, als er wieder ins Haupthaus trat und probierte einen der Weine, während er auf Alexej wartete. Patrick wusste, dass er sich daran gewöhnen sollte, von ihm als Mikhail zu denken, damit ihm nicht der falsche Name herausrutschte. Aber es war alles noch so neu, sie hatten sich gerade erst wiedergefunden und in seinem Kopf herrschte ein solches Durcheinander, dass er sich darum gerade keine Gedanken machen konnte. Er würde sich daran erinnern, Alexej beim richtigen Namen zu nennen, wenn er gleich hereinkam und alles andere konnte warten bis später.

Nach einer Weile betraten mehrere der Arbeiter aus den Weinbergen das Haus und verabschiedeten sich voneinander und von der Rezeptionistin. Als Alexej hereinkam und schnurstracks auf Patrick zusteuerte, rief einer von ihnen gutmütig: „Ist er das, Mike? Dein fester Freund?"

„Ich stelle ihn euch später vor", rief Mikhail zurück, ohne den Blick von Patrick abzuwenden. „Wir haben viel zu bereden."

„Das glaube ich gerne", lachte jemand, aber in den Worten lag kein Spott. „Nennt man das jetzt so?", fragte eine andere Stimme, ebenfalls belustigt. Mikhail lachte nur – was für Patrick an sich schon ein Wunder war – und trat durch die Tür.

Ein leises Lächeln hob Patricks Lippen, als er Alexej nach draußen folgte. Wie anders die Dinge hier doch waren als in Chicago. Mikhail durfte einen festen Freund haben und dieser feste Freund durfte ihn auf der Arbeit besuchen kommen. Mikhail durfte generell Freunde haben und mit ihnen lachen und scherzen, wenn er wollte. Patrick glaubte nicht, dass er sich so bald daran gewöhnte, dass sie Alexej „Mike" nannten, aber es gefiel ihm, wofür der Name stand: die Chance auf ein normales Leben.

Er stieg in seinen Mietwagen und folgte dem alten VW durch das Tal zwischen den Weinbergen und schließlich in ein kleines Städtchen. Er parkte den Wagen neben Alexejs und holte seinen Koffer aus dem Kofferraum. Wenn alles gut ging, würde er die Wohnung heute nicht mehr verlassen und morgen früh brauchte er frische Sachen zum Anziehen.

Das Lächeln auf Mikhails Gesicht – es war leichter von ihm als Mikhail zu denken, wenn er lächelte, da Patrick diesen Ausdruck in Chicago so selten gesehen hatte – war wie eine Einladung, ihn zu berühren, zu umarmen und zu küssen. Also tat Patrick das, ohne sich darum zu scheren, wer sie vielleicht sehen mochte. Wobei … „Vielleicht sollten wir reingehen. Sonst schockieren wir noch deine Nachbarn."

„Vielleicht sollten wir reingehen, damit ich dich nackt ausziehen kann", antwortete Mikhail, die Augen dunkel und hungrig. Er ging Patrick voran die Treppe hinauf zu seiner Wohnung und drängte ihn gegen die Tür, kaum dass sie sich hinter ihnen geschlossen hatte. Seine Hände und seine Lippen versuchten, überall zugleich zu sein, Patrick zu berühren und zu schmecken. „Patja", murmelte er zwischen zwei Küssen, wieder und wieder, die Wiederholung wie eine Bestätigung, dass Patrick wirklich hier war, dass er ihn wirklich endlich in seinen Armen hielt. „Patja."

Patrick drängte sich Mikhails Händen entgegen. Jede Berührung Mikhails fühlte sich an, als ergriff er Besitz von ihm und Patrick gab sich dem willig hin. „Schlafzimmer?", fragte er rau. Sie hatten in der Vergangenheit zwar bereits im Stehen gegen Wände und Türen und Garagen gelehnt gevögelt, aber das hier, heute, war nicht mehr nur Sex. War nicht mehr nur eine schnelle

Nummer, egal, wie hart und schnell dieses erste Mal sein würde. Sie machten Liebe und Patrick wollte das in einem Bett tun.

„Schlafzimmer", stimmte Mikhail zu. Seine Hände glitten unter Patricks Kleidung, während er ihn durch die kleine Wohnung in sein winziges Schlafzimmer führte. Dort zog er Patrick das Hemd über den Kopf und ließ seine Lippen heiß über jeden Zentimeter nackter Haut gleiten, während seine Finger sich an Patricks Gürtelschnalle zu schaffen machten.

Patrick wollte den Gefallen erwidern, wollte Mikhail berühren, ihn küssen und ihn aus seiner Kleidung pellen, aber das war gar nicht so einfach. Ihm war schwindelig vor Verlangen und Mikhail trieb ihn in den Wahnsinn. „Ljoscha", bettelte er. „Beeil dich."

Das war genau das, was Mikhail auch wollte und so kam er der Bitte augenblicklich nach. Er zog Patrick Hose und Unterhose über die Hüften, dann kniete er sich hin und half ihm aus den Schuhen, bevor er ihnen das zusammengeknäulte Hosenbündel folgen ließ. Auf den Knien sitzend begann er sich das Hemd aufzuknöpfen und blickte dabei am Körper seines Geliebten hoch. „Wunderschön." Er streckte eine Hand aus und ließ sie über den flachen Bauch gleiten. Patricks Erektion hüpfte bei der Berührung, was sein eigenes Verlangen nur noch mehr entfachte.

„Du auch", sagte Patrick, den Blick auf die bunten Tätowierungen gerichtet, die unter dem dicken Stoff von Mikhails Hemd sichtbar wurden. Patrick hasste und liebte sie zugleich. In Chicago waren es Statusmerkmale gewesen, aber hier in Dundee waren es nur Bilder auf seiner Haut, nicht anders als jede andere Tätowierung auch. Patrick streckte die Hände aus und zog Mikhail auf die Füße.

„Immer noch mein Ljoscha", unter all den Lagen", murmelte er und ließ eine Hand über Mikhails Brust gleiten, während er mit der anderen die Arbeitshose seines Geliebten aufknöpfte. Das plötzliche Aufblitzen von etwas Gelben erregte seine Aufmerksamkeit. „Oder vielleicht doch nicht ganz. Gelbe Boxershorts, Ljoscha? Wirklich?"

„Du sagst, du bist schwarz leid", antwortete Mikhail, zog sich den Rest seiner Kleidung aus und drängte Patrick aufs Bett. „Als ich gesehen habe, dass du angerufen hast und Nachricht gehört hast, habe ich gelbe Boxershorts gekauft. Viele. Ich trage sie jeden Tag, damit du sie siehst, wenn du kommst."

„Ich liebe dich", sagte Patrick, einen Kloß aus Emotionen in der Kehle. „Ich habe jeden Tag an dich gedacht und jeden Abend darum gebetet, dass du in Sicherheit bist. Ich habe sogar meine Tante Schwester Mary Joseph gefragt, ob sie für dich betet. Und lass mich dir sagen, das war gar nicht so einfach. Am Ende des Abends hatte meine komplette Familie beschlossen, dass sie dich unbedingt kennenlernen wollen."

„Ist gut, dass sie Mikhail kennenlernen und nicht Alexej, *da*?" Mikhails Stimme war ruhig, aber sein Magen verkrampfte sich schmerzhaft. Wie konnte er erwarten, dass Patricks Familie ihn akzeptierte? Er konnte immer noch kaum glauben, dass Patrick trotz all der Sünden in seiner Vergangenheit zu ihm zurückgekehrt war.

Patrick schlang seine Arme um Mikhails Hals. „Weißt du, was meine Mutter gesagt hat? Sie sagte, dass ich mich nicht in einen Mann verlieben könnte, der nicht im Herzen ein guter Mensch ist. Sie hatte recht, egal welchen Namen du trägst." Er küsste Mikhail zärtlich. „Jetzt liebe mich. Ich will dich in mir spüren und wissen, dass wir wieder beisammen sind."

„*Ja tebja ljublju*." Mikhail hatte die Lippen gegen Patricks Haut gedrückt und seine Stimme war gedämpft. Mit einem leisen Stöhnen ließ er seinen Mund über die hervortretenden Sehnen am Hals seines Geliebten wandern und hinunter zu dem goldenen Kreuz in der Mulde seiner Kehle. Ohne den Kopf zu heben, griff er blind nach seinem Nachttisch, da er das Gefühl von Patrick nicht mal für einen Sekundenbruchteil verlieren wollte und tastete herum, bis er die Tube mit dem Gleitgel gefunden hatte. Er drückte sich einen Klecks auf die Finger, schob sie in Patricks Gesäßfalte und ließ die Fingerspitzen sachte über den engen Muskel gleiten, ohne aber seinem Geliebten das zu geben, wonach er sich sehnte. Mit den Fingern der anderen Hand fuhr er durch die feuchten Löckchen an der Wurzel von Patricks Schwanz, während sich seine Lippen erst um die eine, dann um die andere Brustwarze schlossen und zwischen ihnen hin und her wanderten, bis beide hart und feucht waren.

Patrick wand sich auf dem Bett auf der Suche nach mehr. Mehr Berührung, die Finger seines Geliebten in seinem Körper. Einfach mehr. Um nachts überhaupt schlafen zu können, hatte er an vielen Tagen bis zur Erschöpfung gearbeitet und da er wusste, wie es sich anfühlte, von Mikhail berührt zu werden, konnte seine eigene Hand nicht mehr tun, als das drängendste Bedürfnis zu befriedigen. Es war schon Monate her, dass er sich überhaupt die Mühe gemacht hatte und das ließ ihn jetzt jede einzelne Berührung umso intensiver spüren. Patrick vergrub seine Finger in Mikhails Haaren – sie waren länger als vorher und fielen ihm in die Stirn – und versuchte ihn dazu zu bringen, schneller zu machen.

So sehr er Patrick hinhalten und sein Verlangen weiter und weiter entfachen wollte, war doch Mikhails eigenes Begehren nicht weniger drängend. Er schob eine Fingerspitze in die enge Öffnung hinein, tiefer und sanft suchend, bis er das kleine Bündel Nerven fand. Patrick schrie leise auf und wölbte sich vom Bett hoch, ihm entgegen. Mikhail verlagerte das Gewicht und seine Hüften drückten Patrick fest auf die Matratze, als er einen zweiten Finger in ihn hineinschob; sein Schwanz glitt über Patricks, glatt und feucht von den Lusttropfen, die sie beide beständig produzierten. Mit der freien Hand griff

Mikhail zwischen ihre Körper, umfasste ihre Erektionen und streichelte sie, erst langsam, dann mit zunehmender Dringlichkeit, während die Finger der anderen Hand seinen Geliebten öffneten.

Patrick hätte sich gerne mehr Zeit gelassen und das erste Mal nach sechs Monaten genossen, aber er musste bereits gegen den Orgasmus ankämpfen. „Wenn du dich nicht beeilst, komme ich, bevor du in mir bist", warnte er atemlos.

„Dann muss ich dich eben einfach noch mal kommen lassen", entgegnete Mikhail heiser, ließ aber Patricks Schwanz los. Mit sanftem Nachdruck öffnete er Patricks Beine ein wenig weiter und kniete sich zwischen seine Oberschenkel, schob die Hände unter Patricks Gesäßbacken und hob sie an. Dann beugte er sich vor und leckte über die von einem dicken Lusttropfen gekrönte Eichel, bevor er sich wieder aufrichtete und seine Erektion in die warme Falte gleiten ließ, deren geheime Öffnung er sich sehnte zu füllen. Mikhail stöhnte, als der feste Muskel sich unter ihm öffnete, ihn eng umschloss, als er langsam tiefer sank und ihre Körper miteinander verschmolzen und eins wurden.

Patricks Stöhnen war wie das Echo von Mikhails, als sein Körper sich unter dem unerbittlichen Vordringen öffnete und ihn einließ. Patrick hieß das leise Brennen ihrer Vereinigung willkommen, bedeutete es doch, dass sie wieder zusammen waren, dass sie heute Nacht – und wie er hoffte noch für sehr lange Zeit – ein Bett teilten. Mikhail bewegte sich langsam in ihm, gab ihm Zeit, sich an das Gefühl der Dehnung, das Gefühl der Erfülltheit zu gewöhnen. Aber Patrick wollte es nicht langsam, wollte sich nicht erst an das Gefühl gewöhnen. Er wollte es spüren, jetzt und auch morgen noch, wollte den physischen Beweis haben, dass es kein Traum war, der mit dem Morgen endete.

Tief in Patricks Hitze vergraben, vollkommen von ihm umschlossen, beugte Mikhail sich vor und stützte die Arme rechts und links von Patricks Gesicht auf. Seine Lippen ergriffen Besitz von Patricks, fordernd und fest, wieder und wieder, während er langsam, in kleinen Stößen die Hüften bewegte. Sein Bauch rieb aufreizend über Patricks feuchten Schaft. „Ich träume von dir", gestand er zwischen zwei Küssen, die Stimme rau vor Verlangen. „Ich träume … hiervon."

„Jede Nacht", erwiderte Patrick mit versagender Stimme. „Bis wach zu werden ein Albtraum geworden ist und zu schlafen die einzige Möglichkeit, dem zu entkommen." Die Intensität des Augenblicks überwältigte ihn. Abrupt zogen sich all seine Muskeln zusammen und er kam, hart, plötzlich und explosiv. Sein ganzer Körper zitterte, als ihn Schauer um Schauer durchlief und er gab sich dem ganz hin, sicher in dem Wissen, dass Mikhails Arme ihn hielten.

Patricks Orgasmus rollte durch Mikhail wie ein Erdbeben. Zitternd klammerte er sich an seinen Geliebten und kämpfte dagegen an, von der Welle mitgerissen zu werden. Die Dinge um ihn herum begannen gerade erst, sich real und echt anzufühlen; das Wissen, dass dieser Mann und dieses Gefühl nun für mehr als nur ein paar Nächte ihm gehörten, begann gerade erst, in ihn einzusinken. Er wollte dieses erste Mal – das erste Mal seit sechs Monaten, das erste Mal, dass er Patrick als er selbst lieben konnte – nicht so schnell enden lassen. „Patja", hauchte er in die Haare seines Geliebten. Nach und nach ließen die Beben, die Patrick durchliefen nach und er entspannte sich. Langsam begann Mikhail wieder, sich zu bewegen. „Mein Patja."

Patrick wusste nicht, wie Mikhail es fertigbrachte, sich so zu kontrollieren, aber er spürte, wie sein Körper bereits erneut auf die Stimulierung reagierte. „Mein Ljoscha", flüsterte er zurück. „Ist es in Ordnung, wenn ich dich immer noch so nenne? Wenn wir allein sind?"

„*Da*", brachte Mikhail heraus. Patrick, der Besitzanspruch auf ihn erhob, hatte seine Brust eng werden lassen. „Niemand sonst nennt mich so. Niemals. Ich –" Er keuchte, als Patricks Innerstes sich fester um ihn schloss. „Es gefällt mir zu wissen, dass du Einziger bist, der mich jemals so nennt." Waren die Worte auch streng genommen nicht ganz wahr, so waren sie doch die wahrsten, die er je im Leben gesprochen hatte.

„Das ist gut", sagte Patrick, „ich denke nämlich jetzt schon lange so von dir." Er fuhr mit den Händen über Mikhails Rücken und streichelte feste Muskeln, bis er die straffen Pobacken erreicht hatte. Er umfasste sie mit beiden Händen und zog Mikhail enger an sich, drängte seinen Geliebten, sich schneller zu bewegen, seinen eigenen Höhepunkt zu finden.

Unter Patricks Ermutigung begann Mikhail, sein Tempo zu steigern, tiefer und fester zuzustoßen. Er schob eine Hand zwischen ihre Körper und massierte Patricks Schwanz, der sich erneut steif an seinen Bauch drückte. „Ich bin immer – dein Ljoscha", keuchte er rau; seine Stöße wurden noch schneller, als Patrick stöhnte. „Komm mit mir, Patja."

Patrick hätte gedacht, dass es zu früh war, dass er noch nicht wieder kommen konnte, aber der Klang der geliebten Stimme, die seinen Namen so rau und mit solch drängendem Verlangen aussprach, reichte aus. Ein zweiter Orgasmus packte ihn und ließ ihn erneut bebend in Mikhails Armen zurück. Das einzige, was fehlte, um ihn perfekt zu machen, war die Hitze in seinem Innern, die von Mikhails Erfüllung zeugte.

Als Patrick sich diesmal fest um ihn herum zusammenzog und schauderte, hielt Mikhail sich nicht zurück, sondern erlaubte es seinem Orgasmus, wie eine Flutwelle über ihm zusammenzubrechen und ihn mitzureißen, ihn mit selig-warmer Freude zu erfüllen, bis seine Arme nachgaben und er mit einem Ächzen gesättigter Zufriedenheit auf Patrick zusammensackte.

Patrick schlang seine Arme um Mikhails Schultern. Ihm fiel auf, dass sie breiter waren als vorher, kräftiger. „Dein neues Leben bekommt dir", sagte er langsam. „Du bist entspannter hier, glücklicher, als du es in Chicago warst. Ich bin froh, dass du so einen Ort gefunden hast."

„Glücklich jetzt, wo du hier bist", korrigierte Mikhail, rutschte zur Seite und rollte von Patrick herunter, ohne ihre Umarmung zu beenden. „Ich denke, ich war nie wirklich glücklich, bevor ich dich getroffen habe."

Das war etwas, das Alexej niemals gesagt hätte und die Worte berührten Patrick tief. Er küsste Mikhail zärtlich, dann wechselte er das Thema, da er keinen von ihnen in Verlegenheit bringen wollte. „Mike also, hm? Ich glaube nicht, dass ich dich jemals so nennen kann. An Mikhail kann ich mich irgendwann gewöhnen, aber für mich bist du einfach kein Mike."

„Ist leichter auszusprechen für Jungs bei der Arbeit", sagte Mikhail mit einem Schulterzucken. „Klingt auch für mich seltsam. Ich war so lange Alexej. Aber Mikhail … ich fände es schön, wenn du mich Mikhail nennst. Oder Mischa – in Öffentlichkeit. Wenn wir allein sind, bin ich immer dein Ljoscha."

„Mein Ljoscha", murmelte Patrick mit einem sanften Kuss. „Warum Mikhail? Oder hat Interpol den Namen für dich ausgesucht?"

„Vor langer Zeit – vor Alexej – war ich Mikhail. Schien leichter zu sein, als sich an dritten Namen zu gewöhnen. Es gibt viele Mikhails in Russland. Genauso wie es viele Mikes in Amerika gibt", fügte er mit einem Zucken seiner Lippen hinzu.

Das machte es aus irgendeinem Grund leichter, von Alexej als Mikhail zu denken. Obwohl Alexej der Mann war, in den Patrick sich verliebt hatte, war er in vielerlei Hinsicht ein Konstrukt gewesen. Mikhail war echt und Patrick freute sich schon darauf, die vielen Facetten von Mikhail zu entdecken, die sich unter der Fassade von Alexej verbargen. „Vielleicht nenne ich dich dann in der Öffentlichkeit Mischa", sagte er mit einem breiten Lächeln. Im nächsten Moment wurde er wieder ernst und fuhr fort: „Kannst du mir sagen, was passiert ist, nachdem ich dich in der Gasse allein gelassen habe?"

Mikhails Ausdruck wurde hart, als wäre allein die Erinnerung genug, Alexej wiederaufersehen zu lassen. „Ich habe meinen Kontakt bei Interpol angerufen und ihm gesagt, dass Konstantin tot ist. Ich habe ihm gesagt, dass ich fertig bin." Er zuckte die Schultern. „War am einfachsten, zu sagen, dass Konstantin Alexej erschossen hat. Fall erledigt, keine offenen Enden. Interpol hat mit Polizei von Chicago kooperiert." Er strich mit einer Hand über Patricks Wange. „Du kanntest die Wahrheit, aber es war besser für alle anderen, dass sie denken, Alexej ist tot. So hat niemand nach ihm gesucht."

„Und dann haben sie dich umgehend nach Oregon verfrachtet", sagte Patrick, wobei ihm bewusst war, dass es so einfach auch nicht gewesen sein konnte, „mit einer neuen Identität und einem neuen Beruf. Ich habe dich vermisst. Ich meine, mir war klar, dass du vorsichtig sein musst. Aber musstest du wirklich sechs Monate warten, bevor du dich bei mir meldest?" Er lächelte

185

und drückte einen sanften Kuss auf Mikhails Wange, um seinen Worten die Schärfe zu nehmen. Aber Mikhails Nähe jetzt, konnte die Leere der letzten sechs Monate nicht vollständig ausfüllen.

Mikhail fuhr mit der Hand durch Patricks Haare; sein Ausdruck war immer noch ernst. „Ich wollte dir Zeit zum Nachdenken geben. Zeit für dein Leben, wieder in normalen Bahnen zu laufen. Zu entscheiden … ob du uns noch willst."

„Ich bin hier oder etwa nicht?", fragte Patrick und schmiegte sich in Mikhails Hand. Dann schlang er die Arme um die Taille seines Geliebten, wie um verhindern zu wollen, dass der andere Mann noch einmal verschwand. „Ich war so unglücklich ohne dich. Und vergiss nicht, ich bin zu Captain Jacobs gegangen, um ihm zu sagen, dass du die Nacht, in der Eddie ermordet worden ist, in meinem Bett verbracht hast. Und zwar bevor ich herausgefunden habe, dass du ein Spion für Interpol bist. Ich weiß nicht, was ich sonst tun kann, um dir zu beweisen, dass ich mit dir zusammen sein will, egal was kommt."

Mikhail zuckte die Schultern. Die Geste war eigenartig linkisch, wie sie es bei Alexej nie gewesen wäre. „Ich glaube es jetzt. Ohne dich hier … war möglich, dass du nein sagst. Einfacher, mich nicht zu melden, als das zu riskieren."

„Warum hast du mir dann das Handy geschickt?", wollte Patrick wissen. „Versteh mich nicht falsch, ich bin froh, dass du es gemacht hast. Reba hat zwar ihr Bestes getan, aber ganz ehrlich, ohne dich bin ich nur noch dahinvegetiert. Aber warum jetzt?"

„Weil", sagte Mikhail mit belegter Stimme und hob Patricks Gesicht für einen Kuss an, „ich nicht länger warten konnte. Selbst, wenn du nein sagst. Ich musste Risiko eingehen."

Patrick legte beide Hände um Mikhails Gesicht und erwiderte den Kuss, legte die ganze Fülle seiner Emotionen in diese Verbindung. Seine Finger strichen über die Narbe an Mikhails Schläfe. All seine Zweifel waren wie fortgeblasen. „Du hast sechs Monate zu lang gewartet", sagte Patrick schließlich, als er den Kopf wieder hob. „Wo du bist, will ich auch sein. Es wird eine Weile dauern, das in die Wege zu leiten, aber ich bin mir sicher, dass sie in Oregon auch Polizisten brauchen."

Die Spannung, die Mikhails Körper erfüllt hatte, ließ bei Patricks Worten nach. „Ich wollte, dass du sicher bist."

Patrick rollte Mikhail auf den Rücken und drückte ihn auf die Matratze. „Ich bin sicher", sagte er, die Stimme rau vor Emotion. „Ich habe in Chicago meine Karriere und mein Leben aufs Spiel gesetzt, um mit dir zusammen zu sein – erst damit, mich wieder und wieder mit dir zu treffen und dann damit, Jacobs die Wahrheit über uns zu sagen. Das habe ich nicht aus einer Laune heraus getan. Du bist zwar ein sexy Bastard, aber ich hoffe doch, dass ich nicht so oberflächlich bin. Ich kann dir nicht genau sagen, wann ich mich in dich verliebt habe, aber ich kann dir sagen, wann ich es gewusst habe. Unser Treffen in dem Lagerhaus; du hast immer noch nach Sex gestunken, als du gekommen bist, aber du hast gesagt, dass du kommen musstest, weil du mich brauchst. Mich und nicht einfach nur irgendjemanden, der ein Bedürfnis erfüllt. Du hast in der Nacht Liebe mit mir gemacht, in einem Bett und wir haben uns dabei in die Augen gesehen. Es war nicht mehr nur eine schnelle Nummer an einer Wand oder in einer öffentlichen Toilette wie mit einem x-beliebigen Typen, den du an einer Straßenecke aufgerissen hast. Und meine Gefühle sind seitdem nur stärker geworden. Alle haben die Veränderung in mir bemerkt, nachdem du weg warst, wenn auch Reba die Einzige war, die den Grund dafür kannte."

„Es hätte nicht nötig sein sollen, dass du für mich Leben riskierst", protestierte Mikhail, machte aber keinen Versuch, sich aus Patricks liebevollem Griff zu lösen. „Ich habe Polizisten nicht ermordet, nein, aber ich bin an vielen anderen Verbrechen schuldig. Einschließlich Mord an Konstantin."

„Wenn du ihn nicht getötet hättest, dann hätte ich das vermutlich getan", erinnerte Patrick ihn. „Er hat versucht, mich umzubringen, falls du das schon vergessen hast. Wir haben das alles schon mal durchgekaut, Ljoscha. Ich habe mich in dich verliebt, obwohl ich wusste, dass du für die *Vory* arbeitest. Du hast mir vielleicht keine Liste gegeben mit all den Verbrechen, die du in dem Versuch, sie vor Gericht zu bringen, begangen hast, aber das brauche ich auch nicht. Alles, was ich brauche, bist du."

Mikhail mochte nie ganz verstehen, warum Patrick so bereit war, ihm seine Vergangenheit zu verzeihen, aber er würde das auch nicht länger diskutieren. Es war so viel einfacher den Kopf zu heben und Patricks Lippen in Besitz zu nehmen, ihn zu küssen in dem Wissen, dass er das von nun an tun konnte, wann immer er wollte. Langsam und genießerisch erkundete er jeden Winkel der warmen, willkommen heißenden Süße, dann ließ er den Kopf wieder aufs Kissen fallen, ein kleines Lächeln im Gesicht. „Diese Reba", sagte er, „du hast sie schon mehrmals erwähnt. Muss ich eifersüchtig sein?"

„Nur, wenn du auch adoptiert werden willst", sagte Patrick mit einem Auflachen. „Ich bin schwul, Ljoscha, falls die letzte Stunde das noch nicht zu deiner Zufriedenheit bewiesen hat und Reba ist definitiv eine Frau." Er wurde wieder ernst. „Sie ist eine Freundin. Sie hat mir zugehört, wenn ich reden musste und hat geschwiegen, wenn ich Stille brauchte. Sie hat mich beim Captain unterstützt, wenn ich Risiken eingegangen bin und sie hat mir letzten Monat dabei geholfen, Evgeny Surov vor Gericht zu bringen. Er ist angeklagt wegen organisiertem Verbrechen, Geldwäsche, Zuhälterei und Schmuggel von Hehlerware. Es ist nicht Mord, aber er wird trotzdem einige Zeit dafür sitzen."

Mikhail drückte sich auf einen Ellbogen hoch und starrte Patrick an. „Du hast Surov vor Gericht gebracht?", wollte er wissen. „Warum?"

„Es ist nur ein Tropfen auf dem heißen Stein, ich weiß", sagte Patrick, „aber du hast deine Rache aufgegeben. Da schien es mir nur richtig und gerecht, das zu tun. Ich wusste nicht, ob ich je Gelegenheit haben würde, es dir zu sagen, aber ich wollte gute Neuigkeiten für dich haben, wenn ich dich wiedersehe."

Mikhail schloss einen Moment lang die Augen und als er sie wieder öffnete, waren sie dunkel vor Emotion. „Ich habe lange Zeit nie weiter gedacht, als Rache zu nehmen für Piotrs Tod. War mein einziger Sinn, mein einziges Ziel, bis ich dir begegnet bin. Du hast mir gezeigt, dass es noch schöne Dinge gibt im Leben. Als Konstantin dich fast umgebracht hat, hat es Fass zum Überlaufen gebracht. Es gab keinen anderen Weg, als ihn zu erschießen, aber sobald du in Sicherheit warst, war es das. Als ich mit Interpol gesprochen habe, sagte ich ihnen, dass ich fertig bin."

„Ich dachte mir, na ja, ich habe gehofft, dass das der Grund war, warum du verschwunden bist", gab Patrick zu. „Ich bin froh, dass ich dir einen Grund geben konnte, für mehr zu leben als für Rache. Du hast sie geopfert, damit wir eine Zukunft haben konnten. Das Mindeste, was ich da für dich tun konnte, war Surov zur Strecke zu bringen."

„Du hattest recht, als du gesagt hast, dass es egal ist, wie viele wir erwischen, weil immer Neue nachkommen", sagte Mikhail leise. „Trotzdem, ist nicht einfach, sich abzuwenden und zu gehen. An neues Leben zu denken mit sexy festem Freund und ohne Ärger und Gefahr." Er fuhr mit einer Hand über Patricks Rücken und ließ sie dann auf der Rundung von Patricks Gesäßbacke liegen. „Manche der Männer vom Weingut arbeiten ehrenamtlich für Jugendprogramm in Salem. Ich gehe manchmal mit, helfe, wo ich kann. Ist nicht viel, aber doch etwas."

„Das ist eine Menge", sagte Patrick vehement. „Es ist eine Riesensache für Kinder und Jugendliche, jemanden zu haben, der an sie glaubt. Als ich verdeckt im Bandenmilieu ermittelt habe, habe ich so oft miterlebt, dass die meisten von denen, die einer Bande beitreten, genau danach gesucht haben. Nach jemandem, dem sie wichtig sind. Der an sie glaubt und sich für sie interessiert. Also sei du Ehrenamtler für das Jugendprogramm hier. Reba und Craig und Captain Jacobs und der Neue, den man ihnen aufs Auge drückt, werden weiter versuchen, das Unrecht in Chicago zu bekämpfen und ich suche mir hier in Dundee oder sonst wo eine Stelle und trage meinen Teil bei. Es kommen vielleicht immer wieder Neue nach, aber es wird auch immer Leute geben, die sich ihnen in den Weg stellen. Das sind dann zwar nicht immer wir, aber das bedeutet nicht, dass wir den Kampf verloren haben." Er schob seine Hüften ein Stück vor, rieb sie gegen Mikhails und spürte die wiedererwachende Erektion seines Geliebten. „So, wenn es nicht noch etwas gibt, das du mir sagen wolltest, dein sexy, fester Freund will mit seinem sexy Geliebten Liebe machen. Wenn das okay für dich ist."

Mikhail spreizte die Beine und ließ Patrick zwischen sie gleiten. „Ist mehr als okay für mich", versicherte er ihm, legte seine Hände an Patricks Gesicht und hob seine Hüften an, um ihre steifer werdenden Schwänze aneinander zu reiben. „Ich warte lange darauf, dich wieder in mir zu spüren."

MEHRERE STUNDEN später saß Patrick in Mikhails winziger Küche und beobachtete ihn, wie er ein schnelles Abendessen für sie machte. Sie hatten sich ein weiteres Mal geliebt und dann, völlig verausgabt, in den Armen des anderen gelegen und eine Zeitlang gedöst. Bis Mikhail beschlossen hatte, dass Patrick etwas zu essen brauchte.

Patrick sah sich in der winzigen Wohnung um. Sie war beinahe leer, die Wände kahl. Sie war eindeutig nur ein Ort, an den Mikhail zum Schlafen kam, kein wirkliches Zuhause. Das einzige, was Patrick aus Alexejs Wohnung in Chicago wiedererkannte, war die Ikone des Heiligen Michaels, die er in der einen Nacht, die er in Alexejs Bett verbracht hatte, gesehen hatte.

„Gefällt dir die Arbeit im Weinberg?", fragte er. „Sie ist so … sie passt so gar nicht zu dem Bild, das ich von dir habe. Ja, ich weiß, dass ein Teil davon Fassade war, um deine Identität und deinen Auftrag zu schützen, aber es passt trotzdem nicht wirklich zusammen."

Mikhail schlug mehrere Eier in die Pilze, die er angebraten hatte und rührte die Mischung um, bevor er sich zu Patrick umdrehte. „Meine Mutter hatte Garten, als ich klein war. Ich habe ihr oft geholfen. Trauben sind neu für mich, gibt also viel zu lernen über verschiedene Sorten und wie sie wachsen." Er warf einen Blick auf das Omelett, rührte um und salzte es. „Ist ganz anders als Chicago, aber mir gefällt es hier. Berge sind nahe, Meer ist nahe, ist nicht zu heiß und nicht zu kalt. Ist guter Ort, Wurzeln zu schlagen."

Patrick schüttelte lächelnd den Kopf. „Hör sich das einer an", neckte er Mikhail, „er spricht vom Wurzeln schlagen. Ich kann verstehen, dass es dir hier gefällt. Ich bin zwar erst seit ein paar Stunden hier und die meisten davon habe ich in deinem Bett verbracht, aber es ist definitiv eine willkommene Abwechslung vom Winter in Chicago. Also, was hältst du davon, wenn ich mir hier in der Gegend eine Stelle suche? Ich habe keine Ahnung, ob die Polizeibehörde in Dundee Leute einstellt, aber ich bin auf dem Weg hierher durch ziemlich viele kleine Städtchen gekommen. Irgendwer wird einen erfahrenen Polizisten brauchen."

Nachdem er das Omelett gefaltet und den Herd ausgestellt hatte, kam Mikhail zum Tisch, schlang die Arme um Patrick und beugte sich hinunter, um seinem Geliebten einen Kuss auf den Mund zu drücken. „Wird ganz anders sein als deine Arbeit in Chicago", sagte er.

„Ein Polizist wird nie einen normalen Bürojob mit geregelten Arbeitszeiten haben, selbst in einer Kleinstadt nicht, aber in Chicago war das alles, was ich hatte. Jetzt habe ich die Chance auf ein Leben auch außerhalb meines Berufs. Und auf einen Beruf, bei dem die Wahrscheinlichkeit besteht, dass ich jeden Abend zu dir nach Hause kommen kann. Vielleicht sogar immer zur selben Zeit. Was gar keine schlechte Sache ist." Er lehnte sich rückwärts gegen Mikhail. „Oder etwa nicht?"

„Ist eine sehr gute Sache", stimmte Mikhail zu. „Aber vielleicht solltest du dich in Portland umsehen und auch in Salem. In kleiner Stadt wie Dundee wirst du innerhalb eines Monats wahnsinnig vor Langeweile."

„Dann musst du eben andere Methoden finden, damit ich mich nicht langweile", neckte Patrick ihn, aber er wusste, dass Mikhail recht hatte. „Ich bin mir sicher, dir fällt da etwas ein."

„Zuerst isst du dieses ausgezeichnete Omelett, das ich dir gekocht habe. Dann finde ich etwas, dass du dich nicht langweilst", versprach Mikhail.

Patrick grinste. „Ich kann's kaum erwarten." Er nahm den Teller, den Mikhail ihm reichte und machte sich über das Omelett her. „Wie lange läuft dein Mietvertrag für diese Wohnung noch?", fragte er nach ein paar Bissen. „Ich liebe dich, aber so eng zusammengedrängt würden wir uns nach spätestens einer Woche gegenseitig umbringen. Mal abgesehen davon, dass mein ganzer Kram hier nicht reinpasst."

„Ist kein Mietvertrag, ich bezahle pro Monat", antwortete Mikhail. „Wir können uns jetzt nach größerer Wohnung umsehen oder warten, bis du Stelle gefunden hast, bevor du deinen ,ganzen Kram' herbringst." Sein Ton war eine akzeptable Imitation von Patricks irisch angehauchtem Chicago-Akzent.

Patrick war entzückt über Mikhails Frotzelei. In den Nächten, die sie in seiner Loft verbracht hatten, war Alexej ein wenig mehr aufgetaut und lockerer geworden, aber nie so weit, dass er Patrick aufzog. Patrick freute sich darauf, die neuen Facetten von Mikhails Persönlichkeit zu entdecken. „Ich sollte mir vermutlich erst eine Stelle suchen", sagte er. „Ich will nicht in der Nähe von Salem wohnen und dann jeden Morgen nach Portland pendeln müssen oder umgekehrt. Vielleicht kann ich mich morgen, während du im Weinberg bist, mal ein wenig umhören. Ich habe keinen Anzug für ein Vorstellungsgespräch mitgebracht, aber ich kann ja schon mal die Lage sondieren." Er streckte über den Tisch hinweg die Hand nach Mikhails aus. „Ich kann es fast nicht glauben, dass wir hier sitzen und unser gemeinsames Leben planen. Ich habe es mir so gewünscht, aber auch nie wirklich geglaubt, dass es Realität werden kann. Es schien mir immer vollkommen unmöglich."

Mikhails Finger schlossen sich um Patricks. Die verblassten Tätowierungen auf seinen Knöcheln würden ihn immer an seine Vergangenheit erinnern, aber zum ersten Mal dachte er, dass er sie wirklich ganz hinter sich lassen konnte. „Ich habe auch nie Weg gesehen, wie möglich werden kann, dass wir zusammen sind. Aber wie meine Mutter sagen würde: ‚*wsjo choroscho, chto horosho konchajetsa*‘. Oder wie ich jetzt auf Englisch sage: Ende gut, alles gut.“

EPILOG

PATRICK FUHR in gemütlichem Tempo die Landstraße entlang. Es war ein ruhiger Tag gewesen, wie es die meisten waren. Dundee hatte ganze 2.600 Einwohner. In einer solchen Stadt Polizeichef zu sein, war ein gewaltiger Unterschied zu seiner Arbeit in Chicago, aber er stellte immer wieder fest, dass sie ihm mehr Spaß machte als erwartet. Es gefiel ihm, dass er jeden Abend zu Mikhail nach Hause fahren konnte, ohne befürchten zu müssen, dass er wieder weggerufen wurde. Die meisten seiner Einsätze waren häusliche Auseinandersetzungen und hin und wieder ein Fall von Kleinkriminalität, aber selbst das war kein Vergleich zu Chicago.

Patrick bog in die lange Zufahrt zu dem kleinen Bauernhaus ein, das er und Mikhail vor beinahe einem Jahr von dem Geld gekauft hatten, das er beim Verkauf seiner Eigentumswohnung bekommen hatte und dem finanziellen Polster, das Alexej sich erspart hatte, während er für die Wolkows gearbeitet hatte. Patrick lächelte, als er Mikhails Pick-up neben dem Haus stehen sah. Der Silverado Hybrid war nur eine der vielen Veränderungen, die das Jahr in seinem Geliebten bewirkt hatte. Patrick mochte sie alle.

In einer Kleinstadt zu leben, war beileibe nicht ohne seine Herausforderungen, aber Patrick wusste die Akzeptanz zu schätzen, die die Leute ihnen hier entgegenbrachten. In seinem Vorstellungsgespräch für die Stelle des Polizeichefs hatte er ganz deutlich gesagt, dass er nach Oregon zog, um mit seinem Partner zusammen zu leben. Seinem männlichen Partner. Die Bemerkung hatte ein paar kleine Wellen geschlagen, aber sie waren nicht hoch genug gewesen, als dass die Stadt ihn nicht eingestellt hätte. Und es war gut gewesen, dass Patrick kein Geheimnis daraus gemacht hatte, denn er und Mikhail wären im Leben nicht in der Lage gewesen, ihre Beziehung zu verheimlichen. Selbst so weit draußen auf dem Land, wie sie jetzt wohnten, wussten die Nachbarn alles. Mehr als einmal war Patrick während des Diensts Bekannten über den Weg gelaufen, die ihm sagten, was Mikhail zum Abendessen kochte.

Patrick betrat das Haus, warf seine Schlüssel auf den Tisch im Flur und zog Jacke und Holster aus. Er rief Mikhails Namen, aber nur Schweigen antwortete ihm. Mit einem leisen Stirnrunzeln betrat er das Fernsehzimmer und fand die Gartentür offen stehen. Er trat hinaus auf die Veranda und ein Lächeln zog über sein Gesicht. Mikhail kniete vor dem Zaun am Ende des

192

Gartens auf der Erde. Das Hemd hatte er ausgezogen und beiseite geworfen, sodass eines der wenigen Dinge, die sich im Lauf des Jahres nicht geändert hatte, sichtbar wurde: die Tätowierungen, die die Geschichte seines früheren Lebens erzählten.

„Ich bin wieder zu Hause, Ljoscha", rief Patrick. Inzwischen fuhr Mikhail nicht mehr zusammen oder griff nach einer nicht mehr vorhandenen Waffe, wenn sich ihm jemand unbemerkt von hinten näherte, aber Patrick sah keinen Grund, schlafende Hunde zu wecken. Ihr Besuch in Chicago zu Thanksgiving hatte ihnen gezeigt, wie weit Mikhail bereits gekommen war, aber auch, wie viel noch vor ihm lag. Er war nicht schreiend aus dem Haus gerannt, aber immer, wenn sie nicht zusammen am Tisch saßen, hatte er seinen Platz so gewählt, dass er eine Wand im Rücken hatte. Patricks Familie hatte Mikhail mit offenen Armen und wenig mehr als einem Wimpernzucken ob des geänderten Namens aufgenommen und langsam, ganz langsam hatte Mikhail ihr Willkommen akzeptiert. Bevor sie wieder abgereist waren, hatte Mikhail Patricks Mutter auf die Wange geküsst, sie ,matiuschka' genannt und ihr das Versprechen abgerungen, sie in Oregon besuchen zu kommen.

Mikhail drückte den Erdboden um die Wurzeln des Weinstocks herum ein letztes Mal fest, dann stand er auf und wischte sich die Hände an den Oberschenkeln der Jeans ab, bevor er sich zu seinem Partner umdrehte. In seiner neuen Stelle trug Patrick eine Uniform zur Arbeit, was er als Detective in Chicago nicht hatte tun müssen und Mikhail fand den Anblick jedes Mal überraschend ... stimulierend.

Oder vielleicht war es auch der Akt, Patrick aus der Uniform herauszuschälen und die darunter verborgenen glatten Flächen weicher, warmer Haut zu entblößen, was er so erregend fand. Mikhail ließ seinen Blick über die große, schlanke Gestalt gleiten und lächelte. „Vielleicht solltest du mehr ausziehen als nur Holster und Waffe", sagte er, während er auf das Haus zuging. „Wäre sehr schade, Dreck auf deine saubere Uniform zu bekommen."

„Vielleicht solltest du einfach weniger im Dreck herumspielen", gab Patrick zurück und begann sein Hemd aufzuknöpfen. Er lächelte, als sich ein Sonnenstrahl in dem Medaillon des heiligen Michaels fing, das Mikhail um den Hals trug – ein Geburtstagsgeschenk von Patrick. Mikhail brauchte den Schutz des Heiligen vielleicht nicht mehr, aber sie wussten beide, was für ein Glück sie gehabt hatten, dass sie lange genug überlebt hatten, um zusammen sein zu können. „Was hast du überhaupt gepflanzt?"

„Weinstock", antwortete Mikhail, dann war er so nahe, dass er Patrick das offene Hemd von den Schultern streifen konnte. Es blieb in seinem Rücken im Hosenbund stecken und Mikhail zog an dem Stoff, während seine Lippen über das Schlüsselbein seines Partners glitten bis zu der kleinen Mulde an seinem Halsansatz. Das goldene Kreuz, das Patrick getragen hatte, seit sie sich das erste Mal begegnet waren, war warm unter Mikhails Lippen.

„Bekommst du denn auf der Arbeit noch nicht genug Trauben?", neckte Patrick ihn und fuhr mit den Fingern durch Mikhails Haare. Sie waren länger geworden, von der Sonne gebleicht und vom Wind zerzaust.

Mikhail schloss für einen Moment die Augen, um Patricks Finger in seinen Haaren voll genießen zu können. Die Berührung ließ seinen Schwanz anschwellen, obwohl nichts Erotisches an ihr war. Aber dann erregte ihn jede von Patricks Berührungen, egal, wie unschuldig sie sein mochten.

„Die gehören Weingut", antwortete er und folgte mit den Lippen den Sehnen an Patricks Hals bis hinauf zu der Stelle hinter seinem Ohr. Sanft knabberte er an der zarten Haut. „Diese hier gehören uns. Wird noch zu früh sein für Trauben, wenn deine Eltern im Sommer zu Besuch kommen, aber erste Reben sollten dann schon wachsen."

„Seit sie ihre Flüge gebucht haben, hat Mom überhaupt nicht mehr aufgehört davon zu sprechen, was sie hier alles sehen will. Wir werden nicht eine Minute für uns haben, solange sie hier sind", sagte Patrick und küsste Mikhail sanft. Es freute ihn immer noch so sehr, wie gern sein Partner seine Familie mochte.

„Hat dich nicht aufgehalten, als wir sie besuchen waren", gab Mikhail trocken zurück. Ihr Besuch in Chicago zu Thanksgiving war ein Test gewesen, um zu sehen, ob Mikhails neue Identität hielt und auch um zu sehen, ob Patricks Familie ihn akzeptieren würde. Ursprünglich waren sie zu Weihnachten eingeladen gewesen, aber Patrick hatte den Feiertag im November vorgeschlagen. Er hatte es seinen Eltern nicht gesagt, um ihre Gefühle nicht zu verletzen, aber er und Mikhail stimmten darin überein, dass sie ihr erstes gemeinsames Weihnachtsfest allein zu zweit verbringen wollten.

Das Abendessen an Thanksgiving war eine laute Angelegenheit gewesen, laut und voller Menschen. Mikhail war überzeugt gewesen, dass er sich niemals all die Namen von Patricks Cousins und Cousinen und Nichten und Neffen merken konnte. Zu seiner Überraschung hatten sie ihn alle bereitwillig und ohne Fragen zu stellen, als Patricks Partner akzeptiert. Zu seiner noch größeren Überraschung hatte Patrick in der Nacht die beiden Betten in dem Zimmer, das er als Kind mit seinen Brüdern geteilt hatte, zusammengeschoben und Liebe mit ihm gemacht, während seine Eltern nur ein paar Zimmer entfernt schliefen.

Patrick lachte leise und küsste Mikhail erneut, diesmal ein bisschen länger und ein bisschen inniger. „Ich kann mich nicht erinnern, dass du dich beklagt hättest." Es war eine Herausforderung gewesen, leise zu sein, als er und Mikhail sich in seinem alten Kinderzimmer geliebt hatten, aber er hatte sich geweigert, so zu tun, als müsste er sich für irgendetwas schämen. Er liebte Mikhail und Mikhail liebte ihn.

„Man spricht nicht mit vollem Mund." Mikhail spreizte seine Hände auf der glatten Haut auf Patricks Rücken und zog seinen Geliebten näher an sich.

Sie waren nur ein paar Tage lang in Chicago geblieben – Mikhail bekam noch nicht so viel Urlaub vom Weingut – aber es war lange genug gewesen, um ihn davon zu überzeugen, dass die *Vory* tatsächlich alle dachten, dass Alexej von Konstantin umgebracht worden war. Fjodor war des Mordes des verdeckt ermittelnden Detectives Eddie Stachowitz schuldig gesprochen worden, aber Patricks Schwester Claire, die als Strafverteidigerin arbeitete, ging davon aus, dass sich das Revisionsverfahren noch jahrelang hinziehen konnte. Die anderen Familien der *Vory* kämpften um ihren Anteil von Wolkows zerschlagenem Revier, aber all das war nicht länger Mikhails Problem. Er hatte langsam angefangen, zu akzeptieren, dass er nicht die gesamte *Vory v Zakone* allein zu Fall bringen konnte. Er hatte getan, was in seiner Macht stand, um Piotr zu rächen; den Drang, das Gefühl, mehr tun zu müssen, hatte er schließlich hinter sich lassen können, hatte es zusammen mit einem Strauß Blumen auf Konstantins Grab gelegt. Es war auch ein letzter, endgültiger Abschied von Alexej gewesen. Er war wieder Mikhail und es war genug für ihn, tagsüber die Erde zwischen seinen Fingern zu spüren, die lebendigen Pflanzen, um die er sich kümmerte und die Nächte mit dem Mann zu verbringen, den er liebte.

„Man lässt andere aber auch nicht warten", neckte Patrick ihn. „Mom sagt, sie will eine Tour über Green Slopes." Patrick drehte den Kopf und ergriff Besitz von Mikhails Lippen; seine Zunge drang tief zwischen sie und schmeckte salzigen Schweiß. „Ich kann es immer noch nicht ganz glauben, dass du ausgerechnet auf einem Weingut arbeitest."

Mikhail öffnete seine Lippen für die forschende Zunge seines Geliebten und hieß sie willkommen, überließ es aber ganz Patrick, das Tempo zu bestimmen. Alexej hatte jedes Treffen zwischen ihnen dominieren müssen, aber Mikhail genoss es ebenso sehr, die Kontrolle seinem Partner zu überlassen, wie die Zügel selbst in der Hand zu halten. Wie er bereits vermutet hatte, war Patrick nicht von Natur aus ein unterwürfiger, devoter Liebhaber und Mikhail konnte das nicht beklagen. Als Patrick seine Lippen von Mikhails löste, hob er den Kopf und sah hinunter in die glutvollen, braunen Augen. „Was soll ich deiner Meinung nach dann tun?", fragte er mit dem Hauch eines Lächelns.

„Ich weiß nicht", scherzte Patrick. „Du könntest es als Stripper versuchen. Ich würde Geld dafür bezahlen, dir beim Ausziehen zuzusehen."

Das entlockte seinem Partner sein immer noch seltenes Lachen. „Du wärst Einziger. Niemand sonst muss meine Tätowierungen sehen." Bei der Arbeit in den Weinbergen hatte er nie mehr gezeigt als seine Unterarme, wenn er die Ärmel aufkrempelte, aber selbst die Tätowierungen auf seinen Händen hatten keine besondere Aufmerksamkeit erregt. Mehrere der anderen Arbeiter waren ebenfalls tätowiert und einer von ihnen, Ray, hatte mindestens so viele wie Mikhail, allerdings waren seine bunter. Mikhail stockte der Atem, als Patrick mit einer Fingerspitze über die Umrisse des Kreuzes fuhr und dabei seine Brustwarze streifte. „Glück für dich, ich zeige sie dir umsonst."

Patrick hakte seine Finger in Mikhails Gürtelschlaufen. „Heißt das, dass ich auch den Rest von ihnen zu Gesicht bekomme?"

Mit einem Kopfschütteln folgte Mikhail Patrick, als der ihn an den Gürtelschlaufen rückwärtsgehend zurück zum Haus zog. Er mochte vielleicht nie ganz verstehen, warum Patrick seine Tätowierungen so erregend fand, aber das war eines der Dinge, die Mikhail gelernt hatte nicht zu hinterfragen. Der Teil seines Lebens war so tot wie die Person, die sie sich erworben hatte und Mikhail fand das leichter, als zu hoffen, dass er das Recht gehabt hatte, dieses Leben, diese Person hinter sich zu lassen. Und das, das wusste er bis auf den Grund seiner Seele, war ganz und gar dem Mann zu verdanken, der vor ihm rückwärts auf ihr Haus zuging. Mikhail legte seine Hände auf Patricks Schultern und lenkte ihn in Richtung Veranda. „Wenn wir im Haus sind, Patja. Nachbarn müssen nicht alles sehen."

Patrick lächelte. Sie lebten nicht mehr in der Angst, dass man sie zusammen sah wie damals in Chicago, als ihr gemeinsames Leben auf nur einige wenige, kurze Augenblicke beschränkt gewesen war. Aber das bedeutete nicht, dass sie die Nachbarn alles sehen lassen mussten. Er musste ihnen morgen noch ins Gesicht sehen können, wenn er zur Arbeit fuhr. Patrick orientierte sich, dann ging er immer noch rückwärts die Stufen hoch, Mikhail immer einen Schritt hinter sich. „Worauf warten wir?"

„Auf nichts", versicherte Mikhail ihm und zog ihn in seine Arme, sobald sich die Tür hinter ihnen schloss. „Ich war letztes Mal oben. Heute bist du dran."

„Nichts da", sagte Patrick, zog sich das Hemd aus der Hose, warf es beiseite und steuerte rückwärts das Schlafzimmer an. „Das Schnippchen schlägst du mir nicht noch mal. Ich weiß, wer letztes Mal oben war."

Mikhail lachte leise. „Vielleicht warst du das, vielleicht auch nicht, aber heute Nacht brauche ich dich, Patja."

Patrick fragte nicht, warum. Das Warum spielte keine Rolle. Mikhail neckte ihn und machte Scherze und war im Bett beinahe so oft aktiv wie passiv, aber es war selten, dass er explizit darum bat. Und wenn er es tat, sagte Patrick niemals nein. „Na schön. Aber nächstes Mal bist du dran."

„*Da*, Patja. *Ja tebja ljublju.*"

196

Von NICKI BENNETT

Mit Ariel Tachna: Unter die Haut

Veröffentlicht von DREAMSPINNER PRESS
www.dreamspinner-de.com

Veröffentlicht von DREAMSPINNER PRESS
www.dreamspinner-de.com

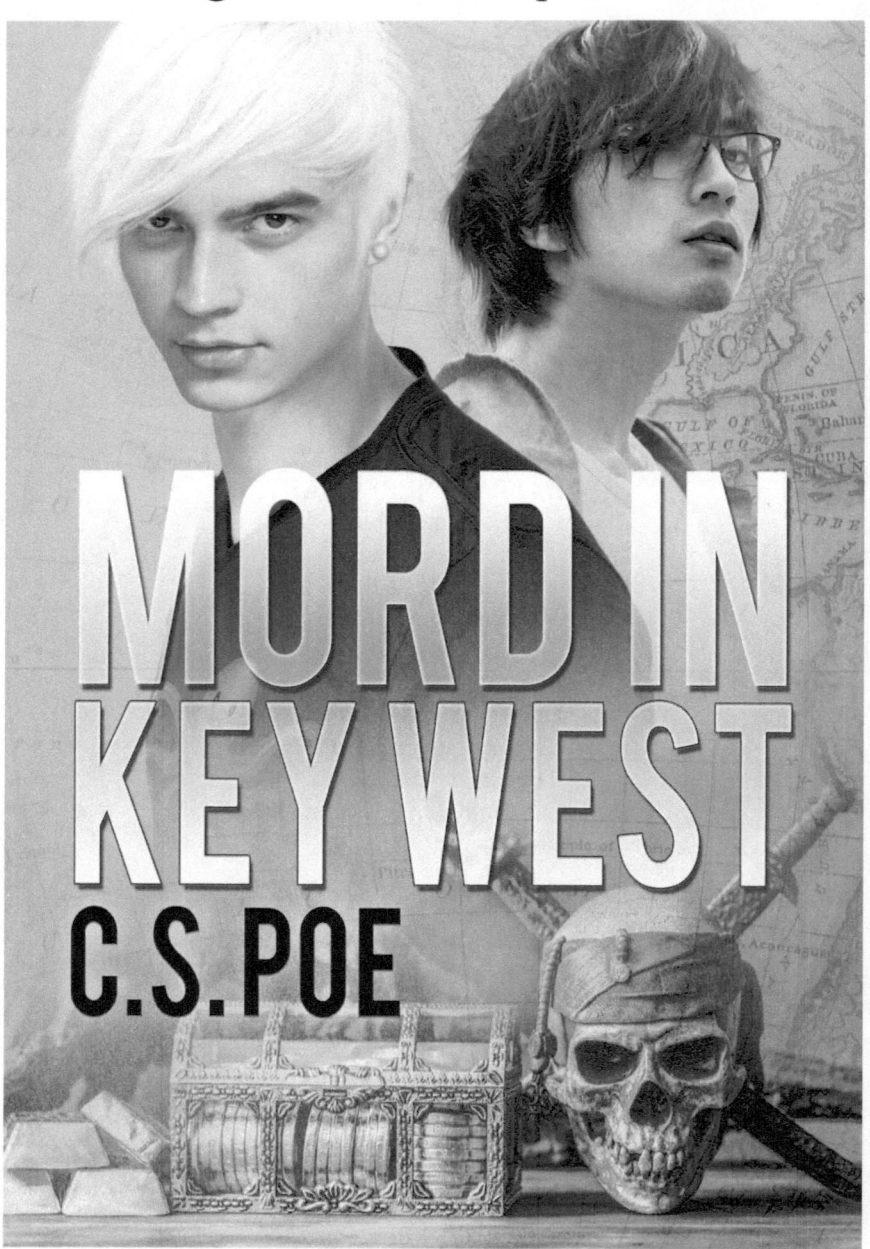

MORD IN KEY WEST

C.S. POE

Verfügbar von Dreamspinner Press

WORTE

JOHN INMAN

www.dreamspinner-de.com

www.ingramcontent.com/pod-product-compliance
Lightning Source LLC
Chambersburg PA
CBHW022147240626
47153CB00007B/2556